COLLECTION « BEST-SELLERS »

DU MÊME AUTEUR

chez le même éditeur

POISON VERT, 2002
H2O, 2004

PATRIC NOTTRET

MORT SUR LA FORÊT

roman

ROBERT LAFFONT

ISBN 978-2-221-10653-2

Pour Colette

« Qui peut presser la forêt, commander à
l'arbre
De détacher sa racine liée à la terre ? [...]
Rébellion, ne lève point la tête
Jusqu'à ce que la forêt de Birnam se lève. »

SHAKESPEARE, *Macbeth*, IV, 1

Première partie

1.

Les yeux d'or du jaguar observent la jungle.

Il est allongé sur un rocher plat couvert d'étranges symboles, qui se dresse de biais hors de l'eau.

D'un large coup de langue, il se lustre la patte. Les mouches l'agacent. Il fait mouvoir sa queue avec nonchalance et ses flancs tachetés frissonnent. À cette heure de la journée, la forêt est écrasée de chaleur. Devant lui, les lianes viennent s'enrouler autour des racines tourmentées qui s'avancent dans l'eau.

Le jaguar est repu. Cette nuit, il a chassé. Son estomac gargouille, il frotte ses reins musculeux sur la pierre. Puis il observe, indifférent, le ballet de minuscules poissons venus à quelques centimètres de la surface de l'eau.

Un craquement lui fait dresser l'oreille.

Loin au-dessus de sa tête, un perroquet décolle et s'élance dans le ciel en criaillant. Le jaguar se lève avec lenteur et hume l'air. Il étend le cou, les narines frémissantes. Bien qu'il n'y ait pas un souffle de vent, il sonde les effluves de la jungle.

Ce qu'il sent ne correspond à rien de ce qu'il connaît.

Il se tient maintenant aux aguets, bien campé sur ses pattes. Ses yeux s'étrécissent, il scrute le trou d'ombre qui s'ouvre entre les arbres. Un insecte, étincelle dorée dans le soleil, traverse le puits d'obscurité puis disparaît.

Un autre craquement.

Les yeux du fauve ne sont plus que deux minces fentes jaunes.

Là-bas, dans le sous-bois, quelque chose a bougé.

Un bruit étrange se fait entendre. D'abord ténu, il s'amplifie jusqu'à devenir un sifflement qui s'élance dans les branches. Les babines de l'animal se retroussent, dévoilant une impressionnante rangée de crocs. Ses oreilles se couchent, sa queue fouette l'air.

Il se ramasse sur lui-même, l'échine tendue comme un arc.

Soudain, il distingue ce qui vient rapidement vers lui.

Il émet un souffle rauque, pivote et, d'une puissante secousse, s'élance dans l'eau.

Il se met à nager furieusement. Loin du danger.

2.

Le dirigeable bleu et blanc en forme de cigare vire de bord au-dessus de la forêt amazonienne.

Pareil à un gigantesque lampion, l'engin s'éclaire tout à coup de l'intérieur, dans le grondement de ses brûleurs. Avec la grâce nonchalante d'un cachalot remontant des grands fonds, il élève alors vers le ciel ses vingt-deux mètres de long.

Sous son ventre, dans une nacelle faite de tubes métalliques entrecroisés et ouverte à tous vents, le pilote aux épaisses moustaches blanches se penche pour surveiller son chargement accroché par des élingues.

C'est un curieux engin, rappelant un canot pneumatique géant, et dont le fond est constitué d'un filet qui laisse entrevoir les cimes des arbres. À la proue du canot, un homme, harnaché, se tient assis à califourchon sur l'un des pontons de caoutchouc. Il est coiffé d'un casque de chantier. La main en visière, il scrute le toit de la forêt qui semble fumer jusqu'à l'horizon. Malgré l'heure matinale, la chaleur est déjà intense.

L'homme empoigne une paire de jumelles. Il observe les fleurs qui tapissent le sommet des arbres, où domine le mauve et le jaune éclatant, et tente de percer l'obscurité du feuillage et des branches. Il sourit en apercevant sur l'une d'elles trois singes qui lèvent la tête vers la machine venue du ciel.

Dans un micro intégré à son casque, il parle au pilote :

— C'est étrange, des hévéas de cette taille, dans le secteur... Tu vois les fleurs jaune vif, à trois heures, Paul ? Il y a une belle trouée dans les arbres juste à côté. Je voudrais y jeter un coup d'œil. Ensuite tu m'approcheras du grand Dipterix, à quatre heures. Ses branches ont l'air saines. Je vais essayer d'y poser des pièges.

— O.K., mais magne-toi, on est vraiment loin du camp de base et on risque d'être très, très courts en kérosène !

L'hélice du dirigeable brasse l'air chaud, émettant un ronflement rageur qui monte progressivement dans les aigus, faisant fuir au loin une escouade de perroquets. Puis le pilote manœuvre et l'engin s'immobilise avec douceur au-dessus de la trouée.

L'homme casqué y braque ses jumelles.

Ses yeux s'écarquillent de stupeur et il manque de perdre l'équilibre.

Ce qu'il vient d'apercevoir dans les profondeurs bleues de la jungle, cinquante mètres plus bas, le fait bredouiller dans son micro :

— Nom de Dieu, Paul ! Nom de Dieu !... C'est pas vrai !

3.

L'arme dort dans le fourreau de peau qu'elle porte en permanence lacé autour de sa cuisse droite.

Elle se penche, glisse la main sous sa jupe et tire le couteau de sa gaine. Puis elle reprend sa marche silencieuse dans l'obscurité.

Elle enroule les doigts sur le manche en os de phacochère, perpendiculaire à la lame de huit centimètres du petit *push-dagger*. Le double tranchant ressort de son poing fermé, entre le médius et l'annulaire. Sa pointe, luisante, semble avoir été trempée dans une substance brune.

Elle ne parvient pas à trouver la sortie de ce labyrinthe de cabanes...

Surtout, ne pas paniquer. Même en pleine nuit, même dans ce coin pourri. Du calme et du sang-froid, sinon...

Elle sursaute en entendant du bruit sur sa gauche, quelque part dans l'ombre épaisse des cabanes du marché aux poissons.

Des rats ?

Sûrement pas.

La jeune femme élégante perchée sur de hauts talons et dont les dreadlocks s'agitent au rythme de la marche regrette la fin de sa soirée au Veneno Verde, la boîte de nuit de Belém où elle a dansé jusqu'à la fermeture. Une fois dehors, sous les étoiles, elle a allumé une cigarette de marijuana avec un briquet d'argent et en a tiré une longue bouffée. Elle l'a ensuite rejetée par le nez en saccades, puis a dit tout haut : « Fait chier ! »

Elle a écrasé le joint sous son escarpin pointu.

Trois heures et demie du matin... Elle aurait dû demander à Jorge, le videur, de l'accompagner jusqu'à sa voiture. Maintenant, c'est trop tard.

La voiture... C'est là que les ennuis ont commencé.

4.

Pierre Sénéchal, écoflic de son état, gara sa Méhari antédiluvienne surnommée : « Mémère » dans la cour du ministère de l'Environnement.

Il éteignit ses phares et coupa le contact. La machine moitié ferraille, moitié plastique émit un hoquet de stupeur, puis se tut.

Devant lui le parking était désert, excepté la voiture familiale de Dame Pottier, sa supérieure hiérarchique, ainsi qu'une puissante berline de marque allemande. Sénéchal déplia sa grande carcasse et réussit à s'extraire de sa cabine à la toile rapiécée en maugréant... Quatre heures du matin...

Malgré son épais manteau et son écharpe nouée, le froid de la nuit parisienne le pénétrait. Il posa la main sur le capot plongeant de la voiture allemande. Encore chaud. Le visiteur devait être arrivé depuis peu. Il rejoignit à longues enjambées la porte latérale de la cave du ministère, marquée FREDE (brigade des fraudes et délits sur l'environnement), et introduisit sa carte magnétique dans l'appareil de contrôle. Quatre heures du matin. Que pouvait-il bien y avoir de si urgent pour que Dame Pottier le sorte de son lit à quatre heures du matin ?

L'homme en costume Armani et soigneusement cravaté qui était assis dans la salle de réunion face à Ghislaine Pottier, chef incontestée de la FREDE, observait avec intérêt l'écran d'un ordinateur portable. Il avait la cinquantaine fringante, le cheveu court et dru, et portait les lunettes profilées du décideur. Il ne leva pas les yeux lorsque la silhouette de Sénéchal s'encadra dans l'embrasure de la porte.

Depuis son fauteuil, Dame Pottier fit les présentations :

— Détective Sénéchal, voici M. Darcos, P-DG de la société Chitinex. Monsieur Darcos, je vous présente le détective Sénéchal.

L'homme tendit à Sénéchal une main pareille à une endive. L'écoflic la considéra un instant comme s'il s'agissait d'une variété inconnue, puis décida de la presser fermement dans sa grande patte, arrachant une rapide grimace à son propriétaire.

Le détective lança un coup d'œil interrogatif à Ghislaine Pottier. La petite femme semblait tendue, elle avait les traits tirés. Elle arrangea rapidement les crayons qui maintenaient ses cheveux auburn en un vague chignon lui donnant une coiffure à la Madame Butterfly, puis désigna les chaises d'un geste péremptoire.

— Détective Sénéchal, posez votre manteau là-dessus et ouvrez bien vos yeux et vos oreilles. Ce que M. Darcos va nous dire revêt la plus haute importance. M. Darcos est actuellement entre deux avions, il embarque pour Londres dans une heure.

Elle indiqua une machine à café et des tasses qui luisaient sous les néons du plafond, à côté d'une théière fumante réservée ordinairement à son usage personnel.

— Café, Sénéchal ?

— Café, merci, chef.

Il faisait bon dans la pièce. L'écoflic croisa ses jambes d'échassier et s'appliqua à prendre une expression attentive. Sur l'écran de l'ordinateur du visiteur s'affichaient les portraits de deux hommes souriants. L'un d'eux portait une impressionnante moustache blanche d'as de l'aviation de la Première Guerre mondiale.

Le dénommé Darcos leva vers lui son visage fatigué de technocrate. Il n'avait pas l'air de savoir par où commencer.

— Voilà, heu, monsieur Sénéchal. Notre société, Chitinex, n'est-ce pas, est spécialisée dans la recherche de nouveaux médicaments dérivés de la réponse immunitaire des insectes. Nous sommes même le leader mondial dans ce domaine, si je puis me permettre.

Sénéchal but une gorgée brûlante et retint à grand-peine un bâillement qu'il dissimula derrière un rictus.

— Toutes mes félicitations. Et vous êtes leader dans quel domaine ?

L'homme jeta un coup d'œil inquiet à Dame Pottier.

— Mais, heu, je viens de vous le dire...

La petite femme émit un bref soupir d'agacement.
— Sénéchal... L'entreprise que dirige M. Darcos découvre et développe de nouveaux médicaments dérivés des insectes. Selon M. Darcos, le monde des insectes représente la plus importante, mais aussi la plus diversifiée des réserves de substances naturelles. Celles-ci peuvent jouer un rôle primordial dans la découverte de nouveaux traitements.
— Ah oui ?...
Sénéchal luttait contre la torpeur qui menaçait de l'envahir.
— Ces substances peuvent fournir en particulier des armes innovantes pour vaincre la résistance microbienne et combattre des infections pour lesquelles il n'existait jusqu'à présent aucun remède. C'est bien ça, monsieur Darcos ?
— Parfaitement, madame, d'ailleurs...
— Bref, Chitinex s'appuie sur la diversité chimique des insectes, jusqu'à présent inexplorée, pour identifier de nouvelles molécules. Ce qui est un moyen original d'inventer les médicaments de demain, vous ne trouvez pas, Sénéchal ?
— Certainement, chef. Très original.
Il observait maintenant les deux visages sur l'écran de l'ordinateur en se demandant à qui ils appartenaient. Puis il pensa à son lit avec tendresse.
Dame Pottier se tourna de nouveau vers le visiteur.
— Ai-je bien résumé votre activité, monsieur Darcos ?
— Parfaitement, madame. Néanmoins il me faut peut-être ajouter que...
— Il faut ajouter, Sénéchal, qu'aujourd'hui la firme Chitinex conduit plusieurs programmes anticancéreux utilisant des molécules issues des insectes, et qu'elle développe également des systèmes permettant de découvrir sur la planète de nouveaux insectes, ou plutôt des insectes encore inconnus, qui pourraient posséder des qualités pharmaceutiques. C'est d'ailleurs ce dernier point qui nous intéresse, Sénéchal... Sénéchal, vous suivez, n'est-ce pas ?
— Bien sûr, chef. Découvrir de nouveaux insectes sur la planète. Bonne idée. Il reste encore un peu de café, chef ?
— Servez-vous, détective. Monsieur Darcos, pouvez-vous éclairer le détective sur vos recherches ? En faisant court ?
L'homme se concentra, comme s'il allait aborder un virage délicat au volant de sa puissante automobile. Il fixa un instant les bretelles incongrues de son grand interlocuteur, qui empoignait la cafetière et se resservait généreusement.

— Je ne vous citerai que quelques chiffres, cher monsieur. On estime que les forêts tropicales et équatoriales humides, qui n'occupent que sept pour cent de la surface des continents, hébergent plus de la moitié des espèces d'organismes vivant sur la Terre. Hum. Vous me suivez, n'est-ce pas ? Et les insectes y sont évidemment largement représentés. Comme vous le savez sûrement, trois animaux sur quatre, ici-bas, sont des insectes.

— Je le savais, je le savais... Enfin, je crois.

— Le nombre d'espèces d'insectes vivant actuellement est estimé entre quatre et six millions. Et les trois quarts de ces insectes vivent sur la canopée.

Sénéchal lampa son café d'un trait.

— Ils vivent sur quoi, dites-vous ?

— Sur la canopée. La strate supérieure de la forêt. Le sommet des arbres, en somme. C'est dans ces quelques mètres que se concentre le feuillage. Cette partie la plus inaccessible de la forêt est le lieu où réside l'essentiel de la biodiversité terrestre. Des entomologistes ont montré que dans une jungle camerounaise, par exemple, soixante-quinze pour cent des insectes se trouvent sur la cime des arbres. Ils ne descendent jamais – ou que très rarement – au sol, et passent d'arbre en arbre en se servant des lianes.

L'écoflic hasarda :

— Les insectes seraient donc insensibles au vertige ?

Il surprit le regard sévère de Dame Pottier et reprit :

— Donc... la canopée, monsieur Darcos ?

— Aussi étonnant que cela puisse paraître, cher monsieur, les canopées ne sont étudiées scientifiquement que depuis une quinzaine d'années. Il s'agit d'un nouveau continent dont on commence à peine à entrevoir le potentiel. Un milieu d'une richesse insoupçonnée – vous n'imaginez pas à quel point, d'ailleurs –, promettant d'extraordinaires découvertes, dont beaucoup serviront dans les domaines de la santé. Qui sait quels médicaments contre le cancer, le sida, et autres maladies sont là-haut ? Quand je dis « là-haut », je parle d'arbres qui culminent parfois à quatre-vingts mètres du sol. Vous me suivez ?

— Je suis, je suis. Et vous avez mis au point des filets à papillons munis de manches de quatre-vingts mètres de long pour attraper ces bestioles ?

Le cravaté émit un faible sourire.

— Nous nous servons de ballons dirigeables. Celui que vous allez voir ici évolue au-dessus de l'Amazonie.

Il tapa sur une touche du portable. Le visage des deux hommes fut remplacé par la photo d'un dirigeable figé au-dessus d'une immense étendue de jungle. Sur ses flancs était écrit : « Chitinex Development ». Il transportait une sorte de dinghy géant aux formes arrondies. À la proue, l'on apercevait la silhouette d'un homme debout, un casque sur la tête, une main passée dans une poignée de sécurité.

Sénéchal demanda :

— Qu'est-ce que c'est que ce grand bateau pneumatique que transporte votre dirigeable, avec le type dessus ?

— Nous l'appelons une luge, par commodité. Il s'agit d'un engin gonflable d'une dizaine de mètres de longueur que le dirigeable dépose sur les arbres. Son fond est constitué d'un filet, voyez-vous, comme celui des trampolines de catamarans. Les boudins entrecroisés de la luge sont suffisamment rigides pour que plusieurs personnes puissent s'y déplacer avec des harnais de sécurité, et suffisamment souples pour s'adapter aux formes de la couronne sommitale des arbres... Aux toits de la forêt, si vous préférez, cher monsieur. Nos entomologistes disposent dans ces arbres toutes sortes de pièges à insectes, qu'ils relèvent ensuite régulièrement. Nous en récoltons beaucoup de cette manière. Parfois, nous avons la bonne surprise de découvrir des spécimens qui étaient jusqu'alors inconnus.

— J'avais entendu dire que ce système de zeppelin avait été mis au point par des scientifiques du CNRS ?

— C'est exact. Nous avons, disons, hum, adopté leur démarche, mais modifié leur procédé pour nos besoins propres.

— Vous l'avez copié, en somme. Et dans quel pays exercez-vous actuellement vos coupables activités ?

— C'est là où je vais en venir. Nous privilégions le Brésil. Surtout la région de Belém.

— Pour quelle raison ?

— La forêt amazonienne s'y réduit tous les jours comme peau de chagrin. Les Brésiliens la déboisent à la vitesse de plusieurs hectares à la minute. Le pire, n'est-ce pas, c'est que personne ne sait exactement ce qui est détruit. Nous devons donc faire vite, voyez-vous ? Enfin, le Brésil ambitionne de devenir leader mondial dans le domaine des biocarburants. Cela signifie, dans l'avenir, une augmentation de la culture intensive de plantes à huile ou à alcool, et donc de nouvelles destructions de la forêt.

— Et vous ne possédez qu'un seul ballon à air chaud pour chasser vos bestioles ?

— Nous en avions deux au Brésil. Du moins jusqu'à la semaine dernière, hélas.

Darcos dévisagea Sénéchal à travers ses lunettes profilées, hocha la tête d'un air exagérément attristé, puis pianota sur le clavier de son ordinateur. Les visages des deux hommes réapparurent sur l'écran.

— Les personnes que vous voyez ici, et qui appartiennent à notre entreprise, sont le docteur Garnier et son pilote, M. Leteinturier. Ils ont disparu la semaine dernière au-dessus de l'Amazonie avec leur dirigeable... Perdus corps et biens dans un secteur très dense, et également très peu connu, à part peut-être des indigènes. Vous me suivez ? Leur radio et leur GPS ont été coupés avant leur disparition... Ce qui est des plus étrange. Et des plus inquiétant. Il existe d'autres faits troublants autour de cette affaire. Des rumeurs circulent... Des Indiens du cru auraient aperçu des créatures fantastiques dans ce secteur de la jungle. (Il fit un large geste de la main, comme pour chasser cette idée.) Bref, malheureusement, malgré tous nos efforts et ceux de leurs familles, les recherches piétinent et notre ambassade n'a pas...

Il s'interrompit brutalement, jeta un coup d'œil à sa montre en or, puis tendit sa main blême à Sénéchal.

— Cher monsieur, je suis heureux d'avoir obtenu l'accord de vos supérieurs pour que vous partiez au plus vite enquêter sur leur disparition. Et, je le souhaite de tout cœur, les retrouver vivants... Je vous en suis extrêmement reconnaissant.

5.

Le camion cahote encore un instant sur le chemin, puis il s'immobilise. Le moteur se tait.

Devant les phares, les volutes de brume s'enroulent lentement autour des sombres tentures des lianes. La portière côté conducteur s'ouvre, émettant un chuintement pneumatique. Le chauffeur coiffé d'une casquette descend du véhicule, ses bottes font un bruit mou en touchant la terre gorgée d'eau.

Il tient en main un fusil d'assaut M 40 équipé d'un long silencieux.

L'homme demeure un instant immobile, aux aguets.

Puis il allume la torche fixée sous le canon de son arme. Elle illumine le sol d'une lueur blafarde et sculpte des ombres dures autour des pneus. L'odeur de vase et d'humidité pénètre dans ses narines. Il n'entend que le coassement de centaines de grenouilles dans le marécage tout proche.

Il éclaire la paroi du camion où brille un large adhésif qui proclame : « João Fernandez et ses fils, transport de fruits et légumes dans toute l'Amazonie », puis il se dirige vers l'arrière du véhicule, son fusil d'assaut pointé. Sa torche balaye le sol et les portes arrière cadenassées.

Rien.

L'homme se penche. Ses doigts courent sous le pare-chocs. Il en retire un boîtier muni d'une courte antenne, manœuvre rapidement un bouton et l'empoche.

Il dresse soudain l'oreille : il y a eu un bruissement, tout proche.

Il oriente instinctivement la lampe de son arme vers les grosses branches au-dessus de lui.

Là-haut, il perçoit un mouvement furtif.

Soudain, trois formes noires s'élancent au bout de leur fil, telles des araignées géantes.

6.

La porte de sa vieille Ford rouge avait été fracturée. Le capot était ouvert. Ils avaient tout saccagé dans l'habitacle, et même laissé des boîtes de bière vides à l'intérieur.

Elle n'aurait jamais dû se garer aussi loin du Veneno Verde, et surtout pas dans ce coin puant, au bord de cet immense marché dont les étals fermés étaient à présent autant de cabanes déglinguées qui créaient un vaste village endormi aux maisons miniatures.

À la lueur de sa minuscule lampe de poche, la jeune femme avait constaté que la batterie du véhicule avait été volée, ainsi que d'autres pièces mécaniques. Sa voiture, qui était déjà, selon ses propres termes, une épave roulante, était cette fois-ci devenue une épave immobile.

L'homme était sorti de l'ombre devant elle, une cannette de bière à la main. Il avait titubé et fait quelques pas, puis avait levé la tête, apparemment absorbé par la contemplation du ciel étoilé. La faible lueur du lointain réverbère ne permettait pas de voir son visage.

Elle avait compris tout de suite qu'il n'était pas ivre.

Et qu'il n'était pas seul.

Un autre type arrivait derrière elle.

À l'instant où le pseudo-poivrot bondissait pour la saisir, elle lui avait jeté son sac à la tête et avait sprinté vers les cabanes déglinguées, puis s'était faufilée entre les cloisons de planches. Là, elle était demeurée accroupie dans le noir, le souffle court, le cœur battant et l'oreille aux aguets. Elle avait été tellement rapide que les types n'avaient même pas essayé de la poursuivre.

Elle les avait entendus se disputer le contenu de son sac à main en s'injuriant.

Son sac à main dans lequel se trouvait son téléphone portable...

C'était le moment de filer. Mais dans quelle direction ? La nuit, ce marché était un labyrinthe rempli d'obscurité.

Elle s'aperçut que, dans sa course, elle avait perdu sa petite torche électrique.

7.

Lorsqu'elle revint dans la salle de réunion après avoir raccompagné le visiteur, Dame Pottier trouva Sénéchal parfaitement immobile, sa tasse de café vide à la main.

Elle s'assit sur la chaise voisine, croisa les bras et déclara sans le regarder :

— Sénéchal, si vous voulez exploser de rage, allez dehors, il y aura moins de dommages collatéraux. Je sais parfaitement ce que vous pensez. Cependant laissez-moi vous dire...

L'écoflic gronda :

— Chef, c'est une blague. Évidemment.

Ghislaine Pottier observa un instant ses ongles manucurés et repoussa d'un geste élégant une mèche auburn qui lui tombait sur le front.

— Je crains que non. Détective, faites un très gros effort sur vous-même et laissez-moi parler. Je sais que ce n'est pas dans vos habitudes, mais c'est peut-être le moment de commencer l'entraînement... Le type qui vient de sortir d'ici a le bras très long. Hier soir, fort tard, j'ai reçu un coup de fil d'un important fonctionnaire de la République qui parlait au nom d'un important ministre de la même République – lequel ministre ne devait pas être très loin du téléphone... Ce ministre préside les destinées de l'un de nos ministères de tutelle qui sont – est-il besoin de vous le rappeler ? – ceux de l'Environnement, de la Santé et de l'Intérieur, ainsi que vous pouvez toujours le lire sur votre carte de flic, si vous ne l'avez pas égarée une nouvelle fois.

Elle tourna légèrement la tête vers lui. Il n'avait pas bougé d'un millimètre, le regard perdu au loin, ses larges épaules bien alignées face à la table. Sa tasse vide paraissait minuscule dans sa grosse patte.

— Continuez comme ça, Sénéchal, je sens que vous êtes sur la voie de la sérénité. Respirez tranquillement. Bien. Je poursuis. Ce zélé fonctionnaire m'a fait comprendre, en termes choisis, que Chitinex, l'un des fleurons de la technologie française dans le domaine de la recherche pharmaceutique de pointe, avait pour P-DG un homme d'une telle valeur qu'il avait côtoyé notre ministre sur les bancs des grandes écoles alors qu'ils n'étaient tous deux que de boutonneux adolescents. Il a ensuite déploré, avec des trémolos dans la voix, que ce P-DG nommé Darcos ait égaré deux hommes dans un ballon dans la plus grande forêt du monde, au cœur d'un pays ami nommé Brésil. Lorsque je lui ai expliqué que tout cela était regrettable, mais que je ne voyais vraiment pas ce que je... Ah ! Ça y est, vous avez bougé, Sénéchal. Vous allez encore me couper la parole !

L'écoflic lâcha un soupir et se pencha vers la petite femme.

— Je connais la suite, chef. Il vous a forcé la main en vous parlant des crédits considérables alloués chaque année par son ministère, et donc par le contribuable, pour entretenir cette danseuse qu'est la brigade des fraudes et délits sur l'environnement, notre service, alors que l'époque est à la performance individuelle et à l'économie de marché à tout crin. Il vous a ensuite peut-être menacé de la privatiser, cette danseuse. Hein ? c'est ça ? Et vous nous avez vendus pour un plat de lentilles à ces princes qui nous gouvernent !

Dame Pottier leva une main apaisante.

— Stop ! Il m'a seulement prié de mettre mes meilleurs limiers sur l'affaire. J'ai sauté sur l'occasion. Cela fait des années que nous devons nouer des contacts avec l'IBAMA, la police de l'environnement brésilienne, pour mener en collaboration avec elle des actions contre les filières de trafic de bois exotique... Entre autres. Vous vous le rappelez, Sénéchal ? Et, faute de crédits... Bref, je les ai obtenus de ce fonctionnaire zélé. Et, cette nuit, j'ai passé de nombreux coups de fil au Brésil. Vous êtes invité officiellement pour échanger des informations, nouer des relations privilégiées et tout le tremblement. Ça, c'est votre couverture. Car vous allez là-bas pour rechercher les aérostiers, cela va de soi.

— Je me permets de vous signaler qu'il y a très peu de chances pour qu'on retrouve un jour les deux amateurs de vol en plus léger que l'air, qui doivent, à l'heure actuelle, avoir été bouffés par leurs propres sujets d'études... À savoir les fourmis et autres bestioles à poil dur. Je suis certain, de surcroît, que vous m'avez arraché de mon lit dans le seul but d'impressionner ce type par votre formidable réactivité, et...

La minuscule déesse posa devant lui un dossier à la couverture vert pomme. Il portait le titre : IBAMA.

Sénéchal l'ouvrit : sur la première page étaient agrafés deux billets d'avion Paris-Belém aux noms de Pierre Sénéchal et de Serge Méjaville. Le reste était constitué d'un mémorandum, de copies de documents officiels et de photos, dont celles des deux aérostiers.

Ghislaine Pottier mit ses jolies mains en cathédrale, regarda le plafond, et déclara d'une voix parfaitement neutre :

— Bien... J'ai reçu l'assurance qu'un lieutenant de la police brésilienne de l'environnement, qui a dirigé les recherches en jungle, vous attendra sur place. Veillez bien sur votre collègue légèrement enveloppé que vous appelez peu charitablement : le « gnome fatal ». Le sait-il, d'ailleurs ? Enfin, n'oubliez pas de me rapporter le CD du dernier concert de Gilberto Gil, j'adore la musique de ce gars-là... Sinon, le voyage de retour sera à vos frais. Bon séjour, détective.

8.

La lame à double tranchant pénètre de deux centimètres dans le biceps de l'homme, puis en ressort aussitôt. Il tombe à la renverse dans un fracas de boîtes de conserve vides.

Surprise par l'attaque, elle a frappé d'instinct avec le *push-dagger*, bras tendu, une jambe à demi fléchie, malgré sa jupe serrée.

Elle pivote rapidement sur elle-même. Une main puissante la saisit à la gorge, une autre enserre son bras qui tient le couteau. Elle ne voit rien dans le noir, elle étouffe, se débat. Il lui broie le larynx. Elle tente de lancer un coup de pied, sa jupe l'entrave. Elle recommence, la jupe craque et se déchire. Elle porte une main à son cou et tord le pouce de son agresseur, qui jure et relâche son étreinte. Elle recule, se libère et frappe du genou, puis du talon de l'escarpin. Elle distingue le bruit des impacts plus qu'elle ne les sent, et comprend tout à coup que les mains ne la maintiennent plus. Elle avance alors sur son adversaire, lame en avant. Son couteau fend le vide deux fois. Un choc sur sa pommette la fait chanceler. Déséquilibrée, elle va tomber, elle hurle : « Fils de pute ! » La rage la submerge. Elle se redresse et lance un coup de coude à l'aveuglette, le bras haut levé. Un cartilage craque, un liquide chaud l'éclabousse, il y a un gargouillis suivi d'un bruit mou au sol, puis plus rien.

Ses oreilles bourdonnent, son cœur bat follement.

Elle s'appuie d'une main sur une cloison de planches et lève les yeux vers les étoiles, qui tournent encore un peu, puis finissent par regagner leur place exacte dans le ciel. Elle essuie de la manche le sang qui l'a éclaboussée au visage, et aspire avec force l'air au goût de saumure.

Elle entend un geignement derrière elle. L'homme qu'elle a blessé avec son couteau rampe dans le tas d'ordures. Il vomit en se tenant le bras. Il a déjà rendu tout le contenu de son estomac, et maintenant il sanglote et hoquette, car il ne peut plus vomir que de la bile.

Elle détourne la tête. Celui-là non plus n'est pas près de revenir à la charge.

Elle ressent dans le poing droit des élancements douloureux, tant il est crispé autour du manche du *push-dagger.* Elle tâte sa gorge et palpe ensuite du bout des doigts sa pommette qui enfle.

Elle fumerait volontiers un petit joint. Là, tout de suite.

9.

— Vois-tu, Pierre, dit Lucrèce, apparemment absorbé par la contemplation des épais nuages qui défilaient devant le hublot, il faut toujours se méfier des scientifiques qui gagnent trop d'argent. C'est une règle d'airain.

Serge Méjaville, chimiste de la FREDE, gros petit homme perpétuellement mal rasé, avait hérité du surnom légèrement potache de Lucrèce en raison de sa connaissance approfondie des poisons (qu'il nommait parfois toxines). Il avait conçu, dans son laboratoire du sous-sol du ministère de l'Environnement, un logiciel spécialisé capable d'identifier plus de trois cents de ces substances, même lorsqu'elles se trouvaient mélangées à d'autres ingrédients. Il collectionnait également à temps perdu les nœuds papillons, qu'il épinglait soigneusement dans des boîtes vitrées réservées ordinairement aux lépidoptères tropicaux.

Tout en tripotant celui qu'il portait autour du cou, il attendit la réaction de son grand voisin. Sénéchal lui lança un coup d'œil amusé par-dessus des lunettes demi-lunes.

— Je sens que tu as besoin de t'abandonner à ton confesseur, Lucrèce. Parle, ami scientifique, parle. Rien de ce que tu vas me confier ne sortira de cet avion, tu en as ma parole. Mais, que je sache, tu te plains souvent d'être mal payé, à la FREDE, non ?

— Ne t'est-il pas venu à l'esprit que les deux aérostiers ont pu couper volontairement la radio et le GPS de leur engin ?

— Tu crois qu'ils ont décidé de disparaître pour se refaire une nouvelle vie dans la jungle, avec les jaguars, les fourmis et les serpents, et échapper ainsi à cette civilisation matérialiste ?

Ce n'est pas un peu New Age ? Et qu'ont-ils fait du dirigeable, dis-moi ? Ils organisent des baptêmes de l'air pour les enfants des Indiens du coin ?

Lucrèce se frotta le menton d'un air pénétré, ce qui produisit un son de toile émeri.

— Peut-être transportaient-ils un truc particulier dans leur engin.

— Et de quoi s'agirait-il ?

Le rondouillard haussa les épaules.

— Une histoire de trafic. Dans ces coins perdus... Et ça aura mal tourné... (Il parut soudainement préoccupé.) Pierre, à ton avis... Tu crois que c'est vrai ce qu'on raconte ?

— Quoi ?

— Que les Brésiliens passent leur temps à faire la fête et dansent dans les rues toute la nuit ?

10.

— Vos deux collègues disparus avaient loué une cave ? Et personne n'était au courant ? Même pas vous, les gens de Chitinex ? Même pas votre directeur ? Vous voulez bien me redire ça, s'il vous plaît, dans l'ordre, et me répéter le nom de cet endroit, São machintruc ?

Sénéchal avait le plus grand mal à comprendre ce que venaient de lui expliquer (en parlant exactement en même temps) les deux employés de Chitinex, assis devant lui à une table du bar de l'aéroport.

À ses côtés, Lucrèce, les yeux mi-clos, les doigts croisés sur sa brioche de gourmand, détaillait leurs nouveaux interlocuteurs : une jeune femme blonde en débardeur, au regard clair et au nez busqué, l'air sévère, et un gros type barbu en salopette râpée, coiffé d'un bob défraîchi marqué Chitinex Development. Ce dernier transpirait et suçotait le tuyau d'une pipe de bruyère éteinte.

Tous deux recommencèrent à raconter à l'écoflic leur histoire de cave, en parlant de nouveau en même temps. Manifestement, ils auraient préféré ne pas se trouver en face de ce géant à l'allure de flibustier qui les toisait avec l'intention évidente de les mettre aux fers, à fond de cale, jusqu'à la fin de leurs jours.

Un peu en retrait se tenait une Indienne d'une trentaine d'années à la peau sombre et aux beaux yeux d'un noir liquide, assise très droite sur sa chaise. Ses dreadlocks étaient arrangées en un curieux chignon de côté. Elle portait un sparadrap tout neuf sur une pommette enflée et arborait un foulard noir, noué serre autour du cou. Sur sa hanche pendait un gros automatique dans son étui de cuir. Elle était impeccablement sanglée dans son uniforme vert de l'IBAMA, la police de l'environnement brésilienne.

À la surprise de Lucrèce elle lui sourit soudain, dévoilant une rangée de dents très blanches, un peu écartées. Puis son regard se posa sur Sénéchal. Elle lui dit avec une voix de violoncelle, dans un français parfait :

— Senhor Pierre Sénéchal, nous devrions aller voir cette cave maintenant. La nuit tombe vite chez nous et il y a du chemin à faire jusqu'à São Felix de Jacareacanga.

Ils se levèrent avec un bel ensemble. Lucrèce trottina de manière à se trouver aux côtés de la policière, et il ouvrit galamment la porte vitrée devant elle.

Sur le trottoir, elle tâta sa pommette du bout des doigts. Il demanda :

— Qu'est-il arrivé à votre visage, lieutenant Saint-Louis ? Rien de grave, j'espère ?

— Du tout. Un petit problème de stationnement. Sur le marché.

11.

L'homme cligne des yeux, se balance encore un instant dans son hamac et dit :

— Diégo, on va travailler ?

Le chien gris allongé de tout son long sur le plancher de la véranda s'étire, s'assied, puis se gratte mollement le flanc de la patte arrière.

Comme tous les matins, son maître sort du hamac, réunit ses cheveux bouclés en une épaisse queue-de-cheval, fouille dans son short et en extrait un cigarillo qu'il allume. Ensuite, il contemple le ciel qui porte encore les couleurs de la nuit. Il empoigne enfin son fusil et sort d'un pas tranquille dans la courette bordée de bananiers. Le chien descend les marches à sa suite.

Il est fatigué. Il s'est déjà réveillé deux fois cette nuit : il a entendu des bruits qu'il ne connaissait pas, là-bas, en lisière de la forêt. Il a trotté jusqu'au milieu de la courette et a aboyé à plusieurs reprises. Le vent lui apportait des odeurs inconnues. Son maître, depuis le fond de son hamac, lui a ordonné de se taire.

L'homme et le chien s'engagent sur un sentier qui mène à un groupe de grands arbres, dont le sommet se termine par un toupet qui tangue sous le ciel sombre.

Il parvient à la hauteur d'un cabanon dont le toit est protégé par une bâche de plastique effilochée. Il y prend des outils qu'il entasse dans un sac de toile à bandoulière, et le charge ensuite sur son épaule libre. Il est sur le point de refermer la porte, quand son regard s'arrête sur l'affiche collée à l'intérieur. Elle proclame : *La forêt est notre bien le plus précieux, elle n'est pas à vendre.* Signé : *Mouvement des Paysans sans terre.*

Sur le coin du texte est punaisée une vieille photo qui le représente, debout sur une estrade, le poing levé. Diégo est assis à deux pas, gueule ouverte. L'homme fronce comiquement les sourcils : sa propre silhouette s'est bien empâtée, depuis le jour où cette photo a été prise.

Sa silhouette, elle est bien connue dans la région, et elle est devenue indissociable de celle de son chien Diégo. Car Diégo le suit partout depuis sept ans. Lorsqu'il va livrer à la coopérative les balles de caoutchouc brut, Diégo monte toujours à ses côtés dans la cabine de son pick-up, et Diégo assiste même aux réunions politiques. Diégo se tait quand son maître prend la parole devant les Paysans sans terre, et jappe fièrement lorsqu'il est applaudi.

L'homme ferme la porte du cabanon et reprend sa marche en sifflotant. Derrière lui, la truffe collée au sol, le chien pousse de petits cris inquiets.

— Qu'est-ce qu'il y a Diégo? Tu as senti une bête? Un ocelot? Ça m'étonnerait. Ils ne viennent jamais par ici.

Il s'arrête toutefois et ôte le cran de sûreté de son fusil. Il pense surtout à des types qui seraient en train de lui voler sa récolte de caoutchouc. C'est déjà arrivé une fois.

Derrière son arme, il poursuit prudemment son chemin, le chien à quelques pas. L'animal ne geint plus, mais ses oreilles sont dressées, aux aguets. L'homme pénètre sous les arbres bien alignés.

Il n'y a personne.

Au bout d'un long moment, il fait glisser la bandoulière de son sac et, fusil en main, écarte théâtralement les bras en clamant d'une voix forte :

— Tu vois, Diégo, un jour, tout cela sera à toi!

Il répète cette vieille plaisanterie presque tous les matins, depuis que le gouvernement lui a donné cette plantation d'hévéas laissée à l'abandon – cette friche qu'il a trouvée envahie de broussailles et pleine de serpents, et qu'il a réussi à faire fructifier à force de patience et de labeur. Chaque jour, il a soigné les arbres. À présent, ils sont sains, droits et feuillus, et donnent du lait de qualité. Ce lait, il le voit sortir en belles coulées blanches des saignées faites le long des troncs. Le lait des arbres s'accumule dans des coupelles de métal accrochées à l'écorce.

Son œil exercé aperçoit au pied d'un tronc l'une de ces coupelles tombée pendant la nuit. Le caoutchouc a coulé au sol et s'est perdu dans les herbes. L'homme s'approche de l'arbre.

Derrière lui, le chien gronde.

L'oreille sensible de Diégo perçoit un cliquetis sous le pas de son maître. Une lueur blanche l'aveugle, il y a un terrible *bang!*, une explosion dont le souffle brûlant le projette sur un arbre.

Il retombe sur le dos, l'œil vague, le poil roussi. Il demeure immobile, engourdi et couvert de terre. Puis il secoue la tête, se retourne et tente de se mettre sur ses pattes. La douleur dans son échine est fulgurante. Il n'entend plus rien. Autour de lui la chaleur se dissipe et de la fumée monte vers la cime des arbres.

À quelques pas, il aperçoit son maître.

Il est allongé sur le sol, et il le regarde.

L'homme ne sent plus ses jambes. Comme si elles n'existaient plus. Tout le reste de son corps le brûle horriblement. La joue plaquée dans les herbes et les feuilles d'hévéas, il tente de relever la tête, mais n'y parvient pas. Où est Diégo ?

Il voit sa main, là-bas, mais ça ne peut pas être la sienne, car la peau est brûlée et toute la paume est noircie. D'ailleurs, deux doigts sont absents. On dirait qu'ils ont été arrachés. Ce moignon sanguinolent d'où sortent des tendons blanchâtres ne lui appartient sûrement pas non plus. Tiens, il y a autre chose juste à côté de cette main lointaine... Le fusil. La crosse. Il en manque la moitié et le canon est tordu...

À quelques centimètres de son visage, il aperçoit des petits objets brillants. Il éprouve les plus grandes difficultés à comprendre de quoi il s'agit. Il est terriblement fatigué, tout à coup, son esprit devient confus. Puis il les reconnaît enfin : des morceaux de verre. Pointus. Du verre ? Il y en a partout...

Qu'est-ce que c'était que ça ? Qu'est-ce que...

Le chien blessé se met à ramper en geignant.

À ramper vers son maître, qui maintenant le fixe sans le voir.

12.

— À quoi servent donc, lieutenant, toutes les minuscules bouteilles que vendent ces dames, sur le marché ?

— Nous les appelons des *garrafadas*, senhor Serge Méjaville... Elles contiennent toutes sortes de potions et de remèdes : des infusions, des décoctions de plantes et aussi des parties d'animaux destinées à, disons, apprivoiser les maris. Elles portent des noms comme : « Pleure à mes pieds », « Ne me quitte pas », ou encore : « Viens à moi ».

— Ah oui ? C'est très curieux.

Dès leur départ de Belém, Lucrèce avait tenté d'engager la conversation avec le lieutenant Saint-Louis, qui pilotait à vive allure le 4 x 4 blanc marqué de l'insigne vert de l'IBAMA. Il lui avait demandé, la bouche en cœur :

— Et où donc avez-vous appris notre langue ? Vous la parlez remarquablement.

Apparemment fascinée par la vision, en bordure du marché aux poissons, d'une vieille Ford rouge entourée de gamins occupés à en démonter les pneus, l'Indienne lui avait répliqué distraitement :

— Mais, à l'école, comme vous-même, non ? Vous la parlez très bien aussi, senhor Serge Méjaville.

Cette réponse avait plongé le petit chimiste dans un abîme de perplexité. Puis il s'était assoupi.

À l'arrière du véhicule, la jeune femme blonde en débardeur n'avait pas prononcé un mot de tout le voyage. À chaque question que lui avait adressée Sénéchal, elle avait répondu par de brefs signes de tête.

Le gros type à salopette, assis entre elle et l'écoflic, se vautra à moitié sur ce dernier, pour dire à voix basse :

— Monsieur le policier, Chantal, c'est peut-être pas une marrante, marrante, mais tu peux lui faire confiance : son dirigeable, elle pourrait se le piloter jusque sous les arbres... Et peut-être même jusque dans le fond de son cul, certains jours.

Il rit de sa plaisanterie avant de recommencer à suçoter le tuyau de sa pipe. Il sentait le tabac froid et la transpiration.

Sénéchal lui jeta un regard peu amène.

— Vous n'avez pas l'air trop inquiet pour le sort de vos deux collègues, monsieur Frankeur.

L'homme haussa les épaules.

— Faut pas croire. Mais vu qu'on se connaissait pas trop et qu'on travaillait pas sur les mêmes sites. À vrai dire, on était plutôt en compétition... Y en a, des choses à découvrir, là-haut, sur les arbres. On se croisait pour échanger des données techniques ou scientifiques ou bien on se parlait par radio, point. Et... Et pour être franc avec toi, m'sieur Sénéchal, c'étaient des nouveaux venus dans la boîte et je les aimais pas trop.

— Vous parlez d'eux au passé ?

— Pour moi, ces gars-là sont morts. Ils se sont écartés du secteur de jungle où ils devaient bosser. Et surtout, surtout, sans donner leur plan de vol. Ça se paye très cher, des fois... Ils se seront écrabouillés quelque part là-dedans avec leur engin (il fit un geste vers l'horizon) et ils y auront laissé leur peau. S'ils s'en étaient tirés, ils auraient activé la balise radio. Ils avaient même un téléphone satellitaire et des fusées de détresse. Pendant trois jours, les mecs de l'IBAMA ont tourné avec les hélicos pour retrouver leur foutu engin. Mais essaie donc de retrouver un radeau sur l'océan sans connaître sa position, tu vois le genre...

Il désigna le dos de l'Indienne qui conduisait la voiture.

— Cette belle fliquesse, qui a dirigé les recherches, a même vérifié la contenance du réservoir de kérosène du zeppelin pour essayer de déterminer le périmètre dans lequel il aurait disparu. D'ailleurs, c'est exactement le même appareil que celui que pilote Chantal.

— Et que pensez-vous du fait que leurs transmissions aient été coupées ?

— Tu vois, toi, qui serait capable de couper la radio et le GPS d'une machine volante sans être à son bord ? Logique, non ? Ou alors, ils sont tombés sur des bandits. Ici, c'est le Far West. Dans ce pays, quelqu'un se fait refroidir toutes les douze minutes ! On saura peut-être jamais ce qui leur est arrivé, même si on retrouve leur ballon.

Sénéchal soupesa sa question, puis demanda :

— À votre avis, ils auraient pu faire quelque chose d'illégal ?

La blonde pilote répondit à la place de Frankeur :

— Je les avais trouvés bien préoccupés, la dernière fois que je les ai vus.

Puis elle se replongea illico dans le mutisme.

Frankeur se gratta la barbe.

— Chantal a raison. Ils avaient l'air... Comme s'ils avaient un truc assez costaud sur le feu, tu vois le genre. Mais quoi ? Motus. Note, ils avaient même pas raconté qu'ils avaient loué une cave dans ce bled. Tiens, regarde, on y arrive.

Le policier qui les attendait dans la ruelle était coiffé d'une casquette de travers, portait un pistolet-mitrailleur en bandoulière et arborait une moustache de bandit d'opérette.

En les voyant venir, il se tamponna le front à petits coups précis à l'aide d'un immense mouchoir à carreaux, le replia soigneusement avant de l'empocher et de les saluer tous en grommelant de manière indistincte. Le lieutenant Saint-Louis et lui échangèrent quelques mots. Le flic hocha la tête et arracha d'un coup sec les bandes marquées « police » qui barraient le battant d'une porte basse. Il contempla ensuite ses visiteurs d'un air débordant de fierté. Puis, comme s'il se rappelait tout à coup ce qu'il devait faire après, il ressortit illico le mouchoir de sa poche, y pêcha un trousseau de passe-partout et farfouilla dans la serrure de la porte, en émettant quelques jurons : son pistolet-mitrailleur le gênait manifestement dans cette délicate opération. Une fois le battant largement ouvert, il s'effaça cérémonieusement. Les visiteurs entrevirent une volée de marches en pierre taillée.

Sénéchal glissa le bras à l'intérieur du chambranle et manœuvra un interrupteur, sans succès.

— Il n'y a pas de lumière là-dedans ?

Le lieutenant Saint-Louis répéta la question au flic, qui se lança dans une explication ponctuée d'amples gestes, faisant dangereusement balancer son pistolet-mitrailleur sur sa poitrine. Il montra un type torse nu, debout sur un balcon à quelques mètres en surplomb de leur groupe, et qui paraissait s'être matérialisé à l'instant. L'homme affichait une attitude craintive. Il se tenait entre plusieurs rangées de pots d'où sortaient des plantes vertes qui lui arrivaient à la taille.

La policière de l'IBAMA se tourna vers Sénéchal.

— C'est le propriétaire, je vais lui parler.

Elle s'avança, leva la tête et, les mains aux hanches, lança un ordre bref. L'homme disparut à l'intérieur de la maison.

Le policier moustachu sourit et fit un commentaire à voix basse. La jeune femme le fixa durement. Le sourire du flic s'effaça. Frankeur fit un clin d'œil à Lucrèce et pouffa :

— Il a dit : « Cette fille a un fouet dans la bouche. » Elle a entendu, je crois bien.

Lucrèce se tourna vers Sénéchal.

— Tu ne trouves pas ça curieux ?

L'écoflic haussa les épaules.

— D'avoir un fouet dans la bouche ? Si.

Le petit chimiste désigna le balcon :

— Non. De ne pas mettre des fleurs sur son balcon... Regarde : ici, au Brésil, ils ont des plantes qui font des gousses, comme les haricots.

L'Indienne revint vers eux.

— Le propriétaire va rétablir l'électricité. Il l'a coupée quand il a appris par M. Frankeur que ses locataires avaient disparu. Il a raconté à la police qu'il ne sait pas ce qu'il y a dans cette cave.

Devant l'air perplexe de Sénéchal, elle indiqua le battant.

— Ses locataires ont fait poser une nouvelle serrure dès leur arrivée. Personne n'en a retrouvé les clefs. Quand ils n'ont plus donné de nouvelles, cet homme a appelé le senhor Frankeur. Pour essayer de se faire payer le loyer.

L'entomologiste ronchonna :

— Il ne m'a pas dit comment il a su où me joindre, ce gars-là.

— Il a trouvé votre numéro de portable sur une carte de la compagnie Chitinex, dans la maison qu'il louait également à vos collègues.

— La maison ?

— Vous n'en connaissiez pas l'existence ?

— Non ! Comme je vous l'ai dit, capitaine...

— Lieutenant.

— Comme je vous l'ai dit, lieutenant, la boîte leur payait des chambres à l'hôtel Grisselda de Belém... C'est parfois là que Chantal et moi on les rencontrait, entre deux expéditions en forêt.

L'Indienne s'adressa aux deux enquêteurs :

— Je suis allée à l'hôtel Grisselda. Ils y séjournaient très rarement. Je n'ai trouvé que des vêtements dans leurs penderies.

(Elle désigna le balcon au-dessus de leurs têtes.) C'est là-haut. Nous irons voir après.

La lumière s'alluma dans l'escalier de la cave. Le lieutenant Saint-Louis donna un ordre au policier, qui salua militairement et reprit son poste à proximité de la porte ouverte. Puis, d'un geste très naturel, elle sortit son Beretta de son étui de hanche et l'arma dans un claquement sec, ce qui eut pour effet immédiat de faire reculer d'un pas tout le groupe.

— Permettez ? Je passe devant.

Elle descendit les premières marches, son arme pointée devant elle.

13.

Malgré la nuit qui tombe, le Noir très maigre qui traverse la rue encombrée de voitures a les yeux bandés par de larges lunettes de soleil. Il est coiffé d'une casquette jaune canari et porte une chemise rouge à manches courtes qui flotte sur un jean coupé aux genoux. Une sacoche en toile défraîchie pendouille sur ses reins.

Il sourit de toutes ses dents à une fille court-vêtue qui le croise et, parvenu sur le trottoir d'en face, achète un journal à un gamin. Il le parcourt des yeux et entre dans un bar ouvert à tous vents et éclairé par des néons blafards, où des vieux en maillot de corps, chapeau vissé sur la tête et cigarillo aux lèvres, jouent aux cartes tout en sirotant du café dans des tasses minuscules.

Un jeune homme discute au comptoir avec le patron.

Le Noir s'affale sur une chaise. Il repousse sa casquette en arrière, ouvre son journal et commence à le lire en se grattant l'entrejambe. À la table voisine, trois vieux se mettent à se chamailler, s'accusant mutuellement de tricher. Depuis son comptoir, le patron leur gueule quelque chose qui les fait taire immédiatement, et se remet à astiquer ses verres tout en continuant à discuter avec le jeune homme.

Quelques minutes plus tard, le jeune homme se dirige vers les toilettes.

Le Noir se lève, plie son journal, puis il le suit. Il descend une volée de marches et pénètre dans une pièce aux murs de faïence éclairée par une ampoule nue. À l'intérieur, il fait sombre et ça pue. Sous un soupirail rectangulaire occulté par une plaque de zinc, le jeune homme est en train d'uriner dans l'une des latrines.

Le Noir extrait un petit coin de métal de sa sacoche. Il se penche, l'enfonce sous la porte, et vérifie en tirant sur la poignée que le battant ne peut plus s'ouvrir.

Le bruit fait se retourner le jeune homme, qui l'observe, interloqué. Le nouveau venu pose sa sacoche devant la porte, en sort le journal, qu'il déplie largement. Il s'immobilise à un mètre du type, tout sourire. Celui-ci remonte sa braguette et lui fait face.

— Qu'est-ce que vous voulez ?

L'autre sourit toujours.

— Putain, je rêve pas, mais c'est bien vous, là, en page trois ? Vous êtes bien Edouardo Henrique Jimenez ?

Le jeune homme fronce les sourcils, s'approche, se penche sur le journal.

— Quoi ? Oui, oui, c'est moi, mais où est-ce que...

La lame crantée de vingt centimètres du couteau de chasse traverse les pages et se plante dans sa poitrine.

Il titube sous le choc, ouvre la bouche. Ses yeux s'écarquillent. Le Noir lui plaque violemment le journal sur le torse, retire le couteau et frappe une seconde fois, plus bas, vers l'aorte. Il tranche l'artère, le sang gicle à gros bouillons sur le journal et sur son visage. Il détourne la tête en grimaçant. Les genoux de sa victime ploient, elle émet une faible plainte puis s'écroule au sol avec un bruit mou, tout le corps agité de tremblements. De sa poitrine, du sang continue à gicler par saccades sur le carrelage, une flaque sombre commence à s'élargir sous le cadavre qui se recroqueville lentement autour du journal détrempé.

L'assassin recule d'un pas, ôte sa casquette et ses gants, et lance le tout dans l'une des latrines. Puis il enlève prestement sa chemise, s'en essuie le visage et l'envoie rejoindre gants et casquette. Il va au soupirail, tend les bras, ôte sans difficulté la plaque de zinc qui le ferme.

La tête d'un autre homme apparaît dans l'embrasure.

L'homme voit le sang sur le sol et les murs. Ses yeux s'arrêtent sur le corps recroquevillé. Il dit tranquillement :

— C'est bien.

Dans la ruelle derrière lui, il y a des cageots empilés. Une moto est garée, deux casques sont accrochés au guidon.

— On s'en va.

Il passe le bras à travers le soupirail, tend la main au Noir qui bondit, la saisit fermement puis, agile comme un chat, se faufile dans l'étroite ouverture.

14.

Dans la cave aux murs intégralement recouverts de plastique noir, l'odeur de pourriture était quasiment palpable.

En son milieu, posé sur un meuble recouvert d'une toile cirée, trônait un grand terrarium aux vitres sales. Il était fermé à son sommet par un fin grillage. Au-dessus de lui, des lampes à vapeur de sodium l'éclairaient comme sur un plateau de cinéma. Il était apparemment rempli de cinq pots d'où sortaient des branches mortes, et son fond était tapissé de feuilles jaunies.

Des tuyaux annelés et des fils électriques couraient sur le sol de terre battue. Dans un renfoncement obscur de la pièce, des étagères métalliques supportaient d'autres terrariums de plus petite taille. Dans l'angle opposé, sur un boîtier muni d'interrupteurs et disposé à hauteur d'homme, des diodes rouges et vertes s'allumaient alternativement. Un climatiseur mural était disposé juste en dessous.

Frankeur jura d'une voix forte :

— Nom de Dieu, qu'est-ce que c'est que ce bordel !

À cet instant, une ventilation se mit à ronronner quelque part dans les voûtes.

L'entomologiste leva la tête, ne vit rien, lança un regard interrogatif au lieutenant de l'IBAMA, qui écoutait, elle aussi. Elle venait d'explorer, arme et lampe de poche en main, tous les recoins de la cave et semblait déçue de ne pas avoir découvert une dizaine de cadavres en décomposition. Elle s'accroupit au milieu des câbles et ralluma sa torche pour étudier le sol.

— Surtout ne touchez à rien, senhor Frankeur. Et ne fumez pas.

Sénéchal contourna le grand terrarium et examina une table basse, nue, ainsi que des filets à papillons entreposés le long d'un mur, voisinant avec un sac de jute ouvert d'où dépassaient des graines jaunes. Certaines avaient commencé à germer, dardant de courtes tiges blêmes vers le plafond. L'Indienne, toujours munie de sa torche, s'en approcha. Elle enfila une paire de gants de caoutchouc, saisit une poignée de graines, la renifla et commenta laconiquement :

— Soja. Comme les plantes mortes qui sont dans ce terrarium... Et comme celles qui poussent sur le balcon de la maison.

Puis elle en remplit un sachet de plastique. Chantal se tenait en retrait, les bras croisés et le nez froncé. Son regard clair ne reflétait rien.

Lucrèce s'approcha à son tour de la vitre sale du grand terrarium. Il s'aperçut avec surprise que deux minuscules webcams étaient disposées à quelques centimètres de la paroi de verre. Leurs objectifs étaient dirigés vers les pots, et leurs fils disparaissent le long du meuble, en dessous. Il les examina et constata qu'elles n'étaient pas en activité. Puis il scruta l'intérieur du terrarium.

— Pas âme qui vive, là-dedans, à mon avis.

Il sursauta en entendant un crachotement. Un épais brouillard remplit le terrarium, y stagna un instant, puis disparut en laissant de la buée sur les vitres.

Frankeur, qui s'était posté devant le boîtier où clignotaient les diodes, se gratta la barbe, puis il émit un sifflement en tapotant de l'index le boîtier.

— Vu ! C'est une centrale électronique qui permet de piloter automatiquement température, lumière et hygrométrie.

Il mit la main devant la grille du climatiseur.

— La clim fonctionne, maintenant. En plus de la ventilation qu'on vient d'entendre, qui extrait l'air de la cave. (Il renifla.) C'est pour ça que ça pue moins. Quand ce con de propriétaire a coupé l'électricité, tout ça s'est arrêté de fonctionner... Les plantes du terrarium ont crevé, et ici tout pourrit très vite. (Il s'approcha du grand terrarium et l'observa, l'air pensif.) Cette centrale commande même des générateurs de brouillard. Mais pour faire pousser quoi ? Du soja ? Et ces webcams miniatures ?

Il se pencha pour tenter de suivre à son tour le cheminement des fils des caméras sous le meuble, puis y renonça.

— Quelqu'un regarde pousser du soja ? Filme du soja qui pousse ?

Il hocha la tête, mi-admiratif, mi-réprobateur.

— Y'en a pour un bon paquet de pognon, ici. Mais quand est-ce qu'ils ont installé ce truc, ces deux mecs ? Et pour quoi faire ?

Sénéchal répliqua :

— Une autre question : Comment s'y sont-ils pris pour que le propriétaire ne le sache pas ?

L'entomologiste ricana.

— Ça, c'est moins difficile. Tu lui graisses la patte, et il voit rien, il entend rien. Tu changes la serrure et...

— Taisez-vous, dit Lucrèce.

Il se tenait dans le renfoncement de la pièce, penché devant les étagères contenant les petits terrariums.

— Lieutenant Saint-Louis, pouvez-vous venir près de moi avec votre lampe, s'il vous plaît ? J'entends quelque chose, comme des crissements.

L'Indienne le rejoignit et lui tendit la torche allumée. Lucrèce, la main en visière, braqua le faisceau tout près des vitres.

— Venez voir ! Venez voir ces saloperies de bestioles !

15.

Xingu est bleu foncé des pieds à la tête.

Il porte autour du sexe un étui pénien de la même couleur que sa peinture corporelle. À sa taille, accroché à une ceinture de lianes tressées, pend tête en bas un unique oiseau mort aux plumes ébouriffées. Dans l'ombre pareillement bleue d'un bosquet, Xingu est presque invisible. Seul le blanc de ses yeux pourrait révéler sa présence.

Xingu est un adolescent au torse maigrichon, qui tient un grand arc et trois flèches de roseau à la pointe amovible. Il avance avec une extrême lenteur et se courbe pour passer sous une branche en écartant doucement un paquet de feuillages. Silence... Ses pieds nus ne font presque aucun bruit sur le sol de la forêt. Il s'accroupit de temps à autre pour observer des traces d'animaux, puis il repart, les narines frémissantes, les oreilles attentives aux pulsations de la jungle.

Aujourd'hui Xingu a raté sa cible par trois fois : un singe, un iguane véloce et un gros rongeur au derrière jaune. Il s'est ensuite donné beaucoup de mal pour retrouver ses flèches dans les broussailles. Il a transpiré, poussé bon nombre de jurons contre les oiseaux, là-haut dans les branches, qui se moquaient de lui, et il a maudit à voix basse les dieux ironiques de la forêt. Il s'en est même fallu de peu qu'il ne pleure de rage et de frustration.

Le jeune Indien rumine ses échecs. S'il a la chance d'apercevoir un animal, il va avoir encore plus de difficultés pour viser, car le crépuscule s'installe dans le sous-bois.

Aux heures chaudes de la journée, les bêtes sont engourdies par la chaleur. Ivres de lumière et d'odeurs, elles jacassent dans les arbres et sont moins méfiantes. Le soir, à l'heure où apparaissent les chauves-souris, elles ont peur et se terrent. Car c'est le soir que les serpents sortent de leurs cachettes et que l'ocelot et le jaguar se mettent en chasse.

Il va lui falloir rentrer sans tarder au campement.

Bredouille. Ou presque. Et subir les sarcasmes de son frère aîné.

Xingu risque de se mettre en colère contre lui et de lui donner un coup de poing, ce qu'il finit toujours par regretter. Lorsqu'il fait cela, son frère lui tord le bras en riant, puis ils luttent rapidement sur le sol devant les autres hommes, et son aîné réussit à l'immobiliser sans difficulté. Ensuite Xingu a mal dans le bras et dans le corps durant plusieurs jours. Et les femmes de la tribu se moquent de lui car il est faible et piètre chasseur. Il déteste que les femmes se moquent de lui, il déteste les...

Qu'est-ce que c'est que ça?

Xingu s'accroupit devant les traces toutes fraîches sur le sol. Des traces curieuses, telles qu'il n'en a jamais vues. Elles sont larges comme sa paume, peu profondes, et elles sinuent vers cette grosse pierre, là-bas, qui ressemble au dos luisant d'un phacochère qui sortirait d'une mare. Mais ce n'est qu'une pierre. Xingu le regrette. Et ces traces?

Il tend deux doigts et en pose l'extrémité sur les fins sillons parallèles. Il les porte à ses narines et renifle à petits coups. Aucune odeur. Il avance en suivant les traces, mètre après mètre. Il cherche d'autres signes... Puis il s'arrête, hésitant. Le jour a encore décliné. Les feuilles des arbres ont déjà viré au vert foncé. Les traces s'éloignent maintenant de la pierre et s'enfoncent dans ce sentier bordé d'arbres au tronc lisse d'où coule un lait blanc lorsqu'on blesse l'écorce. Il sait ce qu'il y a, au beau milieu de ce sentier, un peu plus loin : une grosse branche, plantée toute droite. Elle supporte deux mâchoires de tapir entrecroisées.

Le message est clair : N'allez pas plus loin. C'est interdit... Dangereux.

Cette mise en garde est ancienne. Une autre tribu l'a installée là, il y a sans doute longtemps, car les os des tapirs sont noircis et la plupart des dents se sont détachées.

Son frère l'a pourtant amené ici, un matin, pour recueillir dans une calebasse le lait qu'il a fait sortir des grands arbres, mais tous deux n'ont jamais dépassé l'endroit où la branche est plantée au milieu du passage. Son frère lui a expliqué qu'en s'enduisant le corps de ce lait poisseux, on pouvait traverser sans danger à la nage les rivières où vivent ces bandes de poissons qui dévorent tout ce qui se hasarde dans l'eau. Mais il avait l'air nerveux, ce jour-là, Xingu l'a senti : il semblait écouter des bruits lointains, et s'est hâté de rentrer au campement une fois sa calebasse pleine.

Xingu frissonne. Allons... Si son grand frère a marché sur ce chemin, Xingu peut lui aussi marcher sur ce chemin. Et si l'animal qui a laissé ces traces étranges a dépassé la branche aux os de tapir, Xingu ne le suivra pas... C'est aussi simple que ça.

L'adolescent se sent plein de sagesse et de courage. Pourtant, quand il parvient à l'orée du sentier, sa détermination faiblit.

Il s'immobilise.

Les arbres qui bordent le chemin sont, ce soir, autant de sombres géants. Là-bas, il voit la branche dressée avec ses mâchoires d'animaux. Elle est curieusement éclairée par un dernier rayon de soleil venu de nulle part. Au-delà, il n'y a plus qu'un puits noir plein de menaces.

Il vaut mieux rentrer...

Mais non loin de lui, dans la courte végétation qui tapisse le sol, quelque chose vient de bouger.

Xingu perçoit, en même temps, un bruit ténu. Un son qui lui est totalement inconnu.

Il voit apparaître l'animal.

C'est un gros serpent, immobile au sol. Immobile ? Non, il vient encore de bouger et de produire son étrange sonorité. Sa tête est beaucoup plus large que celle des serpents ordinaires. Elle est bosselée, étrange... La couleur de son corps aussi est bizarre. Un animal malade ? Il y a quelque chose d'anormal dans ce serpent, la manière dont il se déplace, peut-être...

Peu importe. C'est un gros serpent qui ira rôtir sur le feu, c'est tout. Xingu en donnera peut-être la moitié à son frère. Et il lui dira où il l'a tué : là, dans ce sentier interdit. Et son frère l'admirera pour ça.

Pourtant, il lui semble qu'une voix, derrière lui, chuchote : « Laisse-le, Xingu. Va-t'en. Va-t'en loin de cet endroit. Vite... C'est très dangereux. »

Mais il n'y a personne, bien sûr.

D'un mouvement rapide, l'adolescent saisit une de ses flèches, l'encoche sur la corde et bande l'arc de toutes ses forces. Il garde les pieds à plat sur le sol, les jambes bien tendues. Le geste est parfait, il le sent dans tout son corps.

Ses doigts s'ouvrent, la flèche part en sifflant, ricoche sur le dos de l'animal et se perd dans les fourrés.

Le serpent tourne avec lenteur sa tête vers l'Indien bleu.

Tout à coup, une lueur jaillit de son œil.

Une lueur si intense qu'elle éclaire tout le chemin et pénètre, telle une lame incandescente, dans la tête du garçon.

Ses hurlements de terreur et de souffrance se répercutent jusqu'à la cime des arbres.

16.

Ils étaient penchés sur les deux petits terrariums que Frankeur avait portés jusqu'à la table basse qui voisinait avec les filets à papillons. Après les avoir déposés, il s'était accroupi pour en observer le contenu. Puis il avait ôté son bob et l'avait enfoui dans sa poche. Son crâne chauve était alors apparu, luisant de transpiration sous les lampes à vapeur de mercure.

— Viens voir, Chantal, on dirait que nos chers confrères planquaient quelques-unes de leurs découvertes. C'est pas interdit par contrat, ça, chez Chitinex?

Tous s'étaient alors approchés et avaient fait cercle autour de lui.

Frankeur retira le grillage qui recouvrait l'un des terrariums. Ils découvrirent, sur un lit de terreau parsemé de déjections, un groupe de chenilles entremêlées. Elles étaient trapues et noires, longues et épaisses comme le pouce. Leur corps annelé avait l'apparence du vinyle, leurs pattes en courts crochets étaient repliées sous leur thorax et leurs yeux ressemblaient à des grains de caviar géants. Elles paraissaient mortes, à l'exception d'une seule qui se tortillait lentement contre la vitre, comme si elle essayait de s'extraire de la masse de ses congénères. Tout à coup elle se recroquevilla, se détendit tel un ressort, agita les pattes, puis retomba dans une sorte de torpeur après avoir refermé son impressionnante paire de mandibules.

Le gros entomologiste commenta :

— Ça, c'est les larves.

Tel un magicien, il ôta le second couvercle grillagé. Cinq scarabées de grande taille étaient alignés sur des feuilles séchées.

Leurs carapaces rondes, couleur vert bronze, lançaient des reflets d'or. Leurs fines antennes étaient recourbées sous leur corps, et ils ne bougeaient pas. L'un d'eux, retourné sur le dos, présentait son ventre strié. Ses longues pattes y étaient repliées.

— Et ça, c'est sûrement les adultes.

Il secoua doucement le terrarium. Les animaux ne montrèrent aucune réaction.

— Et ils sont tous crevés. Dommage.

Sénéchal lui demanda :

— Vous voulez dire que tous ces animaux, qui ne se ressemblent pas du tout, sont, heu, la même personne ?

— Exact. Ces larves noires se métamorphoseront – du moins celles qui sont encore vivantes – pour devenir un jour ces bons gros gaillards ailés que tu vois là (il désigna les scarabées dorés), et qui s'envoleront alors vers de nouvelles aventures.

Il ricana :

— Surtout vers des aventures sexuelles ! Pas vrai, Chantal ?

L'écoflic se pinça la base du nez entre le pouce et l'index. Il se sentait très las.

— Qu'est-ce que c'est que ces insectes, monsieur Frankeur ?

Le gros type eut l'air ennuyé.

— Pour tout te dire, j'y connais pas grand-chose, aux coléoptères. Je ne fais pas partie de ces gars capables d'étudier en même temps tout ce qui bouge et tout ce qui pousse, comme l'était soit-disant mon collègue Garnier, disparu en zeppelin audessus de la jungle... Amen.

Il réfléchit une seconde en se grattant la barbe.

— À propos de ce qui pousse... Z'avez tous cru, et moi aussi, que ces gars-là faisaient croître et embellir du soja dans cette cave. Y'a erreur sur toute la ligne. Le soja, à mon avis, c'est la bouffe de ces insectes.

Sénéchal remarqua, l'air soupçonneux :

— Monsieur Frankeur, vous ne savez pas ce que sont ces bestioles ? Vous êtes pourtant entomologiste, non ?

L'autre imita vaguement le vol d'un oiseau de ses deux mains croisées.

— Moi, tel que tu me vois, je suis un spécialiste des lépidoptères... Et un bon.

— Des papillons, traduisit Lucrèce.

— Mais je peux jeter un coup d'œil.

Chantal, debout à côté de lui, tendait de temps à autre son nez busqué au-dessus des terrariums, puis le retirait, comme si elle s'attendait à ce que les scarabées ressuscitent soudain et se lancent dans un gracieux ballet aérien autour des lampes.

Lucrèce demanda, sur un ton faussement détaché :

— Dites-moi, monsieur Frankeur, ces bêtes mortes ne peuvent-elles pas nous communiquer une maladie, un virus, que sais-je ?

Le scientifique fit la moue.

— Va savoir...

Il plongea sa main nue à l'intérieur du terrarium et y pêcha un scarabée entre le pouce et l'index. Il le fit rouler dans sa paume, comme s'il en estimait le prix. Puis, de sa poche de poitrine, il exhuma une sorte de pince à épiler plate et souple. Il fit apparaître également un petit pied à coulisse en métal et un étroit bocal de verre au bouchon de plastique, et les déposa sur la table. Il cueillit enfin son bob roulé dans sa poche arrière et se le colla de travers sur la tête, le scarabée toujours présenté à la lumière dans sa paume ouverte.

Ses poches paraissaient inépuisables. Sénéchal n'aurait pas été surpris de le voir en extraire une encyclopédie complète sur les insectes brésiliens.

L'homme manipula les pattes du scarabée avec sa pince. Il se racla la gorge bruyamment, et jeta un coup d'œil au lieutenant de l'IBAMA. Celle-ci s'était apparemment désintéressée de leur découverte et tentait d'ouvrir à l'aide d'un canif les tiroirs verrouillés du meuble supportant le grand terrarium.

Il finit par déclarer, en regardant l'insecte de très près :

— Voyons... Ce petit branleur pourrait bien faire partie de la famille des, hum, je pencherais pour un chrysomélidé. Mais c'est vraiment un gros modèle... Un très gros modèle. Z'ont dû trouver ça sur la canopée, les deux autres.

Lucrèce se décida à s'approcher.

— Des... chrysomélidés, monsieur Frankeur ?

— Ouais, mon gars. Les chrysomélidés sont des cryptopentamères, puisqu'il y a réduction du quatrième article du tarse, tu vois ?

Sénéchal soupira.

— Évidemment.

— Tu t'intéresses aux insectes, camarade policier ?

— Uniquement lorsque je dois les décoller de mon parebrise, monsieur Frankeur. Continuez.

— Hum. Voyons... Tête courte engagée jusqu'aux yeux dans le prothorax non saillant... Antennes monoliformes – quoique curieusement sérulées à leurs extrémités, hum... (Il mesura quelque chose avec son pied à coulisse.) Et ne dépassant pas la moitié de la longueur du corps. Lequel mesure exactement... quarante-six millimètres. Ouais...

Il toisa son auditoire et déclara, sur un ton de conférencier :

— Notez bien, mesdames et messieurs, que beaucoup de Chrysomela sont devenus, avec la nouvelle nomenclature, des Chrysolina ou des Oreina. On en dénombre environ trente mille espèces dans le monde, et il faut noter...

Sénéchal l'interrompit sèchement :

— Et qu'est-ce que c'est que ces bestioles, à la fin ?

Le gros type haussa les épaules et laissa tomber le scarabée mort dans le bocal de verre. Il fourra le tout prestement dans l'une de ses insondables poches.

— Alors là, aucune idée, mon pote. Foutrement aucune idée.

17.

Le senhor Munoz ne bouge pas.

Vêtu de lin immaculé, son éternel chapeau de cow-boy blanc rabattu sur les yeux, le senhor Munoz est allongé de tout son long sur un canapé de cuir blanc. Il porte aux pieds des bottes blanches, pointues, en peau de serpent. Il en possède une centaine de paires identiques. Les bottes blanches du senhor Munoz sont toutes faites sur mesure, et les éperons d'argent du senhor Munoz sont tous parfaitement assortis à ses bottes.

D'ailleurs, le senhor Munoz n'aime que le blanc et l'argent.

Il soupire, ouvre les yeux, relève le bord de son chapeau et se demande où il se trouve.

Il a rêvé. En couleurs... Un cauchemar.

Par bonheur, tout autour de lui se déploie sa teinte préférée, et dans quasiment toutes ses nuances : l'immense pièce blanche du salon de sa fazenda, ses belles colonnes opalines et, à quelques pas, devant les rideaux blancs, les fleurs blanches qu'il fait changer tous les matins par ses domestiques vêtus de blanc.

Le senhor Munoz jette un coup d'œil à sa montre d'argent.

Six heures. Ils seront là dans quarante minutes... Ce con de Carvalho est malheureusement toujours ponctuel.

De l'index, il lisse délicatement sa fine moustache.

Voyons... Carvalho veut venir le voir pour traiter. De quoi, déjà ? Pour un arrangement. Les arrangements de Carvalho, on les connaît. S'il n'était pas si puissant, ce très puissant voisin, il y a longtemps qu'on aurait pu faire tailler une nouvelle paire de bottes dans la peau épaisse de ce foutu connard... Mais Carvalho, il pèse très lourd, dans la région. Douze mille hectares. Va falloir jouer serré avec lui. Carvalho, c'est un paranoïaque. C'est aussi un petit mec très dangereux.

Sans changer de position, le senhor Munoz glisse la main sous le canapé et en sort un court pistolet-mitrailleur chromé de marque américaine. Il en manœuvre la culasse comme s'il s'agissait d'un jouet, vérifie le cran de sûreté, puis le remet en place sous le meuble.

Le senhor Munoz, allongé sur son canapé blanc, fronce les narines comme s'il venait de sentir une odeur désagréable...

Noire.

Carvalho a une voiture noire.

Comment peut-on posséder un véhicule de cette couleur infecte ?

18.

La visite de la maison au-dessus de la cave leur révéla le penchant particulier des deux aérostiers disparus pour la culture du soja.

L'étroit jardin à l'arrière de la maison, coincé entre deux jardinets parfaitement identiques où séchait du linge, en était rempli. Le lieutenant Saint-Louis l'explora à l'aide de sa torche, écarta de ses mains gantées les tiges qui lui montaient jusqu'à la taille, mais ne trouva rien de plus que du matériel de jardinage, des engrais et des plants de soja dans des pots de plastique. Elle cueillit délicatement des fleurs blanches et violacées sur le sommet de certaines plantes adultes, des gousses vertes sur d'autres, et enferma toutes ses prises dans plusieurs sachets.

Dans les chambres des occupants disparus, ils ne découvrirent rien de particulier, hormis une pile de romans policiers français et, aux murs de l'une d'elles, des photos de filles nues à la poitrine très généreuse. La salle de bains paraissait ne pas avoir servi depuis longtemps. Lucrèce manipula toutefois les accessoires rangés sur la tablette au-dessus du lavabo et dans l'armoire de toilette, et alla même jusqu'à palper les tubes de dentifrice, dans le vain espoir d'y découvrir quelque secret. Enfin, il préleva soigneusement deux poils blancs entre les dents d'un peigne à moustaches.

La porte de la pièce principale était fermée à clef, et sa clef introuvable. Leur ange gardien, qui les avait accompagnés, se décida cette fois à poser son pistolet-mitrailleur le long d'un mur avant de se livrer à une opération dans laquelle il était passé maître : le forçage des serrures à l'aide d'un passe-partout.

Ensuite, il s'épongea le front de son vaste mouchoir et ouvrit le battant d'un geste théâtral, avec, sur le visage, l'expression faussement modeste de celui qui vient de réaliser, une fois de plus, une formidable performance.

La pièce contenait deux canapés usés jusqu'à la trame, des magazines brésiliens, une bouteille de scotch entamée voisinant avec des verres sales, des cartons de pizza vides, un paquet de cigarillos et un ordinateur flambant neuf sur un bureau. Une photo était punaisée juste au-dessus.

Elle représentait un dirigeable bleu et blanc figé au-dessus d'une immense étendue de forêt. Sur la proue de la luge qu'il transportait, on apercevait un homme debout. Sénéchal reconnut immédiatement la photo que Darcos lui avait montrée dans le bureau de Dame Pottier.

Le gros entomologiste s'en approcha, la détailla, puis lâcha sur un ton où affleurait le mépris :

— Mais ça ne serait pas nos chers collègues qu'on voit là ?

Il s'en détourna.

L'un des tiroirs du bureau révéla un carnet dont l'écoflic s'empara. Il le feuilleta rapidement. Le carnet était couvert d'une unique écriture, et rédigé en français. Des chiffres étaient portés en marge des pages. Les deux dernières feuilles présentaient également des graphiques dont il ne comprit pas la fonction. Dans le revers de la couverture de plastique, il trouva une facture émanant d'une entreprise brésilienne spécialisée dans la fourniture d'équipements destinés à l'aviation civile.

Il montra le carnet aux deux employés de Chitinex. Chantal déclara que c'était là une trouvaille des plus intéressantes : des coordonnées GPS (des plans de vol sommaires, précisa-t-elle) y figuraient, ainsi que des chiffres correspondant, à son avis, à des sorties d'argent. L'un d'eux, qui revenait régulièrement au fil des pages, lui était bien connu : il correspondait aux factures habituelles de l'achat de kérosène spécial pour les moteurs d'avion. La somme équivalait, à quelques reals près, à la contenance du camion-citerne alimentant en carburant le réservoir du dirigeable. La facture représentait la fourniture et la pose, aux normes, d'un réservoir annexe en polyester sur une machine volante.

Lucrèce, qui portait sur l'épaule un long tube en carton (lui donnant vaguement l'allure d'un pêcheur à la ligne en chemise blanche et nœud papillon), sortit d'une apparente rêverie et déclara qu'il allait contacter, à Paris, un certain professeur

Morel, responsable du service d'entomologie de la police criminelle. Ce Morel serait, selon lui, capable de débrouiller certains problèmes relatifs aux insectes, étant en la matière l'un des plus éminents experts de sa connaissance.

Un expert, admit-il à voix basse et sans qu'on lui ait rien demandé, doublé d'un des plus impénitents bavards de sa connaissance.

Ensuite, il s'assit face à l'écran éteint et fit craquer ses petits doigts boudinés, tel un pianiste grassouillet qui va attaquer une symphonie particulièrement ardue.

19.

Une feuille de papier-calque était accrochée par des adhésifs au mur de la chambre d'hôtel de Sénéchal. En son milieu se voyait le dessin de plus d'un mètre cinquante de haut d'une croix aux motifs macabres.

Lucrèce, armé d'un appareil photo sur trépied, multipliait les prises de vue. Les éclairs de son flash illuminaient la pièce. Il disait :

— Je ne comprends vraiment pas pourquoi ces types-là avaient besoin de regarder leurs scarabées d'or en permanence avec des webcams, et ceci depuis leur ordinateur du premier étage... Qu'est-ce qu'elles peuvent bien avoir de particulier, ces bestioles, à ton avis, Pierre ?

Sénéchal, assis à quelques pas de lui devant un bureau sur lequel il avait étalé des cartes géographiques, consultait le carnet de notes trouvé dans le tiroir des aérostiers. Ses lunettes demi-lunes posées au bout de son grand nez, il reportait des chiffres sur son calepin noir gracieusement fourni par l'administration à ses fonctionnaires méritants. Il marmonna :

— Lucrèce, serais-tu assez aimable pour faire cesser ce feu d'artifice électronique ? Quant aux insectes, je tiens à te faire remarquer que c'est la sixième fois que tu poses la question ce matin. Le climat tropical et le décalage horaire peuvent avoir des effets émollients sur certains cortex fragiles, c'est connu. Attendons l'expertise de Morel et essaye plutôt de trouver pourquoi...

On frappa à la porte. Lucrèce alla ouvrir. Dans l'embrasure apparut le lieutenant Saint-Louis.

Un remarquable changement d'apparence s'était opéré chez elle, et il faillit ne pas la reconnaître : elle arborait une robe moulante en soie d'un rouge sang-de-pigeon. Ses dreadlocks n'étaient plus arrangées en austère chignon de côté, mais flottaient librement, et elle était judicieusement maquillée de manière à mettre en valeur ses yeux intenses. Son rouge à lèvres brillant était assorti au ton de sa robe, le sparadrap sur sa pommette avait disparu et ses boucles d'oreilles primitives rehaussaient avantageusement ses traits indiens.

Bien campée sur ses talons aiguilles, elle décocha au petit chimiste un sourire qui le fit chavirer. À tel point qu'il mit une seconde à découvrir, dans le couloir derrière elle, un grand Noir d'une trentaine d'années coiffé d'une casquette de baseball marquée « Bom Jesus ». Il était vêtu d'un T-shirt jaune vif qui faisait saillir ses pectoraux, d'un jean râpé, et portait d'imposantes tennis blanches.

La jeune femme déclara, de sa voix de violoncelle :

— Senhor Serge Méjaville, senhor Pierre Sénéchal, voici mon ami le père de la Vega qui peut nous aider au sujet de cette croix.

20.

Le père de la Vega, les bras croisés, examinait le dessin.

Un tatouage sur son épais biceps représentait une Vierge aux mains jointes, et autour de son cou brillait une mince chaînette. Il avait rabattu sa casquette de base-ball en arrière et ses yeux vifs détaillaient les curieuses figures qui se déployaient sur les branches de la croix.

Il finit par dire à Lucrèce :

— Ses motifs sont réellement étranges. Elle doit être très ancienne. Époque portugaise, à mon avis... Je vais me renseigner. Est-ce qu'il vous serait possible de me confier un tirage de vos photos ? Cela pourra m'aider dans mes recherches.

Il avait une voix douce et fluette qui contrastait avec son physique athlétique.

Lucrèce se tourna vers Sénéchal, l'air interrogatif. L'écoflic lui fit un signe d'assentiment.

Le jeune prêtre reprit :

— Maria-Esperanza m'a dit qu'elle avait trouvé ce dessin dans une cave où étaient enfermés de drôles d'insectes.

L'Indienne, qui était assise, jambes croisées, sur le lit, expliqua :

— Le père de la Vega est un ami de longue date, je peux entièrement compter sur sa discrétion. Il s'occupe des pauvres des favelas et il est très respecté, ici. Il connaît également beaucoup de gens dans tous les milieux, et peut mener une petite enquête auprès de sa, heu, corporation. On dit bien « corporation », senhor Serge Méjaville ? Je ne me trompe pas ?

Lucrèce sursauta.

— Hein ? Tout à fait, tout à fait... Excellent, lieutenant Saint-Louis.

Joli prénom, Marie-Espérance.

Il s'efforçait de ne pas regarder les jambes nues de la jeune femme installée sur son propre lit dans sa chambre d'hôtel, jambes que la faible longueur de sa robe avait révélées. Il les trouvait somptueuses. Il avait remarqué qu'elle avait, en s'asseyant, rabattu pudiquement un des pans de sa robe, mais ce geste lui avait paru surtout destiné à cacher quelque chose qu'elle portait sur la cuisse droite... Une tache de naissance, peut-être ?

La veille, il avait transporté comme une relique sacrée le long tube en carton qu'elle avait découvert en forçant l'un des tiroirs du meuble supportant le grand terrarium. Elle le lui avait confié afin qu'il expertise le dessin qu'il contenait.

Il sourit de nouveau intérieurement de cette marque de confiance.

La voix de Sénéchal le sortit de ses réflexions.

— Senhor Serge Méjaville, peux-tu préciser au lieutenant Saint-Louis et au père de la Vega ce que tu as découvert concernant ce calque ?

Il avait l'œil ironique derrière ses demi-lunes.

— Eh bien, voilà, attaqua Lucrèce en regardant le papier plaqué au mur. Ceci n'est pas, à proprement parler, un dessin. Il s'agit d'un décalque, et d'un décalque d'une véritable croix. Une croix de métal très oxydée.

Il désigna dans un coin de la chambre une mallette qui laissait voir des tubes de verre remplis de liquides colorés, ainsi que divers instruments, dont un petit microscope binoculaire.

— En effet, bien que ne disposant ici que d'un matériel des plus sommaires, j'ai pu analyser deux ou trois choses. Premièrement : ceci est un papier calque du commerce, d'un fort grammage, classique, de fabrication récente, ne portant aucun filigrane ou autre marquage quelconque. Il a été jauni par le soleil et il comporte des cassures, des plis et des reliefs. Les reliefs ont été créés par la pression du calque sur la croix. Deuxièmement : ce calque a été recouvert sur l'une de ses faces de poudre de graphite. Une technique très simple souvent utilisée par les archéologues. On a posé le calque côté poudré sur la croix et on a frotté l'autre face avec une spatule de bois, de manière à imprimer l'image de la croix sur le calque. Ensuite, il a suffi de chasser la poudre de graphite en trop avec un pinceau ou une brosse souple... Cette méthode a permis d'obtenir cette image aux détails très nets. Pour finir, on a vaporisé un fixatif sur l'image, afin que la poudre de graphite ne bouge plus de son support. Tous les ingrédients nécessaires pour réaliser cette opération se trouvent dans n'importe quel magasin d'art graphique. Il sera donc très difficile d'en connaître la provenance exacte.

Maria-Esperanza demanda :

— Et comment savez-vous qu'il s'agit d'une croix de métal ?

— Le fixatif a emprisonné de nombreuses particules de rouille en même temps que la poudre de graphite. J'ai relevé également des traces de débris végétaux : débris microscopiques de feuilles, de mousses, de bois décomposé, ainsi que du pollen... Et une aile qui appartenait sans doute à un moustique. Le grand nombre de types de pollens et la grande variété des débris végétaux me laisse penser que ce décalque a été effectué en pleine forêt... Ce qui est également intéressant, c'est que, ainsi que vous pouvez le constater, il y a comme une sorte de... d'attache, visible à la base de cette croix. (Il se frotta le menton.) Mais là, je m'avance peut-être. Si ce sont bien les aérostiers disparus qui ont effectué ce décalque dans la jungle, l'une des questions que l'on peut se poser est : Pourquoi ne l'ont-ils pas simplement photographiée ?

Le père de la Vega se tenait maintenant tête baissée, les jambes écartées et les bras croisés. Sénéchal pensa qu'il avait tout à fait l'air d'un type qui se prépare à passer à tabac le rondouillard à nœud papillon en train de pérorer juste en face de lui. Mais l'homme dit de sa voix douce :

— Vous pensez à une croix qui se trouverait sur un autel en plein air, par exemple ? Un ancien oratoire, dans la forêt ?

Lucrèce hésita.

— Eh bien... Au regard de ses motifs, je pense plutôt à une croix fixée sur la dalle d'une tombe.

21.

Le senhor Munoz est debout sur son perron, son élégante silhouette se découpant sous l'éclairage intense de la cour d'honneur de sa fazenda.

Il observe la bordure indigo de la jungle, très loin, qui se noie dans le crépuscule. Il a passé les pouces dans sa ceinture blanche et porte crânement son chapeau de cow-boy sur le côté. Les pans de sa veste de lin d'un blanc éclatant flottent librement. Il se dandine d'une jambe sur l'autre, cherchant une posture... Pas trop conquérante, pas trop servile.

Il lisse sa moustache de l'index et essaie de ne pas penser qu'en réalité il a peur du type qui vient lui rendre visite. Il aperçoit maintenant, là-bas, des phares qui éclairent les arbres par saccades, ainsi que le nuage de poussière que produisent les voitures qui arrivent. Carvalho et son escorte... Qu'est-ce qu'il veut, ce foutu connard ?

Dans l'immense salle aux lustres de cristal, derrière lui, sa domesticité a dressé la grande table pour le dîner. Somptueux, le dîner, a-t-il ordonné. Somptueux... On sait recevoir chez Guilherme Luíz Felisberto Munoz, grand propriétaire terrien et admirable cavalier. Et cela depuis de nombreuses générations de Munoz.

Il jette un coup d'œil à sa droite, là où se tient Felipe, son premier garde du corps, évidemment vêtu de blanc lui aussi.

Felipe est figé, le regard fixé droit devant lui, comme s'il était ailleurs. On peut même se demander s'il a aperçu les bagnoles.

Pourtant, quelques secondes plus tôt, les types de la barrière lui ont annoncé leur passage, par talkie-walkie. Ils ont eux-mêmes été avertis par les deux guetteurs avec jumelles que Munoz-le-prudent a disposés le long de la route, bien loin d'ici. Felipe a écouté et s'est contenté de hocher la tête. Puis il a simplement dégagé du pouce le cran de sûreté de son pistolet-mitrailleur Cobra, et a levé trois doigts. Ces indications sont suffisantes pour son patron : trois voitures... Des hommes armés.

Le senhor Munoz est rassuré par la présence à ses côtés de Felipe et de son artillerie. Par la présence également d'un gars avec un fusil à lunette et viseur de nuit, planqué sur le toit quelque part au-dessus de sa tête. Au cas où...

Le grand fazendeiro tripote dans le fond de sa poche un petit boîtier à ondes courtes, muni de deux boutons. Qu'il les presse rapidement l'un après l'autre, et le type là-haut avec son flingue fait un carton sur tout ce qui bouge dans la cour d'honneur. Cette cour qu'il a fait éclairer comme en plein jour par des lampadaires, et dont un interrupteur électronique est planqué sous la veste de Felipe.

Le senhor Munoz, ça l'agace, tous ces gadgets, mais avec ce qu'on voit de nos jours...

22.

— Sénéchal ?

— Chef vénérée ? J'ai reconnu votre impériale tonalité.

— Votre enquête progresse-t-elle, Sénéchal ? J'ai pris connaissance de votre rapport et des photos des scarabées d'or que les aérostiers avaient planqués. Très troublant. Car il se trouve que de mon côté j'ai mené à tout hasard une enquête sur l'entreprise Chitinex.

— Et ?

— Il y a, ma foi, quelques surprises. J'ai découvert que cette entreprise entretenait des relations étroites avec une société nommée Trans-Genèse. En deux mots.

— Ils vendent des bibles ?

— Ils travaillent sur des insectes génétiquement modifiés.

— Voyez-vous cela !

— Trans-Genèse possède dans ses programmes de recherches un moustique qui pourrait occuper dans l'avenir la niche écologique de l'anophèle – qui est, comme vous le savez, détective, le moustique vecteur du paludisme. L'idée est de remplacer systématiquement sur la planète ce dangereux anophèle par un clone bricolé génétiquement, inoffensif pour l'homme... La bestiole prototype est, pour le moment, confinée dans leur laboratoire, car ils n'ont pas encore reçu l'autorisation de la lâcher dans la nature.

— Ouais... Encore des apprentis sorciers.

— Ils travaillent également sur des vers à soie modifiés capables de produire une soie encore plus résistante que la soie naturelle, et destinée à fabriquer des gilets pare-balles pour les militaires et la police. Cet impitoyable bavard de Morel m'a d'ailleurs appris que l'usage de la soie pour se protéger des blessures n'était pas nouveau, et que les guerriers de l'Asie médiévale avaient déjà recours à de telles armures pour se défendre contre les flèches et les épées...

— Passionnant... Et quelles sont donc les relations exactes entre Chitinex et Trans-Genèse, chef révérée ?

— Ces deux entreprises pratiquent le jeu des participations croisées.

— De quel jeu s'agit-il, chef adulée ?

— Chitinex possède 20 % du capital de Trans-Genèse, et cette dernière possède 20 % du capital de Chitinex. Mais cela n'apparaît pas au premier coup d'œil... Il semble enfin que Chitinex fournisse à Trans-Genèse des insectes découverts sur la canopée, des insectes inconnus jusqu'alors. Leur potentiel dans différents domaines – industriels, pharmaceutiques ou autres – est testé dans les laboratoires de Trans-Genèse... Je me demande donc de manière fort légitime, Sénéchal, si vos scarabées d'or ne feraient pas partie d'un discret programme de ce genre. S'il ne s'agirait pas d'animaux génétiquement bricolés, voyez-vous ? Et bricolés, bien sûr, dans un objectif très précis.

— Hum... C'est curieux que l'excellent Darcos, P-DG de Chitinex et ami des ministres, ait oublié de vous parler de tout ça, non ?

— Le cher homme est, paraît-il, injoignable. Mais son bras droit m'a répondu au téléphone que, bien qu'elles soient discrètes, les relations de leur entreprise avec Trans-Genèse n'avaient rien de secrètes. Il a insisté ensuite sur le fait qu'il existait, au-delà des applications militaires, un versant médical aux recherches de Trans-Genèse sur les vers à soie modifiés : avec cette soie, on pourra, selon lui, fabriquer également des fils de suture pour les chirurgiens et des tendons et ligaments artificiels. Enfin, il affirme que les insectes trouvés dans cette cave brésilienne sont inconnus de son entreprise, et que quiconque laisserait entendre le contraire aurait sur-le-champ les avocats de Chitinex comme interlocuteurs privilégiés. Fin de citation.

— Eh ben !... Chef ?

— Sénéchal ?

— Me direz-vous un jour pourquoi vous m'avez réellement envoyé ici avec mon gnome fatal ?

— Je ne comprends pas.

— Voyons, chef, vous imaginez bien qu'on ne retrouvera jamais ces deux types, pas plus que leur engin gonflable, et que...

— Est-ce que vos contacts avec les gens de la police brésilienne de l'environnement avancent, détective ?

L'écoflic soupira.

— Ça avance, ça avance... Pour votre information, chef idolâtrée, le lieutenant de l'IBAMA qui nous cornaque dans ce magnifique pays est une femme, et ce pauvre Lucrèce n'est plus qu'un pantin décervelé lorsqu'elle pose les yeux sur lui. Le malheureux garçon est apparemment tombé sous sa coupe, et...

— Sénéchal ?

— Oui, bref... J'ai fait quelques découvertes de type géographique dans un carnet soigneusement tenu par le pilote disparu. Je vais donc m'initier dès après-demain au vol en plus léger que l'air, en compagnie d'une ensorcelante créature prénommée Chantal. Chef... pourriez-vous me confirmer que Ravier m'a fait parvenir par la voie habituelle mon petit matériel illégal ?

23.

Carvalho est là avec toute sa clique, sous l'éclairage intense de la cour d'honneur de la fazenda.

La nuit est tombée.

Quatre types en armes s'affairent autour des voitures selon un ballet bien réglé, l'œil aux aguets. Les trois énormes 4 x 4 aux vitres fumées sont rangés devant le perron, moteur tournant, leurs conducteurs plantés bien droits derrière leurs volants. Les engins couverts de poussière sont bardés de chromes, d'antennes, et de phares supplémentaires sur des rampes de toit.

Du haut des marches du perron, le senhor Munoz prépare son sourire le plus éblouissant pour son visiteur de marque. Il passe discrètement la langue sur ses belles dents que son dentiste vient lui blanchir tous les mois. Ça l'amuse, maintenant, le senhor Munoz, de voir tout cet équipage s'agiter dans sa cour. Il est détendu tout à coup... Putain, le cinéma ! Il a peur de quoi, Carvalho ? On dirait un baron de la came en cavale... Il ne plante pourtant que du soja, comme moi, ce cher voisin... C'est les Paysans sans terre qui lui foutent la trouille ? Des types faméliques avec des pétoires et des fourches ?

L'un des hommes, un costaud porteur d'un fusil de combat démesuré, ouvre cérémonieusement la porte arrière de l'une des voitures, s'incline, et le senhor Carvalho descend.

C'est un type menu et court sur pattes au museau de fouine, vêtu d'une chemise claire et d'un jean sur mesure. Sa boucle de ceinture en argent brille sous la lumière.

Il met la main en visière pour apercevoir son hôte, et grimace un demi-sourire. Le costaud lui présente alors un chapeau de cow-boy qui paraît minuscule dans sa grosse main, presque un chapeau d'enfant. Le senhor Carvalho le repousse d'un geste agacé, écarte largement ses petits bras et avance d'un pas impérial vers les marches du perron où l'attend son hôte immaculé.

Tout à coup, il s'arrête et se met à tousser, le poing fermé devant la bouche.

Il tousse encore. Du sang dégouline de son poing et éclabousse sa chemise. Il la regarde, incrédule, et porte la main à son cou.

Il étudie sa paume couverte de sang, fronce les sourcils d'un air ennuyé, puis s'écroule en exécutant au ralenti une pirouette pleine de grâce.

Il a un dernier soubresaut.

Il ne bouge plus.

La scène est tellement irréelle que chacun est demeuré figé sur place. Le senhor Munoz, sur son perron, a la main tendue dans le vide et affiche toujours son plus beau sourire.

Le costaud se penche lentement sur le chapeau de cow-boy miniature qu'il tient dans sa grosse patte, comme s'il allait y lire l'avenir. Ce qu'il y voit semble lui déplaire : le couvre-chef est percé d'un trou. Un trou fait sans aucun doute par un projectile.

Le visage de l'homme reflète un effort mental, manifestement d'ordre balistique. Puis il regarde en direction du senhor Munoz, roule des yeux fous, s'empourpre et crie : « Assassin ! »

Tous les hommes de Carvalho brandissent leurs armes.

Felipe bouscule sans ménagement son patron, qui s'étale de tout son long sur le perron. Les lumières de la cour s'éteignent brutalement et les premières rafales éclatent dans le noir.

L'homme planqué sur le toit montre un sens aigu de l'improvisation : sans hésiter, il fait un carton au fusil automatique sur les silhouettes vertes qui s'agitent dans son viseur nocturne.

24.

La mallette contenait, démonté en deux parties sur un lit de mousse plastique, un fusil à pompe Spas De Franchi de trois kilos, arme étrange et courtaude. Elle était munie d'une tige métallique tarabiscotée qui faisait office de crosse ou se repliait sur le canon, le transformant à volonté en arme de poing ou d'épaule. L'engin de cinquante-cinq centimètres de longueur était aisément dissimulable sous un manteau.

Sénéchal sortit trois boîtes de la mallette. Il y trouva, ainsi qu'il l'avait demandé, des redoutables projectiles de calibre douze à double coque expansive, dérivés des munitions antichars. L'écoflic vérifia avec soin toute sa mortelle quincaillerie, puis il empoigna son téléphone. Il confirma à Ravier, le permanent de la FREDE, que son colis lui était bien parvenu à l'hôtel *via* le courtois messager qui avait frappé à sa porte de chambre, une demi-heure plus tôt. Il assembla ensuite l'arme (en sifflotant, faux, l'ouverture de *Don Giovanni*), puis alla se coucher.

25.

Le senhor Munoz boite un peu.

Il est fatigué.

Fatigué de voir tous ces flics qui grouillent depuis hier dans sa belle fazenda toute blanche et la fouillent dans ses moindres recoins en interrogeant tout son monde. Il déteste voir des traces de godillots policiers sur son carrelage blanc (traces que ses domestiques traquent dans toutes les pièces avec des balais et des serpillières), et il déteste que la police se mêle de ses petites et grandes affaires. Quand il y a un problème, il traite avec le gouverneur de l'État lui-même, pas avec des sous-fifres.

Mais le gouverneur est injoignable depuis la veille.

Le senhor Munoz soupire sous son chapeau blanc.

Il regarde les vitres de la grande porte d'entrée qui se trouvait juste derrière lui quand ça a commencé à flinguer. Tous les carreaux ont explosé... À l'intérieur, il y a encore des traces d'impact sur les murs du salon et dans un tableau équestre. Le guéridon de l'entrée avec ses fleurs blanches a même été renversé par les projectiles, et l'un des lustres de cristal s'est écrasé sur une desserte, en projetant partout des morceaux coupants.

Il croit de nouveau entendre les cris des domestiques affolés, qui se sont mis à courir en tous sens à ce moment-là.

Lorsque Felipe avait rallumé les lumières de la cour d'honneur, il y avait trois cadavres de plus devant le perron, entassés comme des sacs de linge sale, avec du sang partout, des douilles brillantes par dizaines et des flingues éparpillés. Cette merde de Carvalho n'en avait même pas profité pour ressusciter, il était toujours là, le petit connard, étendu le nez dans la poussière.

L'unique survivant de ses gardes du corps était apparu alors allongé sur le dos, les mains écartées, bien en vue et les yeux papillotants. Il avait, en hurlant, supplié Felipe et la Vierge Marie de lui laisser la vie sauve. Plus tard, on s'était aperçu qu'une balle du Cobra lui avait emporté une moitié d'oreille. Quant à Felipe, il s'était aussitôt passé une main inquiète dans le bas des reins, l'avait ramenée pleine de sang, mais ce n'était qu'un éclat de vitre qui l'avait coupé juste au-dessus de la ceinture. Ça aurait pu être pire... Bien pire.

Les trois bagnoles blindées de l'équipage de Carvalho avaient démarré en trombe dès les premiers coups de feu, leurs chauffeurs ayant jugé prudent de prendre illico le large. L'une d'elles était allée s'encastrer dans le bassin de pierre de la cour, fracassant la margelle séculaire et réduisant en miettes de marbre blanc l'ange efféminé à la bouche en cul-de-poule qui trônait d'ordinaire en son centre... Un désastre.

26.

— Monsieur Sénéchal ? Je ne vous dérange pas, j'espère.

Sénéchal alluma sa lampe de chevet et, clignant des yeux, regarda les chiffres lumineux de son réveille-matin.

— Professeur Morel ? Il est trois heures et demie du matin !

— Votre montre doit avancer ou retarder, monsieur Sénéchal, ou alors elle s'est arrêtée. La mienne dit, voyons, huit heures trente-deux. Du matin. Je la possède depuis vingt ans, et comme je la remonte régulièrement elle n'a jamais retardé d'une minute, et...

— Professeur, vous êtes à Paris. Et il y a cinq à six heures de décalage horaire entre la France et le Brésil !

— Tant que ça ? Diable ! Je vais le noter quelque part...

— Que puis-je faire pour vous, professeur, à cette heure vespérale ?

— Cette larve survivante doit absolument, je dis bien absolument, être maintenue en vie. Il s'agit d'une remarquable découverte !

Sénéchal tenta de regrouper ses pensées.

— Puis-je savoir de quoi vous me parlez ? Oh, j'y suis ! La larve noire des scarabées d'or. Ne vous inquiétez pas, professeur, elle a été confiée à des spécialistes d'ici.

— L'étude de ses phéromones nous donnera sûrement de précieuses indications.

— De ses quoi ? Qu'est-ce que c'est que ces phéro... mones ?

Sénéchal regretta immédiatement d'avoir posé cette question. Il imagina à l'autre bout du fil l'entomologiste maigre et voûté dans son labo de la police scientifique (Morel, surnommé par lui la-libellule-géante-du-jurassique), avec ses lunettes en cul de bouteille et sa veste à carreaux trop large, qui prenait son élan avant de lui assener une de ses interminables dissertations.

— Les phéromones, monsieur Sénéchal, sont des hormones spécialisées. Savez-vous que les insectes sont de remarquables chimistes ? Ils utilisent des molécules volatiles pour communiquer entre eux. La communication chimique, en somme. Les molécules phéromonales peuvent être émises dans l'air ou dans l'eau, déposées sur le sol ou sur des supports solides.

— Allons donc !

— Tel que je vous connais, vous deviez vous demander depuis longtemps comment les insectes communiquaient entre eux, non ?

— À vrai dire, je...

— On a identifié jusqu'à trente substances dans un mélange phéromonal. Il en existe plusieurs types... Les phéromones sexuelles sont émises pour attirer le partenaire sexuel ou indiquer sa propre disponibilité. Certains papillons détectent un partenaire sexuel à plus de dix kilomètres ! Vous vous rendez compte ? Cette petite bête n'émet évidemment qu'une faible quantité de ces substances, et pourtant, malgré la dilution dans l'atmosphère de ces molécules, elle parvient...

— Professeur, parlez-moi des scarabées d'or que nous avons trouvés ici.

— Bien sûr, bien sûr... On recense aussi les phéromones grégaires, qui sont émises par tous les individus d'un groupe et qui maintiennent sa cohésion, et...

L'écoflic contre-attaqua :

— Professeur Morel, tout cela est passionnant, néanmoins j'aimerais savoir si vous avez identifié *nos* insectes. Point.

— Ces Diabrotica dorés ? Hélas, non. Inconnus au bataillon.

— Mais alors pourquoi les appelez-vous comme ça, nom de Dieu ! Et c'est quoi, des foutus Diabrotica ?

— Vous êtes toujours aussi soupe au lait, monsieur Sénéchal, vous devriez faire vérifier votre tension... Ces bestioles, dont votre ami m'a fait parvenir d'excellentes photos, sont incontestablement des Diabrotica. Incontestablement ! On en recense à ce jour trois cent trente-sept espèces, mais pas celle-là, qui est d'une taille exceptionnelle, et parfaitement inconnue de mes collègues et de moi-même... Ils n'ont même jamais été décrits.

— Et ?

— C'est extrêmement intéressant, et en même temps très inquiétant, voyez-vous ?

— Non.
— Les Diabrotica sont des malfaiteurs, si je puis m'exprimer ainsi. Et de grands voyageurs. Diabrotica Virgifera virgifera, la « Diabolique proliférante » nord-américaine, est un redoutable prédateur du maïs. Ses larves en dévorent les racines. La lutte contre ce nuisible et les pertes de rendement qu'il occasionne, et qui atteignent jusqu'à quatre-vingts pour cent dans certaines parcelles, coûtent entre 650 millions et 1 milliard de dollars par an.
— Eh bien !
— La Diabolique proliférante a envahi le Vieux Continent. On l'a retrouvée successivement dans plusieurs pays européens, puis, en août 2002, les premières de ces chrysomèles... Oui c'est une chrysomèle, comme le doryphore de la pomme de terre. Les chrysomélidés sont des cryptopentamères, puisqu'il y a réduction du quatrième article du tarse, ce qui...
— Je le savais !
— Ah oui ?... Hum, bref, la bestiole s'est répandue en Europe. Nous ne pourrons plus l'éradiquer, j'en ai peur. Lorsqu'on sait que Diabrotica résiste à la plupart des insecticides, on peut se faire beaucoup de soucis.
— Certainement. Et ?
— Et, curieusement, une firme américaine de biotechnologie a immédiatement sorti de son chapeau des maïs transgéniques, dûment brevetés, produisant un insecticide leur permettant de résister aux attaques de Diabrotica. Ils y avaient greffé des gènes de Bacillus thuringiensis.
— Bacillus quoi ?
— C'est une bactérie qui vit naturellement dans les sols. On l'utilise également partout dans le monde pour lutter efficacement contre les moustiques. Hum... La rapidité de la réaction de cette firme américaine face à l'invasion de Diabrotica en Europe a étonné bien des gens, dont moi, je dois l'avouer.
— Que voulez-vous dire ? Pardonnez-moi, professeur, je suis un peu brumeux.
— Eh bien... En enquêtant, on a découvert que Diabrotica Virgifera virgifera avait débarqué en France en même temps que des soldats américains.
— Je vois. Donc ?
— Donc... imaginez que vos insectes dorés d'une taille exceptionnelle soient de redoutables prédateurs du soja, puisque votre ami m'a informé qu'ils se nourrissaient de soja, je vous

laisse imaginer la suite. Le Brésil est l'un des plus importants producteurs de soja de monde, si je ne m'abuse ?

— Professeur, ces insectes pourraient-ils avoir été génétiquement modifiés ?

Il y eut un silence au bout du fil. Sénéchal en fut surpris de la part de Morel, bavard notoire. Il patienta, puis la voix du scientifique retentit à nouveau.

— Hum. Vous pensez à une sorte d'arme écologique, en somme, monsieur Sénéchal.

— J'ai entendu parler de vers à soie génétiquement modifiés, de moustiques bricolés...

— C'est intéressant. Il faudra étudier son ADN. Un adulte de Diabolique proliférante « normal » ne mesure que sept millimètres de longueur. Là, nous sommes en présence d'un animal adulte mesurant quarante-six millimètres... Un monstre dans sa catégorie ! Songez qu'une seule femelle de Diabrotica peut pondre jusqu'à mille œufs... En tout cas, vos nouveaux Diabrotica « géants », s'ils n'ont pas été modifiés, vivent sans doute quelque part au fond de l'Amazonie depuis des millions d'années. Vos aérostiers auraient peut-être mieux fait d'y laisser ces bestioles qui peuvent – c'est là pure hypothèse – constituer un véritable fléau, comme le phylloxéra ou les sauterelles de la Bible. L'une des plaies d'Égypte, si ma mémoire est bonne.

27.

Dans le salon, face à la porte aux vitres désormais absentes, le senhor Munoz, le front baissé, les mains dans les poches, essuie de la pointe de sa botte une mince trace de boue incrustée dans le carrelage blanc. Rien n'y fait.

Il s'empare alors de sa pochette de soie immaculée, l'humecte de salive et, malgré sa jambe qui lui fait mal, s'accroupit pour frotter la souillure jusqu'à sa disparition complète. Lorsqu'il se relève, un homme est debout devant lui : cet abruti de type de la police criminelle. Un dénommé Zé Ferrera... Qu'est-ce qu'il raconte, ce con mal coiffé ? Il a l'air béat d'admiration.

— Un vrai champion, ce gars-là, senhor Munoz... Le champion de tous les champions des très, très grands tireurs d'élite. Un coup impossible, d'après mes gars. Ou alors le dieu de la balistique lui-même était perché sur son épaule quand il a tiré. Mais de là à mettre dans le mille à cette distance et en pleine nuit sur une cible mouvante... Parce qu'il bougeait, n'est-ce pas, le pauvre senhor Carvalho ? Il marchait vers vous, je crois bien ?... Comme vous avez bien raison de vous entourer de gens talentueux pour assurer votre protection et celle de votre famille, senhor !

Le policier brandit quelque chose devant le nez de Munoz, qui fronce les sourcils, car il sent confusément que l'autre se paie sa tête. C'est une balle d'arme à feu à la pointe effilée. Mais elle paraît surdimensionnée.

Munoz répond, d'une voix où vibre la colère :

— Je ne comprends pas un mot de ce que vous me racontez, officier. Soyez clair et précis, et expliquez-moi ce que vous voulez faire avec cet objet.

— Eh bien... C'est que, d'après le spécialiste (Ferrera indique du menton un type à genoux dans la cour qui prend des mesures à l'aide d'un décamètre), ça serait ce modèle de projectile qui a emporté le senhor Carvalho, paix à son âme. Du calibre 12,7 à haute vélocité, un truc comme ça... Une balle de mitrailleuse.

— Quelqu'un a tiré sur Carvalho à la mitrailleuse ?

— Non, non, senhor, d'après ce gars que vous voyez là-bas, on met ça maintenant dans des fusils très spéciaux pour tirer sur les gens à longue distance. Il m'a expliqué, ce garçon savantissime, que cette balle, qui a une pointe spéciale elle aussi, elle fait dix mille tours à la minute sur elle-même, et elle fonce à mille mètres à la seconde sur sa cible, et *tchac !* ça lui a traversé la gorge d'un coup, au senhor Carvalho. Paix à son âme, n'est-ce pas ?... Et ça a aussi, par le plus grand des hasards, traversé son petit chapeau. Mais notre roi de la balistique, il l'a retrouvée dans la cour, plus loin, la balle... Normal. Ça revient pas souvent à l'envoyeur, ces choses-là, ça se saurait, hein ?

Il soupèse le projectile dans sa paume ouverte. Le senhor Munoz se sent encore plus fatigué. Il demande d'une voix lasse :

— Je suppose que votre type ne sait pas où il était posté, l'enfoiré qui a fait ça ?

Le policier sourit rêveusement.

— Si. Si. Et c'est comme qui dirait l'aspect... magique de la chose. À quelle distance de votre propre personne il se trouvait, le pauvre senhor Carvalho, quand cette balle mortelle, elle lui a tranché le fil de sa vie ?

— Quoi ? Je ne sais pas. Moins de dix mètres, en tout cas.

Le flic passe une main dans ses cheveux en bataille, puis tend l'index vers un point imaginaire, juste au-dessus de l'épaule de l'homme en blanc.

— Notre spécialiste, il dit que ça a été tiré depuis la jungle, là-bas... À plus d'un kilomètre et demi d'ici.

28.

Ce soir-là, Xingu a réussi à retrouver le campement après avoir erré dans la forêt envahie par la nuit, se cognant aux arbres, hurlant de douleur et de terreur, le corps lacéré par les branches et les feuilles coupantes.

Le guérisseur de la tribu s'est immédiatement occupé de lui. Ses soins ont permis à Xingu de revoir clairement.

Tout au moins, de son œil unique.

Car le guérisseur lui a affirmé que son œil droit ne fonctionnerait plus, c'était fini, il était comme cuit à l'intérieur de sa tête.

Il a réfléchi, a interrogé longuement l'adolescent, et a finalement déclaré :

— C'est peut-être une grande chance que tu aies fermé ton autre œil pour viser cette bête maléfique, Xingu, car il se pourrait qu'aujourd'hui tu ne puisses plus du tout regarder la vie... C'était sans doute un démon déguisé en serpent qui s'est échappé de ce chemin. Les hommes qui sont passés dans ce chemin bien avant nous devaient le savoir, pour y avoir laissé cet avertissement. N'y retourne jamais.

Xingu n'a rien dit, mais, les jours suivants, dès qu'il s'est senti mieux, il a décidé de demander à son grand frère de l'accompagner. Son aîné a hésité longtemps, mais il n'a pas voulu lui montrer qu'il avait peur. Car un guerrier ne doit jamais le montrer. Le lendemain, ils sont allés guetter tout l'après-midi, accroupis sur une haute branche, au-dessus de la grosse pierre ressemblant au dos luisant d'un phacochère bien gras qui sortirait d'une mare. Depuis l'endroit où ils se tenaient, ils pouvaient apercevoir tout au bout du chemin, là-bas, les deux mâchoires de tapir entrecroisées.

Le serpent est sorti du sentier.

Il est venu dans leur direction et s'est approché de la grosse pierre, sans les voir au-dessus de lui, immobiles dans l'ombre épaisse du feuillage. Il y est resté quelques instants comme s'il se chauffait au rayon de soleil qui pénétrait le sous-bois, puis est retourné de son étrange allure se fondre dans les ténèbres des fourrés, au-delà des mâchoires de tapir entrecroisées.

Son grand frère, stupéfait par la vision de cet animal, avec sa tête anormale (il a même entendu son sifflement inconnu quand il était passé sous eux), a félicité Xingu pour sa bravoure, puis il est allé en parler au chef de la tribu, qui a réuni ses plus proches conseillers. Ensuite, il est reparti là-bas seul avec des outils.

Deux jours plus tard, le serpent est tombé dans la fosse remplie d'eau qu'il avait creusée et dissimulée sous de minces branchages. Les guerriers sont tous venus et l'ont écrasé avec des pierres, en poussant des cris de guerre et en détournant la tête pour ne pas être aveuglés.

Plus tard, l'un d'eux a cependant juré qu'il avait regardé.

Et que la bête, tout en se tortillant dans la boue, sous la pluie de pierres, avait craché des flammes bleues par tout le corps avant de mourir.

29.

Quand même incroyable d'en arriver là, lui, Guilherme Luíz Felisberto Munoz, enfermé comme un animal dans une de ses plus modestes fazendas, à trois cents kilomètres de sa belle propriété blanche et présentement dévastée !

Mais cette modeste fazenda est aussi le bâtiment dans lequel il sera le mieux protégé.

Ici, il n'y a que des champs à perte de vue. Pas de jungle à proximité... Il a ordonné à tous les gens qui travaillent dans cette ferme d'en partir, car il ne veut personne dans ses pattes, et il n'a conservé avec lui que Felipe et trois de ses types.

C'est ce con de flic de la criminelle qui l'a alerté sans le savoir, en lui demandant quelle distance le séparait de Carvalho quand ce dernier a été tué. Ça l'a fait réfléchir... Car il y a des chances, et même de fortes chances, que ce ne soit pas cette minuscule merde de parvenu que visait le champion de tir, mais lui-même. *Lui-même...* Cette balle magique, hein ? Mille mètres à la seconde sur un mec en marche, à plus d'un kilomètre et demi... Pas possible ! Même quand on n'est pas très féru dans l'art complexe de la balistique, le calcul est vite fait. Lui, Munoz, était debout sur son perron, accueillant, aimable, souriant... Statique.

La cible idéale.

L'enfoiré qui lui a tiré dessus a tout bêtement raté son coup, et a buté ce pauvre museau de rat de Carvalho à sa place.

Munoz sourit à cette idée. Il en éclaterait même de rire.

Il tripote son petit pistolet-mitrailleur Ingram chromé. Puis il le regarde, sourcils froncés, comme s'il s'interrogeait sur son usage véritable. Il aurait peut-être dû faire venir ici ses pistoleros, ceux qui, au fond de la jungle, gardent les types qui défrichent pour l'expansion future de son vaste territoire agricole.

L'arme à bout de bras, il arpente ensuite le couloir qui mène à la porte devant laquelle se tient Felipe. Le senhor Munoz a accepté que son premier garde du corps endosse un uniforme qu'il juge plus adapté à la nouvelle situation : il est donc vêtu d'une tenue de combat bleu nuit rehaussée d'un gilet pare-balles en kevlar et céramique, et il est chaussé de brodequins. Il tient en main un fusil d'assaut XM 29 équipé d'un viseur infrarouge. Un lance-grenades et un tube de guidage laser complètent la silhouette massive de l'engin. Felipe porte également à la ceinture un automatique de fort calibre, des chargeurs de rechange ainsi que quelques autres accessoires meurtriers. Avec son micro-écouteurs autour du cou, il semble fin prêt pour la prochaine guerre mondiale.

La porte s'ouvre sur un type en chemisette à carreaux qui transporte à bout de bras un gilet pare-balles blanc. Il dit quelques mots au grand fazendeiro, qui tend son flingue chromé à Felipe, pivote élégamment et écarte largement les bras. L'homme en chemisette le harnache avec le gilet et serre les sangles en poussant des « han » de bûcheron, puis il s'incline et disparaît par la même porte.

Ainsi équipé, Munoz se sent beaucoup mieux. Il reprend son Ingram, lisse distraitement sa moustache et repart marcher dans le couloir. Il va rappeler dans une minute ce très grand connard de gouverneur. Lequel va enfin apprendre (enfin), que son cher ami Guilherme Luíz Felisberto Munoz, propriétaire terrien admirable d'humanité avec son personnel, cavalier émérite et représentant de l'une des plus éminentes familles de ce grand pays, a échappé de justesse à un lâche attentat. À moins qu'il ne le sache déjà par la télévision, puisque quand le senhor Munoz a quitté incognito sa fazenda principale avec ses gardes du corps, les camions-régies des journalistes étaient déjà agglutinés comme des mouches à merde devant la barrière. Le gouverneur va assurément envoyer la moitié des flics de l'État enquêter sur cette affaire. Et il ne manquera pas de lui assurer une protection policière digne d'un chef de gouvernement. En attendant... En attendant, le gouverneur est en vadrouille ou se fout carrément de sa gueule.

Le senhor Munoz aimerait bien regarder la nuit comme il le fait chaque soir, mais toutes les fenêtres de la ferme ont été bouclées et Felipe lui a demandé expressément de ne pas s'en approcher.

Il pose son Ingram sur une chaise solitaire et se met à pianoter furieusement sur son téléphone ivoirin gravé aux armoiries de sa famille.

Au-dehors, dans la nuit chaude, quelque chose se glisse silencieusement sous le grillage et vient à lui à travers les hautes herbes.

30.

Xingu s'approche à pas lents de la rivière, les jambes tremblantes.

La brume commence à envahir le sous-bois, le soir tombe, les chauves-souris tournoient déjà en pépiant au-dessus de sa tête. Dans les marais, des centaines de grenouilles attaquent leur concert nocturne, se répondant de trilles en vocalises.

L'adolescent aperçoit enfin le ponton qui s'avance sur l'eau. Il s'arrête. Son œil mort lui fait mal. Plus que quelques pas, et il sera libéré de son chargement qu'il traîne derrière lui depuis le village.

Le chef de la tribu lui a ordonné d'emporter le serpent mort à la rivière et de l'y jeter, car, a-t-il affirmé, Xingu étant responsable de la venue de cette bête au village, il revenait à Xingu d'en débarrasser le village. Le chef a ordonné ensuite qu'on enroule la dangereuse tête du serpent dans un tissu, et qu'on enferme l'animal dans des feuilles et des lianes avant de le confier à l'adolescent. Mais Xingu, pétrifié de terreur, a été incapable de prendre dans ses bras les restes de la bête qui l'a rendu à demi aveugle. Son frère a alors confectionné un traîneau de branchages et y a attaché une longue liane, afin que Xingu puisse remplir sa mission sans que ses mains aient à toucher la terrible créature. Le jeune Indien est parti vers la rivière en tirant derrière lui le serpent mort. Mais est-ce vraiment un serpent? Xingu en doute de plus en plus : son frère lui a raconté que l'animal n'avait pas répandu de sang lorsqu'on l'avait achevé dans la fosse et que, sous sa peau crevée, sa chair n'était pas rouge et blanche comme celle des serpents ordinaires. Mais peut-être son frère avait-il dit ça pour l'effrayer, ou par pure vantardise...

Xingu, perdu dans ses pensées, s'engage sur le ponton de bois déglingué, son traîneau de branches derrière lui. Il regarde la rivière en contrebas, où des centaines de moustiques mènent un ballet frénétique. Personne ne vient plus jamais par ici : un jour, des démons tapis sous la surface brune ont emporté un enfant indien qui se baignait, et sa mère est morte peu de temps après. Plusieurs fois, les pirogues bruyantes des hommes blancs y ont été entendues.

L'adolescent cherche un point de chute idéal pour son fardeau, le front plissé. Puis il se décide et tire un coup sec sur la liane.

Le traîneau et son chargement hésitent un instant sur le bord extrême du ponton, tombent vers l'eau, mais, à mi-hauteur ils se coincent entre deux pilotis entrecroisés et y restent plantés, un peu de biais. Xingu tire de nouveau sur la liane, sans succès.

Il s'apprête à faire une nouvelle tentative lorsque des cris se font entendre dans les arbres non loin de là, des cris de panique poussés par une bande de singes qui bondissent de branche en branche. De son œil valide, Xingu peut apercevoir leurs silhouettes sautillantes sur un fond de ciel indigo. Il connaît ce genre de cris : les singes sont effrayés par un fauve. Un fauve qui est à leurs trousses, quelque part dans ces fourrés tout proches et qui viennent de bouger. Les grenouilles se taisent l'une après l'autre. Un frisson parcourt le corps de l'adolescent : il faut filer d'ici. Et tout de suite : le dieu jaguar est en chasse. Pour l'instant il est occupé, mais...

Le jeune Indien fait volte-face et se met à courir tout droit devant lui.

Ses pieds légers effleurent à peine les planches du ponton.

31.

À une trentaine de mètres du bâtiment principal de la fazenda où le senhor Munoz, barricadé, multiplie les appels téléphoniques tous azimuts, deux hommes sont installés dans une camionnette 4 x 4 décapotée, feux éteints. Au-dessus de leur tête, les étoiles scintillent dans un ciel immense. Debout à l'arrière du véhicule, l'un d'eux, lunettes de vision nocturne sur les yeux, manœuvre un projecteur infrarouge. La faible lumière visible, verdâtre, enveloppe son compagnon assis au volant devant lui. Ce dernier a rabattu le pare-brise sur le capot et scrute l'étendue des hautes herbes avec des jumelles. Il parle fort pour couvrir le chant lancinant des centaines de grillons :

— Le patron, il a les jetons, moi je te le dis, Hector... Putain, je vois rien avec ces jumelles infrarouges, la chaleur bouge tout le temps sur cette foutue plaine. Hector, éclaire-moi ce secteur près du château d'eau avec ton gros phare. Comment ça, y a rien ? Tu vois sous les herbes, maintenant ? tu vois dans la nuit noire, maintenant ? Alors tu dois pouvoir voir dans le fond de ton cul, j'imagine ! Hein ? Bouge pas, bouge pas ! Y a un truc là-bas, ça remue... Non, merde, y a plus rien. Hector, ça y est, t'as réussi à me foutre les jetons. Je suis nerveux comme une toute petite gonzesse... Et avec le raffut de ces putains de grillons, j'entends rien, en plus. Y a tout un régiment qui pourrait se pointer, avec la musique en tête, on les entendrait pas venir... Bon, on va bouger, Hector, je vais donner notre nouvelle position à Felipe. Parce qu'on n'a pas intérêt à rester dans la même position. Felipe, y veut qu'on couvre la zone, et Felipe c'est un grand pro, je t'apprends rien, Hector. Hé, c'est quoi ce bruit contre la bagnole ?

L'homme pose ses jumelles et empoigne son fusil-mitrailleur. Il distingue dans les hautes herbes, à deux pas, une créature à la tête ronde de la taille d'un petit chien qui le fixe de ses gros yeux luisants.

L'homme a un mouvement de recul. Tout à coup, le haut de son visage explose, il glisse lentement au fond de son siège.

Derrière lui, des débris de cervelle et de cuir chevelu ont éclaboussé le cadavre d'Hector qui étreint encore le support de son projecteur.

32.

La piste d'envol du dirigeable surprit les deux enquêteurs français : dans les premières lueurs du matin, elle leur apparut comme une large trouée dans la jungle, constituée d'une ancienne clairière. Des bâches de plastique posées au sol et reliées entre elles formaient une vaste aire circulaire, presque plane. Des flaques d'eau y reflétaient le ciel et des chauves-souris y zigzaguaient par dizaines. Elles s'élançaient par instants vers la forêt, dont les arbres dessinaient au loin leurs silhouettes noires.

Sénéchal aperçut trois camionnettes voisinant avec un camion citerne. Des petits hangars préfabriqués aux toits recouverts de capteurs solaires étaient disposés en demi-cercle autour de l'aire d'envol. Le plus remarquable de l'installation était les deux tunnels de plastique blanc, d'une trentaine de mètres de long, qui trônaient en lisière de la jungle. Sur leurs flancs était écrit, en gros, « Chitinex Development ». L'un d'eux était illuminé de l'intérieur.

Ils descendirent de la Land Rover et prirent leurs paquetages à l'arrière du véhicule.

Tout en marchant à larges enjambées, Chantal expliqua :

— Nous utilisons ces grands tunnels à paroi gonflable pour mettre à l'abri le dirigeable, la luge et les instruments. Ainsi que les bouteilles de gaz. Ici, tout est gonflable ou pliable et se transporte facilement par hélicoptère vers un autre point de la jungle, où nous reconstituons une aire d'envol. (Elle indiqua le tunnel illuminé.) Les ouvriers sont en train de gonfler mon dirigeable, c'est pour ça que vous voyez de la lumière dans celui-ci.

Lucrèce, resté en arrière du groupe, avançait prudemment, une lampe de poche dirigée vers ses pieds. Il avait la sensation curieuse de progresser sur une immense nappe en toile cirée qui glissait et se dérobait sous chacun de ses pas.

Sénéchal demanda à la pilote :

— Votre propre aire d'envol en forêt est la même que celle-ci ?

— Exactement semblable, oui. (Elle réfléchit.) Non. Ici, il y avait des projecteurs alimentés par groupe électrogène pour éclairer la piste. Garnier et Leteinturier les avaient fait installer. On les a enlevés depuis leur absence.

— Vous savez pourquoi ils avaient besoin de projecteurs ?

— D'après eux, ils voulaient pouvoir voler tôt le matin et rentrer à la nuit tombée. Moi, je n'aime pas ça. C'est dangereux. Et j'évite le plus possible de voler quand il pleut, à cause de la visibilité réduite.

— Donc, ils avaient fait monter un réservoir supplémentaire sur leur zeppelin et installé des projecteurs sur leur piste pour avoir des journées bien remplies. Ça pourrait signifier que leur objectif était lointain et qu'il leur fallait du temps pour y aller et en revenir, non ?

— Peut-être.

Il reprit :

— Ce que j'ai du mal à comprendre, c'est comment le docteur Garnier et son pilote, M. Leteinturier, pouvaient agir ainsi à leur guise sans en référer à la direction de votre entreprise. Et pourquoi M. Frankeur et vous-même ne partiez pas d'ici, comme vos collègues, au lieu d'avoir votre propre aire de décollage, loin de cette base. Ça aurait été plus pratique, non ?

— À Chitinex, monsieur Sénéchal, chacun gère comme il l'entend sa propre base, ses zones de recherche et ses expéditions. Et cela avec les moyens qui lui conviennent. Seuls les résultats comptent. Moi, je suis pilote, je vais donc là où M. Frankeur me demande de l'emmener.

Elle fit face à l'écoflic et le fixa de ses yeux clairs.

— Puis-je savoir pourquoi vous n'avez pas voulu que M. Frankeur vienne avec nous ? Il est très expérimenté sur la canopée.

L'écoflic tirailla sur ses bretelles en regardant le ciel qui rosissait à l'est.

— Eh bien, disons que pour mon premier baptême de l'air je n'ai pas envie d'être accompagné d'un fumeur de pipe, à bord d'un engin dont la chaleur nécessaire à sa lévitation est produite par du butane. C'est humain, non ?

33.

Lucrèce, une casquette de toile enfoncée jusqu'aux sourcils et de volumineux écouteurs plaqués sur les oreilles, se cramponnait à l'un des montants chromés de la nacelle ouverte à tous vents.

Au départ de l'aire d'envol, il avait vivement regretté d'être monté dans cet engin (sur l'insistance de Sénéchal), de se retrouver enfermé dans une cage métallique, sanglé sur un siège inconfortable vibrant à l'unisson du moteur. Juste derrière lui se trouvaient de hautes bouteilles argentées contenant du gaz sous pression, et, à quelques centimètres au-dessus de sa tête, neuf cents mètres cubes d'air chaud enfermés dans une baleine en nylon de vingt-deux mètres de long. Une baleine qui semblait vouloir l'écraser de toute sa masse.

Le décollage avait été d'une terrifiante lenteur, et il avait cru que l'énorme engin ne réussirait jamais à s'arracher du terrain. Puis, progressivement, ils s'étaient élevés dans l'air. Lucrèce avait vu défiler de bas en haut les troncs des grands arbres qui bordaient la piste. Le ballon s'était enfin stabilisé, ils étaient passés au-dessus des cimes et, là, il avait découvert un autre monde : sous un ciel écarlate, un fantastique jardin était sorti de la brume, limité à l'horizon par une barre grise. L'air lui avait paru plus léger, et il faisait plus frais qu'au sol.

Chantal avait embrayé le moteur, l'hélice arrière avait démarré et le zeppelin avait commencé sa progression sur une mer de nuages. Peu à peu, le brouillard s'était effiloché, après une lutte indécise avec un soleil blafard. Lucrèce avait alors aperçu des reliefs montagneux émergeant dans le bleu du lointain. L'odeur d'humus avait été remplacée par celle des fleurs piquetant le sommet des arbres, au milieu d'infinies nuances de vert.

Ensuite, le ciel avait viré au bleu sombre et la forêt s'était révélée dans toute sa majesté. Le petit homme rond, ébloui par tout ce qu'il voyait, avait eu l'impression d'être un plongeur survolant un banc de coraux multicolores. Les ramures de certains arbres géants qui dominaient la canopée lui avaient évoqué la puissance des constructions géologiques ou coralliennes. Plus tard, ils avaient survolé une rivière sinueuse qui miroitait, puis une autre, et il avait songé que l'entrelacement de ces cours d'eau était pareil à un réseau sanguin, irriguant l'immense organisme qu'était la forêt.

Il se tourna vers la pilote coiffée d'une casquette, ses cheveux blonds relevés sur la nuque. Il trouva qu'elle ne manquait pas de charme, en définitive.

Tout à l'heure, elle lui avait expliqué, dans son micro, que les principaux ennemis du dirigeable à air chaud étaient le vent et les arbres. Il avait noté mentalement qu'il n'y avait que très peu de vent (il le sentait par instants sur son visage), mais que les arbres étaient au nombre de plusieurs millions tout autour de lui. Elle avait ajouté que son engin était difficilement manœuvrable, et qu'elle devait prendre ses décisions très à l'avance.

Il observa ensuite devant lui l'écran qui lui indiquait les coordonnées GPS trouvées dans le carnet noir des aérostiers disparus, et que Chantal avait rentrées dans le système. Ils approchaient enfin de leur but. Ils descendaient maintenant au fond d'une vallée dans laquelle une vaste trouée noire révélait un incendie récent, le sol calciné s'étendant sur plusieurs hectares.

Il jeta un coup d'œil prudent par-dessus bord, tendant légèrement sa ceinture de sécurité : à une douzaine de mètres sous l'appareil, la luge, faite d'un assemblage de boudins gonflables d'un beau rouge vif, se balançait avec indolence, survolant les frondaisons. Elle lui sembla ridiculement petite au regard de l'ombre géante du dirigeable qui ondulait sur le feuillage non loin de là, brièvement accompagnée par un aigle blanc qui disparut rapidement vers l'arrière.

En se penchant encore plus, il aperçut les sommets des casques en plastique de Sénéchal et de Maria-Esperanza. Il prit un appareil-photo dans sa poche de poitrine et zooma sur eux.

Ils étaient attachés par des harnais de sécurité. À proximité d'un lot de bagages protégés par des bâches, de bidons d'eau et de kérosène, le lieutenant Saint-Louis, en T-shirt kaki, farfouillait méthodiquement dans son sac à dos. Sénéchal, vautré à l'avant de la luge, observait la jungle avec des jumelles. De temps à autre il piochait dans un régime de bananes qui dépassait de son sac posé à côté de lui.

Lucrèce soupira... Sénéchal était toujours plus ou moins en train de manger quelque chose. Même à cinquante mètres au-dessus de l'Amazonie. Et il balançait les pelures de bananes dans la nature, en plus. Les singes apprécieraient sûrement.

Une turbulence soudaine du zeppelin lui fit rentrer la tête à l'intérieur de la nacelle, comme une tortue dans sa carapace. Il rangea son appareil photo et décolla l'un des écouteurs de son oreille. Le bruit du moteur grimpait dans les aigus. Dans son micro, il demanda à Chantal :

— Que se passe-t-il?

— Le vent a forci, et il a tourné. Mettez la caméra en marche, s'il vous plaît.

Lucrèce manœuvra un interrupteur placé à la base de son siège.

— Ça tourne.

Un écran s'illumina sur le tableau de bord, montrant la forêt en contrebas. Chantal dit :

— Essayez de repérer sur votre droite le dirigeable bleu de Garnier et de Leteinturier. Ou l'enveloppe dégonflée, des branches cassées, une trouée... Je vais monter pour que nous ayons une vue d'ensemble, puis je tournerai autour de la zone.

La voix de Sénéchal retentit soudain dans leurs écouteurs respectifs :

— Je vois quelque chose dans les arbres, à trois heures pour vous. On dirait de tout petits lampions jaunes.

Lucrèce, intrigué, se pencha de nouveau par-dessus bord. Debout dans la luge, cramponnés aux élingues, le lieutenant Saint-Louis et Sénéchal braquaient leurs jumelles vers l'horizon.

L'écoflic leva la tête et lui indiqua, de son bras tendu, un point situé au loin. Lucrèce ne vit rien que les arbres et encore les arbres. Il lança un coup d'œil au compas et demanda à la pilote :

— Mettez le cap au 140, voulez-vous? Vous avez une idée de ce que Pierre a vu?

— À mon avis, il s'agit des pièges à insectes de Garnier. Ce sont de petites cages de toile jaune vif, pour qu'on les repère bien dans les branches. Bon sang, c'est un coup de chance incroyable ! Mais où est passé leur dirigeable ?

Dans la luge, le lieutenant Saint-Louis dégagea les bouchons de la lunette de visée de son fusil d'assaut.

34.

Assis dans un fauteuil rococo recouvert de velours grenat, son chapeau de cow-boy repoussé sur la nuque, le senhor Munoz transpire dans son gilet pare-balles qui pèse des tonnes sur ses épaules. Au-dessus de lui sur le mur, une photo représente la petite fazenda dans laquelle il se trouve actuellement. C'est un cliché sépia, pris à l'époque glorieuse de l'exploitation du caoutchouc.

Tout à l'heure il s'est emporté et, de rage, a failli balancer son téléphone sur le mur. Plus de signal. Rien.

Il secoue l'appareil, regarde le cadran, puis il le rengaine en pestant. Il tord nerveusement sa moustache entre le pouce et l'index, tout en jetant un coup d'œil furieux à Felipe, qui s'est évertué à faire fonctionner son propre téléphone satellitaire, sans plus de succès que lui.

Felipe est à présent affairé sur un ordinateur portable posé sur un bureau, à côté de son flingue de combat. Felipe a tout prévu : il a apporté ici tout un matériel de télécommunication – radiotéléphone, ordinateur, webcam, système de cryptage... Rien ne fonctionne. Rien. Qu'est-ce que c'est que ce bordel? Felipe est même monté sur le toit avec ses jumelles infrarouges pour savoir où en étaient les gars qui patrouillent dehors avec la camionnette (on n'entend plus le moteur de leur bagnole, d'ailleurs), et pour tenter de faire marcher ses engins avec une antenne satellite déployable. Il est revenu sans rien dire. De toute manière, ce type-là ne dit jamais rien...

Ça l'énerve, le senhor Munoz. Il a très envie de se tirer d'ici, il trouve tout ça ridicule. Et en plus il crève de chaud, enfermé dans cette baraque. La climatisation doit être foutue. Il va faire cesser ce cinéma, retourner sans délai à sa belle fazenda blanche et demander la protection de la police, tout simplement. Il recevra les journalistes demain matin, subira leurs questions imbéciles sur cette tragique affaire, et il reprendra ses activités de grand fazendeiro, de cavalier émérite et d'admirable homme du monde. Une image soudaine lui traverse l'esprit : celle du corps inerte de Carvalho gisant dans la poussière, au pied du bel escalier de la cour d'honneur de sa blanche fazenda. Et les gardes du corps abattus... Qu'est-ce qu'ils peuvent faire, les flics, pour éviter à un type de se faire buter à une distance de mille huit cents mètres ? Ils le trimballent en armure toute la journée ? Ils l'enferment dans une cave ? Dans un puits ? Ils font des incantations pour qu'il ne meure pas ? Les flics ! Bande de cons. Incapables.

Non, non, on ne bouge pas, on passe la nuit ici tranquillement. Demain, les communications seront rétablies, demain, le gouverneur sera revenu... De toute manière, Felipe a tout sécurisé, il a même installé des pièges sur les portes de la propriété, et le premier qui pénétrera dans la fazenda sans se faire annoncer se fera sauter le portrait, point.

Absorbé par ses pensées, Munoz ne s'est pas aperçu que Felipe n'était plus occupé à tripoter ses instruments électroniques.

Il se tient debout dans un coin de la pièce, la tête penchée, les yeux levés vers le plafond, à l'écoute. Le senhor Munoz hausse un sourcil aristocratique, mais Felipe, d'un signe, lui enjoint de ne pas parler. Le grand fazendeiro tend l'oreille à son tour. Il lui semble percevoir des grattements, des grincements, un bourdonnement ténu. C'est tout proche, c'est dans la maison.

Tout à coup, une déflagration fait trembler la pièce, la lumière vacille. La photo sépia de la fazenda se détache du mur, le cadre se disloque en s'écrasant au sol, tandis que des éclats de peinture descendent gracieusement du plafond tels des pétales de neige.

Felipe bondit vers son flingue.

35.

Le senhor Munoz braque le canon de son Ingram chromé vers le plafond du couloir. Felipe hurle :

— Ne faites pas ça !

Mais l'admirable cavalier et homme du monde ouvre le feu. Une courte rafale lacère le plafond, un balle siffle en ricochant, les douilles tintent au sol, des morceaux de plâtre tombent sur le carrelage, accompagnés d'un nuage de poussière qui emplit immédiatement le couloir.

— Arrêtez, senhor Munoz, vous allez nous tuer tous les deux !

Munoz, les yeux exorbités, indique le mur d'un index tremblant.

— Sainte Mère de Dieu, c'est une bête, Felipe ! Il y a une bête dans le mur... Ou dans le plafond ! Vous l'entendez ? Tirez... Tirez !

Felipe ne parvient pas à comprendre d'où provient le bruit. Ses yeux scrutent les parois du couloir. On entend des grincements métalliques, un bourdonnement, puis de nouveau des grincements évoquant des griffes sur du métal. C'est là, tout près d'eux. La lumière du plafonnier s'éteint, et se rallume aussitôt.

Munoz a peur.

— Où sont les autres gars ? Nom de Dieu, Felipe, répondez ! Appelez Hector et Luís !

Felipe reste impassible, à l'écoute des bruits. Ils ont cessé d'un seul coup. Il soupire, puis finit par lâcher :

— Ils sont morts, senhor... Vous comprenez ? Morts ! Je suis monté sur le toit tout à l'heure avec les jumelles, je les ai vus, là, dehors.

Le grincement métallique reprend soudain. Plus fort. Felipe souffle à voix basse :

— Fuyez, senhor ! Fuyez ! Je ne sais pas ce qui se passe !

Munoz, le visage blême, tortille sa moustache sous l'effet de la panique. Il demande presque timidement :

— Mais où ? Et si Hector et Luís sont morts...

Le garde du corps indique la porte derrière lui.

— Ou bien enfermez-vous là-dedans et n'en bougez surtout plus !

Guilherme Luíz Felisberto Munoz pivote sur ses talons et fonce vers la porte. Il pénètre dans la pièce qu'il vient de quitter, avec son fauteuil recouvert de velours grenat et la photo sépia dont le cadre gît au sol, disloqué. Il claque le battant derrière lui et cherche des yeux un loquet absent.

Le flingue de Felipe tonne, un coup, deux coups rapprochés, puis une longue rafale. Felipe crie quelque chose, tire à nouveau par rafales successives. Le mur tremble sous les impacts, puis c'est le silence. Enfin, Munoz, les doigts crispés sur la poignée de son pistolet-mitrailleur, entend un bruit mou, comme celui d'un corps qui chute.

À travers la porte, il demande d'une voix faible :

— Vous l'avez eu, Felipe. Hein... Vous l'avez eu ?

Quelque chose sort lentement du haut du mur de la pièce où est enfermé le senhor Munoz. La grille métallique de la climatisation tombe en tintant aux pieds de l'homme immobile, juste à côté de la photo sépia de la fazenda. Puis une tête caparaçonnée apparaît. En son milieu, deux yeux ronds fixent le grand fazendeiro. Juste au-dessus, ce qui ressemble à un dard luisant bouge en bourdonnant.

Munoz, comme hypnotisé, ne fait aucun geste. Son doigt reste posé à côté de la détente de son arme. Sa bouche s'entrouvre, comme s'il allait parler, mais aucun son n'en sort.

Il ne semble pas effrayé.

Pourtant, il est absolument certain que ce qui est là, devant lui, va le tuer.

36.

La pilote ralentit son zeppelin au-dessus des lampions jaunes disséminés sur les branches, afin de choisir un endroit propice à la dépose de la luge et de ses deux occupants.

À l'aide de jumelles, elle repéra, en prenant tout son temps, quelques branches sommitales cassées, des feuilles aplaties, et finit par déclarer à Lucrèce qu'elle avait déterminé avec certitude l'endroit où Garnier et Leteinturier avaient dû poser leur propre luge.

Elle lui indiqua de l'index deux arbres dont les ramures formaient des dômes se chevauchant presque. L'un d'eux était couvert de fleurs pourpres. L'endroit lui paraissant sûr, elle annonça dans son micro à Maria-Esperanza et à Sénéchal qu'elle allait procéder à la manœuvre consistant à déposer le dinghy géant dans lequel ils se trouvaient sur le toit de la forêt amazonienne.

Parvenue à la verticale de son objectif, elle attendit que l'air contenu dans les entrailles du dirigeable se refroidisse avant de le faire descendre lentement, de le stabiliser, et de poser son chargement sur le sommet du plus haut des deux arbres.

Dès qu'elle toucha le feuillage, la luge ploya doucement et quelques craquements de branches se firent entendre. Les boudins gonflables crissèrent et leur forme épousa progressivement celle du dôme de l'arbre. Tout l'ensemble s'immobilisa dans un dernier soubresaut.

Chantal se concentrait sur ses manettes, les yeux fixés sur l'écran retransmettant l'image de la luge, qui ressemblait à une grosse étoile de mer rouge sur fond vert piqueté de mauve.

Dans l'ombre du ballon, le lieutenant Saint-Louis et l'écoflic manœuvraient les cordages de nylon reliant la luge aux flancs du dirigeable, afin d'effectuer la séparation des deux engins.

Sénéchal s'élança sur le filet de catamaran tendu entre les boudins gonflables et, dès le premier pas, il se retrouva à quatre pattes, le nez dans l'odeur des feuilles aplaties sous le filet. L'Indienne se déplaçait avec aisance, allant d'un point d'attache à l'autre, grimpant lestement sur un ponton de caoutchouc qui traversait la luge en diagonale et larguant les filins, comme si l'exercice lui était familier.

Lucrèce, dans la nacelle, fut contraint de détacher sa ceinture de sécurité et de se lever précautionneusement de son siège, pour tirer d'une seule main, avec force, une élingue récalcitrante qui se balançait dans le vide à un mètre de lui.

Il se rassit ensuite d'un bloc, la chemise trempée, la transpiration lui coulant dans le dos.

37.

Sénéchal observa ses pieds chaussés de brodequins de toile posés sur le filet de catamaran. Une fleur pointait sa tête mauve entre les mailles. Il admira un instant ses pétales délicats bordés d'un fin liséré pâle. Au centre de sa corolle séjournait une minuscule bestiole toute d'écarlate vêtue.

L'écoflic se demanda, un peu stupidement, comment il avait fait pour en arriver à se trouver là, assis sur un frêle dinghy qui oscillait avec lenteur au sommet d'un arbre géant, si loin de la terre ferme.

Il mit les mains en visière.

Le dirigeable s'élevait majestueusement au-dessus de lui, éclairé de l'intérieur et accompagné par le grondement de ses brûleurs. Ses élingues pendaient librement le long de ses flancs.

Le ballon lui parut encore plus grand que lorsqu'il se trouvait accroché sous son ventre.

Il évoquait maintenant un immeuble suspendu dans le ciel, écrasant de son ombre le toit des arbres et obscurcissant le feuillage alentour. Il y eut une pétarade : Chantal redémarrait le moteur. L'engin coloré en forme de cigare prit progressivement de la hauteur, diminuant de taille, passa devant le soleil, puis son nez pivota et il commença à s'éloigner. La blonde pilote avait prévu d'effectuer de grands cercles sur la droite, avant de se rapprocher à chaque tour un peu plus près de la luge. S'ils trouvaient d'autres traces des aérostiers disparus, ils préviendraient par radio.

Au loin, une brume de chaleur vibrait, des nuages pommelés formaient une procession qui barrait l'horizon. Le bruit du moteur du ballon diminua, puis il finit par se fondre dans la rumeur de la jungle, avant de se faire entendre de nouveau, puis de nouveau s'éteindre. Sénéchal trouva qu'il ressemblait à un jouet brillant, suspendu au-dessus des vagues de la canopée. Il songea que le lieutenant Saint-Louis et lui-même étaient désormais pareils à deux naufragés sur un radeau, perdus au beau milieu d'un océan vert.

Son regard tomba sur le tambour métallique où s'enroulait un filin d'acier terminé par un crochet, arrimé par un système de cerclage à l'un des pontons gonflables de la luge. Chantal, une lueur ironique dans l'œil, lui avait expliqué que ce treuil électrique sur batterie avait été installé « pour des gens comme vous, monsieur Sénéchal, pas totalement rompus à la pratique de la varappe dans les arbres. Au cas où il vous faudrait aller vous promener dans les branches ».

38.

Le senhor Munoz est allongé de tout son long.

Le senhor Munoz ne bouge pas. Sa tête est délicatement posée sur un coussin de satin blanc. Il porte des bottes blanches, pointues, en peau de serpent.

Dans son cercueil ouvert, il a fière allure avec sa cravate de soie sauvage immaculée et sa fine moustache qui semble avoir été peinte sur son visage mort.

Le salon funéraire est rempli de fleurs blanches dont le parfum douceâtre fait froncer le nez à l'inspecteur Zé Ferrera de la police criminelle, assis bien droit au milieu de la foule recueillie.

Seuls sont présents quelques rares élus triés sur le volet, car ce salon mortuaire ne peut contenir tous ceux qui connaissaient, de loin ou de près, le senhor Munoz. Et ils sont légion. Son personnel, fort nombreux, est resté au-dehors, sur la place, au milieu des bagnoles noires et des chevaux qui hochent leurs têtes pleines d'ennui. On entend les femmes bavarder et se lamenter derrière les battants pourtant capitonnés de la porte d'entrée.

Le policier éternue soudain, faisant se retourner une partie du premier rang, qui lui jette un rapide regard désapprobateur. Son voisin de droite, un balaise mal fagoté dont la veste froissée comprime les énormes pectoraux, se tourne de trois quarts et lui fait un petit signe de tête du genre « ce n'est pas bien grave ».

Le flic sourit intérieurement.

Ce type-là, il le connaît, évidemment. Il n'a jamais réussi à le coincer. Dommage. C'est un pistolero de feu l'excellent Guilherme Luíz Felisberto Munoz, grand propriétaire terrien, homme du monde, cavalier émérite et représentant de l'une des plus éminentes familles de ce grand pays, paix à son âme... Et également grand destructeur de la forêt, qui a très certainement fait buter par ce pistolero (on n'a, hélas, aucune preuve) plusieurs pauvres bougres qui ont essayé de s'enfuir de ces bagnes que sont les chantiers lointains de défrichage de Luíz Felisberto Munoz. Des chantiers secrets qui servent à enrichir encore et encore des types déjà richissimes comme lui, qui s'en mettent plein les poches avec le soja, alors que des millions de gens n'ont rien à bouffer dans ce pays... Qu'ils rôtissent tous en enfer, lui et ses semblables. *Adeus* et bon débarras, senhor Munoz, un très grand fumier, que tu étais.

L'inspecteur glisse la main sous sa veste et, d'un geste nonchalant, remet en place son .357 Magnum, dans son holster qui le gêne un peu. Dehors, un homme à lui déguisé en journaliste va filmer tout ce beau monde à sa sortie du salon funéraire, ainsi que la populace sur la place. Ça pourra peut-être servir.

Son voisin le pistolero s'agite sur sa chaise.

Ça le rend nerveux d'avoir été placé là, juste à côté de ce flic qui a le rhume des foins, qui renifle et qui empeste la lotion de coiffeur. Il aimerait bien croiser les bras pour adopter une attitude pleine de dignité, mais il a peur que sa veste craque dans le dos.

Tout à l'heure il est allé regarder de près la dépouille mortelle de son défunt maître, et il a trouvé que le thanatopracteur avait fait un sacré bon boulot... C'est bien simple, le patron avait sa tête des mauvais jours, et on aurait juré qu'il allait se lever de son cercueil pour engueuler toute l'assistance.

L'homme frémit rétrospectivement en songeant qu'il aurait pu se trouver avec Munoz et ses gardes du corps dans la fazenda, là-bas, et se faire buter lui aussi... Ce nabot de Carvalho se fait refroidir devant le perron de la fazenda principale du patron, et juste après c'est le tour du patron... On l'aurait suivi jusque dans la petite fazenda, à trois cents bornes de la propriété principale ? Dans ce cas, les « barons du soja » ont vraiment du mouron à se faire... Il paraît qu'en apprenant le décès de son cher ami Munoz, le gouverneur est entré dans une rage noire, et il a fait donner les meilleurs limiers de la police scientifique de la ville. Ce qui fait peur, c'est que tous ces superflics réunis n'ont pas trouvé d'autres empreintes que celles de Munoz, de Felipe et de ses hommes. Tous morts. Tous. Qui a bien pu les buter ?

des fantômes ? Mais les fantômes ne flinguent pas les vivants, non ? Les gars qui étaient dehors dans la camionnette avec leur phare infrarouge, des gars chevronnés, se sont fait tirer de très près... De trop près, pour des professionnels comme eux. Et Felipe et le patron, on les a abattus avec un petit calibre, presque à bout portant, à l'intérieur de la fazenda, alors que toutes les portes avaient été piégées par Felipe lui-même...

Son front étroit se plisse sous l'effort mental. Il esquisse inconsciemment le geste de se croiser les bras, mais sa veste se tend immédiatement dans son dos, et il y renonce.

Les flics ont trouvé une porte explosée, ont ramassé des tas d'indices, des douilles, les flingues, ont tout passé au pinceau fin, mais aucune trace d'un commando de tueurs. Chapeau... Respect. Ils auraient trouvé des tracts des Paysans sans terre ? « La forêt est notre bien le plus précieux... » Non. Ça ne peut pas être un coup des Paysans sans terre, ils sont trop cons...

L'homme fait un panoramique sur l'assistance qui commence à manifester des signes d'ennui profond. Il reconnaît de nombreux visages, mais d'autres ne lui évoquent rien.

Le jeune prêtre en soutane, au troisième rang, c'est le petit salopard de la Vega. Un indic des flics de l'IBAMA. Traîne avec les pouilleux et la racaille des favelas. Est déjà venu sermonner le patron plusieurs fois. L'a menacé d'envoyer l'IBAMA enquêter sur les coupes de bois illégales. Le patron a gueulé et l'a foutu dehors. Petit con... On aurait mieux fait de t'emmener un soir faire un tour dans le coffre d'une bagnole.

Mais qui c'est, ce vieux curé à l'air gâteux à côté de lui, qui tripote son chapelet ?

39.

Sénéchal sentait la torpeur l'envahir, le languide balancement de la luge et le bruissement du feuillage le berçaient.

Il devait faire un effort pour se rappeler qu'il se trouvait à près de cinquante mètres du sol. Son regard se perdait, au-delà des boudins de plastique rouge, dans une sorte de parc plein de fleurs et de broussailles qui s'étendait à perte de vue. À quelque distance, un arbre gigantesque à la sombre chevelure, aux branches noueuses et couvertes de fougères, s'élevait au-dessus de tous les autres, sa silhouette de patriarche se découpant sur le ciel (« Les arbres sont les plus grands êtres vivants de la planète », lui avait dit Lucrèce).

Il semblait à l'écoflic qu'il pourrait sortir de la luge et aller se promener à pied dans ce parc, puis s'asseoir tranquillement à l'ombre de ce colosse. Mais il savait que ce n'était là qu'une dangereuse illusion.

Il faisait frais, malgré l'ardeur du soleil sur son casque. Un grand papillon zébré de noir et de feu passa tout près de lui, parcourut d'un seul coup d'aile une dizaine de mètres en planant, puis fonça en piqué dans le mystère du sous-bois d'où montaient des relents d'humus et de marécage. L'écoflic observa avec attention, dans une branche proche, l'un des pièges à insectes qu'il avait comparés de loin à des petits lampions : il était constitué d'une fine résille jaune tendue sur une armature métallique terminée en entonnoir, et était attaché à une ramure par une cordelette de la même couleur. Il lui parut vide. Une mince liane s'était enroulée autour de la cordelette. Il compta six autres pièges disséminés sur le feuillage. Que s'était-il passé pour que les aérostiers ne soient jamais revenus les relever ? Est-ce qu'ils avaient découvert ces Diabrotica dorés ici ?

Depuis un instant lui parvenait le sifflement d'un oiseau, sur trois tons, qui résonnait à intervalles réguliers dans le sous-bois. Il se tourna vers le lieutenant Saint-Louis. Bien calée à l'autre extrémité de la luge, elle s'affairait sur son fusil d'assaut, aussi à l'aise que si elle se trouvait dans son stand de tir favori.

— Vous entendez cet oiseau à répétition ? Il est réglé comme une horloge.

Elle répondit, en dévissant quelque chose sur son arme :

— C'est un oiseau-sentinelle.

— Un oiseau-sentinelle ?

— Il prévient les habitants de la forêt du danger. Les animaux sont informés que nous sommes ici, perchés dans un arbre comme des singes... Et il est possible qu'il n'y ait pas qu'eux qui le sachent.

Elle sortit de son équipement une sorte de caméra vidéo allongée, de couleur kaki, et la fixa soigneusement sur le support de la lunette de son fusil.

Sénéchal l'observait, intrigué.

— Vous voulez faire un film souvenir avec ce truc ?

— Senhor Pierre Sénéchal, ceci n'est pas tout à fait un instrument de loisir. Il y a là-dedans un viseur optique, qui permet de voir également dans l'infrarouge et l'ultraviolet, un guidage de tir par laser, un GPS, une caméra électronique jour et nuit et un système de pointage permettant de « marquer » une cible.

— Comment ça, « marquer une cible » ?

— Grâce au laser, je peux pointer un objet à distance, et même à grande distance, et connaître sa position précise par GPS. Je peux également laisser sur cet objet une marque invisible.

Elle sourit largement, comme si une idée venait de lui traverser l'esprit.

— C'est sans doute plus moderne que votre vieux fusil de combat De Franchi plié en deux dans votre sac, non ?

Sénéchal fut soudain sur la défensive.

— Comment savez-vous que j'ai emporté une arme dans mon sac ?

— Je suis un peu sorcière. Dans la police brésilienne de l'environnement, nous sommes toutes capables de voir à l'œil nu à travers les bagages. Vous ne le saviez pas ?

— Non, mais moi j'ai un assez bon odorat et je trouve que la poche extérieure de votre sac à dos empeste le cannabis. Un peu comme la boîte à gants de votre voiture de fonction de l'IBAMA. Je suppose que vous avez fait une saisie récente de drogue récréative sur de redoutables ennemis de l'environnement ?

— Vous devinez bien, senhor Pierre Sénéchal. Vous auriez pu faire un bon policier, vous aussi.

Elle dirigea le canon de son arme vers le ciel et regarda dans l'œilleton de la caméra qui le surmontait. Elle dit, en tournant de nouveau la molette :

— Jetez vos bananes le plus loin possible, sinon vous allez nous attirer des tas d'insectes.

— Nous ne sommes pas là pour ça, lieutenant ?

— Je parle des fourmis et des petites guêpes noires. Elles sont très féroces.

— Les fourmis vont grimper à cet arbre pour bouffer mes bananes ?

— Elles passent d'arbre en arbre par les lianes. Il y en a des milliers dans un seul arbre. Savez-vous que le poids des fourmis sur la planète est supérieur à celui des humains ?

— D'accord, d'accord. Dites-moi, les araignées, il y en a dans le coin ?

— Bien sûr. Certaines atteignent la taille d'une assiette. Mais c'est surtout à la nuit tombée qu'elles sortent de leurs tanières pour chasser les oiseaux. Ne vous inquiétez pas, j'ai du répulsif pour les moustiques et du sérum antivenimeux dans mes bagages. Vous savez sans doute qu'il y a parfois aussi des serpents dans les arbres, non ?

L'écoflic haussa ses larges épaules.

— Bien sûr. D'ailleurs, je peux vous dire que la principale cause de mortalité chez les serpents, c'est la chute des arbres. Vous ne le saviez pas, n'est-ce pas ? Bien. Lieutenant, en attendant que le dirigeable revienne, nous devons ramasser tous les pièges que nous trouvons et vérifier s'ils contiennent des insectes identiques à ceux que nous avons découverts dans la cave de Garnier et de Leteinturier.

Un coup de vent venu de nulle part fit bruisser le feuillage et s'envoler des perroquets.

Un terrifiant craquement retentit juste sous eux.

La luge trembla. Maria-Esperanza, assise sur le ponton de caoutchouc, fut déséquilibrée et, sous les yeux de Sénéchal, tomba à la renverse par-dessus bord, sans un cri.

40.

Sénéchal se précipita et courut sur le filet du catamaran. Rebondissant sur la toile, il perdit l'équilibre. Il se remit sur pied et fonça vers l'endroit où le lieutenant Saint-Louis avait disparu.

Il se pencha par-dessus le boudin de plastique.

Elle était suspendue au bout de son filin de sécurité, quelques mètres plus bas : il aperçut le sommet de son casque qui bougeait. Arrimée à un nœud de lianes fleuries qui l'avait retenue dans sa chute, Maria-Esperanza était appuyée du coude sur une branche de la taille d'un pommier adulte qui pendait dans le vide. De sa main libre, la jeune femme se cramponnait fermement à un paquet de fougères qui poussaient sur le côté d'une autre ramure.

Sénéchal la héla :

— Tout va bien ?

— Tout va bien. Regardez la base de cette branche... Elle était déjà presque détachée de l'arbre, et nous l'avons achevée en nous posant ici.

Les énormes ramifications sur lesquelles l'écoflic était penché présentaient l'apparence minérale et rassurante des arcs-boutants d'une cathédrale. D'autres évoquaient les volutes d'un escalier en colimaçon baignant dans une lumière d'aquarium. Des lianes s'entrecroisaient d'étage en étage, formant des réseaux compliqués. Il avait la vertigineuse sensation de regarder dans un puits rempli d'ombres mouvantes.

— Remontez vite, cette branche risque de vous entraîner en bas, si les lianes cèdent.

— J'ai vu quelque chose de très curieux.

— Quoi ?

— Un truc bizarre, en bas... Donnez-moi une bonne longueur de filin supplémentaire, je voudrais descendre voir.

Sénéchal fit passer par-dessus bord des mètres de cordage coloré, que le lieutenant enroula au fur et à mesure qu'elle les recevait. Ils transpiraient tous deux à grosses gouttes.

Soudain, la branche sur laquelle Maria-Esperanza était appuyée pivota avec lenteur. Les yeux écarquillés, la policière tenta de s'en écarter, sans y réussir. Une des lianes fleuries qui supportait la branche céda dans un claquement de pistolet. Puis une autre. La branche descendit d'un bon mètre dans un froissement de feuilles et se stabilisa avec un soubresaut, arrêtée dans sa chute par une unique liane.

Sénéchal cria :

— Barrez-vous !

L'Indienne prit son élan, lâcha le filin et les fougères qu'elle cramponnait d'une main, sauta sans hésiter sur la branche retenue par la liane et, s'en servant comme d'un tremplin, rebondit sur un tronc. Elle l'empoigna à bras-le-corps, y enroula ses jambes, se hissa, et se retrouva assise dans un creux du bois.

L'arbre tout entier commença à se balancer, des grincements résonnèrent dans ses profondeurs. Sénéchal se redressa. Sous ses pieds, le filet tanguait et crissait. Il s'aperçut que la lumière du jour avait changé : de gros nuages roulaient dans le ciel et une barre sombre emplissait l'horizon. Le toit de la forêt, tout à l'heure semblable à un paisible parc, était à présent agité d'une ondulation permanente. À quelque distance, l'immense patriarche qui dominait la canopée ployait sous un vent mauvais.

L'écoflic scruta l'horizon et distingua le dirigeable, minuscule point brillant sur le fond du ciel noir. Il paraissait parfaitement immobile.

Il se pencha de nouveau. Le lieutenant Saint-Louis n'avait pas bougé de sa position initiale. Il lui cria de remonter au plus vite. Son injonction déclencha un phénomène inattendu : la branche cassée maintenue dans sa liane se mit à trembler comme si elle possédait sa vie propre, s'inclina, pivota, se coinça une fraction de seconde dans des rameaux. Ceux-ci plièrent sous son poids, puis cédèrent d'un coup.

La branche glissa vers le vide avant de se stabiliser à nouveau, retenue par la liane désormais tendue comme la corde d'un arc.

— Enlevez votre mousqueton, vite !

Une bourrasque cueillit Sénéchal à l'improviste. Il manqua de passer lui aussi par-dessus bord, se cramponna au ponton, et sentit la luge tout entière tanguer sous lui.

— Enlevez votre mousqueton, bordel !

— Quoi ?

— Votre filin est pris dans...

Il tendit l'index vers la branche cassée : une boucle du filin de sécurité de la jeune femme était prisonnière d'un de ses rameaux.

Au moment où elle portait les mains à la ceinture de son baudrier, la liane claqua, et la branche bascula majestueusement. Le lieutenant Saint-Louis, tirée en avant, fut entraînée à sa suite.

Violemment éjectée du tronc sur lequel elle s'était réfugiée, elle plongea tête la première dans l'obscurité verte.

41.

Sénéchal prit la jeune femme dans ses bras et l'attira à lui.

Elle passa les mains derrière la nuque de l'écoflic, approcha son visage du sien, les lèvres tout près de son oreille, et murmura :

— J'ai bien failli me tuer, avec cette saloperie de branche. Mais je vais bien.

Il la hissa de l'autre côté du ponton de caoutchouc, elle se laissa rouler sur le dos dans le fond de la luge. Ses mains, ses avant-bras et son visage étaient couverts de griffures, et une coupure saignait sur son front. Elle respirait par courtes saccades. Elle tenta de se mettre debout, mais sous ses pieds la luge oscillait trop fortement.

Lorsqu'elle avait été entraînée par la branche, elle avait traversé sur le dos des amas de feuillages, senti les chocs sur son corps, pareils à des coups de fouet, entendu les rameaux qui frappaient son casque et vu le tronc démesuré défiler de haut en bas. Puis son filin s'était libéré miraculeusement de la branche en chute libre, et il s'était tendu d'un seul coup. Elle avait eu le souffle coupé par la violence du choc, et était remontée de quelques mètres grâce à l'élasticité de la corde de sécurité. Loin sous elle, la branche avait poursuivi sa course vers le sol, brisant au passage d'autres branches, prenant de la vitesse et rebondissant sur le tronc, pour finalement s'écraser quelque part dans le sous-bois. Le bruit de l'impact final s'était répercuté au loin dans la jungle.

Hébétée, oscillant au bout de son filin, les oreilles bourdonnantes, elle avait cherché du regard un point d'appui. Mais elle était trop éloignée de la plus proche ramure. À travers la trouée créée par la chute de la branche, elle avait pu distinguer la luge à l'envers, là-haut, et la tête de Sénéchal qui en dépassait, à contre-jour. La luge bougeait sans cesse. L'écoflic lui avait fait des signes, et elle lui avait répondu d'un grand geste du bras, avant de tripoter le bouton de la radio intégrée à son casque et de crier, en vain, dans son micro. Rien ne fonctionnait plus.

La tête de Sénéchal avait disparu pour réapparaître un moment plus tard. Il descendait vers elle un objet brillant : le crochet de métal du treuil électrique.

Au bout d'une longue minute, elle avait réussi par miracle à le saisir au vol, alors qu'il se balançait à l'extrémité de son câble d'acier, à plusieurs mètres devant elle, et à l'accrocher enfin à son harnais.

Durant la remontée à travers les frondaisons, elle avait observé, au passage, ce qui l'avait intriguée lorsqu'elle était tombée du sommet de l'arbre.

Elle scruta le ciel pareil à une plaque de zinc et chercha des yeux le dirigeable, mais l'engin demeurait invisible.

Par instants, le vent soulevait l'une des extrémités de la luge, et le crissement des boudins de plastique sur le feuillage répondait aux craquements des arbres. Des feuilles filèrent à toute allure au-dessus d'eux. L'Indienne s'essuya le front et rampa en direction de son sac et de son arme. Un éclair les illumina, le tonnerre éclata instantanément, tel un coup de canon au-dessus de la canopée. La luge se déplaça d'un bon mètre sur le feuillage.

Elle cria à Sénéchal :

— Il faut s'en aller d'ici au plus vite !

Il cramponnait à deux mains le radiotéléphone, et tentait d'écouter la voix de Lucrèce parmi les crachotis d'électricité statique. Il entendit soudain, à la place, celle de Chantal :

— ... orage tropical ... nous arrive dessus ... minutes...

— Quoi ? Répétez !

— Venons... essayer... récupérer... basse altitude, je répète : à basse altitude !

Il n'y eut plus qu'un chuintement continu. À genoux sur le filet, Maria-Esperanza détacha du ponton gonflable son sac avec son arme, et en passa les sangles. Derrière elle, le sommet fleuri de l'arbre voisin s'éloigna tout à coup sous l'effet d'une bourrasque, puis il revint à sa place avec lenteur. Le tonnerre roula au loin.

Sénéchal cria :

— Je ne les vois pas... Mais je crois qu'ils arrivent !

Il lui désigna les jerricans métalliques remplis d'eau et de kérosène.

— Balancez tout ça, lieutenant !

Elle le dévisagea, interdite.

— Pourquoi ?

Il lui indiqua les lourds nuages au-dessus d'eux :

— La foudre ! Nous sommes très exposés, ici. Vous voulez finir dans un cendrier ?

Elle hésita. Il y eut un nouveau roulement au loin. Elle aperçut la barre noire qui emplissait l'horizon, et vit que la canopée avait pris des couleurs blafardes. Elle rampa jusqu'aux jerricans et entreprit de détacher les lanières qui les arrimaient. À quatre pattes, Sénéchal vint l'aider. Ils furent illuminés par un nouvel éclair et la déflagration retentit, toute proche. Sénéchal soulevait les jerricans à mesure que Maria-Esperanza les détachait et les passait les uns après les autres par-dessus bord. Malgré les grincements permanents des arbres, ils les entendirent rebondir dans les branches puis s'écraser au sol, très loin.

L'écoflic se rallongea aussitôt dans le fond du filet. La jeune femme l'imita en disant :

— Ils vont aller rejoindre les autres.

— Quels autres ?

— J'ai vu des jerricans identiques. En dessous... Enveloppés dans une bâche de plastique transparent. Ils sont suspendus dans l'arbre par des filins, et arrimés sur une branche.

— Quoi ? Je n'ai pas vu de filins.

— Ils ressemblent à des lianes, maintenant, avec les moisissures. On dirait que les aérostiers planquaient du kérosène dans cet arbre.

— Tiens donc ! Ce qui signifie que l'arbre sur lequel nous sommes perchés ne constituait pas leur destination finale.

— Ils avaient fait monter un réservoir supplémentaire sur leur machine, et ici...

— Ici, c'était leur station-service secrète.

— Exactement.

Le vent se mit à siffler, une risée courba le feuillage, des perroquets passèrent en vol serré, fuyant vers le lointain. Le lieutenant leva vers le ciel un visage inquiet.

— Si le dirigeable n'est pas là très vite, nous devrons...

— Écoutez !

— Quoi ?

— Je les entends, ils arrivent.

À genoux, ils passèrent la tête par-dessus le ponton. Là-bas, l'enveloppe colorée du zeppelin surgissait de derrière une masse sombre d'arbres en mouvement, mais il était encore loin.

Sénéchal se précipita à quatre pattes sur le filet, et s'empara de nouveau du radiotéléphone. Cette fois, ce fut Lucrèce qui lui répondit :

— Je te reçois. On est sacrément chahutés ici et... On va arriver sur vous par l'ouest, je répète : par l'ouest, Chantal va essayer de... pression baisse... se préparer à se barrer de là ! Essayez de...

La communication fut coupée.

L'écoflic observa de nouveau le dirigeable : il virait de bord avec une lenteur exaspérante, tout en s'élevant au-dessus de la canopée secouée par les bourrasques. Il eut le désagréable sentiment que la pilote éprouvait les plus grandes difficultés à manœuvrer son engin. Un éclair étincela juste au-dessus du ballon.

Comme s'il s'agissait d'un signal, le vent forcit, le sommet de l'arbre qui les supportait fléchit et la luge s'inclina. Sénéchal eut un haut-le-cœur en voyant l'horizon s'élever et les arbres voisins se rapprocher. Puis, lorsque le balancement les fit repartir dans l'autre sens, lui parvinrent le crissement de la luge sur les feuilles et les crépitements des rameaux qui se brisaient sous elle. Il tourna la tête : Maria-Esperanza était elle aussi cramponnée à l'un des boudins de caoutchouc.

La cime pencha de nouveau. Cette fois, Sénéchal sentit distinctement la luge glisser en avant. Vers le vide.

Quand l'arbre reprit sa place initiale après avoir émis un long gémissement, il s'aperçut que la jeune femme était allongée à côté de lui. Elle lui demanda, le visage crispé :

— Vous croyez qu'on pourrait se faire éjecter d'ici ?

— Il faudrait peut-être dégonfler une partie de cette luge, ou l'arrimer, mais... (Il lui fit un signe.) Écoutez ! Je n'entends plus le dirigeable.

Ils regardèrent de nouveau par-dessus le ponton. À leur grande surprise, le ballon était beaucoup plus près d'eux qu'ils ne l'avaient supposé. Mais il était quasiment silencieux, le vent emportant au loin le bruit de son moteur. Son mufle rond luttant contre le vent, il approchait au ras des frondaisons agitées d'une houle incessante, tel un grand navire qui remonte le courant.

Le balancement de leur arbre reprit. Ils partirent cette fois en arrière, le ciel tournoya lentement, Sénéchal planta ses doigts dans le filet pour ne pas tomber, il entendit quelque chose rouler derrière lui, Maria-Esperanza se cramponna fermement à son bras. Puis ils remontèrent dans un ample mouvement.

Le bruit du moteur du dirigeable était désormais parfaitement audible. À mesure qu'il approchait, il devenait assourdissant, émettant une note aiguë continue qui dominait le sifflement du vent.

L'écoflic leva les yeux : l'engin n'était plus qu'à une vingtaine de mètres, approchant de biais, occultant l'horizon, les élingues accrochées à ses flancs flottant autour de lui. La nacelle touchait presque les cimes. Il aperçut distinctement Chantal, concentrée sur ses manettes, tête baissée, et Lucrèce cramponné à l'un des montants métalliques. Plus loin, le géant majestueux qui dominait la canopée se courbait, sa chevelure de patriarche secouée par de violentes rafales.

Un éclair illumina, comme de l'intérieur, l'enveloppe de nylon du zeppelin. Puis deux éclairs simultanés s'abattirent sur la jungle. Le vent forcit encore, le moutonnement vert prit des teintes sinistres, et tout à coup la canopée se mit à ressembler à une mer en furie. Le roulis de la luge s'amplifia, un de ses pontons s'éleva, puis retomba en grinçant. Les branches de l'arbre ployèrent de nouveau, et, dans le mouvement de bascule, Sénéchal aperçut cette fois le sous-bois ombreux, tout en bas.

La distance qui les en séparait était vertigineuse.

En voyant le dirigeable s'éloigner, il comprit que Chantal avait renoncé à sa manœuvre : le zeppelin prenait de l'altitude, fuyant l'orage. Il fit une embardée sur le côté, comme si une main invisible l'avait brutalement poussé dans le ciel. Il commença à piquer du nez vers les arbres, tandis que son moteur s'emballait en hurlant. Il rasa de son mufle les cimes agitées, s'inclina sur le flanc, disparut entre des masses vertes, et réapparut plus loin avant de se redresser avec une terrifiante lenteur. Reprenant progressivement son assiette, il remonta enfin dans l'air par paliers.

Il s'éloigna dans le ciel d'encre.

Au moment où Sénéchal terminait, allongé, de sangler à la hâte son sac à dos, une rafale courba l'arbre. La luge se souleva tout entière, avant de retomber dans un fracas de branches brisées évoquant une série de coups de feu. Elle s'inclina encore plus, des filins se déroulèrent derrière eux et les giflèrent dans le dos, un ponton s'incurva, se plia sur lui-même, puis un autre. Le filet se mit à crisser sur le feuillage, tandis que les fleurs qui tapissaient l'arbre voisin se rapprochaient d'eux à toute vitesse.

Maria-Esperanza cria :

— Il faut sauter, tout de suite ! Vite !

42.

Ils enjambèrent ensemble le ponton de caoutchouc tandis que la luge continuait sa chute.

Maria-Esperanza se jeta sur la crosse d'une liane qui émergeait de la frondaison, l'empoigna, puis plongea, et disparut sous le feuillage.

Sénéchal intercepta à son tour un rameau, qui cassa immédiatement, en saisit un autre, se balança un instant dans l'air, s'empêtra dans des filaments minces et coupants, vit le ciel tournoyer, se retourna, tête en bas, en sentant des chocs dans ses reins et sur son casque. Il s'immobilisa et se retrouva debout dans le vide, jambes pendantes. Son sac à dos s'était coincé entre des branches.

Autour de lui, l'arbre tout entier tanguait et roulait, des gémissements et des grincements retentissaient dans ses profondeurs. Le sol lointain, que l'écoflic devinait à travers les feuilles agitées par les bourrasques, semblait se déplacer à chaque rafale.

Il saisit une liane qui dansait à sa portée, s'y cramponna et, s'en servant comme d'un filin, descendit avec précaution sur une branche qui s'élançait toute droite devant lui. Malgré sa taille imposante, il la sentit osciller sous ses pieds tel le pont d'un navire. Il trouva des points d'appui, testa prudemment de sa main libre la résistance d'une autre liane et affirma sa prise. Puis il réussit à se mettre enfin à califourchon sur la branche, qu'il enserra des jambes et des bras.

Il leva la tête et scruta la pénombre des ramures. Le lieutenant Saint-Louis n'était qu'à quelques mètres de lui, en surplomb, à califourchon, elle aussi, sur une autre branche de taille respectable. Elle s'y retenait fermement, son casque bougeant de gauche à droite, son arme battant le flanc de son sac à dos. Sénéchal se mit alors à progresser lentement vers l'extrémité de la branche qui le soutenait. Le vent sifflait à ses oreilles. Se penchant prudemment au-dessus du vide, il chercha la luge des yeux. Soudain, il l'aperçut : emprisonnée par des tentures de lianes dans l'arbre voisin, elle ressemblait, à cette distance et sous cet éclairage, à une grande étoile de mer empêtrée dans des filets de pêcheur.

Elle se décrocha d'un seul coup, se renversa en libérant des filins et des sacs, et disparut dans les profondeurs de la jungle.

Malgré le grincement permanent des arbres et le sifflement du vent, Sénéchal entendit le bruit de l'impact. Il fut ponctué par une série d'éclairs qui illumina le sous-bois comme autant de coups de projecteur, révélant la présence toute proche d'un marigot où des arbres morts enlaçaient leurs bras noirs et décharnés.

Une goutte de pluie le frappa au visage.

43.

Sous l'orage qui s'abattait, il était impossible à Sénéchal de grimper vers Maria-Esperanza.

Il lui hurla de se mettre à l'abri au plus vite en lui indiquant un repli de bois, non loin d'elle, où elle serait plus en sécurité.

Lui-même se réfugia à la naissance de deux branches, tout près du tronc géant qui tanguait sans discontinuer, et y resta accroupi, cramponnant à deux mains une liane luisante. Il ressentait des secousses dans les paumes à chaque rafale de vent. Au-dessus de sa tête, une grappe de fougères arborescentes s'agitait en cadence. Le paysage qu'il entrevoyait à la lueur des éclairs était intégralement noyé sous les trombes d'eau. Le sol, tout en bas, ressemblait maintenant à un lac vert foncé agité de remous. Le bruit de la pluie diluvienne qui martelait le feuillage évoquait la sonorité creuse et régulière d'un train lancé à vive allure dans un tunnel. Des chocs sourds se répercutaient dans le tronc auquel Sénéchal était adossé et le colosse prenait parfois de la gîte avec une telle amplitude que l'écoflic craignait d'être désarçonné de son perchoir.

Il était transi, épuisé, et songeait avec amertume à la balise de détresse qui se trouvait dans la luge, désormais perdue dans un fourré impénétrable ou flottant sur le marigot.

Dans un grand éclaboussement d'eau, le lieutenant Saint-Louis, au bout de son filin, atterrit soudain près de lui, genoux pliés. Tout comme l'écoflic, elle était enveloppée d'un poncho de plastique gris ruisselant, qui ne laissait entrevoir qu'une partie du visage. Elle ôta son sac à dos sur lequel était attachée son arme et l'arrima avec soin, malgré le balancement des ramures. Une grande enveloppe transparente pliée était ficelée sur le sac.

La jeune femme se blottit sans façon contre Sénéchal, cala ses jambes et empoigna à son tour la liane noueuse à laquelle il s'agrippait. Criant dans le fracas de la pluie, il demanda :

— D'où sortez-vous ce filin ?

— J'ai réussi à retrouver ceux qui soutenaient les bidons de kérosène des aérostiers, et j'ai également récupéré la bâche plastique qui les enveloppait... Ça pourra servir !

— Bravo ! J'ai tenté de joindre le dirigeable, sans succès. J'espère qu'ils ont réussi à se planquer. Demain, il faudra que nous partions à la recherche de la balise de détresse... Je suppose que vous possédez un kit de survie ?

— J'en ai un.

— Parfait... Vous qui êtes du coin, lieutenant... croyez-vous que cet arbre pourrait s'abattre ? Il vaudrait mieux essayer de descendre au sol, non ?

— C'est beaucoup trop dangereux. Et une fois en bas, on pourrait être tués par des branches cassées ou un arbre qui tombe, précisément. De toute manière, la nuit approche. Il faut attendre.

— Il y a un marigot, en bas.

— Je l'ai vu. L'eau va sûrement monter jusque sous l'arbre et...

— Et quoi ?

Elle eut un sourire crispé, tout près de son visage.

— Et les caïmans, eux, n'ont pas vraiment peur de la pluie et du vent.

Il hocha la tête, et s'accrocha de plus belle à sa liane.

— Vous avez raison, on est très bien ici.

44.

Le déluge avait cessé. La nuit était tombée et des milliards d'étoiles brillaient d'une lueur minérale dans le ciel.

Bien arrimés par le filin sur leur double branche, ils s'étaient enveloppés dans la bâche de plastique. L'humidité les pénétrait, l'eau du feuillage gouttait sans cesse sur leurs casques, mais Maria-Esperanza avait exhumé un briquet-tempête de son équipement et ils s'en étaient servis pour se réchauffer les mains. Ils avaient partagé des barres chocolatées, ainsi qu'une banane que Sénéchal avait dissimulée dans une des poches de son sac. Il avait également découpé une partie de la bâche et l'avait attachée entre des lianes pour y recueillir les gouttes qui tombaient des feuilles. Malgré leurs tentatives répétées, ils n'avaient pu joindre Lucrèce et Chantal par radiotéléphone.

Non loin d'eux, l'arbre majestueux qui dominait la canopée, telle une sentinelle chenue, était désormais immobile, sa silhouette de patriarche leur masquant une large partie du ciel. Des éclairs jetaient encore de temps à autre des lueurs pâles à l'horizon. Le fracas de la pluie et les sifflements du vent s'étaient tus progressivement, puis le calme était revenu d'un coup.

Plus tard, de nouveaux sons s'étaient fait entendre : notes flûtées des rainettes arboricoles, appels des oiseaux de nuit et des petits mammifères vivant dans les arbres, clameurs étouffées de bandes de singes, concert des grenouilles dans le marigot, zonzonnement des insectes. La forêt émettait un bruit de ressac. L'odeur de la végétation gorgée d'eau montait vers eux, accompagnée des parfums d'humus, de feuilles mortes et de fleurs. Parfois leur parvenaient les relents fétides du marigot, puis ils disparaissaient, emportés par une brise qui agitait le feuillage, provoquant des averses miniatures.

Sénéchal observait le ciel, impressionné par la netteté de la Voie lactée. Il murmura :

— Je comprends pourquoi nos très lointains ancêtres dormaient en haut des arbres, par souci de sécurité. Mais je ne pensais pas que la jungle était aussi bruyante. Ou alors nous sommes dans un coin très bruyant... J'ai même l'impression qu'on entend pousser les arbres, ici.

Maria-Esperanza ne répondit pas. Il la scruta dans la pénombre. Elle avait les yeux fixés sur la mer de brume, devant elle. Puis elle dit lentement :

— Ici, une liane peut atteindre trois cents mètres de longueur, et certaines d'entre elles croissent à la vitesse à laquelle tourne la grande aiguille de votre montre. On peut la *voir* pousser. Ici, lianes, plantes, fleurs et arbres sont dans un état dynamique permanent... Bien que tout paraisse immobile. Ici, c'est le domaine de la vie, la diversité biologique y est la plus élevée au monde. Ici plus que partout ailleurs, la nature donne la pleine mesure de ses créations, Pierre Sénéchal... Ici, la forêt est vivante. Elle respire, palpite, elle ne meurt jamais si on ne la défriche pas, si on ne la mutile pas. Ici, le Urihani règne en maître... Est-ce que vous le ressentez, cette nuit, homme blanc ?

— Qu'est-ce que c'est, le Urihani ?

— L'esprit de la forêt. Il est partout, dans cette feuille devant vous, dans cet arbre qui nous héberge, dans chacun des animaux que vous entendez... Et dans ceux que vous n'entendez pas.

Elle ajouta :

— Il est là.

Elle ne souriait pas sous son poncho. Au bout d'une longue pause silencieuse, il bougonna, un peu gêné :

— Quand je pense que nous n'avons même pas pu récupérer un de ces foutus pièges à insectes. Demain, il faudra sans doute...

Un long hululement, tout proche, monta en cascade dans la nuit, puis s'interrompit brutalement.

Quelque chose frôla la tête de l'écoflic. Un rapide mouvement d'air, un pépiement aigu qui s'éloignait. Un autre pépiement lui répondit. Encore un autre. Une ombre passa devant ses yeux, et des dizaines d'ombres se mirent à tournoyer tout autour d'eux. Les pépiements se multipliaient dans le noir.

Sénéchal s'alarma et saisit sa lampe de poche.

— Qu'est-ce que c'est que ça ?

Le lieutenant Saint-Louis l'arrêta en posant fermement sa main sur son bras.

— Des chauves-souris. Nous sommes installés dans un almendro... Un Dipterix, pour les scientifiques. Il sent très bon, vous ne trouvez pas ? Ses fruits s'appellent des noix tonkas. En infusion, ils constituent un excellent remède contre les coups de froid.

— Ça tombe bien.

— Les chauves-souris frugivores viennent les cueillir durant la nuit et elles les emportent au loin pour les manger. Les graines tombées au sol ont ainsi des chances de pousser et de se développer. Surtout si un petit rongeur ou un écureuil les enterre pour en faire des provisions... Tout le monde s'entraide ici, plantes et bêtes. Le bois de l'almendro fait aussi de bonnes pirogues.

— C'est pour ça qu'il tanguait sans arrêt, cet arbre ?

— Qu'est-ce que c'est ?

— Quoi ?

Elle libéra son bras de la bâche de plastique et désigna un point entre les ramures.

— Vous voyez ces lumières, au loin ?

Sénéchal tendit le cou. Les chauves-souris voletaient par dizaines autour d'eux, l'arbre tout entier en semblait rempli, le feuillage bruissait sans cesse et les pépiements croissaient jusqu'à devenir un vacarme continu. L'écoflic essayait de scruter l'océan de brouillard, mais les chauves-souris passaient en voltige devant ce que Maria-Esperanza lui montrait, créant des arabesques devant les étoiles.

— Je ne vois rien, avec ces foutues bestioles.

— N'allumez pas votre lampe-torche.

— D'accord... J'ai des jumelles dans mon sac.

— Prenez-les.

Elle détacha à gestes précis son arme de son sac à dos et ôta les bouchons d'optique de l'espèce de caméra vidéo qui la surmontait. Elle régla la molette, épaula, dirigeant le canon dans la portion de ciel située entre les masses de feuillages devant elle. Sénéchal porta ses jumelles à ses yeux. Elle lui demanda :

— Est-ce que vous voyez, presque sur l'horizon, l'étoile nommée Véga, dans la constellation de la Lyre ?

— Attendez un peu... Oui, je la vois. Je la vois très bien, d'ailleurs, mais notre arbre bouge et j'ai du mal à faire le point.

— Juste à l'aplomb de Véga, il y a un relief qui sort de la brume...

— Peut-être... Hum... Oui, je l'aperçois. Il y a une lumière, non, deux. Elles sont très proches l'une de l'autre. C'est minuscule. Vous avez de bons yeux. C'est peut-être un campement indien ?

— Non. Les lumières changent de couleur. Elles sont très puissantes, pour être visibles d'aussi loin... Ça ne peut pas être un incendie.

— Il y a eu une sorte d'éclair rouge, non ?

— J'ai cru le voir aussi.

— Tenez, ça recommence.

Une chauve-souris frôla de nouveau l'écoflic, puis deux autres. Agacé, il reposa ses jumelles sur sa poitrine. Il grommela :

— Ces rats volants ne pourraient pas avoir un peu plus peur de nous ?

Il tenta d'observer les lointaines lumières à l'œil nu, les mains en visière. À ses côtés, Maria-Esperanza bougeait avec lenteur le canon de son fusil.

Les chauves-souris s'affairaient maintenant au sommet de l'arbre, des feuilles descendirent en tournoyant devant les deux observateurs. Tout à coup, elles décampèrent avec un bel ensemble, filant droit devant elles, par vagues entières. Elles se regroupèrent au loin dans un tourbillon noir, puis disparurent rapidement dans la brume en contrebas.

Ils braquèrent de nouveau leurs instruments, guettèrent un long moment les étranges lumières, mais elles ne réapparurent pas.

Sénéchal demanda :

— Vous avez pu observer quelque chose avec votre engin ?

— J'ai fait plusieurs relevés GPS, mais avec ces bandes de pillardes... On aurait dit des projecteurs... Et autre chose encore. C'est loin de tout, pourtant.

La luminosité autour d'eux changeait progressivement. Leurs ombres s'allongeaient sur le feuillage, les branches sur lesquelles ils étaient calés se dessinaient peu à peu avec précision : la lune venait de se lever, quelque part dans leur dos.

— Lieutenant... vous croyez que c'est la lune montante qui a fait fuir les chauves-souris ?

— Sûrement pas. Elles ont eu peur de quelque chose. Mais pas de nous.

— De quoi, alors?

Maria-Esperanza hausse les épaules.

— Nous ne sommes peut-être pas seuls dans cet arbre. Votre fusil est toujours rangé dans votre sac à dos?

— Oui.

— Prenez-le. Je vous laisse le premier tour de garde, si cela vous convient. Si vous voyez quoi que ce soit, n'hésitez pas à ouvrir le feu. Moi, je vais dormir un peu.

Elle s'installa sur son sac à dos bien calé contre le tronc géant, replia la bâche de plastique autour d'elle, laissant en dehors son arme posée en travers de ses genoux. Puis elle rabattit son casque sur son front, bâilla et ferma les yeux.

Au bout d'un instant, elle murmura :

— Vous savez, Pierre Sénéchal, j'ai la sensation très nette que ces lumières, là-bas, ont un rapport avec vos aérostiers disparus.

45.

L'hélicoptère aux couleurs de l'IBAMA virait au-dessus des arbres, le tonnerre de ses pales se répercutant dans le lointain.

Sous lui, la brume se disloquait. Le soleil pointait timidement, faisant virer au rose les ramures qui émergeaient du brouillard.

Le pilote redressa sa machine et fonça vers l'endroit que lui indiquait du geste sa blonde passagère. Le bras tendu de Chantal était bandé, ses yeux étaient cernés, et du sang séché barbouillait son front.

À l'arrière de l'appareil, Lucrèce somnolait. Il était en bras de chemise, l'une de ses manches était déchirée, son nœud papillon dépassait de sa poche de poitrine, et une bosse ornait son front.

Le cri de Chantal le tira de sa torpeur.

— À trois heures ! Fusée de détresse !

Il se redressa. Là-bas une lumière brillait dans le ciel, suivie d'une mince colonne de fumée rouge qui s'élevait lentement dans l'air, enveloppant un arbre immense qui dominait la canopée.

46.

— Vois-tu, Pierre, disait Lucrèce en tripotant son verre, sans le sang-froid de Chantal et sans son art parfaitement maîtrisé des courants aériens, nous ne serions peut-être pas là. Et nous n'aurions pas pu venir vous treuiller avec l'hélico. Effectuer un atterrissage forcé dans une zone de brûlis aussi étroite, en pleine tempête, alors qu'on n'y voit pas à trois mètres sous une pluie battante, c'est un véritable exploit, je te l'assure... C'est la première fois de ma vie que je casse du bois, comme on dit chez les aviateurs. C'était très effrayant et, en même temps, très excitant... Bien sûr, il est regrettable que notre radio ait été détruite dans l'affaire – par chance, Chantal avait son téléphone satellitaire. Il est également fâcheux qu'une pièce de notre dirigeable qui s'appelle, je crois, une gouverne de profondeur – c'est bien cela, Chantal ? – ait également souffert en heurtant des branches, et que nous ayons dû laisser l'engin là-bas, totalement dégonflé.

Chantal posa sa fourchette, jeta un rapide coup d'œil à sa montre et déclara simplement :

— L'hélicoptère gros-porteur a déjà dû le ramener sur la piste d'envol.

Lucrèce lança un regard paternel sur les convives. Il en était à son troisième verre de caïpirina et l'alcool lui montait au visage.

— Passer la nuit dans la jungle m'a beaucoup appris, malgré le froid, le danger et l'humidité. Ah, ce concert nocturne que nous a donné la forêt était d'une splendeur ! Et avec tous ces animaux venimeux un peu partout, c'est un véritable paradis pour un homme comme moi. Mais je bavarde, je bavarde... Que me disiez-vous, lieutenant Saint-Louis, à propos de l'Apterix ?

Maria-Esperanza lui sourit de ses dents un peu écartées.

— Que ses fruits constituaient un excellent remède contre les refroidissements, senhor Pierre Méjaville.

Lucrèce croisa ses doigts boudinés sur sa brioche tendant une impeccable chemise blanche et se renversa en arrière sur sa chaise.

— Certes, certes, ma chère, mais attention : ils contiennent de la coumarine, un alcaloïde que l'on trouve également dans une plante appelée angélique, dans nos régions. La fermentation humide de ces fruits que vous appelez tonkas génère des dérivés anticoagulants, tel l'acénocoumarol, qui entraînent des hémorragies chez les mammifères qui en consomment... Hum. C'est un poison très efficace. Chez nous, on le nomme la « mort-aux-rats ».

Sénéchal, assis entre Marie-Espéranza et Chantal, leur resservit une généreuse rasade de vin argentin. Puis il attaqua de nouveau son assiette remplie à ras bord de feijoada, et bougonna :

— Ça ne marche pas contre les rats volants, crois-moi.

— Des rats volants ? Tiens donc ! Il y en a au Brésil ?

47.

Les trois hommes torse nu assis l'un derrière l'autre dans la pirogue sont inquiets.

Celui qui se tient à l'avant de l'embarcation, fusil en main, plisse les yeux sous la visière de sa casquette de toile avachie, dans l'espoir de mieux distinguer les contours du ponton déglingué qui sort de la brume matinale, à une trentaine de mètres d'eux. Il lève soudain une main, puis se retourne vers ses compagnons.

— Souquez sur les pagaies, les gars, et ouvrez l'œil, on va passer sous le ponton... Faut pas traîner ici !

L'homme derrière lui grogne entre ses dents :

— On devrait se tirer de là, j'aime pas du tout ce coin, ça me fout les jetons.

À l'arrière de l'embarcation, un colosse scrute les berges de la rivière tout en appuyant en rythme sur la pagaie. À ses pieds gisent deux singes morts dont la fourrure souillée de sang palpite sous la brise qui vient de se lever, disperse la brume et ride la surface de l'eau. Il ricane.

— C'est une bien belle journée pour se prendre une flèche au curare entre les épaules, vous trouvez pas, les gars ?

L'homme à la casquette avachie s'énerve :

— Ferme-la, José, j'ai pas envie que ces tarés d'Indiens nous entendent, leur village doit pas être bien loin... En tout cas, ils n'aiment pas du tout, mais pas du tout, qu'on vienne tirer du gibier dans leur secteur. Alors silence !

Il reprend son observation minutieuse de la rivière, les yeux plissés, le doigt posé sur la détente de son fusil. Tout à coup, il tend la main vers une forme qui se balance entre les pilotis entrecroisés du ponton.

Le colosse à l'arrière de la pirogue cesse de pagayer. Il distingue maintenant un curieux paquet. Il est suspendu au ponton par une liane dont l'extrémité est coincée entre deux planches de la passerelle de bois. Il semble les attendre.

48.

— Où est-ce que vous avez trouvé ça, les gars ?

Le patron de la gargote plantée sur des pilotis au bord de la rivière sourit de toutes ses dents plaquées or aux trois consommateurs accoudés au comptoir devant lui.

Puis il cesse de sourire, vaguement inquiet.

Ce qu'ils lui ont présenté tout à l'heure, après la fermeture de l'établissement, étendu raide mort sur une large feuille verte, est un serpent comme il n'en a jamais vu. Un serpent qui pue la vase et dont la couleur n'est pas normale. Pourtant, il en a vu, de ces saloperies de serpents dans les bois et dans les marécages du secteur, et même des très gros. Il en a tué et bouffé plus d'un... Il a même connu un type, dans le temps, qui s'était fait mordre par un crotale, là-bas dans les marigots, et à qui on avait coupé le pied pour tenter de le sauver. Le type était quand même mort une semaine plus tard. Mais non, des serpents comme ça, il n'en a jamais croisé, il en est certain. Celui-ci est bizarre. Plus que bizarre, même. Sa tête est enveloppée dans un linge rouge comme ceux que tissent les Indiens. Il n'a même pas osé toucher sa peau luisante et crevée par endroits, qui n'a pas l'air d'appartenir à une créature du bon Dieu. D'ailleurs, personne n'y a touché jusqu'à présent, les trois types qui l'ont apporté l'ont déballé sur la table, et ils ont reculé comme si cette saleté allait se réveiller et leur sauter à la gorge.

Le patron jette un nouveau coup d'œil à l'animal.

— Et alors ? Où est-ce que vous avez trouvé ça, les gars ?

Puis il empoigne une bouteille crasseuse et ressert dans des verres minuscules les trois chasseurs debout devant lui. Le plus grand, un colosse, sourit.

— L'endroit où on l'a trouvé, tu t'en fous, d'accord ? Nous, ce qui nous intéresse, c'est combien tu nous en offres.

— Et qu'est-ce que vous voulez que j'en fasse ?

Le colosse regarde ses deux compagnons. Le barbu au visage en lame de serpe dodeline gentiment du chef, les yeux fixés sur le verre qui vient de se remplir. L'autre tripote sa casquette informe, saisit son propre verre dans sa grosse patte, le vide d'un trait, émet un rot bruyant et dit :

— Ta femme pourra te le préparer pour dîner. Tu mets trois assiettes de plus pour nous et on apportera à boire !

Il lance un coup d'œil rigolard à la petite assemblée.

— Pas vrai, les gars ?

Dans la baraque en planches aux volets clos, faiblement éclairée par une lampe-tempête qui jette au plafond sa lueur dorée, les trois hommes sont secoués d'un grand rire.

Au-dehors, les ombres s'épaississent, le crépuscule envahit la rivière. Perché sur une branche, un rapace nocturne observe la pirogue des pêcheurs qui danse sur l'eau entre les pilotis du bar.

Puis il s'ébroue, écarte les ailes et s'élance vers le ciel dans un silence absolu.

49.

La lune apparaît entre les branches des arbres, éclaire brièvement le campement indien, puis son éclat s'estompe lorsqu'elle disparaît derrière un nuage.

Xingu s'est endormi dans son hamac. Son bras pend en dehors de la toile et touche presque celui de son frère, couché en chien de fusil dans le hamac voisin avec Petite-Grenouille, sa fiancée.

Le frère aîné de Xingu prétend avoir le sommeil léger, mais, en cet instant, il ronfle. Et son ronflement couvre celui des autres membres de la tribu, dont certains dorment à plusieurs, hommes et femmes enlacés autour d'un feu mourant. Quelque part, un enfant vagit puis se rendort. Xingu, lui, rêve à la rivière, au dieu jaguar et aussi au serpent qui lui a brûlé l'œil. Depuis cette terrible rencontre, ses nuits sont peuplées de cauchemars. Dans son rêve, il marche au crépuscule dans ce sentier bordé de grands arbres, d'où coule un lait blanc lorsqu'on blesse l'écorce. Il voit parfaitement, avec ses deux yeux. Les mâchoires de tapir entrecroisées lui apparaissent, éclairées par un rayon de soleil venu de nulle part. Il se retourne et aperçoit son frère, là-bas, tout au bout du sentier, qui lui fait des signes, mais il ne comprend pas ce qu'ils signifient. Alors il avance encore et dépasse les mâchoires de tapir. Il se sent plein de courage. Devant lui, il n'y a plus qu'un puits d'obscurité. Il étend les bras, les mains bien écartées, et fait un pas en avant. Puis un autre, dans le noir absolu. Une douleur fulgurante lui traverse soudain les paumes...

Xingu se réveille en sursaut, se frotte les mains sur son maigre torse, comme si la douleur était encore là, puis pose le bout de ses doigts sur son œil brûlé... Il avait oublié.

Son cœur cogne, il a froid.

Il regarde les dormeurs autour de lui. La lune énorme semble l'observer. Elle éclaire le campement d'une lueur surnaturelle, détaillant avec précision les toits de palme de cahutes et, au-delà, chaque tronc, chaque branche et chaque feuille de la forêt. Sa lumière glisse le long des arbres géants, illumine le sous-bois, ourlant d'un liséré argenté les masses noires des fourrés. Tout à coup le regard de l'adolescent est attiré par un mouvement : à une dizaine de mètres de lui, un guerrier se tient de dos – ses fesses, ses reins et ses épaules sont éclairés par la lueur rougeâtre du feu. Il se dandine avec lenteur d'un pied sur l'autre, les mains en visière au-dessus de sa tête. Il guette quelque chose devant lui, quelque chose que Xingu ne voit pas. Un animal ? Une biche, peut-être ? Ou un tapir ?

Xingu tend l'oreille. Il n'entend que les ronflements des dormeurs, le crépitement ténu des braises et, derrière, la pulsation nocturne de la jungle, le zonzonnement des insectes et, tout au loin, le concert affaibli de centaines de grenouilles.

Maintenant, l'homme près du feu se tient parfaitement immobile. Puis il s'accroupit et saisit son arc et ses flèches rassemblés à ses pieds.

L'adolescent sort de son hamac, l'esprit embrumé. Il pose avec une infinie douceur ses pieds bien à plat sur le sol de terre battue. Malgré cela, le guerrier se fige. Il l'a entendu, mais il ne se retourne pas. Xingu l'a reconnu aux tatouages de sa nuque et à sa manière particulière de saisir ses armes. C'est Yaoni, le gaucher. Un homme jeune, mais un chasseur expérimenté, et l'un des deux membres de la tribu qui veillent cette nuit sur le campement. Il est réputé pour son adresse au grand arc et pour son courage.

Chez l'adolescent, l'instinct du chasseur se met en alerte. Il va aller lui prêter main-forte. Il est parfaitement réveillé, à présent, et les cauchemars se sont évanouis dans l'air de la nuit. Il s'empare de sa lance préférée posée près de son hamac, en espérant secrètement qu'il pourra tuer lui-même l'animal.

Yaoni se met en marche, à demi courbé. Il fait un bref mouvement des épaules : dans le langage muet des pisteurs, ce mouvement signifie « Suis-moi, et en silence ».

Xingu contourne le feu à pas feutrés, sort à son tour du campement et retrouve plus loin Yaoni, qui s'est immobilisé devant un sentier, à la lisière de la forêt. Xingu guette son expression. Sous ses cheveux coupés au bol, le blanc des yeux du chasseur brille dans son visage maquillé de bleu. La longue épine qui lui traverse le lobe de l'oreille jette des reflets. Yaoni ne cille pas, ses lèvres ne bougent pas, seules ses narines frémissent. À gestes mesurés, il choisit une flèche parmi celles qu'il tient à la main. Il retire le capuchon qui protège la pointe empoisonnée. Enfin, de la hampe tenue entre le pouce et l'index, il indique à l'adolescent quelque chose dans le sous-bois, quelque chose qui sans doute se déplace, car entre ses doigts la pointe de la flèche change lentement de direction.

Le grand frère de Xingu lui a appris que pour bien distinguer un objet dans la nuit, il ne fallait pas le regarder directement, mais poser le regard un peu à côté, puis autour, et se rapprocher peu à peu de son centre. Mais comment Xingu pourrait-il réussir cela avec un seul œil ? Lorsqu'il trouve certaines plantes dans la forêt, le guérisseur de la tribu prépare une décoction que les guerriers s'appliquent dans les yeux. Elle aiguise la vue, de jour comme de nuit, mais elle est très douloureuse. Il est certain que Yaoni s'en est mis dans les yeux pour surveiller le campement cette nuit, car Xingu ne voit rien de ce qu'il lui indique avec sa flèche, hormis des bosquets, des fougères arborescentes et, plus loin, les tentures noires des lianes qui s'entrecroisent à travers un voile de brume quasi phosphorescente. Une rainette, toute proche, lance sa note flûtée, puis se tait.

Yaoni pénètre de quelques mètres dans le couloir végétal qui s'ouvre devant lui.

Xingu le suit pas à pas.

Yaoni s'arrête et lui montre de nouveau quelque chose. Instinctivement, le garçon pose trois doigts sur son œil brûlé et détourne légèrement la tête pour mieux observer le sous-bois. La lune réapparaît progressivement, les ombres tournent et changent de place, le chemin s'éclaire d'une clarté blafarde, se remplissant de silhouettes fantasmagoriques, puis il se fond dans l'obscurité. Xingu croit un instant voir naître un minuscule point lumineux vert vif, qui s'évanouit sitôt apparu.

Il regarde une nouvelle fois à cet endroit, mais il n'est plus très sûr de ce qu'il a vu. Comme tous ceux qui vivent dans la forêt, il connaît ces champignons qui émettent, la nuit, une faible luminosité orangée. Il a déjà observé dans les marécages ces lueurs qui dansent sur le sol au crépuscule et qui sont, dit-on, des esprits bienveillants. Il connaît aussi ces insectes qui vivent dans les arbres morts et sont capables de produire de la lumière.

Le point lumineux réapparaît, puis un autre, puis encore un autre. Ils s'éteignent simultanément. Ce ne sont pas des insectes, là-bas, Xingu en est certain. L'adolescent observe le visage de Yaoni. L'homme, les sourcils froncés, semble nerveux. Il a posé la flèche sur la corde de son arc et la tient dirigée vers le sol.

Xingu scrute le sous-bois : cette fois, il en est certain, les lianes les plus proches viennent de bouger. Il entend un craquement, puis un autre, pas très loin. Quelque chose vient vers eux. Un fauve ? Un ocelot ? Un jaguar ? Non, le dieu Jaguar se meut dans le plus grand silence.

Un autre craquement, un murmure de feuillage froissé. L'oreille exercée de Xingu essaye de faire le tri parmi les sons qui lui parviennent, mais il ne connaît aucun animal qui se déplace en produisant de tels bruits. Sa main droite se crispe autour de sa lance. Il se retourne lentement et aperçoit le feu du campement entre deux troncs.

Le campement qui lui paraît à présent bien lointain.

Un membre de la tribu a dû se réveiller et jeter des branches dans les braises, car les flammes éclairent des cases. Xingu n'ose plus bouger. Il a froid. Il voudrait s'en aller. À son côté, Yaoni, immobile, écoute l'obscurité. La tête penchée, il est extrêmement concentré.

Puis, d'un geste incroyablement rapide, il bande son arc et décoche une flèche qui siffle dans le sous-bois et va se clouer avec un « tchoc » dans un tronc. Il encoche aussitôt une seconde flèche et la tire juste derrière. Elle s'élance dans le noir en sifflant. Cette fois, Xingu entend distinctement le son de l'impact, plus proche. Et très différent du premier. « Exactement le même bruit que si la flèche avait frappé la carapace d'une grosse tortue », pense-t-il, repris par l'excitation de la chasse.

Comme si elle n'attendait que cet instant, la lune sort de derrière les nuages, sa lumière se faufile entre les branches et se répand dans le sous-bois.

À une trentaine de mètres des deux Indiens, une lueur laiteuse palpite doucement, puis dessine une silhouette à la forme vaguement humaine. Une silhouette qui se relève avec lenteur d'entre les mains géantes des fougères.

Elle se brouille, s'évanouit graduellement, disparaît, réapparaît un peu plus loin, près d'un bosquet, irradiant le feuillage derrière elle. Seul le haut d'un corps massif est visible, un bras énorme bouge. La couleur de l'apparition vire au bleu clair.

Puis, d'un bond prodigieux, la créature s'élève au-dessus du sol et atterrit plus près, dans un craquement de branches brisées.

Beaucoup plus près.

Les deux chasseurs, tétanisés, la voient se ramasser sur elle-même. Sa couleur change encore.

Ils laissent choir leurs armes au sol et, d'un même élan, font volte-face.

Xingu hurle en percutant de plein fouet un homme qui se tenait debout derrière lui. Une main robuste empoigne son bras mince et le tire. Il entend alors dans l'obscurité la voix terrifiée de son frère qui lui chuchote :

— Cours, Xingu, cours ! C'est un démon !

50.

Le père de la Vega avait téléphoné le matin même à Maria-Esperanza pour lui expliquer qu'il avait montré à de nombreuses personnes la photo réalisée à partir du calque de la croix. Et qu'un vieux curé de sa connaissance, nommé Faria de Queroz, pensait avoir déterminé l'origine de cette croix. Dom Faria souhaitait voir ce calque, afin d'être certain de ne pas se tromper.

L'homme était âgé, avait prévenu la Vega, et il s'était proposé d'aller le quérir dans sa retraite, estimant qu'on pouvait se fier au jugement du vieillard, connu pour son érudition.

Dom Faria de Queroz arborait une couronne de rares cheveux blancs qui flottait au-dessus de son crâne chauve, tel un halo. Ses yeux délavés étaient surmontés de sourcils drus et fournis. L'un d'eux se prolongeait sur le front par une petite boucle poivre et sel, ce qui conférait à son visage parcheminé et buriné par le soleil une expression permanente de doute ou de perplexité. Sous son long nez busqué tremblotait un menton où poussaient quelques poils. Malgré sa forte carrure et ses grandes mains, toute sa personne inspirait la fragilité.

En découvrant ses nouveaux hôtes, il hocha en guise de salut sa tête auréolée et lissa d'un index pensif son curieux sourcil. Puis il leur affirma d'une voix forte qu'il était, à l'instar de son jeune ami la Vega, un prêtre engagé aux côtés des faibles et des miséreux, et non un de ces prélats de cour qui vivent dans l'ombre des puissants. Il expliqua qu'il vivait en semi-ermite en lisière de forêt, dans une maison proche de la ruine, et qu'à son âge ses besoins ici-bas était des plus réduits. Mais, ajouta-t-il, ce n'était pas pour cela qu'il fallait le confondre avec un curé communiste. Car les curés communistes représentaient, selon lui, le summum de la perversion de toutes les valeurs morales, la plaie de ce pays, de l'Église, et de l'humanité en général.

Après cette tirade, il crut utile de préciser qu'il parlait plusieurs langues, dont, bien entendu, le latin.

On le fit asseoir dans l'unique fauteuil de la chambre et il réclama un verre d'eau, que Lucrèce lui servit. Il sortit ensuite de sa poche un chapelet d'ivoire, ainsi qu'une boîte de fer-blanc cabossée qui contenait une paire de lunettes cerclées de plastique. « Des lunettes de gosse », pensa Sénéchal. (Il trouva également que le vieux curé dégageait un relent de moisi.)

Le vieux chaussa ses lunettes, avisa sur le mur le calque de la croix éclairé par une lampe puis, sans lâcher son chapelet, il se leva avec difficulté du fauteuil pour s'avancer vers lui, dos courbé. Il marmonna quelques paroles inaudibles tout en entreprenant l'observation minutieuse du document, commençant par le bas, détaillant chaque motif, le nez à quelques centimètres du papier.

La croix montrait, à l'intersection de ses branches, un chevalier en armure monté sur un cheval gigantesque. Il tenait devant lui une lance autour de laquelle était enroulé un serpent. La visière de son casque ouverte révélait ses orbites vides. Des squelettes en haillons dansaient la sarabande autour de lui. L'un d'eux, qui devançait sa monture caparaçonnée, levait bien haut une autre croix. De sa bouche sortait une nuée de minuscules démons aux dents aiguës, couverts d'écailles et munis d'ailes de chauve-souris, qui se déployaient sur la branche transversale. Leur queue annelée était prolongée d'un aiguillon. Sous le cavalier, un soldat médiéval au casque pointu et porteur d'un manteau occupait toute la largeur du montant de la croix, son bouclier posé à ses pieds. Il y désignait le mot *Cras*. De son talon, il écrasait un oiseau au bec ouvert, à côté duquel était écrit *Hodie*.

La main droite de dom Faria commença un va-et-vient machinal sur les grains d'ivoire du rosaire. Le silence dans la pièce n'était troublé que par le cliquetis du chapelet et le ronronnement de la climatisation. Enfin, il fit lentement volte-face et décocha une grimace à Sénéchal, exhibant une rangée de dents jaunies et usées.

— C'est bien cette croix-là. Je l'ai déjà vue. Oh oui, je l'ai bien vue... Quand mon jeune ami de la Vega m'a montré sa photo, je lui ai dit tout de suite : « Oh, on dirait que c'est la vieille croix avec les bêtes de la Bible, et moi qui la croyais profondément enterrée... La Vega, vous avez bien fait de me montrer ça. » *Cras, hodie.* « Demain, aujourd'hui »...

— Je ne comprends pas tout, dit Sénéchal, perplexe.

— Vous avez lu la Bible, monsieur le policier français ? Bien sûr... Vous vous souvenez : « Si tu refuses de laisser partir mon peuple, dès demain je ferai venir les sauterelles, elles monteront vers le pays d'Égypte », et puis aussi : « L'Éternel dit à Moïse : Étends ta main sur le pays d'Égypte, et que les sauterelles montent sur le pays d'Égypte ; qu'elles dévorent toute l'herbe de la terre, tout ce que la grêle a laissé. »

— Bien. Très bien. Et alors ?

D'un index en crochet, le vieil homme lui fit signe de s'approcher.

— Venez donc vous mettre sur ma gauche, je vous entends mal avec ma mauvaise oreille.

Il tira le détective par la manche, l'amenant d'autorité à se placer à son côté. Il avait plus de poigne que Sénéchal ne l'avait supposé. Il déclara à nouveau, de sa voix de stentor :

— Les sauterelles, c'est bien cela. Elles sont partout. Le fléau... Les récoltes dévastées. La famine. La misère... Elles s'abattent par nuées entières, par millions, par milliards... « Chez les sauterelles, point de roi, mais elles marchent toutes en ordre. Et ce que le trancheur a laissé, l'essaim le dévore. » Voilà ce que c'est, que les sauterelles !

L'écoflic observa une fois de plus le calque. N'y distinguant aucune sauterelle, il jeta un coup d'œil égaré à Lucrèce pardessus l'épaule du vieillard. Le petit chimiste lui répondit par un discret signe d'apaisement, puis demanda au prêtre, en parlant presque aussi fort que lui :

— Je ne vois pas de sauterelles sur cette croix, mon père, mais il est possible que je ne sache pas les voir.

L'autre le toisa derrière ses lunettes d'écolier.

— Vous, vous avez l'air un peu plus intelligent que votre grand collègue.

Lucrèce lui confirma ce point d'une mimique appuyée, puis il fit un vague geste en direction du calque.

— Pouvez-vous me les montrer, s'il vous plaît ?

Dom Faria de Queroz, faisant manifestement fi de l'invite de Lucrèce, tourna délibérément le dos au dessin. Les yeux fermés, ses épais sourcils froncés, le visage soudain creusé par de profondes rides, il débita :

— « Le cinquième ange sonna de la trompette. Et je vis une étoile qui était tombée du ciel sur la terre, la clef du puits de l'abîme lui fut donnée, et elle ouvrit le puits de l'abîme... Et il monta du puits une fumée, comme la fumée d'une grande fournaise ; et le soleil et l'air furent obscurcis par la fumée du puits. De la fumée sortirent des sauterelles qui se répandirent sur la terre, et il leur fut donné un pouvoir... » Eh oui ! C'est bien cela ! Quand je pense que c'était une belle petite église rouge et blanche. Les sauterelles, ces saletés sont...

Il interrompit brutalement sa litanie. Sa bouche resta un instant entrouverte sur ses dents jaunies, dans le curieux rictus que Sénéchal avait déjà observé. Rouvrant les yeux, il avisa ce dernier tout près de lui, et lui désigna du menton le calque.

— Penchez-vous donc un peu, vous qui êtes si grand, et regardez... Regardez bien... C'est pourtant évident : dans l'Apocalypse de Jean, les sauterelles ressemblent à des chevaux caparaçonnés, préparés pour le combat, mais avec des visages d'homme, et leurs dents sont comme des dents de lion. Vous voyez ce grand cheval cuirassé et les écailles des animaux ailés ?

Il ferma de nouveau les yeux et récita :

— « Elles avaient des cuirasses comme des cuirasses de fer, et le bruit de leurs ailes était comme un bruit de chars à plusieurs chevaux qui courent au combat. »

Il indiqua la nuée de minuscules démons qui se déployaient sur la branche transversale de la croix.

— « Elles ont des queues semblables à des scorpions et des aiguillons, et c'est dans leurs queues qu'est le pouvoir de faire du mal aux hommes ». Vous voyez bien ces dards au bout de leur queue, non ? *In cauda venenum !*

Lucrèce hasarda :

— On dirait plutôt des chauves-souris, vous ne croyez pas ?

Le vieillard poursuivit :

— Voyez-vous, les sauterelles ne sont pas des sauterelles ordinaires. Ce sont des forces démoniaques qui apportent la misère et les ténèbres dans la vie des hommes... La caractéristique des sauterelles est leur faculté de dévorer tout sur leur passage. Elles représentent également le jugement de Dieu, comme lors de la huitième plaie d'Égypte. Dans l'Apocalypse, leur chef s'appelle Abaddôn, ce qui signifie l'Exterminateur... Mais c'est sans doute Satan lui-même qui les guide.

51.

Sénéchal avait le plus grand mal à s'arracher à la contemplation de la main tavelée du vieillard assis devant lui. Elle égrenait mécaniquement le chapelet aux perles d'ivoire dont le cliquetis agaçait secrètement l'écoflic. Le propriétaire de la main, les yeux perdus dans le vague, semblait totalement étranger à son activité. Dans sa soutane râpée, le révérend dom Faria de Queroz, tout en envoyant des prières vers le ciel, soupesait la question du détective.

L'écoflic lui demanda à nouveau :

— Mon père, vous souvenez-vous de la date, même approximative, de cet accident ? Ça peut avoir une grande importance.

Le curé hocha la tête, mit sa main gauche en conque derrière son oreille et tonitrua :

— Vous savez, le temps passe si vite. Voyons. Je crois que c'était au mois de juillet, il y a trois ou quatre mois... Une si jolie petite église rouge et blanche. Quel dommage !

Il replongea dans son mutisme. Sénéchal attendit patiemment.

L'homme assis devant lui avait maintenant l'apparence d'un vieil aigle épuisé. Soudain, il s'enquit, l'air hébété :

— Peut-être devriez-vous me confier ce calque un moment, je le montrerai aux fidèles de cette paroisse ? Ils devraient s'en souvenir.

Derrière son dos, Sénéchal entendit l'athlétique père de la Vega parler à voix basse à Maria-Esperanza. Cette dernière dit à son tour :

— Senhor Pierre Sénéchal, dom Faria doit être fatigué à présent. Le père de la Vega va le raccompagner. Vous êtes d'accord, n'est-ce pas ?

Sénéchal coula un regard en direction de Lucrèce. Le petit gros contemplait ostensiblement l'écran allumé de son ordinateur portable, disposé sur le bureau devant lui. Apparemment, il se désintéressait totalement de la conversation. Le détective soupira :

— Oui, oui, bien entendu.

Puis il déclara au prêtre :

— Nous avons déjà beaucoup abusé de votre temps, dom Faria de Queroz. Je vous remercie pour toutes les précisions que vous nous avez apportées concernant cette croix. Nous allons conserver encore ce calque, qui doit faire l'objet d'autres expertises.

Il se redressa de toute sa haute taille, ce qui mit en mouvement tous les protagonistes. Maria-Esperanza se leva, Lucrèce ferma son ordinateur et le jeune de la Vega se décolla du mur auquel il s'était nonchalamment appuyé, les bras croisés. Il se coiffa de sa casquette de base-ball et vint aider le vieil homme à se mettre debout.

Dès que tous deux eurent passé la porte, Sénéchal se retourna d'un bloc vers le petit chimiste et le lieutenant de l'IBAMA. Il les fixa d'un œil sombre, puis finit par lâcher :

— Sauf le respect que je dois sans doute à sa fonction et certainement à son grand âge, laissez-moi vous dire que ce vieux bonhomme est complètement timbré !

52.

— Bon, dit Sénéchal, assis à côté du lieutenant Saint-Louis qui pilotait à vive allure le tout-terrain de l'IBAMA, je n'ai rien compris à ce charabia et j'ai horreur des devinettes, fussent-elles bibliques !

Il se tourna vers Lucrèce, assis à l'arrière du véhicule, son ordinateur posé sur les genoux.

— Lucrèce, essaye de trouver dans ce rébus un truc, un indice qui nous donne une piste, nom de Dieu !

— Ne blasphème pas, mon fils, et cesse de hurler, moi, je ne suis pas sourd... Ce que dit ce curé ne correspond en rien aux observations que j'ai faites sur ce calque et...

— Et tu avais l'air très sûr de toi. Je te cite, de mémoire, mon cher investigateur pétri de science et de bonnes manières : « Le grand nombre de types de pollens et la grande variété des débris végétaux me laisse penser que le décalque de cette croix de métal a été effectué en forêt. » Or ce vieux prêtre, avec ses godillots crottés qui ont sali toute ma chambre d'hôtel, prétend qu'il a déjà vu cette croix sur l'autel d'une église édifiée en bordure d'un village. Je le cite, cette fois : « Une si jolie petite église rouge et blanche ! Quel dommage, n'est-ce pas ? » Une église qui, selon lui, aurait été engloutie par des flots de boue et de rochers descendus de la colline qui la surplombait. Elle n'a jamais été exhumée depuis cet accident, faute de moyens.

— Pierre, ce genre de glissement de terrain est certainement fréquent ici, en grande partie à cause de la déforestation sauvage, mais je peux t'assurer que ce vieux bonhomme se trompe...

— Et moi je voudrais que tu vérifies son histoire de si jolie petite église rouge et blanche, c'est tout.

— Dis donc, tu es d'une humeur massacrante, aujourd'hui !

— J'ai faim !

Maria-Esperanza intervint :

— Moi, j'ai vérifié l'histoire de l'église.

Lucrèce tendit l'oreille et Sénéchal la dévisagea en levant un sourcil plein de suspicion.

— Comment ça ?

— J'ai appelé une de mes collègues qui habite dans ce secteur. Elle a confirmé les propos de dom Faria de Queroz. Du moins pour l'église, qui a été effectivement engloutie par un glissement de terrain il y a trois mois. Il n'y a pas eu de victimes. Le curé de cette paroisse est parti pour un autre État, au sud, près de la frontière avec l'Uruguay. Et je vous rappelle que les aérostiers de Chitinex étaient dans la région, il y a trois mois.

Soudain, elle accéléra et traversa en trombe un carrefour, saluée au passage par un concert de klaxons. Sénéchal remarqua :

— Dites donc, vous êtes passée au feu rouge, non ?

— Bah ! Vous savez ce qu'on dit : en France, le feu rouge est impératif, en Italie il est facultatif, et au Brésil il est décoratif. Vous n'êtes pas pressé de vous retrouver dans un restaurant de Belém, au bord de l'Amazone, devant une assiette de canard au tucupi, de maniçoba, de crabe en coquille, ou encore de sarapatel de tortue, senhor Pierre Sénéchal ?

— Évidemment, vu comme ça...

Elle leva les yeux sur le rétroviseur et demanda à Lucrèce :

— Puis-je savoir, senhor Serge Méjaville, à quoi vous étiez en train de travailler pendant que le senhor Pierre Sénéchal discutait avec dom Faria de Queroz ?

Derrière elle, un large sourire s'épanouit sur le visage du rondouillard.

— J'espérais bien que l'un de vous deux allait enfin me poser la question ! Vous êtes extrêmement sagace, lieutenant Maria-Esperanza, c'est un plaisir de collaborer avec une femme aussi... qui... enfin...

Son regard croisa celui de Sénéchal. Une lueur d'ironie y brillait. Le petit chimiste reprit :

— Eh bien... je me penchais sur la Bible. Ou plutôt, j'ai regardé sur Internet la place qu'occupent les insectes dans la Bible. Il existe un logiciel qui détecte les mots clés dans la Bible, c'est amusant... J'ai noté les trois insectes qui sont à l'origine des fléaux qui frappèrent l'Égypte à l'époque de Moïse : les moustiques, qui sont la troisième plaie ; les taons, qui en sont la quatrième ; enfin les sauterelles – ou les criquets –, qui en sont la huitième. On ne parle pas de scarabées, pourtant, en voilà des insectes caparaçonnés ! Une question d'interprétation, peut-être.

Sénéchal l'interrompit.

— Parfait, parfait, mais ce vieux bonhomme ne s'est guère étendu sur l'image qui figure sur le montant de cette croix, celle qui représente un soldat, avec son manteau et son bouclier, foulant aux pieds un oiseau... Qu'a-t-il dit, déjà, au sujet des deux mots, à côté du soldat ? *Cras, Hodie.* « Demain, aujourd'hui ». C'est bien ça ?

— La langue de Cicéron ne t'étant pas familière, mon cher détective, je t'explique donc : à mon avis, cela se rapporte à la célèbre formule *Hodie mihi, cras tibi,* qui signifie : « Moi aujourd'hui, toi demain. » On écrivait cette formule sur des tombes, à l'époque romaine. Le stoïcisme inspirait ce genre de réflexions. Puis on l'a écrite à l'entrée des cimetières, chez nous. Parfois, on y lit uniquement : *Cras tibi,* à savoir : « Toi, demain. » Je reste persuadé que cette croix a un rapport avec un cimetière, en tout cas avec la mort.

— Mais cet oiseau au bec ouvert, que ce soldat piétine allègrement ?

— Hum... Un corbeau ou une corneille, signe de mauvais augure.

— Oui, c'est peut-être aussi un carnifex à collier...

— Un quoi ?

— Micrastur semitorquatus, un oiseau d'ici.

— Quelle impressionnante culture ornithologique !

— Dans ma chambre d'hôtel, il y a une gravure représentant ce piaf, avec son nom écrit en plusieurs langues, dont le latin... Je veux simplement souligner le fait, mon cher exégète, que tu vas pouvoir te lancer à corps perdu dans un certain nombre d'interprétations du sens caché des gracieuses figures qui égayent cette croix... Néanmoins, la seule question qui nous intéresse réellement pour l'instant, c'est : nos aérostiers cachottiers ont-ils rapporté ce calque du fond de la jungle, ou bien ont-ils visité un jour cette église rouge et blanche et y ont-ils fait – ou fait faire – un calque de cet étrange objet de culte ?

— Ouais. Si on considère les choses d'un certain point de vue...

— Eh bien ?

— Ce que nous a raconté ce vieux curé présente un avantage certain.

— Et puis-je savoir lequel, s'il te plaît ?

— À moins de faire venir des engins de chantier pour exhumer cette si jolie petite église rouge et blanche ainsi que sa croix, enfouies sous des tonnes de boue et de rochers, ce qu'il nous affirme est difficilement vérifiable, vois-tu ?

53.

Il s'ennuie, le Noir à la casquette : « Ascenseurs Brunão ». Alors il tue le temps en parcourant une brochure sur laquelle il est écrit que « l'Association mondiale pour la conservation du Pernambouc est un regroupement d'archetiers ayant pour objectif de trouver des solutions à la raréfaction du bois de Pernambouc ».

Il tourne la page. Un type barbu, en médaillon, y explique « que le commerce de ce bois, matériau principal des archets de violons, sera bientôt interdit au Brésil, et qu'il convient donc de se pencher rapidement sur cette urgente question ».

Aujourd'hui, il est rembourré de partout. Il arbore même un bedon factice qui tend sa salopette marquée : « Dépannage express jour et nuit ». Il porte des lunettes ordinaires, dont le verre droit comporte un invisible détecteur de systèmes infrarouges. Il a aussi un sparadrap sur la joue. Important, le sparadrap, pour les témoins. Ne se souviennent que de ce genre de détail, les témoins...

Malgré la climatisation, il crève de chaud sous sa perruque, dont les mèches crépues dépassent de sa casquette, depuis qu'il est là, à attendre dans ce local technique du dernier étage de cette luxueuse résidence remarquablement sécurisée.

Dès son arrivée sur les lieux, les larbins l'ont traité comme un malpropre, et le responsable de la sécurité, flanqué d'un mastard au regard en vrille, l'a emmené dans une pièce à l'écart et lui a dit de rester là, avec eux, après avoir contrôlé ses papiers. Un type en costard bleu nuit est arrivé. Il a enfilé une paire de gants en caoutchouc, lui a ordonné de sortir de sa sacoche tout son matériel de réparation et de le déballer sur une table conçue tout exprès pour ça.

Le type a ensuite tripoté les outils en faisant bien gaffe de ne pas se foutre du cambouis sur les manches. Il a fait semblant de s'intéresser à une sorte de tube cannelé fermé aux deux bouts, et a demandé :

— C'est quoi, ce truc ?

Sans attendre la réponse, il l'a replacé au milieu du matériel, juste à côté de l'inévitable lampe à souder, et a continué à farfouiller, pour la forme, avant de se barrer sans un mot.

Le mastard a ensuite sorti de sa poche un détecteur de métaux. Tout en le regardant droit dans les yeux, il le lui a passé devant le corps, recto, verso, a hoché la tête et a grogné :

— Il est O.K.

Le responsable de la sécurité a alors jeté une carte magnétique sur la table, une carte qui ne donne accès qu'aux serrures électroniques de l'« étage technique » de la résidence.

— Vas-y, connard, et répare-nous ça en vitesse, t'as pas toute la soirée.

L'autre a ajouté :

— Quand on pense que cette saloperie d'ascenseur a été contrôlée y'a pas trois jours !

Le Noir en salopette soupire en observant l'armoire de fer bourrée de fils de couleur, de relais et de circuits électroniques. Raul lui a donné un plan simplifié de cette armoire (plan qui est dessiné en filigrane, très proprement, en page quatre de la brochure intitulée : L'Association mondiale pour la conservation du Pernambouc) et lui a laissé un petit cadeau à l'intérieur de la porte.

Quand il aura fini son boulot, il n'aura qu'à remplacer ce machin rouge rectangulaire à cinq plots par celui qui se trouve au milieu du fatras électrique pour que l'ascenseur numéro 2 redémarre. Et qu'il transporte de nouveau d'un étage à l'autre des vieilles rombières plaqué or avec leurs gigolos sapés style Copacabana fashion victim, ainsi que des ex-magnats du porno en cale sèche avec dentiers apparents, costard blanc croisé et lunettes fumées de gangster d'opérette, cramponnés aux bras de putes blondes ultrasiliconées.

En attendant le retour de ce moment essentiel de la vie mondaine brésilienne, il va falloir qu'il traite en douceur le type actuellement occupé à ne rien foutre dans sa chaise longue, un verre à la main, sur la terrasse déjà enténébrée d'une résidence de grand standing d'une belle couleur saumon.

Une résidence certes voisine, mais fort dangereusement sécurisée. Bien plus que celle où il a pu pénétrer ce soir, car elle appartient à une famille de célèbres malfrats du Nordeste, des gens un brin paranos, pour tout dire.

Le type sur la terrasse, à une trentaine de mètres, admire, tranquille, le crépuscule, comme tous les soirs.

Le Noir ouvre sa sacoche à outils, démonte la poignée de la lampe à souder, puis l'adapte dans une glissière logée sous le tube cannelé. Le joli tube que l'autre crétin de vigile aux gants de caoutchouc a tripoté tout à l'heure en demandant : « C'est quoi, ce truc ? »

Ça fait un petit *clic* dans le silence.

Le réservoir à gaz de la lampe à souder se visse comme par magie à l'arrière du tube, lequel vient en un tournemain de doubler de longueur, vu qu'il est télescopique.

Il se marre tout seul en assemblant son matériel dans ce local surchauffé... Il s'éponge le front et se demande si ce con de vigile, dans son beau costard bleu nuit, se souviendra du sparadrap sur sa joue quand il y aura des flics plein les étages, demain.

Il s'immobilise, pensif, se repose la question, puis il estime que non, en définitive.

Il reprend illico sa paisible activité de bricoleur du dimanche.

54.

Le siège de l'organisation nommée Fondation pour la protection de l'Amazonie n'avait pas fière allure. Il était situé dans un immeuble à la façade décrépie et aux volets de bois d'un bleu passé. Seule la batterie d'antennes paraboliques, fixées sur un mât arrimé par des haubans au toit de tuile, le distinguait des autres immeubles, dans cette rue calme bordée de palmiers.

Au-dessus de la porte vitrée de l'entrée, deux caméras de surveillance pivotaient lentement.

Le lieutenant Saint-Louis demeura au volant, moteur tournant, paraissant attendre quelque chose.

Deux hommes surgirent tout à coup aux portières, de chaque côté du véhicule. L'un d'eux portait des lunettes fumées. Maria-Esperanza baissa la vitre et lui présenta sa carte de l'IBAMA. Il la contrôla soigneusement, puis lança quelques mots dans un talkie-walkie. Enfin il lui fit signe d'avancer et déclencha à l'aide d'une télécommande l'ouverture de la porte discrète d'un parking. L'autre homme surveillait la rue, l'œil aux aguets.

Sénéchal demanda :

— Qui sont ces types ?

L'Indienne expliqua, tout en guidant la voiture sous la voûte d'un parking souterrain :

— Des gens de la sécurité. La fondation bénéficie depuis peu d'une protection gouvernementale. Elle n'a pas que des amis, ici : elle a accès aux satellites de surveillance de l'Amazonie et récolte quantité d'informations, qu'elle nous transmet régulièrement. En outre, la fondation mène des actions pour aider les Paysans sans terre et milite pour préserver les territoires des peuples indigènes. Récemment, elle a dénoncé des fonctionnaires du ministère de l'Environnement qui se laissaient corrompre pour accorder des permis d'exploitation de territoires appartenant aux tribus indiennes. Elle dérange pas mal d'intérêts puissants. Son siège a déjà été dévasté à plusieurs reprises, puis, il y a quelques mois, elle a été attaquée en pleine journée par des hommes armés et cagoulés qui ont tiré à l'intérieur des locaux, avant de s'enfuir à moto. Une femme a été blessée. Pour finir, l'homme que nous allons rencontrer, Victor Sampayo, a échappé par miracle à une tentative d'assassinat, sans doute menée par des pistoleros à la solde de grands propriétaires.

— Charmant ! Nous n'avons pas ce genre de problème à la FREDE. Ça viendra peut-être. Lucrèce, rappelle-moi de demander à notre chef bien-aimée de faire protéger par des soudards en armes les sous-sols du ministère de l'Environnement.

55.

Le vestibule franchi, ils pénétrèrent dans une pièce climatisée et brillamment éclairée. Devant des bureaux une dizaine de personnes s'affairaient sur des ordinateurs. Au-dessus de leur tête étaient disposés en cercle des écrans fixés sur des tubes chromés qui montaient jusqu'au plafond. L'un d'eux montrait un satellite aux panneaux solaires déployés, gravitant dans le noir autour de la terre, un autre déroulait une vue du ciel d'un fleuve sur lequel circulaient des bateaux. Les images changeaient sans cesse. On n'entendait que le cliquetis des touches des claviers ainsi que des commentaires et des acclamations assourdis provenant de haut-parleurs logés dans les murs. Sénéchal s'amusa en devinant qu'il s'agissait de la retransmission d'un match de football.

Une fille en chemisier rouge leva la tête de son ordinateur, leur sourit et s'avança vers eux. Elle échangea quelques mots avec le lieutenant Saint-Louis, puis les guida jusqu'à une salle isolée. Un homme les y accueillit.

Maria-Esperanza fit les présentations.

Victor Sampayo, chef de l'antenne locale, avait une quarantaine d'années. Il était grand et costaud, avec des hanches étroites, un visage lisse d'Indien et des yeux noirs aux paupières effilées. Ses cheveux mi-longs étaient couleur aile de corbeau.

Il était vêtu d'un bermuda coupé au-dessous des genoux qui laissait voir ses mollets glabres, et d'une chemise hawaïenne aux teintes vives.

Il ne leur proposa pas de s'asseoir mais se cala debout le long du mur, le dos bien droit, les bras croisés, pour écouter en silence le lieutenant Saint-Louis qui lui expliquait la raison de la venue au Brésil des deux enquêteurs français.

Pendant ce temps, Sénéchal observait la photo collée juste au-dessus de la tête de Victor Sampayo. Elle représentait trois vieilles dames occidentales attablées dans un jardin, sous un parasol. L'une d'elles, le cheveu bleu et permanenté, exhibait une rangée de fausses dents d'une blancheur éclatante. Sa voisine, coiffée d'une perruque blonde incongrue, mordait dans un hamburger. Un peu de ketchup coulait sur son menton. La dernière paraissait se régaler de morceaux de poulet frit extraits d'une boîte de carton bariolée. À l'arrière-plan, derrière la barrière du jardin posée sur une pelouse quasi fluorescente, on apercevait l'aileron d'une ancienne limousine américaine. L'image dégageait une impression factice, comme si, sous un soleil de sunlight, les vieilles dames, les hamburgers, la barrière et la pelouse du jardin avaient été moulés dans la même matière plastique.

Dès que Maria-Esperanza eut terminé son explication, Sénéchal, n'y tenant plus, demanda :

— Dites-moi, monsieur Sampayo, qui sont ces trois dames à ce charmant pique-nique ?

L'homme observa le détective avec amusement.

— Ça ? C'est pour planquer les traces de balles faites dans ce mur par une équipe de crétins à moto... Elle représente aussi Daisy et ses deux copines. Elles sont en train de bouffer l'Amazonie.

— Ah bon ? Elles n'ont pas l'air, comme ça. On dirait plutôt qu'elles dégustent des hamburgers et du poulet frit, non ?

— Oui. C'est exactement ce que je vous disais... Nous avons trouvé cette photo dans un magazine américain, nous l'avons agrandie et nous avons inventé le personnage de Daisy. Il permet d'illustrer le fonctionnement de la « filière hamburger », qui est l'une des causes, et pas la moindre, de la déforestation de l'Amazonie. Daisy ne le sait pas, et d'ailleurs Daisy s'en fout.

— Qu'est-ce que c'est, la « filière hamburger » ?

— Daisy et ses copines se tapent tous les jours un ou deux repas à base de hamburger, soda, potatoes, fried chicken. Au Brésil, nous avons un gros problème avec les choix gastronomiques de Daisy et des millions de Daisy, de Freddy, de Jimmy et de Jack qui se nourrissent principalement de hamburgers. Car c'est à cause d'eux que les éleveurs sont en train de transformer l'Amazonie en viande hachée... Pour faire paître les bœufs qui vont devenir les hamburgers si prisés par Daisy, on déboise. Ici, c'est une activité à plein temps : un peu plus de vingt hectares de jungle disparaissent chaque minute. (Il regarda sa montre.) Dans une heure, cher monsieur, mille deux cents hectares de la forêt amazonienne seront partis en fumée. Et la journée n'est pas finie ! Les tronçonneuses tournent de l'aube au couchant. Nous ne sommes pas des paresseux, voyez-vous ? Le capitalisme de prédation est en plein essor dans notre grand et beau Brésil. Le Brésil qui est actuellement le pays qui possède le plus de têtes de bétail au monde. C'est le leader mondial des exportations de viande de bœuf. Formidable, non ? Le monde mange de plus en plus de viande. Depuis les années 1950, la consommation a quintuplé... Alors, les ranchers de chez nous achètent de grandes étendues de forêt vierge à petit prix – ou bien ils ne les achètent pas, ils se servent sur le domaine public. Ils en chassent les petits cultivateurs et les Indiens, qui étaient les meilleurs protecteurs de la forêt, et qui n'ont donc plus qu'à aller se faire pendre ailleurs, à savoir traîner leur misère dans les favelas, se vendre comme travailleurs-esclaves chez les fazendeiros et, pour les femmes, se prostituer... Ils vendent les quelques arbres faciles à extraire et, avant d'allumer l'incendie, arrosent la terre avec le même défoliant que celui utilisé par les Américains au Vietnam. Ça va plus vite, car le temps, c'est de l'argent. La terre brûlée devient ensuite une prairie où paîtront les milliers de bœufs qui alimenteront les États-Unis en hamburgers.

Sampayo fit un geste fataliste.

— Oh ! on ne replante rien, bien sûr. On se contente de déboiser un peu plus loin, et encore plus loin. Vingt hectares à la minute : quarante terrains de football à chaque minute... Ce soir, combien y aura-t-il d'hectares de prairie de plus au Brésil, et combien d'arbres en moins ?

Il haussa les épaules, son visage cuivré prit une expression maussade.

— On estime la destruction de la forêt brésilienne à trois millions d'hectares par an, et ça s'accélère ! Trois millions d'hectares, c'est déjà une belle moyenne. Malheureusement les satellites, qui sont de plus en plus précis, nous permettent de reconsidérer chaque fois ce chiffre à la hausse. En outre, les incendies de forêt étant ici considérés comme la forme la plus économique pour préparer le terrain pour les pâturages, ils sont très répandus. La méthode, c'est de payer des gens pour foutre le feu. Il y a eu trente-trois mille incendies dans le seul État du

Pará ce mois-ci. Même les réserves naturelles sont touchées par ce fléau criminel. Tout cela parce qu'il n'y a pas de vraie répression. N'est-ce pas, lieutenant ?

Tout en parlant, Victor Sampayo se dirigeait vers la porte de son bureau. Ses visiteurs lui emboîtèrent le pas. Il les mena vers les écrans suspendus au-dessus des tables de travail. Il se pencha sur un bureau inoccupé, repoussa d'un geste élégant ses épais cheveux noirs qui retombaient devant ses yeux, avant de pianoter sur un clavier.

Sur l'un des écrans apparut un paysan coiffé d'un chapeau de paille, debout dans une plaine orange.

— Je ne vous apprends rien en vous disant que, lorsque les arbres ont disparu, le régime des pluies diminue localement, le ruissellement augmente et l'érosion des sols s'accélère, la terre n'étant plus retenue par les racines. Toute déforestation participe donc localement à la perturbation du cycle de l'eau... La prairie, ici, c'est le dernier stade avant la désertification. Vous voyez ce bonhomme avec un chapeau ? Le sol à ses pieds est craquelé. Ici les arbres ont été coupés, laissant la terre à nu, en plein soleil. Les premières gouttes de pluie ont martelé le sol, le soleil les a séchées brutalement, formant une mince couche durcie à la surface. Cette couche, qui ne mesure qu'un ou deux millimètres d'épaisseur, interdit désormais à l'eau de pénétrer. Le sol a été cuit. C'est fini... Voilà comment se forme le désert.

Il pianota encore. L'image du paysan fut remplacée par une vue satellitaire montrant de vastes étendues orange dévorant le vert de la jungle.

— La nature a donné beaucoup de responsabilité aux arbres, elle n'aurait peut-être pas dû. Les arbres, refuges et protecteurs de la vie... Aux États-Unis, des chercheurs ont calculé que pour obtenir le moelleux casse-croûte de Daisy, environ 250 g. de viande, il fallait détruire 75 kg de vie sauvage ! Le poids d'un être humain ! Ça représente vingt-cinq espèces végétales, une centaine d'insectes, une douzaine d'oiseaux, de reptiles et de petits mammifères. Tout ça pour fabriquer un seul hamburger avalé en quelques bouchées. C'est un gâchis phénoménal, non ? Combien de hamburgers va-t-il encore falloir avaler à Daisy et à toutes ses copines américaines pour que notre forêt millénaire, notre trésor national, ses écosystèmes et son incroyable biodiversité, soit transformée en désert ? Hein ? Ce crime, car c'est bien un crime, s'étend du cœur de l'Amazonie jusqu'aux géants de l'industrie de la restauration rapide américaine. (Il souligna :)

Américaine *et* européenne. L'Union européenne représente un tiers des importations mondiales de bois tropical... Nous sommes très flattés de vous voir apprécier les arbres de notre forêt séculaire au point de les transformer en tables et chaises pour vos jardins... Si les six milliards de Terriens adoptaient votre mode de vie, il faudrait trois planètes comme la nôtre. Bon, retournons dans mon bureau.

Les enquêteurs de la FREDE et le lieutenant Saint-Louis le suivirent docilement, en échangeant des regards perplexes. Victor Sampayo semblait bourré d'énergie.

Il ferma la porte derrière lui et s'empara d'un dossier posé sur un coin de sa table de travail.

— Ce rapport annonce qu'au regard des tendances actuelles de l'expansion agricole près de la moitié de l'Amazonie sera détruite d'ici à 2050. Un phénomène d'une extrême gravité, qui nous menace donc tous, vous et moi. Et même Daisy. Mais Daisy ne le sait pas, et Daisy s'en fout. Elle sourit de toutes ses fausses dents en dévorant notre patrimoine à tous. Elle ferait mieux de surveiller son taux de cholestérol.

Il reposa bruyamment le gros dossier.

— Mais à part de cette vieille peau, de quoi vouliez-vous me parler ?

56.

Dans l'ombre de la chapelle, dom Faria de Queroz semble indifférent aux reflets pâles que jettent les émaux ornant l'autel, aux pilastres aux formes tourmentées recouverts de feuilles d'or et à la croix de buis sur laquelle agonise un Christ décharné. Il n'a pas un regard pour la surcharge baroque des murs où s'enroulent des idoles aux gestes maniérés dont les yeux de plâtre s'animent lorsque vacillent les flammes des cierges.

Car ses paupières sont closes. Il prie.

Il n'est que piété dans sa soutane élimée, dom Faria de Queroz, agenouillé devant la statue de la Vierge qui le domine de toute sa taille, les bras écartés, la tête penchée, un doux sourire aux lèvres.

Autour du lustre de cristal, une escadrille d'angelots le survole, gonflant leurs joues roses dans des trompettes d'argent ou pinçant de leurs doigts boudinés les cordes de harpes peintes. Blottis dans leurs niches cuivrées, les saints du Paradis paraissent attendre patiemment l'heure du Jugement dernier.

Ses narines frémissent légèrement. Il aime tellement le parfum de l'encens et des lys blancs dont les dévotes ornent chaque jour la chapelle.

Enfin, il se signe et se remet debout péniblement. Il pivote et se dirige vers la porte de sortie soigneusement verrouillée.

Au moment où il extrait une clef de sa poche, il entend un toussotement sur sa gauche.

Dans l'obscurité des vieilles pierres, un homme se tient debout, à quelques pas, entre deux pilastres. Le curé cligne des yeux :

— Vous... Vous êtes là depuis longtemps ? Je croyais...

L'autre ne bouge pas. Enfin il dit doucement :

— Je suppose que vous avez réussi.

Dom Faria de Queroz remet la clef dans sa poche, puis, de l'index, lisse machinalement son sourcil qui rebique sur son front. Enfin, il lâche :

— J'aimerais en être... tout à fait certain.

L'homme pousse un soupir d'agacement.

— Je vous serais extrêmement reconnaissant de bien vouloir me préciser ce que vous entendez par « tout à fait certain ».

Le vieux curé se saisit de son chapelet. Il sent maintenant sous ses doigts la densité rassurante des perles d'ivoire.

— Eh bien... Les deux policiers français sont loin de chez eux, ils ne connaissent pas le pays. Je pense qu'ils n'iront pas plus loin dans leurs investigations sur cette fichue croix.

— À quoi ressemblent-ils ?

— Un géant à tête de pistolero, aux cheveux poivre et sel. Il porte des bretelles ridicules. Il est accompagné d'un petit gros assez futé. (Il ouvre la bouche en un rictus jaunâtre.) Assez futé, sans doute, mais pas assez pour m'inquiéter. La fille de l'IBAMA, en revanche...

Il laisse sa phrase en suspens tout en roulant les perles de son chapelet sous ses doigts, produisant un léger cliquetis dans le silence. Tout à coup, l'homme tape du talon sur la dalle.

— Cessez immédiatement de faire ce bruit avec votre hochet !

Il a parlé à voix basse, mais le ton est rempli de colère.

— Je vous conseille vivement de suivre cette affaire de très près... mon père. Cette histoire est extrêmement dangereuse. Je ne vous apprends rien, je pense ? Vous savez où se trouve cette croix. Et sur quoi elle est posée. Si ces gens-là se montrent trop entreprenants, je devrai prendre certaines décisions.

Dom Faria de Queroz se tient coi. Il n'ose pas faire un geste. Puis il bégaye :

— Vous auriez l'intention de, de vous servir des... des cavaliers de l'Apocalypse ?

Son interlocuteur réplique, d'une voix où, cette fois, tremble la rage :

— Foutez-moi le camp, espèce d'imbécile ! Et ne prononcez plus jamais ces paroles devant moi ou je vous tue... À ma manière. Et vous connaissez bien mes manières, je crois ?

57.

Victor Sampayo enclencha sur son clavier la clef USB que Maria-Esperanza lui avait tendue. Puis, le coude appuyé sur la table de la salle de réunion, il regarda défiler les photographies des Diabrotica dorés. Il cliqua sur l'image de l'unique larve survivante trouvée dans la cave des aérostiers. Cette dernière était photographiée à côté d'une règle graduée en centimètres.

Il observa le corps annelé, la peau à l'apparence de vinyle noir, les pattes en crochets et les yeux rappelant des grains de caviar géants, ainsi que les impressionnantes mandibules. Il cliqua de nouveau et examina la photo des adultes, avec leur carapace couleur vert bronze et leurs fines antennes.

Il fit « hunhun », et demanda :

— Selon vous, ces bestioles pourraient constituer une sorte d'arme écologique manipulée génétiquement et destinée à attaquer le soja OGM, que nos fazendeiros plantent à la place de la forêt ?

Lucrèce leva la main.

— Ce n'est qu'une hypothèse. On n'a pas encore reçu la transcription du code génétique de cet insecte.

Sampayo soupira :

— Décidément, on vit une époque formidable ! Notez que ce serait une juste revanche. Ces braves fazendeiros, alliés à d'importantes compagnies américaines, visent à terme la plantation au Brésil de trente millions d'hectares de la graine magique. Trente millions !

Il fit une grimace comique.

— Quand je pense que notre petite organisation tente de lever des fonds un peu partout pour replanter des arbres ! Les arbres en bois, c'est encore ce qui a été inventé de mieux pour digérer le gaz carbonique. Mais j'ai bien peur que nous ne courions pas assez vite : la Banque mondiale finance toutes les grandes compagnies du soja pour détruire les arbres et planter leur saloperie de graine jaune à la place. C'est dingue, non ? Vos types, dans le ballon dirigeable de Chitinex – c'est ça ? –, avaient planqué ces insectes dans une cave, et ils ont disparu. Je suis bien placé pour savoir qu'ici, lorsqu'on contrarie certains intérêts, on risque souvent de se retrouver entre quatre planches. Eh oui ! les arbres finissent aussi en planches pour les cercueils, dans ce pays.

Il s'adressa à Maria-Esperanza :

— À propos, vous avez évidemment appris l'assassinat de ces deux grands producteurs, dans le Mato Grosso... Munoz et Carvalho. C'est passé à la télé.

Elle hocha la tête.

— J'ai eu l'occasion de rencontrer l'homme de la criminelle qui s'occupe de l'affaire, Zé Ferrera. Cela semble très confus.

— Ce Munoz était un ami du gouverneur. Sacré gouverneur... (Il regarda Sénéchal, un demi-sourire aux lèvres.) Notre fondation lui a décerné l'année dernière la « tronçonneuse d'or », un prix que nous remettons aux plus grands destructeurs de la forêt. Il est l'un des plus gros producteurs de soja du Brésil. Intouchable. Richissime...

Maria-Esperanza hésita, avant de demander :

— Je suppose que vous, vous avez appris la mort de Javier Clemente Ruiz, un des leaders du mouvement des Paysans sans terre ?

— L'homme au chien... Ces salauds de fazendeiros ont fini par avoir sa peau. Ils ont enterré une mine antipersonnel dans sa plantation d'hévéas, c'est ça ?

— Une mine en verre. Curieux procédé, non ?

Lucrèce marmonna :

— Une mine antipersonnel en verre ? C'était autrefois une méthode utilisée par la guérilla argentine. Très économique. Très meurtrier, aussi. Et, heu...

Victor Sampayo lui lança un regard peu amène.

Les photos des Diabrotica furent remplacées par des colonnes de chiffres, ainsi que des rangées de courbes colorées. Les chiffres variaient sans cesse.

Il orienta l'écran de manière à ce que ses visiteurs assis autour de la table puissent bien l'observer, et quitta son siège. Il alla regarder à travers les fenêtres de la salle de réunion la pluie fine qui tombait à présent sur Belém. Puis il revint et s'adossa au mur, les bras croisés, dans une posture qui lui était apparemment familière.

— Vous saviez que le nom de Belém signifiait « Bethléem » ? Non ? Depuis cette fenêtre, on peut voir arriver sur l'Amazone les centaines de petits bateaux qui apportent sur le marché tout ce que produit la forêt. La forêt et le fleuve qui la fait vivre, évidemment... Fruits, légumes, poissons, crustacés, condiments, herbes médicinales, plantes d'ornement, et j'en passe... On peut voir aussi les cargos de 55 000 tonnes dont les cales sont remplies à ras bord de soja modifié. C'est la nouvelle ruée vers l'or... L'or, c'est cette foutue graine OGM qui contient des gènes de résistance aux insectes et aux pesticides. Celle qui peut vous faire devenir riche, très riche, si vous êtes malin... Ou si vous êtes déjà riche. Cette graine magique est vendue dans tout le pays par une multinationale yankee qui, non contente d'en posséder le monopole, interdit de la ressemer, et réclame à celui qui la plante des royalties sur son brevet. Eux, ce sont les plus malins de tous les plus malins. Ils vendent aussi le désherbant adapté et les pesticides. Le plus cocasse, si on peut dire, c'est que les insectes, qui n'aiment pas tous ces poisons, se barrent chez les pauvres et vont bouffer leurs récoltes... Si encore cette nouvelle industrie enrichissait les petits paysans... Les agriculteurs ancestraux sont remplacés par des investisseurs financiers, tels des fonds de pension anglo-saxons. Demain, ils s'en iront vers d'autres produits plus rentables, laissant derrière eux une effroyable catastrophe écologique et sociale... C'est formidable, la science au service de l'humanité souffrante, vous ne trouvez pas ?

Il tendit l'index vers l'écran d'ordinateur couvert de courbes et de chiffres.

— Ça, c'est le cours de la Bourse à Chicago : c'est là que sont fixés les cours des matières premières, et donc celui du soja. L'été, il y a des alternances de sécheresse et de tornades dans le sud des États-Unis. Ces petits problèmes climatiques chez les concurrents américains font grimper les cours, nos barons du soja s'enrichissent encore plus, et s'achètent alors des moissonneuses-batteuses informatisées dernier cri, des bulldozers encore plus gros. Hum... Si des rigolos ont fabriqué dans un labo ces jolis insectes parasites des cultures, insensibles aux défenses du soja OGM, vous allez bientôt voir dégringoler ces jolies courbes de profit. Et vous allez aussi voir décoller un peu partout des centaines d'avions qui vont balancer des tonnes d'insecticide ultraviolent sur les champs.

Il éclata soudain de rire.

— Vous ne pensez pas que ça pourrait être un coup des Yankees, ces gros scarabées ? Après tout, ils sont très fortiches pour faire la guerre à la concurrence, ces gars-là, et par tous les moyens. Non... Mais non. Ils habitent ici, maintenant, on est devenu leur arrière-cour. Ou plutôt leur arrière-cuisine.

Il pianota de nouveau sur le clavier. L'image des Diabrotica réapparut. Il la scruta un instant, les yeux plissés, puis il s'adressa à Maria-Esperanza :

— Lieutenant Saint-Louis, pourriez-vous me communiquer les coordonnées GPS de l'endroit approximatif où vous avez aperçu ces curieuses lumières dans la forêt, quand vous étiez perchée dans votre arbre ? Je vais effectuer une recherche à partir des images recueillies par les satellites, et...

Son interphone sonna sur le bureau. Tout comme ses visiteurs, il entendit une voix remplie d'excitation, ainsi que des exclamations et des applaudissements. Un sourire réjoui s'étala sur son visage d'Indien. Il tapa du plat de la main sur son bureau.

— Notre équipe nationale vient de battre l'équipe d'Argentine par trois buts à zéro ! Lieutenant, il m'est donc agréable de vous annoncer que je ne facturerai pas un seul real à l'IBAMA pour cette recherche !

58.

— Tu vois, mec, dit l'homme en short et maillot de corps, debout devant la baie vitrée. Tu vois, ça fait des années que je suis dans ce métier, et je n'ai pas à me plaindre. J'ai toujours réussi à planquer mon cul et à le garder bien au sec. Je suis logé, nourri, blanchi par le gouvernement, j'ai une belle baraque, le dimanche je tonds la pelouse ou je lave ma bagnole de rupin ou je baise ma femme qui, entre nous soit dit, est vraiment une reine au pieu, et après je vais faire un golf ou un tennis ou je me soûle la gueule avec mes potes en ville. Mes gosses sont dans une école de curés et j'ai deux, trois économies dans un coffre à la banque pour mes vieux jours. Mon banquier m'adore, mon épicier me respecte et les vieux soulèvent leur chapeau quand je passe avec mon clébard. Tiens, d'ailleurs, on ne l'entend plus, ce con de clébard, il doit roupiller dans le garage. Faut dire qu'avec cette chaleur... Où j'en étais ? Bref, je te disais que t'as l'air d'un bon gars, mec, tu te pointes chez moi comme une fleur à l'heure de la sieste et tu me racontes une très belle histoire...

Il tire sur son cigare avant de laisser tomber les cendres dans un cendrier d'argent posé sur une table basse derrière lui.

— ... Vraiment une très belle histoire, y'a rien à redire, et qui a l'avantage de finir bien, avec un bon paquet de fric à la clef. En somme, une histoire comme je les aime.

Il regarde l'homme noir assis dans le canapé de son salon, jambes croisées, très concentré, les doigts mêlés et les yeux obstinément fixés sur le meuble garni de bibelots, de trophées et de photos. À ses pieds est posée une mallette de cuir rouge.

Il reprend, en tirant de nouveau sur son cigare :

— Mais... Car il y a un « mais », vois-tu... je me demande tout bêtement, vois-tu, si l'offre que tu me fais, ou plutôt, soyons clairs, l'offre que me fait ton patron, n'est pas un peu beaucoup en dessous du niveau qui conviendrait, mec, au regard des capacités d'improvisation dont j'ai déjà fait preuve au cours de cette remarquable opération qui appartient déjà au passé... À moins...

L'homme se penche et écrase consciencieusement le cigare dans le cendrier.

— À moins qu'il n'y ait de l'évaporation, va savoir... C'est marrant, t'as l'air d'un représentant en assurances, comme ça, assis bien gentiment dans mon salon avec ton costard et ta mallette. (Il sourit.) Ben, t'en es peut-être un, dans le fond.

Le Noir a l'air de bien s'amuser, maintenant. Il rigole.

— Qu'est-ce que vous entendez par « évaporation », senhor ?

L'autre écarte les mains.

— Ben, peut-être que tu te prends au passage une petite commission ? Note bien que c'est humain, mec, j'ai rien contre. Tout le monde a une femme et des gosses à faire bouffer. Mais je pense que ton patron – que je n'ai pas le plaisir de connaître en personne à ce jour –, je pense donc qu'un homme comme lui devrait pouvoir faire à un homme comme moi une proposition commerciale décente, tu crois pas ?

Le Noir décroise les jambes et, d'un geste nonchalant, empoigne la mallette, qu'il pose à plat sur ses genoux.

— Ah, senhor, senhor ! il m'avait dit que vous étiez dur en affaires... C'était bien vrai ! Allez, trouvez-moi un endroit discret dans votre belle baraque, un peu loin de ces baies vitrées. Je vais vous présenter le petit cadeau qu'il vous envoie pour vous prouver son amitié et son respect. Peut-être qu'après vous envisagerez la question différemment ?

L'homme en short regarde la mallette, se passe rapidement le bout de la langue sur les lèvres, puis ses yeux font le tour de la pièce.

— Attends-moi une minute, je reviens.

Il plante là le type, entre dans la cuisine attenante au salon, ferme la porte derrière lui et clôt fébrilement les volets, puis il allume le plafonnier. Il s'adosse au mur et ferme les yeux, il transpire... Nom de Dieu ! Sacré coup de chance... l'autre qui me relance ! C'est le moment d'assurer. Calme-toi, bordel... Du fric. De l'oxygène !

D'une main qui tremble il ouvre un placard, se sert une large dose de whisky et l'avale d'un trait. Il respire profondément, puis calcule mentalement une somme. Il va lui demander un maximum. L'autre a de très gros moyens. On les a déjà vus à l'œuvre, ses moyens...

Il essuie ses mains moites sur son short, ouvre la porte qui donne sur le salon et lance d'une voix assurée :

— Viens me montrer ça, mon gars.

— Voilà, dit le Noir, souriant devant lui.

Il lui tire à bout portant deux balles dans la poitrine.

Le sang en fines gouttelettes arrose indifféremment les assiettes sales sur l'évier, la toile cirée de la table et la bouteille de whisky de mauvaise qualité.

59.

L'inspecteur Zé Ferrera avait la soixantaine, des yeux humides, un visage noir et fripé, un grand nez triste, et il empestait la lotion de coiffeur. Ses cheveux avaient manifestement été plantés par un jardinier facétieux, et une bonne partie de son activité consistait à leur redonner un semblant d'ordre en les plaquant régulièrement d'une main lasse.

Il refit ce geste pour la dixième fois depuis qu'il était installé face à Sénéchal, dans la fraîcheur relative des feuilles des bananiers.

L'écoflic, qui brûlait d'envie de lui annoncer que sa bataille contre ce chaos capillaire était perdue d'avance, lui montra les photos des aérostiers disparus, et celle du dirigeable évoluant au-dessus de la jungle.

L'inspecteur tendit le bras, révélant, logé sous son aisselle, la crosse patinée d'un gros revolver dépassant d'un holster de cuir. Il observa la photo un instant et la rendit à l'écoflic en la tenant délicatement entre le pouce et l'index.

— Jamais vus... Z'ont dû se casser la gueule avec un engin pareil. Pour monter là-dedans, hein, il faudrait me payer cher. Vous voulez me faire croire que vous êtes ici pour rechercher ces pauvres mecs tombés dans cet océan vert, senhor ? Feriez mieux de rentrer chez vous, fait sûrement moins chaud qu'ici et on y bouffe sûrement moins de poussière.

Son regard erra du côté du sentier où Maria-Esperanza poursuivait une discussion animée avec un ouvrier coiffé d'un casque de chantier.

Il émit un petit claquement de langue et observa :

— Belle gonzesse, hein ? Ces Indiennes, tout de même... Le bon Dieu en personne il a dû l'embrasser sur les deux joues pour qu'elle soit ensorcelante comme ça...

De l'ongle, il fit sauter un morceau d'écorce sur l'arbre qui lui servait de siège. Le tronc apparut, d'une blancheur laiteuse.

— Elle ferait bien de faire gaffe à son joli cul... Ça devient de plus en plus difficile ici, voyez ? Les conflits entre les paysans et les grands propriétaires, ils prennent une forme violente. Extrêmement violente. Tout le monde veut en croquer, de la petite graine jaune qui rend fou. Ces gens de l'IBAMA, ils sont en première ligne, ils se pointent dans la jungle pour secouer les grands fazendeiros, ils traquent tout ce petit monde avec des satellites, ils vont inspecter les titres de propriété... Ça plaît pas, tout ça. Ça dérange le commerce, comme qui dirait... C'est en bataille rangée que ça va se terminer un jour, avec les pistoleros de ces messieurs les grands propriétaires, et il y aura de la viande froide de l'IBAMA allongée sur ce sentier que vous voyez-là. (Il fit un geste vague.) Ou sur un autre sentier. Semble toutefois que dernièrement quelqu'un ait décidé que les fazendeiros, ils étaient un peu trop gourmands, ou peut-être un peu trop nombreux, allez savoir... Tels les défunts senhors Munoz et Carvalho, ces dignes entrepreneurs dont j'ai eu l'insigne privilège de vous entretenir pas plus tard que tout à l'heure, paix à leur âme, n'est-ce pas ? Autour des grands propriétaires, il y a pas mal de foutus vautours qui tournicotent, faut dire. L'armée de l'air, elle a découvert récemment plusieurs pistes d'atterrissage de fortune en pleine jungle. Des avions qui apportent la graine jaune au cœur de la forêt... Ouais. Mais ces avions, hein, ils trafiquent aussi la drogue...

Il parut écouter le froissement des feuilles des bananiers au-dessus de sa tête, avant de croiser les doigts et de demander, d'un air patelin :

— Pardonnez-moi, n'est-ce pas, si je vous pose une question comme qui dirait un tantinet indiscrète, senhor Français, mais qu'est-ce qui me vaut réellement le très grand plaisir de vous trouver ici, vous et votre adjoint, sur les lieux d'une enquête criminelle ? Une enquête qui se trouve être justement la mienne ? J'ai beau regarder et regarder encore, je ne vois pas un seul ballon dirigeable planté au sommet d'un de ces hévéas qu'on aperçoit d'ici.

Sénéchal fit un geste d'apaisement.

— N'y voyez pas l'incursion de deux étrangers sur votre terrain de chasse, inspecteur. Nous sommes pris en charge ici par le lieutenant Saint-Louis en vertu d'accords passés entre l'IBAMA et notre structure, la FREDE... Tout particulièrement pour étudier les parades policières locales aux trafics d'essences tropicales. Et, bien entendu, retrouver si possible nos deux compatriotes disparus.

Le policier fit « hunhun », puis : « évidemment ». Mais la lueur amusée dans son regard indiquait nettement qu'il n'en croyait pas un mot. Il tourna de nouveau la tête vers l'endroit où se tenait Maria-Esperanza.

Le ton montait entre elle et l'ouvrier.

Il soupira, se mit debout, secoua son pantalon fripé et se dirigea vers la policière de l'IBAMA et son remuant interlocuteur.

Sénéchal lui emboîta le pas à distance. Arrivé à leur hauteur, le flic croisa les mains derrière son dos et s'immobilisa dans l'attitude d'un spectateur. L'ouvrier débitait de longues phrases d'un ton plein de colère, les mains largement ouvertes devant lui, le visage empourpré. L'Indienne demeurait impassible, ses prunelles noires ne reflétaient rien. Quand l'homme tendit vers elle un index menaçant, elle l'empoigna et le retourna brutalement, envoyant le type hurlant de douleur rouler dans la poussière. Sénéchal écarquilla les yeux en voyant l'inspecteur Zé Ferrera dégainer son revolver et le pointer sur la tête de l'homme qui se tordait sur le sol.

Il lui cria quelques mots en levant le chien de son arme.

L'ouvrier, le visage déformé par la peur, montra immédiatement ses paumes et lui adressa une supplique d'une voix tremblante. Zé Ferrera lui posa une question brève, à laquelle il répondit par une forte dénégation. Le flic remit le chien du .357 en place, rengaina son arme avec l'aisance d'un acteur de western-spaghetti et se tourna vers Sénéchal.

— Il jure que ce n'est pas lui qui a posé une mine antipersonnel sous les pieds du syndicaliste qui vivait ici... Notez, cela ne paraît pas bien étonnant, dans le fond, puisqu'il n'est là que depuis hier matin pour couper des arbres, hein ? (Il sourit pour la première fois, découvrant des dents mal rangées.) Bah, ça doit être quelqu'un d'autre alors.

Il observa de ses bons yeux humides l'ouvrier en sueur se remettre debout, le regard baissé, reprendre son casque tombé au sol d'une main mal assurée et partir en claudiquant sur le sentier en tenant son doigt meurtri. Puis il envoya une bourrade sur l'épaule de Maria-Esperanza, faisant tressauter ses dreadlocks.

— Lieutenant, y a pas à dire, on est comme qui dirait les champions de l'interrogatoire psychologique, tous les deux !

Il lança un coup d'œil matois à l'écoflic.

— Faudrait un jour apprendre à ces mecs-là à se découvrir devant une dame, non ? Trouvez pas, senhor Français ?

— Certes, certes. Dites-moi, lieutenant Saint-Louis, cet échange de points de vue paraissait assez animé. Que vous voulait ce type ?

Maria-Esperanza fourra les mains dans les poches de son pantalon d'uniforme et cambra un peu les reins. (Sa posture eut pour effet de faire briller une rapide étincelle de lubricité dans les yeux d'épagneul du flic de la criminelle.)

— La propriété a été rachetée, l'ancien propriétaire a été enterré, les affaires continuent. Ce contremaître menaçait de me faire virer de l'IBAMA par un de ses amis prétendument haut placé, parce que j'ai donné l'ordre de cesser toute activité aujourd'hui sur cette propriété. Je l'empêche de travailler, sa journée est perdue et il doit couper les arbres... Son patron est furieux et le chantier va prendre du retard, tout ce genre d'histoires.

— De quelle entreprise dépend-il ?

— D'une scierie, la compagnie Escudo Réal, qui fait également de l'export de bois tropical.

Zé Ferrera eut un sourire en coin, puis il renifla comiquement.

— C'est curieux, il flotte ici comme qui dirait une odeur de corruption administrative, je trouve. Vous devriez p'tête aller éplucher un peu les papiers de vente, non ? Et les permis de travail des ouvriers... s'ils en ont. Mon boulot à moi, c'est de savoir qui c'est qui a fait le coup de la mine en verre. Mais mon premier suspect de la journée, vous me l'avez déjà bien malmené, lieutenant Saint-Louis.

Maria-Esperanza se retourna dans la direction où avait disparu le contremaître, et tapota la crosse de son Beretta dans son étui de hanche.

— J'aurais dû lui faire sauter les couilles, à cet abruti, mais il se trouve que je suis de très, très bonne humeur aujourd'hui.

60.

Ils parvinrent à la hauteur d'une cabane au toit protégé par une bâche de plastique effilochée. La porte était ouverte.

Lucrèce, couvert de transpiration, farfouillait dans les outils et les sacs d'engrais qui s'y trouvaient. Il se retourna à leur arrivée et son regard croisa celui, peu chaleureux, de l'inspecteur de la criminelle, qui lui demanda :

— Des trouvailles intéressantes, senhor ?

Pris au dépourvu, le rondouillard lança un coup d'œil égaré aux sacs et aux outils.

— Eh bien, il y a ici pas mal d'armes blanches dont l'extrémité des lames est curieusement recourbée, ainsi que des bidons de produits chimiques cachés sous une bâche. Ces produits dégagent de l'éthylène qui peut constituer un explosif, et, hum...

Zé Ferrera le toisa.

— Ces armes blanches, comme vous dites, ce sont des couteaux destinés à scarifier les hévéas, et on applique de l'éthylène au pinceau sur les saignées des troncs, pour leur favoriser la production de latex, voyez ?... Vous devriez regarder de temps en temps les documentaires pédagogiques sur nos chaînes de télévision nationales, senhor Méjaville... Notez que nos feuilletons policiers, ils sont très bien aussi.

Lucrèce lui jeta un coup d'œil pensif, comme s'il se demandait si ce flic ne serait pas mieux mort.

Sénéchal, qui avait courbé sa haute taille pour pénétrer dans la cabane, en ressortit, sourire aux lèvres, puis il détailla l'affiche collée à l'intérieur de la porte ouverte. Elle proclamait : *La forêt est notre bien le plus précieux, elle n'est pas à vendre.* C'était signé : *Mouvement des Paysans sans terre.* Sur un coin du texte était punaisée une vieille photo représentant un homme aux cheveux longs et bouclés debout sur une estrade, le poing levé. Un chien gris était assis à ses côtés, gueule ouverte, comme s'il souriait.

— Ce serait l'homme qui a sauté sur la mine en verre ?

Le lieutenant Saint-Louis hocha la tête.

— Javier Clemente Ruiz. Figure bien connue du mouvement des Paysans sans terre, et surnommé « l'homme au chien ». Leader syndicaliste qui s'est opposé vigoureusement à l'accaparement des terres publiques par une poignée de nantis. A réussi à fédérer de nombreux petits producteurs de l'État du Pará, a été le défenseur des terres des Indiens, a fait de nombreux séjours en prison, a réussi à faire virer des fonctionnaires corrompus, ainsi que des flics également corrompus. A fait déclencher des enquêtes sanitaires sur l'usage, par des grands fazendeiros, de certains insecticides strictement interdits, des insecticides cancérigènes, et a été un grand pourfendeur des cultures génétiquement modifiées...

Elle avait prononcé ces mots sur le ton d'une oraison funèbre. Elle baissa les yeux, prit Sénéchal par le bras et l'entraîna sur le chemin. Elle ajouta, en parlant bas :

— ... A été également un informateur extrêmement efficace de l'IBAMA, et tout particulièrement le mien. Grâce à lui, j'ai pu coincer un salopard qui avait commandité l'exécution de trois représentants d'une tribu indienne pour voler leurs terres. J'avais de l'estime pour Clemente Ruiz. Les salauds... C'est ignoble, ce qu'ils lui ont fait. La manière dont ils l'ont tué... Cette mine en verre était évidemment un message destiné aux Paysans sans terre.

Elle lui lâcha le bras comme à regret et regarda en direction de l'homme de la criminelle, lancé dans une grande discussion avec Lucrèce devant la porte ouverte de la cabane. Elle reprit, mezzo voce :

— L'inspecteur Zé Ferrera est un flic honnête, qui ne travaille pas dans l'ombre pour le compte des fazendeiros ni des grandes compagnies. (Elle sourit.) Ne le taquinez pas trop, senhor Pierre Sénéchal, il a également la réputation d'être... comment dites-vous ? Une fine gâchette ?... d'être un très bon tireur, et de ne pas hésiter à se servir de son arme.

— J'ai vu ça tout à l'heure.

— Simple mise au point... Il n'aurait pas tué cet homme devant nous.

— Me voilà rassuré.
— Il m'a demandé de venir ici, car il sait par moi que Clemente Ruiz était mon informateur... Et il renifle quelque chose qui a peut-être un rapport avec une autre enquête dont il est chargé, relative à l'assassinat de deux grands propriétaires terriens dont les terres étaient voisines.
— Il m'en a parlé.
Elle lui lança un regard ironique.
— Eh bien ! Il est tombé sous votre charme, dirait-on.
L'inspecteur, à leur approche, montra l'affiche collée à l'intérieur de la porte de la cabane.
— Quelqu'un sait ce qu'il est devenu, le chien de la victime ?
Lucrèce, près de lui, répondit :
— Je me suis renseigné auprès d'un homme qui est venu me voir un petit moment. J'ai cru comprendre que c'était un voisin.
— Maintenant, ce type, il est passé où ?
— Je suppose qu'il est rentré chez lui.
— Il était comment ?
— Noir. Maigre. Chapeau en paille tressée.
— Hunhun... Une visite de courtoisie s'impose. J'irai lui rendre à l'heure de la sieste, à celui-là, comme aux autres voisins. Qu'est-ce qu'il vous a raconté ?
— Il ressort de notre conversation, assez embrouillée, je dois dire, que le chien était blessé et que, lorsque les types du déminage sont venus pour explorer le secteur avec leurs engins, il était toujours là, en train de rôder. Ce voisin a prétendu qu'il l'avait aperçu deux ou trois fois. Selon lui l'animal boitait bas... Puis il a disparu dans la forêt.
Zé Ferrera passa la main dans ses cheveux.
— Dommage. Cette bête, j'aurais bien aimé l'étudier.
Lucrèce s'enhardit :
— Inspecteur, puis-je vous demander pourquoi cet intérêt pour le chien de la victime ? (Il leva une main potelée, comme un petit sachem déclarant la paix des braves.) Simple curiosité professionnelle, inspecteur... entre collègues.
Le flic regarda un instant le bout de ses chaussures, inspira profondément, souleva le pan de sa veste, et, au lieu de dégainer son arme comme paraissait le redouter Lucrèce, il cueillit dans sa poche intérieure un papier plié en quatre.
— Peut-être que c'est sans intérêt, peut-être pas, hein ?... Voilà... Je tiens tout de suite à vous dire que ces informations, elles sont confidentielles... Il se trouve que sur les lieux du mas-

sacre du propriétaire terrien Munoz et de plusieurs de ses gardes du corps, on a découvert, dans les hautes herbes qui entourent la fazenda, le cadavre d'un chien, voyez ? Je précise qu'il devait sûrement s'agir d'un chien qui était errant, car son corps présentait des cicatrices anciennes, sans doute dues à des bagarres avec d'autres chiens et avec des rats, et il avait la gale. Il a été abattu par une arme de petit calibre, et cette arme, on l'a pas retrouvée, mais sans doute qu'elle a servi également à l'assassinat de plusieurs des personnes que je viens de citer, voyez. Mais ce qui est, disons, troublant, n'est-ce pas, c'est qu'autour de lui on a constaté des traces sur le sol, et ces traces, elles sont impossibles à identifier. Des traces curieuses... Pas recensées dans les banques de données de nos couillons d'éminents spécialistes de la police scientifique.

Lucrèce demanda :

— Quel genre de traces ?

Zé Ferrera soupesa la question, puis lâcha à contrecœur :

— Difficile à dire. Le sol, il était très sec.

Le flic pivota et, sans crier gare, s'avança sur le chemin. Les autres le suivirent. Il reprit, tout en marchant :

— De plus, la gueule et l'échine du chien, elles étaient en piteux état, et plusieurs de ses dents étaient cassées, on en a retrouvé des éclats dans l'herbe. Sur sa tête, il y avait des déchirures profondes, des coupures toutes fraîches, comme... comme s'il s'était battu avec un adversaire plutôt coriace, hein, avant d'être flingué. Les collègues, ils ont pensé à un ocelot, mais ils ont pas trouvé de poils de cette foutue bête sauvage dans la gueule du chien. Pourquoi on aurait flingué un chien errant au cours d'une expédition punitive comme celle-ci ? Hein ? Mystère... Mystère.

Le petit groupe était parvenu devant les grands hévéas qui projetaient leurs ombres sur un spectacle de désolation : la végétation semblait avoir été dévastée par la main d'un géant furieux. La terre rouge avait été mise à nu, des arbres abattus gisaient les uns sur les autres, leurs branches cassées, leurs racines entremêlées. La large trouée dans la forêt laissait voir le ciel, au-dessus d'une colline pelée où se dressaient deux bulldozers immobiles, tels des animaux d'un autre âge.

Zé Ferrera proféra un juron entre ses dents.

— L'une des victimes de ce carnage, à la petite fazenda du senhor Munoz, un des gardes du corps qu'on a retrouvé mort dans les hautes herbes, a tenté d'échapper à ses assassins en courant. Il est pas allé bien loin, le gaillard. Pourquoi est-ce que lui, il courait ? On aurait bien dit qu'il était le seul à courir au-dehors de la fazenda, ce soir-là, vu qu'on n'a pas trouvé d'autres traces de pas, sauf celles de ses confrères et de son patron. Pourtant, les hautes herbes, elles étaient couchées dans tous les sens... Il a dû y en avoir, de l'action, là-bas... C'est un vrai casse-tête, cette histoire, n'est-ce pas ? Même que des fois, rien que d'y penser, j'en ai comme qui dirait de très grands coups de fatigue. Les pistoleros, dans ce pays, ils ont tout de même pas appris à voler au-dessus du sol, que je sache, sinon on en verrait passer des escadrilles entières au-dessus des favelas...

61.

Sous l'hydravion marqué : « Instituto Brasileiro do Meio Ambiente », la forêt brûlait.

Les violentes turbulences provoquées par l'air chaud obligèrent le pilote à grimper rapidement en altitude. Il traversa un nuage de fumée, la lumière baissa d'un seul coup dans l'habitacle. Quelques secousses se firent encore sentir, puis les moteurs reprirent leur ronronnement régulier. Le ciel au-dehors était rempli de particules noirâtres.

Lucrèce, le nez collé au hublot, regardait les flammes qui semblaient presque jaillir sous le flotteur de l'appareil. Elles montaient à l'assaut des arbres dans un embrasement furieux teinté de jaune et de pourpre, une épaisse colonne de fumée noire obscurcissait l'horizon tout entier.

Puis l'incendie s'effaça peu à peu derrière eux.

L'hydravion survolait à présent des champs bien peignés d'un vert intense. Au bout de l'aile, le petit chimiste observa des dizaines de moissonneuses-batteuses qui ressemblaient, à cette distance, à des boîtes d'allumettes brillantes lancées en rangs serrés dans une course d'immobilité.

Il rajusta son nœud papillon, puis se tourna vers son grand voisin à bretelles.

— Est-ce que tu as vu ça, Pierre ? Ils mettent le feu à l'Amazonie pour planter leur foutu soja. C'est un trésor qui est dilapidé, là, sous nos yeux... Sais-tu qu'on estime qu'il y a huit mille ans la moitié de la surface de la Terre était couverte de forêts ?... Depuis seulement quinze ans, c'est trois fois la surface de la Belgique qui disparaît annuellement. Et pour toujours... C'est un désastre ! Détruire le poumon du monde est une incroyable imbécillité. Et c'est un grand crime d'anéantir des écosystèmes prestigieux qui regroupent plus de la moitié de la diversité biologique de la planète pour engraisser des bœufs et des poulets !... En Afrique, à cause de la déforestation, le désert avance de plusieurs milliers de kilomètres carrés par année, brûlant tout sur son passage, tout ! Transformant les jardins d'antan en sablières et les fleuves en ruisseaux faméliques. Ici, cela finira de la même manière... Alors qu'un cinquième de l'eau douce mondiale coule dans le bassin amazonien ! Je me demande parfois s'il n'y a pas, profondément enfouie en nous, une peur ancestrale de la nature qui nous pousserait à l'anéantir pour lui substituer un univers plus connu, plus rassurant. L'homme est tout de même le seul animal qui détruit son environnement. Tout ce qui vit autour de lui !

Maria-Esperanza, assise juste derrière le pilote, raccrocha le combiné du transpondeur. Elle se retourna et les fixa tous deux.

— Ceux qui ont mis le feu, en dessous, vont bientôt recevoir une visite d'agents de la police fédérale... Qui auront de la chance s'ils mettent la main sur des responsables. J'ai entendu votre conversation. Je suis au regret de vous dire, messieurs, que nous, les sauvages, nous ne partageons pas cette peur prétendument ancestrale dont vous parlez. Selon notre vision de l'univers, tous les êtres vivants, les plantes, l'eau et les animaux forment un tout indissociable. Chaque être vivant n'existe que grâce au maintien de cette relation. Pour les gens qui vivent dans la jungle et qui vivent grâce à elle, même les esprits de la forêt font partie de la biodiversité... (Elle sourit faiblement.) Mais j'ai une bonne nouvelle pour vous, senhor Serge Méjaville...

— Ah bon ?

— Les tronçonneuses, chez nous, fonctionnent au biocarburant. Afin de mieux protéger l'environnement.

Le pilote regarda par la vitre latérale du cockpit. Des îlots de verdure morcelaient une lagune aux eaux claires, tel un puzzle géant posé sur un miroir. Il annonça qu'il amorçait sa descente.

Ils se collèrent aux hublots avec un bel ensemble, et observèrent une étrange construction qui apparaissait au loin.

62.

La barbe et le cheveu roux parsemés de fils blancs, le senhor Annibal Freire da Fonseca descend de son cheval bai. Il est aidé dans cet exercice par son domestique.

Le fazendeiro est vêtu d'une chemise noire aux manches bouffantes et aux poignets mousquetaire, fermée au col par une lavallière de soie. Il porte un pantalon de toile plissée bistre, rehaussé d'une large ceinture bigarrée, et sur ses bottes pointues luisent les molettes gravées de ses éperons d'argent.

Tandis qu'un palefrenier emmène son cheval par la bride, il prend sa canne des mains du domestique, qui s'incline respectueusement avant d'effectuer un pas latéral et de s'immobiliser en retrait derrière le maître, torse bombé, menton haut levé et regard lointain.

La jeune senhora Freire da Fonseca, dont le blazer écarlate souligne la blondeur vénitienne, est demeurée juchée sur son alezan. Le col de dentelle de son chemisier met en valeur l'ovale parfait de son visage. Elle sourit de son sourire le plus lumineux aux nouveaux arrivants descendus de l'hydravion, et qui se dirigent vers son mari et elle.

La machine volante se balance doucement sur l'eau au bout du ponton, son pilote s'affaire dans l'encadrement de la portière, une haussière à la main.

Le maître des lieux appuie nonchalamment sur sa canne son corps massif de sexagénaire, penche la tête, et ajuste sur son nez ses lunettes fumées. Puis il tripote d'une main agacée son chignon roux bien serré sur sa nuque.

Il déteste les visites.

Le gamin qui tient la bride de l'alezan de la senhora s'écarte lorsque celle-ci met vivement pied à terre, tout en ôtant ses gants de pécari. Elle lui tend gants et cravache, puis s'avance vers les visiteurs en battant des cils, la main droite haut tendue devant elle comme si elle accueillait pour sa garden-party du soir de vieux amis trop longtemps absents.

63.

Dans la cour fleurie où tanguaient des palmiers, les membres du petit groupe levaient la tête vers la curieuse maison qui se dressait devant eux, son toit à étages se découpant sur le bleu du ciel.

Le chant des oiseaux dans la jungle toute proche se faisait entendre. Lucrèce prenait des photographies et Sénéchal, la main en visière, contemplait les larges arcades, les balustres aux motifs art nouveau ainsi que les fenêtres ornées de cariatides et de rosaces.

La bâtisse n'était que boulons, croisillons de poutrelles métalliques, coursives, balcons, panneaux et festons de tôle, colonnades de fonte et torsades de fer. Un escalier à double révolution encadrait la majestueuse porte principale, surmontée d'une triple rangée d'énormes rivets. La peinture beige et luisante qui habillait l'ensemble évoquait davantage la marine de guerre au temps de la vapeur que la villégiature équatoriale d'un grand propriétaire terrien.

L'écoflic remarqua également l'antenne radio haubanée qui surmontait l'une des tourelles d'angle. Puis il observa enfin du coin de l'œil un homme coiffé d'un large chapeau, debout à l'étage d'un bâtiment apparemment réservé à la domesticité. Il tenait une arme automatique en main, bien en vue. Dans la cour, d'autres serviteurs vaquaient à leurs occupations. L'un d'eux guidait un âne gris chargé de papayes.

— Une demeure française, messieurs les Français! gronda derrière Lucrèce le senhor Annibal Freire da Fonseca de sa voix de basse. (De sa canne, il indiqua la maison.) Quarante-quatre pièces, plus les communs... Toutes en fer. Imputrescible, évidemment. Mais quand mes gens ont fini de repeindre ce monument à l'une de ses extrémités, ils doivent recommencer à l'autre bout. Au deuxième étage, c'est une fournaise, en plus ! Bah ! Par bonheur, nous avons la fraîcheur de la lagune toute proche... Et la brise.

Il fit un geste las.

— Explique-leur, Cesaria, veux-tu ?

La jeune femme en blazer rouge, une main sur la hanche, déclara :

— L'arrière-grand-père d'Annibal était un cauchero, un... exploitant du caoutchouc. Il avait plus de cinq cents esclaves indiens sur ses plantations. Il s'est rendu à l'Exposition universelle de Paris en 1889. Il y a acheté cette maison à la société Eiffel, qui les construisait, et il l'a fait installer ici.

Lucrèce demanda :

— Mais comment s'y est-il pris pour la ramener dans cet endroit extrêmement isolé ?

Le maître des lieux répondit :

— Ces maisons étaient vendues en pièces détachées. Il a fait venir toutes les pièces ici par bateau, puis les a assemblées sur place. Il avait acheté la plus imposante et la plus chère de ces maisons, évidemment. Je crois savoir que ça a été très long, très difficile et très coûteux, et qu'il a perdu pas mal de gens dans le transport de ces tas de ferraille... (Il tripota de nouveau son chignon.) Bah, c'était l'âge d'or du caoutchouc, d'autres caucheros comme lui faisaient construire un opéra en pleine jungle, à Manaus... Un opéra où est venue se produire Sarah Bernhardt. Certains donnaient à boire du champagne à leurs chevaux dans des seaux en argent, et d'autres encore envoyaient blanchir leur linge à Paris... Et puis tout ça, *pfuit !* terminé !

Il éclata d'un rire soudain et tapota le sol pavé du bout sa canne.

— Bah !... J'espère que cette fichue baraque s'enfoncera un jour sous terre à cause de son poids, et que nous pourrons enfin aller vivre dans une de nos fazendas d'altitude. En attendant, vous n'êtes certainement pas venus me rendre visite pour parler architecture. Allons dans la bibliothèque, c'est la pièce la plus fraîche. Sûrement à cause des tas de livres inutiles qui l'encombrent.

64.

Sur les quatre murs, des étagères de métal ouvragé supportaient des centaines de volumes au dos de cuir patiné. Une échelle de fer mobile montée sur un rail fixé au plafond en caissons permettait d'accéder aux rayonnages supérieurs. Dans un angle, une sculpture en pied représentait un Indien aux longs cheveux, un arc et des flèches dans ses mains de bois noir. Ses yeux vides semblaient contempler l'assistance.

Le senhor Annibal Freire da Fonseca était installé dans un profond fauteuil à oreillettes. Il jouait avec le pommeau de sa canne en attendant que les domestiques servent le café à ses hôtes, dans des tasses minuscules. Son visage pâle aux traits durs, barré par ses lunettes fumées, ne reflétait rien.

Sa jeune épouse était assise à sa droite, légèrement en retrait. Elle avait quitté sa tenue cavalière et arborait un boléro imprimé qui laissait voir ses bras soyeux et bronzés, ainsi qu'une jupe de cotonnade claire. En parfaite hôtesse, elle avait fait parcourir aux visiteurs quelques-unes des pièces de la maison de fer. Ils avaient pu admirer le mobilier d'acajou verni, les lustres de cristal, les miroirs de Murano et les tapisseries des Gobelins acquis par l'arrière-grand-père, au temps béni du caoutchouc.

Sénéchal avait détaillé une statue en argent massif représentant un condor aux ailes largement écartées, et Lucrèce s'était attardé devant une rangée de portraits des glorieux ancêtres du maître des lieux : femmes en crinoline ou vêtues de longues robes de cérémonie, messieurs en frac, en uniforme ou redingote portant perruque ou chapeau haut de forme. Certains hommes, parmi tous ces dignes Freire da Fonseca, étaient représentés chevauchant leurs montures et équipés de leurs armes. Le petit chimiste avait noté que le poil roux était de mise dans la famille, et que quatre de ses membres avaient posé canne en main.

Le grand fazendeiro regarda la policière de l'IBAMA et les deux Français qui lui faisaient face dans leurs fauteuils, puis déclara :

— Ce café vient de nos plantations du Sud. Les premiers caféiers ont été plantés chez nous en 1729. On prétend que mon ancêtre Ignacio Freire da Fonseca partageait, à bord du bateau qui le ramenait d'Afrique, sa maigre ration d'eau avec les jeunes pousses de caféiers en pots qu'il avait troqués aux indigènes... Il a très bien fait. Le café brésilien continue son essor mondial. Nos malheurs sont venus plus tard. À cause de vous, entre autres, messieurs les Français...

Il sourit. Il avait de belles dents blanches et régulières.

— C'est votre Charles Marie de La Condamine qui a découvert le caoutchouc en Guyane dans les années 1740, je crois. Il aurait peut-être mieux fait de rester chez lui, qu'en pensez-vous ?

Sénéchal répliqua :

— Il a aussi découvert le quinquina, l'arbre à quinine... (Il sourit à son tour.) Senhor Freire da Fonseca, nous nous sommes rendus dans une scierie qui vous appartient, nommée Escudo Réal. J'y ai appris par le contremaître et en questionnant les ouvriers que vous étiez un ami proche des fazendeiros nommés Munoz et Carvalho. Le lieutenant Saint-Louis a également appris que vous possédiez, par le biais de la société qui gère cette scierie, une importante exploitation de soja qui jouxte les propriétés respectives des défunts.

Le visage de l'homme s'assombrit.

— Ce qui leur est arrivé est terrible. Cependant, laissez-moi vous dire que vous faites erreur en ce qui concerne le terme « un ami proche ». J'étais uniquement en relations d'affaires avec ces gens.

Il baissa la tête et bougonna :

— Néanmoins Guilherme Luíz Felisberto Munoz était un type bien, pour qui j'avais de l'estime. Vieille famille de catholiques pratiquants. Pétri de traditions, Munoz... Magnifique cavalier, également... Paix à son âme. Munoz était peut-être l'un des derniers représentants de ce grand et vieux Brésil, celui que nous essayons encore et toujours de faire revivre. Avec l'aide de Dieu. (Il tapota de l'index le bras de son fauteuil.) Même ici, dans notre retraite du bout du monde. N'est-ce pas, Cesaria?

La jeune femme blonde, derrière lui, hocha doucement la tête. Sénéchal demanda :

— Et Carvalho?

— C'était un de ces parvenus dont il se fabrique un ou deux exemplaires par jour dans ce pays, depuis que la graine jaune modifiée des Américains est arrivée chez nous. Et depuis que le Brésil est dirigé par un ancien cireur de chaussures des rues mal famées de São Paulo.

Il tendit sa canne vers la fenêtre ouverte et s'exclama :

— Même le dernier de mes palefreniers vaut mieux que ne valait ce serpent de Carvalho. (Il fit une moue méprisante.) Grosses voitures, escorte armée à toute heure du jour. Un style de gredin... On aurait dit l'un de ces foutus barons de la drogue. Je souhaitais racheter quelques parcelles de ses terrains pour regrouper les miens. J'avais demandé à Munoz de se charger de la transaction, puisqu'il était son voisin. Mais... pas mal d'oiseaux de proie tournent maintenant autour de ces deux belles propriétés. Elles seront malheureusement dépecées.

Sénéchal avait tiqué.

— Munoz était chargé par vous de la transaction?

L'autre soupira :

— Les rameaux les plus fins de nos arbres généalogiques respectifs ont dû se frôler à une certaine époque... Nous avions quelque vague cousine en commun. Bref, je lui avais demandé de s'occuper pour moi de l'affaire, car traiter avec un personnage comme Carvalho me répugnait, à dire vrai.

— Autrement dit, vous n'apparaissiez pas dans la transaction... Il y avait des grosses sommes en jeu?

Le senhor Freire da Fonseca le considéra un instant, l'œil ironique derrière ses lunettes fumées.

— Dans le monde dans lequel je vis, cher monsieur, les sommes en jeu sont toujours de grosses sommes.

— Qu'est-ce qui s'est passé, à votre avis? Ces deux meurtres?

— Je suis un homme d'affaires et un cavalier, monsieur, pas un policier. Mais voici ce que je crois : tous ces crève-la-faim de Paysans sans terre à qui des imbéciles de politiciens ont promis la lune veulent profiter du gâteau sans se fatiguer, et commencent à s'attaquer de front aux grands propriétaires comme moi. Aux gens entreprenants qui ont quelques biens dans ce pays et qui en créent chaque jour la richesse. Apparemment, ils peuvent désormais se payer les services de ces pistoleros modernes, des... des snipers, c'est cela ? Car ils savent que nous sommes bien gardés, que nous avons nos propres gens pour veiller sur nous... et qu'il est plus facile de nous faire tuer à grande distance avec des fusils spéciaux – ou de nous expédier des équipes de tueurs professionnels – que de venir nous affronter les armes à la main.

Il se pencha en avant et tapa du bout de sa canne sur la table basse, faisant trembler les tasses.

— Mais qu'ils prennent garde, car nous avons encore des dents pour mordre ! (Il se recula dans son fauteuil, l'air furieux.) Voilà en tout cas ce que je pense de cette triste affaire, monsieur le policier français !

Sénéchal regarda Maria-Esperanza, dont les yeux étaient braqués sur l'homme à la barbe rousse, et reprit :

— Pour alimenter votre scierie, senhor, vous avez racheté la propriété d'un syndicaliste nommé Javier Clemente Ruiz, tué par une mine antipersonnel... Cet homme, m'a-t-on dit, s'était opposé à vous car vous utilisiez des insecticides interdits pour traiter vos cultures. Des insecticides cancérigènes. C'est bien cela ?

L'autre ne broncha pas.

— J'espérais que vous n'étiez pas venu chez moi pour me reparler de cette vieille histoire. Lorsque j'ai été informé par ces... (il fit un geste négligent en direction de Maria-Esperanza) par les représentants de la loi, que mes fermiers répandaient par avion des produits chimiques interdits – à l'égal, d'ailleurs, de centaines d'autres cultivateurs –, je leur ai immédiatement donné l'ordre de cesser ces pratiques. Mais il y avait eu cette invasion de scarabées dans nos cultures, il leur avait fallu frapper fort contre la vermine. J'espère que vous ne me soupçonnez pas d'avoir fait tuer ce type, tout de même ?

— Simple enquête de routine, senhor.

L'homme jaugea un instant Sénéchal en silence, puis il parut tout à coup soulagé.

— J'aime mieux ça. Réellement. Car, voyez-vous, monsieur, dans nos grandes familles nous sommes des pionniers et des défricheurs. (Il écarta largement les mains.) Ce pays, nous l'avons créé. Nous lui avons même donné son nom ! Les premiers colons portugais qui s'y implantèrent au seizième siècle le nommèrent Brasil, du nom d'un bois couleur de braise qui poussait ici à profusion. Il était recherché pour la teinture et comme matériau de construction pour les bateaux. Depuis toujours, les Freire da Fonseca ont tiré le meilleur parti de ces terres sauvages. Nous avons même créé, dans l'État du Minas Gerais, un magnifique vignoble qui porte notre nom, et dont nous exportons les meilleures bouteilles jusque chez vous, en France.

Il braqua sa canne sur l'écoflic.

— Si on m'a calomnié, je le saurai... Vous savez, monsieur, au cours de ma vie, beaucoup d'hommes d'affaires se sont efforcés de m'abattre, mais je pourrais aujourd'hui vous montrer leurs tombes.

Devant l'air médusé de ses interlocuteurs, il haussa les épaules.

— Bah !... C'était là une façon de parler, bien sûr.

65.

Sur le chemin du retour, Sénéchal, bras croisés, demanda à sa voisine :

— Qu'est-ce que vous pensez de ce type, lieutenant Saint-Louis ?

L'Indienne, qui n'avait pas prononcé un mot depuis le décollage de l'hydravion sur la lagune, fit une moue dubitative.

— Hormis le fait qu'il vit loin de tout, dans ce coin perdu, et que, d'après les rumeurs, il ne reçoit jamais car il déteste les visites, il est bien comme tous les grands fazendeiros de son espèce. Sa fortune, qu'il tient de ses ancêtres, est bâtie sur la violence et l'esclavage. Mais de là à faire assassiner des concurrents en affaires et un syndicaliste connu, c'est autre chose...

Elle regarda ce qui dépassait du sac à dos de Lucrèce, posé devant lui. Elle lui demanda sur un ton sucré :

— Vous êtes resté un long moment en arrière pour parler avec cet homme, senhor Serge Méjaville. Puis-je voir l'objet qu'il vous a donné, en partant ?

Le visage du chimiste s'empourpra.

— Eh bien, heu, c'est assez embarrassant, ma chère. Comme je lui posais de nombreuses questions sur ses ancêtres, il m'a offert une... cravache en caoutchouc pur. Sans doute pour se débarrasser de moi.

— Une cravache pour les chevaux ?

Le petit homme détournait la tête pour tenter d'échapper au regard intense de Maria-Esperanza.

— A vrai dire, il a prétendu qu'il s'agissait d'une cravache destinée à frapper les femmes esclaves qui ne travaillaient pas assez vite dans... dans les plantations d'hévéas, autrefois.

Il déglutit péniblement.

— Les esclaves indiennes, bien sûr.

Deuxième partie

1.

Les maisons, toutes semblables, ressemblent à des morceaux de sucre géants posés en désordre au flanc de la colline.

Le soleil fait briller leurs angles et allonge leurs ombres sur la terre rouge du village. Les portes et les épais volets de bois sont clos. Sous un arbre squelettique, un âne broute les maigres herbes dans son enclos au grillage effondré.

Un nuage de poussière s'élève au milieu de la rue, le vent siffle dans les poteaux électriques qui s'entrecroisent en un écheveau compliqué au-dessus des habitations, puis le hameau retombe dans sa torpeur. Une cloche retentit au loin. Tout en haut de la colline, le surplombant, se dresse un bâtiment ocre surmonté de deux coupoles.

Un antique autocar grimpe la route défoncée. Sur ses flancs, une blonde de quatre mètres de long proclame en brésilien que tout va mieux quand on boit un soda de marque américaine.

L'autocar cahote dans un dernier virage, son moteur mugit et il lâche un panache de fumée noire. Il parcourt vaillamment une cinquantaine de mètres, dépasse quelques maisons en grondant et, tel un animal fourbu, finit par s'arrêter à l'orée d'un sentier bordé de cactus cierges qui escaladent la colline. Les freins grincent, la portière s'ouvre et un jeune Noir athlétique en jeans et T-shirt en descend. Il porte un sac à dos rouge. Le chauffeur lui lance un : « Bonne route ! » L'autocar redémarre dans une grande vibration de tôle puis disparaît. Le jeune homme ajuste sa casquette sur sa tête et part au pas de gymnastique sur le sentier menant au monastère.

Le guichet au milieu de la porte s'ouvre dans un claquement, et deux yeux marron observent le jeune homme debout sous le soleil. Les yeux marron se plissent, souriants, puis une voix étouffée dit :

— Je vous ouvre !

Un grincement de vieille serrure, puis un grondement quand la porte tourne sur ses gonds. Un moine apparaît dans une robe brune. Son sourire édenté forme un trou noir dans sa barbe. À côté de lui, posée le long du mur de pierre, gît une vieille motocyclette dont la peinture s'écaille par plaques. Elle est équipée d'un side-car sans pare-brise et au siège défoncé.

Le moine s'avance, prend les mains du jeune homme dans les siennes.

— Soyez le bienvenu, frère de la Vega. Le père supérieur vous attend dans la bibliothèque.

2.

Dom de Araujo, père supérieur du monastère de Santa Angelica do Cachimbo, ne sourit pas.

Debout derrière son bureau, les mains aux hanches, le menton haut levé, l'œil noir, la tête à demi tournée, il écoute le père de la Vega qui lui détaille son entrevue avec les enquêteurs français et le vieux curé nommé Faria de Queroz. Le long nez recourbé de dom de Ajauro hume l'air, comme s'il traquait quelque mauvaise odeur. Il lève une main fine, la porte à son visage et lustre un instant son bouc d'un noir de jais qui souligne ses lèvres très rouges.

À mesure que son jeune interlocuteur déroule son récit et relate l'interprétation des dessins de la croix par le vieux prêtre, ses épais sourcils prennent graduellement la forme de deux accents circonflexes.

Soudain, il baisse la tête tel un taureau qui va charger. Il se cramponne des deux mains aux bords de son bureau, bras largement écartés. Ses épaules se soulèvent, il brandit un poing vengeur et l'abat de toutes ses forces sur le panneau de bois en hurlant :

— Foutaises ! Conneries absolues !

Les deux moines chauves dans le couloir, qui écoutaient derrière la porte, sursautent et s'enfuient à pas menus.

Pareils à deux gargouilles bienveillantes, les deux moines chauves sont penchés de part et d'autre du père de la Vega. Celui-ci est assis à l'une des tables de la bibliothèque du monastère.

Un autre moine, un maigrichon aux bras chargés de livres passe dans les travées, parvient à leur hauteur et dépose son fardeau sur une table voisine. Il souffle sur la couverture du gros livre sur le dessus de la pile, soulevant un nuage de poussière qui danse un instant dans la lumière descendant des vitraux qui ornent les meurtrières. Enfin, il s'incline et s'en va, ses sandales raclant le sol de terre battue. L'un des deux moines chauves s'empare du livre dépoussiéré, en examine la tranche, le pose sur la table où se tient le père de la Vega et l'ouvre théâtralement devant lui.

D'un index impérieux, il désigne une gravure sur la page de droite.

— Seizième siècle.

L'autre moine, tel un magicien, extrait une loupe cerclée de cuivre de sa manche et la présente au lecteur. Le jeune Noir s'en empare d'une main fébrile.

La gravure reproduit exactement le calque de la croix trouvée dans la cave des aérostiers disparus, avec ses démons grimaçants et ses chevaliers en armure.

3.

Le soleil de midi frappe les toits de tuile.

Un homme juché sur un antique cyclomoteur passe dans la ruelle qui monte. Il est coiffé d'un chapeau de paille, est vêtu d'un short crasseux et est chaussé de sandalettes rafistolées par du fil de fer. Des lunettes de pacotille aux verres réfléchissants lui mangent le visage.

L'engin qu'il chevauche traîne une charrette montée sur des roues de vélo. Elle contient des matériaux de récupération : une horloge en plastique aux aiguilles tordues, un radio-réveil, des clous rouillés dans une boîte transparente, des cordes et des ballots de vêtements rapiécés. Le tout est surmonté d'une cage dans laquelle un oiseau vert et rouge tente de conserver un équilibre précaire sur son minuscule perchoir. Une ombrelle pareille à une chauve-souris aux ailes déchirées tangue au-dessus de sa tête.

L'homme donne quelques coups de pédale pour franchir une bosse, sous le regard d'une grosse dame café au lait en déshabillé fuchsia.

Elle est assise sur son balcon au milieu de plantes en pot et tire voluptueusement une bouffée de son cigarillo. Elle lâche un juron lorsque l'odeur d'huile brûlée du cyclomoteur lui monte aux narines.

L'équipage bringuebalant tourne l'angle et s'enfonce dans un réseau de venelles aux façades aveugles qui répercutent le bruit de tronçonneuse de l'engin. Il ressort en plein soleil sur une place bordée de balcons. Du linge sèche devant les volets clos. En son centre se dresse un kiosque à musique aux courbes élégantes, rempli de chaises cassées. À quelques pas, sous un parasol, deux hommes sont penchés sur une partie d'échecs. Un troisième, jambes croisées, est affalé sur un banc de ciment et les regarde jouer. Malgré la chaleur, il porte une veste fripée. Un poste de radio posé près d'eux, au milieu de verres vides et de bouteilles, diffuse du reggae. Ils lèvent à peine la tête en entendant le *plotplotplot* du cyclomoteur.

La grosse dame en déshabillé jette le mégot de son cigarillo dans la ruelle déserte, regarde sa montre et se lève de son fauteuil.

Elle franchit un rideau de perles et pénètre dans une petite pièce ornée de photos de chanteurs et d'un cadre qui contient des médailles. Sur une tablette de marbre, une Vierge noire dans une niche dorée est encadrée par des bougies. Une ampoule verte brûle sur une table de nuit. Au plafond, un ventilateur décoré de guirlandes de fête surplombe un lit aux oreillers de satin festonnés.

La grosse dame le contourne, entre dans la salle de bains jouxtant la chambre et étudie son visage dans un miroir terni.

Le type en short arrête son engin, en descend avec difficulté, puis le pousse près d'un conteneur, qui laisse entrevoir des détritus, cannettes de bière et sacs en papier. Il cherche dans le bric-à-brac de sa charrette et, tout en parlant à l'oiseau qui sautille dans sa cage, en extrait une tige de fer prolongée d'un crochet.

Il jette un coup d'œil derrière lui : les joueurs d'échecs sont absorbés par leur partie. Seul le troisième homme semble avoir légèrement changé de place sur son banc.

La grosse dame a réuni ses cheveux en un strict chignon et chantonne un air à la mode devant son miroir. Elle sort de la salle de bains, s'agenouille devant la Vierge dans sa niche de plastique, murmure une prière, se relève en soufflant et allume la radio. Elle claque des doigts en rythme, puis ôte son déshabillé fuschia. Elle le lance roulé en boule, près de l'oreiller.

Sur le lit est posé un uniforme de taille XXXL, à côté d'un ceinturon muni d'un holster dans lequel dort un automatique.

Le clochard farfouille dans le conteneur, sortant des sacs de papier, les explorant un à un. Il procède avec minutie, creusant un trou au milieu des détritus. Il aperçoit enfin au fond un sac de toile muni d'une sangle.

Il se penche et le cueille de son crochet. Les bras toujours plongés dans le conteneur, il en sort un pistolet-mitrailleur Taurus MT 12 prolongé par un silencieux. Il fait jouer la culasse en silence, ôte ses lunettes de pacotille et les laisse tomber au fond. Il se retourne prudemment, jette un coup d'œil circulaire, puis exhume le Taurus de sa cachette.

L'arme dissimulée dans son dos, il se met en marche vers les joueurs d'échecs.

La grosse dame porte à ses lèvres une médaille pieuse pendue à son cou, puis elle boutonne son uniforme en chantonnant. Ses doigts potelés s'activent autour des boutons. Elle prend le ceinturon sur le lit, le passe autour de ses hanches et le boucle en prenant une forte inspiration. Elle l'ajuste en remuant son énorme derrière qui tend à craquer la toile de son pantalon.

L'homme affalé sur le banc de ciment, qui suivait d'un œil amusé le manège du clochard, le regarde s'avancer tranquillement vers lui, mains dans le dos, les yeux vides. Il observe, au sol, l'ombre de l'arrivant et fronce les sourcils : elle projette derrière lui une forme curieuse, la forme de l'objet qu'il dissimule.

L'homme se redresse sur son banc, et écarte le pan de sa veste.

Son instinct vient de l'avertir d'un danger imminent.

Il voit surgir le pistolet-mitrailleur dans la main du clochard, ouvre la bouche pour crier, puis se laisse tomber d'un bloc sur le sol. Il entend les balles siffler et le *prrrrrr* de l'arme, des douilles qui tintent sur le pavé. Des pièces de bois roulent sous son nez. Il reconnaît la tour noire et le cavalier blanc, et pense stupidement que la partie d'échecs est gâchée. Il s'aperçoit qu'il tient en main son revolver, sans pouvoir se souvenir du moment où il l'a extrait de son holster. La table tombe avec fracas, entraînant un corps inanimé, du sang l'éclabousse, il se ramasse sur lui-même et bondit derrière le banc de ciment. Un autre *prrrrr*, des éclats de ciment et de la poussière volent, le miaulement d'une balle qui ricoche, un fracas de verre brisé, il y a des cris quelque part, le bruit d'une course sur le pavé à sa droite.

Il se redresse et, sans hésiter, ouvre le feu sur une silhouette dansante, à contre-jour. Le tonnerre de son gros flingue qui se répercute au loin le surprend lui-même. Il tire, encore et encore, les yeux mi-clos, il n'entend plus rien, il tire une nouvelle fois et comprend que son arme est vide.

Il se laisse tomber derrière le banc et, d'une main qui tremble, fait basculer le barillet. Les douilles tombent en cascade sur ses genoux. Puis il cherche fébrilement des munitions dans sa veste.

Tout en refusant de s'avouer ce qu'il sait parfaitement : qu'il n'en possède pas sur lui.

4.

Le faux clochard a perdu son chapeau, et son visage couvert de sueur est crispé par la douleur.

Il court en boitant, puis, au bout de quelques pas, se met à sautiller sur une jambe, l'échine courbée, le pistolet-mitrailleur pointé vers le sol. Des gouttes de sang tachent le pavé derrière lui. Il se remet à courir, pousse un cri, s'appuie brièvement sur le mur de la venelle, repart, tourne un angle, et aperçoit le soupirail, là-bas.

Il est furieux. Furieux d'avoir échoué... Putain, cet enculé a dû me péter le genou ou le tibia, avec sa saloperie de tromblon... Pourquoi il me poursuit pas ? Pourquoi il vient pas ici avec moi, que je le bascule comme au bowling dans ces couloirs ? Hein ?... Merde, plus que dix mètres, j'y suis presque... À la prochaine fois, enculé...

Sa jambe s'engourdit de plus en plus.

Il regarde le soupirail à ses pieds. Une flaque de sang se forme au sol et des gouttes tombent de sa jambe. Jamais il ne réussira à passer par là, avec cette jambe qui ne répond plus. Pourtant, c'est sa spécialité, la fuite par un soupirail... Dans cette ville, il doit être le seul professionnel assez maigre et assez agile pour passer là-dedans en se tortillant. Un vrai contorsionniste. Cette nuit, Raul a forcé la serrure de cette putain de cave, cette nuit, Raul a cassé le cadenas de la fenêtre qui ferme ce soupirail... Raul a planqué le Taurus dans la poubelle, là-bas... Et Raul et sa moto sont à deux maisons, il y a un juste un escalier à monter, une cour intérieure à traverser, un... Il faut se tirer d'ici, les flics ne vont pas tarder.

L'homme s'essuie le front du revers de la main, serre les dents et reprend péniblement sa progression à cloche-pied.

La grosse dame en uniforme parle dans un talkie-walkie. Elle affirme qu'elle a entendu des coups de feu du côté de la place Santa Ana, celle où il y a un kiosque à musique. De sa main libre, elle écarte une feuille de palmier qui l'empêche de bien voir la ruelle sous son balcon. Elle explique qu'il y a eu six détonations à la suite, oui, la même arme, et non, elle n'a rien entendu d'autre, peut-être des cris, mais elle n'en est pas certaine.

Elle coupe brutalement la communication et jette le talkie-walkie dans un bac à fleurs : elle vient de voir apparaître à quelques mètres, sortant d'une venelle, un homme qui tient à la main un pistolet-mitrailleur prolongé d'un silencieux. L'homme est blessé.

Sans hâte, elle dégaine son automatique, libère le cran de sûreté et le pointe vers l'apparition claudicante.

— Lâchez votre arme, senhor !

L'autre lève la tête, l'aperçoit et la vise.

Elle se courbe, le pistolet bien tendu. Il y a deux détonations sèches, l'homme tressaute et porte la main à sa poitrine. Une expression de colère et de déception se lit sur son visage. Puis il pique lentement du nez et lâche une ultime rafale devant lui, *prrrrrr !* Les balles miaulent, il tombe lourdement.

Depuis son balcon fleuri, le sergent de Moraes, championne de tir de la police fédérale de Belém, sept fois médaillée, expédie froidement une balle blindée de calibre 40 dans la tête de l'homme étendu au sol.

5.

— Allô, lieutenant Saint-Louis ? Ici c'est l'inspecteur Ferrera. Alors, est-ce qu'elle avance, la chasse aux papillons avec les deux Français ?

— Bonjour, inspecteur. Qu'est-ce que...

— Dites-moi, vous y jouez des fois, vous, aux échecs ?

— Non jamais... Pourquoi cette question ?

— Vous avez raison, à mon avis, vu que c'est comme qui dirait une activité dangereuse. Moi je joue. Et hier, comme tous les dimanches, je suis allé jouer. Ou plutôt je suis allé voir jouer deux gars très forts. L'un d'eux, il a dû laisser tomber les échecs, maintenant, vu qu'il est parfaitement mort. Et son partenaire, il est à l'hôpital pour un bon moment avec deux balles de Taurus dans la cuisse gauche, et la clavicule en trois morceaux. J'espère qu'ils vont me le réparer, vu qu'on a une partie en cours, tous les deux. Moi je vais bien, je vous remercie.

— Je ne comprends rien à ce que vous me racontez.

— Je vous résume : un bougre de con de pistolero, il a monté une opération, sans doute avec un ou plusieurs complices, pour m'expédier en enfer en plein après-midi.

— Vous en êtes certain ?

— Mande pardon, lieutenant, mais sans vouloir vous paraître comme qui dirait égocentrique, c'était bien moi la cible de ce type, voyez ? Bref, j'ai réussi à le blesser, et il s'est fait buter pas trop loin par une fliquesse de la police de Belém, qui lui a placé deux balles parfaitement groupées dans le buffet... Très bien, très joli score, mais entre nous, elle aurait peut-être pu éviter de l'achever sur place.

— Vous avez une idée du commanditaire ?

— Je suis bien persuadé qu'il s'agit de mon épouse, lieutenant, étant donné qu'on m'a vu à plusieurs reprises en votre compagnie, et les femmes, n'est-ce pas ?

— Arrêtez vos conneries.

— D'accord. Il se trouve que ce pistolero, c'est un gars très maigre et de la même superbe couleur que moi, et il apparaît sur une vidéo qu'a réalisée un de mes collègues, à ma demande, au cours de l'enterrement du grand fazendeiro Munoz, décédé brutalement avec ses gardes du corps, dans des circonstances qu'on peut qualifier à juste titre d'excessivement mystérieuses. Ce pistolero, il traînait sur la place près du salon funéraire où personnellement je me recueillais pieusement, avec quelques autres, devant la dépouille encore fumante du cher disparu.

— Qu'est-ce qu'elle raconte, votre vidéo, inspecteur ?

— Hum. Bof... Il ne faisait rien de spécial, notre grand maigre avec son sourire de tête de mort, il bavardait avec le personnel de Munoz, c'est tout.

— Vous avez évidemment interrogé les gens avec qui il parlait ?

— Videmment, j'ai comme qui dirait un peu de métier, à mon âge, jeune fille... Bon, bon, d'accord, je vous raconte tout : ce type, il se renseignait discrètement pour savoir si la police, elle avait une piste concernant l'équipe qui avait refroidi Munoz et ses porte-flingues sans laisser de traces.

— Intéressant.

— Vous trouvez aussi ?

— Et son arme ?

— Provenant du marché noir, numéros limés, la routine. Taurus MT12, version à canon long. Fabriqué au Brésil, bien entretenu, bien graissé, percuteur neuf. Bref, matériel de pro, munitions de pro, silencieux de contrebande à gaz inerte, jamais servi. Le canon ainsi que les munitions tirées sont au labo, mais je suis pas follement optimiste, pour être franc. Ce flingueur, c'était pas un petit voyou recruté dans un bar, mais comme qui dirait quelqu'un de chevronné. Ses empreintes ne disent rien à personne, pour l'instant. Il y a un truc plus intéressant : ce connard s'était déguisé en miséreux à vélomoteur pour me piéger. Y traînait derrière son engin tout un bric-à-brac sur roulettes. Il avait même un oiseau dans une cage. L'avait dû se servir dans sa propre poubelle pour monter son décor, le mec. Mauvaise idée : dans le fond d'une boîte plastique remplie de vieux clous, les rigolos de la police scientifique ils ont trouvé un fil de... Attendez, je regarde mes notes... Voilà, un fil très mince, presque un cheveu, de très exactement, heu, douze millimètres cinq de longueur.

— Et alors ?

— C'est pas vraiment le genre de fil qu'on trouve dans les merceries... Devinez ?

— Aucune idée.

— Hmm... Vous z'êtes pas bien joueuse, en effet. C'est un fil que nos amis les militaires emploient pour activer une mine antipersonnel. C'est un fil électrique, quasiment invisible. Vous le rompez comme qui dirait par inadvertance, ce fil, et le courant est interrompu, et l'engin, il vous pète dans la... Bref, celui-ci, il présente de menues traces d'explosif. Je cours donc m'acheter un gilet pare-balles et quelques médailles pieuses, au cas où un autre porte-flingue essaierait encore de m'entraver ma glorieuse marche vers la retraite, et je m'en vais aussi de ce pas faire comparer cet explosif avec celui de la mine en verre qui a fait sauter votre copain Clemente Ruiz.

6.

Les yeux du type en uniforme semblaient totalement aimantés par les seins du lieutenant Saint-Louis, avantageusement moulés par le T-shirt vert de l'IBAMA.

Elle ne paraissait pas s'en apercevoir, mais Lucrèce et Sénéchal, assis à ses côtés, échangeaient dans son dos des regards vaguement inquiets, se demandant à quel moment de la conversation il allait se jeter sur elle, et également de quelle manière ils réussiraient à le maîtriser sans ameuter toute la base militaire.

Mais le gradé se recula nonchalamment dans son fauteuil et déclara enfin, tout en observant ses ongles carrés, que décidément la vie offrait, chaque matin que Dieu fait, des cadeaux magnifiques, oui, vraiment magnifiques.

Ils l'approuvèrent tous trois d'un hochement de tête, sans trop savoir de quoi il parlait précisément. Puis il saisit sur son bureau un dossier dont il parcourut brièvement le contenu. Il sortit un stylo de sa poche de poitrine, joua un instant avec, *clic, clic,* puis griffonna quelque chose à l'intérieur de la couverture.

— On dirait que vous avez des relations, lieutenant Saint-Louis. L'ordre vient de haut, et toute cette paperasse est tamponnée avec à peu près tous les tampons dont dispose à ce jour l'armée brésilienne. Pourtant vous n'avez fait cette demande très officielle qu'hier matin. C'est remarquable. Je vous félicite donc pour votre entregent, et vous souhaite bonne chance dans votre enquête. Je vais vous laisser, vos amis français et vous, en compagnie de notre petit génie, qui a travaillé une bonne partie de la nuit pour vous être agréable.

Il fixa de nouveau ses seins.

— Je crois savoir d'ailleurs qu'il a fait une sacrée trouvaille...

Il se leva de son siège, tendit le dossier à Maria-Esperanza avec un regard brûlant.

— Étudiez-le soigneusement... lieutenant.

Il salua militairement, tourna les talons et quitta la pièce d'une démarche impériale.

La policière ouvrit le dossier. Sénéchal lui demanda .

— Qu'a-t-il écrit ?

— Ce crétin m'a laissé son numéro de téléphone personnel.

Elle proféra quelques jurons à voix basse.

Comme au théâtre, un autre homme en uniforme entra. Il se présenta comme étant le capitaine La Mota, en deux mots, spécialiste, entre autres spécialités, de l'analyse et du traitement d'images retransmises par satellites. Il précisa :

— Le terme officiel est : analyste expert.

Il fila s'asseoir devant l'un des écrans d'ordinateur, pianota à toute vitesse, alla à l'unique fenêtre, descendit le store, sifflota un air de samba dans la demi-obscurité, ferma la porte à clef, appuya longuement sur un interrupteur qui fit descendre un grand écran vidéo du plafond, alluma une lampe près de son ordinateur et finit par se rasseoir.

Ayant fait tout cela, il invita ses visiteurs à s'installer près de lui. Il pianota encore rapidement, et une image très nette de la jungle vue du ciel apparut sur l'écran géant. Il se pencha en arrière dans son fauteuil.

— Je ne suis pas étonné que les gens de la Fondation pour la protection de l'Amazonie n'aient pas pu retrouver le secteur qui vous intéresse. Cela étant dit, si vous leur avez donné les mêmes coordonnées GPS qu'à moi, ils auraient pu éviter de se tromper à ce point... Bah, de toute manière, ils n'ont pas les mêmes moyens que l'armée.

Il ajouta avec une pointe d'orgueil :

— Ni les mêmes compétences, bien sûr. D'ailleurs, si l'analyse d'images satellitaires était si simple, il suffirait de regarder la Terre sur Internet, comme tout le monde...

Il se retourna de manière à se trouver face à Maria-Esperanza, toujours encadrée par les enquêteurs français, tels deux gardes du corps impassibles.

— Lieutenant Saint-Louis, il faut que vous sachiez qu'avant d'entreprendre quoi que ce soit je me suis assuré auprès des services de renseignements militaires que nous ne menions aucune opération de nuit dans ce coin-là. Aucune opération officielle ou... non officielle.

L'Indienne haussa un sourcil.

— Et alors ?

— Alors ? Eh bien... Ils m'ont affirmé que l'armée n'était pas à l'origine des phénomènes lumineux que vous avez pu observer.

L'écoflic demanda :

— Et vous les croyez ?

Le jeune capitaine éclata d'un rire franc.

— Oui, il m'arrive encore de les croire... Bien. Ce que j'ai découvert est tout à fait intéressant.

Il fit défiler sur l'écran géant des images de jungle, apparemment toutes semblables.

— J'ai fait déplacer hier, à trois zéro zéro quatre, un de nos satellites, qui répond au doux nom de K-L 165. Il a balayé la zone qui vous intéresse, et que nous appellerons zone Alpha par commodité, et a saisi plusieurs niveaux d'informations. Je classerai ces images sous une autre dénomination ultérieurement.

Son bras tendu apparut en ombre chinoise devant l'écran, sur lequel on voyait maintenant un cours d'eau qui sinuait entre les arbres.

— Ces images sont celles du secteur que vous avez pointé avec votre laser quand vous avez aperçu ces lumières, lieutenant. Je l'ai élargi en tous sens de plusieurs kilomètres, à tout hasard. À première vue, les images se ressemblent, même les couleurs des fleurs qui tapissent le sommet des arbres sont très proches.

Lucrèce observa :

— La précision photographique est étonnante.

— Ce ne sont pas à proprement parler des photographies, mais des longueurs d'ondes, des ondes que l'ordinateur transforme en images.

— Ah oui ?

— Pour simplifier, le capteur radar du satellite envoie des impulsions d'énergie vers la surface de la Terre. Une partie de cette énergie est reflétée, et revient sous forme de signal, d'écho...

Lucrèce plissa les yeux.

— J'ai beau regarder, je ne vois rien que des arbres, et toujours des arbres. On dirait un champ de brocolis vu à hauteur d'homme.

— Personne ne peut distinguer quoi que ce soit de particulier sur ces images brutes, à moins d'avoir un œil très exercé... Mais si on prend l'image numérotée six cent dix-sept, qui est celle-ci...

Le capitaine La Mota afficha une nouvelle image sur l'écran géant.

— ... cela devient évidemment beaucoup plus intéressant.

Les spectateurs s'entreregardèrent, perplexes. Elle leur paraissait absolument identique aux précédentes.

— Surtout dès que l'on utilise le rayonnement et qu'on applique des filtres.

Il pianota sur plusieurs touches. L'image numéro six cent dix-sept devint intégralement rouge et noire. Il désigna une tache plus foncée en bas de l'écran.

— Je vous donne un insert.

Il zooma sur la tache. Elle occupait à présent la moitié inférieure de l'écran.

— Le système d'acquisition et de traitement utilisé met en relief la réflexion de la lumière sur le feuillage de la jungle.

Il engloba d'un geste circulaire la tache agrandie.

— On se rend très bien compte que la végétation n'est pas la même ici. Sa nature a été changée autrefois. Le rio qui sinue en bas de l'écran est sans doute plus large d'ordinaire. Il est à un très bas niveau. La zone grise qui en déborde est un marécage. Un peu plus loin sous les arbres, dans ce même marécage, il y a quelque chose, disons, d'anormal en termes d'écho, mais je ne parviens pas à déterminer ce que c'est pour l'instant, même en manipulant l'image. Tout ce que je peux vous dire, c'est que c'est très grand.

Sénéchal hocha la tête, admiratif.

— Ça, alors ! Cette petite différence, invisible à l'œil nu sur l'image, devient évidente avec ces filtres. On dirait une fourmi trapue ou bien une grosse araignée, avec un peu d'imagination. Pour rester dans le domaine qui nous intéresse, celui des insectes, bien sûr.

Il pointa l'écran de l'index.

— L'abdomen et le thorax sont ici, mais il lui manque une patte, et l'une d'elles paraît atrophiée, celle qui rejoint le cours d'eau et le marécage. Vous pouvez zoomer encore ?

— J'aime mieux pas. On a du mal à analyser quand on a trop de détails... Mais je peux utiliser de fausses couleurs.

Un point jaune vif apparut sur le bout de l'une des pattes de la pseudo-araignée, puis d'autres, un peu plus haut, et encore d'autres. Les points semblaient s'allumer sur l'écran de manière aléatoire, pourtant ils finirent par se rejoindre et dessinèrent avec précision sept courbes d'inégale longueur, toutes rattachées à une forme presque ronde.

L'analyste commenta :

— Selon moi, les pattes de votre araignée sont autant de chemins taillés autrefois dans la jungle, puis recouverts par un autre type de végétation. Son abdomen, comme vous dites, ce cercle un peu aplati, représente sans aucun doute une ancienne plantation d'hévéas.

— Comment le savez-vous ?

— Le satellite est capable de nous donner la hauteur des arbres. Ceux-ci ont entre quarante et quarante-quatre mètres, et leur sommet est caractéristique de celui des arbres à caoutchouc, tant par leur forme en toupet que par leur coloration. Un hévéa adulte culmine entre trente et cinquante mètres, selon les variétés. Ce sont donc des arbres âgés que l'on voit ici. En tout cas, cette image illustre un fait indéniable : il y a eu des coupes d'arbres et des plantations d'hévéas à cet endroit, à une époque assez lointaine... Ce sont bien des plantations, il suffit de regarder l'espacement des arbres...

Il pianota encore, l'image redevint verte et uniformément couverte de végétation. Il était désormais impossible de distinguer la tache en forme d'araignée.

Sénéchal demanda :

— Selon vous, qui aurait pu planter des arbres à caoutchouc au milieu de nulle part, ou plutôt au milieu de millions d'hectares de jungle ? Et vous est-il possible de dater cette plantation ?

— Franchement, je ne veux pas m'y hasarder.

— Des Indiens auraient pu faire des plantations ?

— Sûrement pas. Lieutenant Saint-Louis, je peux approfondir cette recherche, avec les différentes techniques dont je dispose, tel l'infrarouge. Je peux même obtenir une image en trois dimensions de l'endroit, avec une précision de dix centimètres carrés (il rit), ce qui nous permettra surtout de compter les feuilles des arbres, mais il va me falloir de nouvelles autorisations, et heu... hum ! Ça peut prendre un certain temps. Il faudrait faire un passage ou deux sur l'endroit en hélico, avec un radar hyperfréquentiel, ce qui permettrait de voir sous la couverture végétale, et...

Maria-Esperanza déclara, de sa voix de violoncelle :

— Ne vous inquiétez pas, capitaine... Nous saurons bientôt de quoi il s'agit.

7.

Un camion militaire bâché est garé sur la piste d'envol du dirigeable, à quelques pas de l'un des deux tunnels gonflables qui abritent les zeppelins. Sous l'œil d'un garde en tenue de combat armé d'un fusil d'assaut, des hommes en combinaison kaki déchargent des cantines de l'armée, ornées de lettres blanches.

L'un d'eux s'empare d'une boîte plate et se dirige vers le tunnel gonflable. Il observe au passage un autre soldat perché sur le toit d'un petit bâtiment, et qui scrute l'horizon avec des jumelles. Il écarte un double rideau qui ferme l'entrée du tunnel et pénètre sous la voûte. La chaleur lui saute au visage.

Là, d'autres hommes en combinaison kaki s'activent : un type à genoux, le visage recouvert d'un masque de soudure, fait jaillir des étincelles sur le châssis chromé de la nacelle du dirigeable. Un gaillard, clef à molette en main, y installe des projecteurs, tandis qu'un peu plus loin un homme s'affaire sur le moteur du zeppelin, sous l'œil attentif de Chantal. De grandes hélices d'aluminium sont entreposées dans des boîtes à quelques pas. Des câbles sinuent partout, des outils jonchent le sol, des sacs militaires sont disposés en cercle devant des caisses empilées. Les odeurs mêlées d'ozone, d'huile et de métal surchauffé emplissent l'air. Un rondouillard au nez épaté demande à l'homme qui vient d'entrer :

— Qu'est-ce que tu nous apportes, là ?

— Le plexiglas antiprojectiles.

Nez épaté lui indique du pouce le fond du tunnel.

— Va poser ça là-bas sur les caisses, mon gars, près des civils et du lieutenant de l'IBAMA.

Assise devant un bureau pliant, Maria-Esperanza pianote sur un ordinateur portable. À un mètre d'elle, Sénéchal et Lucrèce, debout, sont en grande discussion. Elle lève la tête en voyant s'avancer le porteur de boîte plate.

— Votre radar hyperfréquentiel est prêt? On va être en retard.

L'autre acquiesce de la tête, dépose délicatement son fardeau et réplique :

— Vous inquiétez pas, il arrive. Les tireurs d'élite sont en route aussi.

8.

Le soldat perché sur le toit du local scientifique découvre dans ses jumelles un étrange spectacle : sur la piste qui arrive à l'aire d'envol, une vieille motocyclette équipée d'un side-car approche à vive allure dans un nuage de poussière, cahotant à chaque bosse du chemin.

Le pilote, barbu, courbé sur la machine qui zigzague entre les ornières, est vêtu d'une robe de bure qui vole derrière lui, dévoilant ses genoux et ses mollets couverts de terre rouge. Il est coiffé d'un casque de cuir et porte d'imposantes lunettes de moto dont les verres brillent au soleil. Dans le side-car, un costaud, le visage à demi dissimulé par un foulard, serre un gros livre dans ses bras.

Le soldat examine un instant l'improbable équipage, puis il saute au sol. Dégainant son automatique, il indique par gestes à l'homme qui surveille le déchargement du camion de le rejoindre. Les deux soldats partent au petit trot à la rencontre des arrivants, leurs armes pointées devant eux. La moto apparaît, freine brutalement, l'engin part dans une élégante glissade sur la nappe de plastique, se met en travers et s'arrête à leurs pieds, moteur calé.

Le pilote leur décoche un sourire édenté qui fait un trou noir dans sa barbe, et esquisse une parodie de salut militaire.

— Baissez donc vos armes, soldats, et menez rapidement le père de la Vega au lieutenant Saint-Louis.

9.

— Monsieur Sénéchal ?

— Professeur Morel ?

— Une fois de plus, monsieur Sénéchal, l'adage se vérifie : « *Nomina si nescis, perit et cognito rerum !* »

— Je vous demande pardon, professeur ?

— « Si tu ignores le nom des choses, même leur connaissance disparaît. » Carl von Linné, le naturaliste du dix-huitième siècle qui a inventé la nomenclature des espèces, avait raison...

— Professeur, auriez-vous présentement des nouvelles à m'apporter concernant ces Diabrotica aussi dorés que géants ? Si c'est le cas, toute mon attention vous est acquise, car ma soif de savoir est inextinguible.

— C'est ce dont je suis précisément en train de vous parler, monsieur Sénéchal. Cette grosse larve noire – et sans nom – a livré ses informations génétiques, ainsi que la composition de ses phéromones... Vous vous souvenez de ce que je vous ai raconté concernant les phéromones ? La communication chimique des insectes ?

— Parfaitement, parfaitement.

— Eh bien, pour nous résumer, car je connais votre impatience maladive, oui, maladive, et qui, j'en suis certain, doit constituer pour vous un terrible handicap... Où en étais-je ?

Sénéchal soupira.

— Vous en étiez à : « Pour nous résumer », professeur... Et rien ne peut vous laisser supposer que je m'impatiente. Mais comme il se trouve que je suis pressé...

— Comme toujours... Eh bien, l'ADN de cette bestiole ne présente aucune altération, son étude n'a révélé aucune présence de gènes étrangers qui auraient pu être insérés dans son code génétique, on ne repère pas non plus dans ses phéromones de molécules qui...

— Vous voulez dire que c'est un authentique insecte fabriqué par la nature elle-même, et qui se balade sur cette planète depuis quelques millions d'années, comme ses copains ?

— Exactement. À ceci près qu'il n'a jamais été décrit.

— Ça ne vous paraît pas étonnant que ces grosses bestioles dorées n'aient jamais été aperçues un beau matin par l'un de vos confrères ?

— Non, surtout si cet insecte vit dans le fin fond de la plus grande forêt du monde. À ce jour, environ 1,8 million d'espèces ont été décrites, mais une grande partie du monde vivant reste encore inconnue. Les chercheurs détectent chaque année entre seize mille et dix-sept mille espèces nouvelles, animales et végétales. C'est un chiffre constant depuis dix ans... Le Brésil est à lui seul l'hôte et le détenteur de près de trente pour cent de la biodiversité mondiale, ce qui n'est pas un détail, monsieur Sénéchal... Il y a bien d'autres exemples. Saviez-vous que le premier spécimen d'Ornithoptera alexandrae n'a été capturé qu'en 1906 ? C'est très tard, dans l'histoire humaine.

— Qui est-ce ?

— Le plus grand papillon diurne de la création... La femelle mesure 28 cm d'envergure, c'est-à-dire la taille d'un oiseau. Il vit dans une région du sud-ouest de la Papouasie-Nouvelle-Guinée. En 1951 une éruption volcanique a détruit 250 km^2 de son habitat, et on ne le trouve plus aujourd'hui que dans un secteur de 90 km^2. Il est donc possible que ce Diabrotica doré ne vive que dans un secteur très étroit de l'Amazonie.

— Je vois, et ces deux types planquaient dans leur cave...

— La trois cent trente-huitième espèce de Diabrotica connue à ce jour.

— Et en ce qui concerne son appétit pour le soja, est-ce que ce nouveau venu pourrait s'attaquer aux récoltes ?

— Ici, mes collègues l'ont nourri avec plusieurs variétés de sojas, dont celle que vous m'avez fait parvenir et que lui donnaient à manger les deux aérostiers disparus.

— C'est du soja transgénique ?

— Non, absolument pas. Il s'agit d'une variété ordinaire, très courante au Brésil. Apparemment, le soja OGM ne plaît pas à cet insecte, car lorsqu'on lui en présente il ne le consomme pas. Peut-être à cause des gènes qui y ont été ajoutés, et qui sont censés repousser ceux de son espèce. En tout cas, le soja n'est certainement pas sa plante nourricière naturelle.

— Autrement dit ?

— Autrement dit, si cette bestiole a été trouvée dans la jungle par les deux employés de Chitinex – ainsi que vous le supposez –, ces derniers n'en ont pas rapporté sa plante nourricière habituelle. Ils ont donc dû alimenter ces animaux avec une plante facile à trouver, et le soja ordinaire, non modifié, a fait l'affaire, c'est tout. Les deux types en ont produit dans leur jardin pour alimenter leurs pensionnaires, qu'ils tenaient au secret dans leur cave spécialement climatisée et surveillée par des webcams. Pourquoi ? Je dois dire que tout cela me laisse perplexe.

10.

L'hélicoptère qui transporte sous son ventre une longue caisse de métal passe en grondant au-dessus de l'Amazone. Ses feux de position clignotent dans le ciel. Le martèlement régulier de ses pales se répercute sur les murs d'une usine en contrebas, dont les cheminées sont éclairées par des projecteurs. Des centaines de lumières parsèment la surface moirée de l'immense fleuve. Sur l'horizon, où palpitent des éclairs de chaleur, de minces chapelets brillants indiquent la présence de ports lointains.

Le pilote s'adresse au copilote en souriant.

— C'est bien la première fois qu'on transporte un ballon dirigeable. Je croyais que ça n'existait plus.

Son voisin hoche la tête.

— Fais quand même gaffe à la prise au vent de la caisse. Je te rappelle qu'il y a des bouteilles de butane, là-dessous.

Le pilote rigole.

— Putain, des bouteilles de butane ! Faudrait me payer cher pour poser mon cul dans un engin pareil.

Bien loin de là, un homme est assis devant un écran d'un beau vert vif. Il observe un point rouge qui se déplace au milieu d'un rectangle vert plus foncé.

L'homme croise les jambes, allume une cigarette et observe l'écran à travers la fumée, l'œil mi-clos. Puis il allonge le bras vers un téléphone portable.

— Leur hélico vient juste de passer au-dessus de l'usine d'engrais MacGill. Et il est maintenant en train de traverser le fleuve. Je ne pense pas qu'ils puissent me détecter, non... J'espère que le ménage a été vraiment fait à fond là-bas...

Il écoute un instant, puis reprend :

— Je le sais parfaitement, mais au cas où... À propos, il y a deux nouvelles implantations sur un grand secteur. Dans la zone sud, sud-est. Je vais suivre ça de très près.

Il écoute encore, sourit et termine sa conversation :

— Je t'embrasse aussi. À très bientôt.

11.

Le Piranha, vedette d'interception rapide de l'armée brésilienne, fonçait sur le fleuve, son nez en lame de couteau soulevant des gerbes d'eau.

Il était précédé par une curieuse embarcation métallique à fond plat, à l'allure de petite barge de débarquement. Elle était peinte en camouflage et transportait des soldats en tenue de combat, sanglés en ligne sur des sièges de bois. Ils étaient coiffés de chapeaux de brousse et tenaient des armes enveloppées dans des housses. Au milieu d'eux, une bâche kaki recouvrait leurs sacs, ainsi que du matériel. L'homme de proue, un fusil-mitrailleur coincé en travers des genoux, tournait le dos à l'étrave.

À l'avant du Piranha, Sénéchal, revêtu d'un poncho de caoutchouc, se cramponnait au bastingage. Il était aussi impressionné par la vitesse des deux engins que par l'intensité de la circulation sur le fleuve. Depuis leur départ, il avait le sentiment de se trouver au beau milieu d'une autoroute fréquentée par tous les types d'embarcations que le Brésil pouvait produire.

Ils avaient appareillé au beau milieu de la nuit.

Le Piranha et la barge avaient allumé de puissants phares et foncé à plein régime dans le brouillard, croisant des cargos qui surgissaient au dernier moment, telles des montagnes noires aux contours ouatés. Puis ils avaient continué à naviguer pleins gaz droit devant eux jusqu'à ce que le jour pointe, révélant, sous un ciel rouge et jaune, l'immensité des eaux et la mince ligne de la berge opposée. Les deux embarcations militaires avaient ensuite changé de cap et s'étaient engagées dans un bras du fleuve qui se rétrécissait à mesure qu'elles pénétraient dans la forêt.

Le soleil était maintenant levé, des nuages d'ivoire lisérés de rose apparaissaient à l'horizon, et la folle allure de leur convoi s'était ralentie. Ils croisaient régulièrement des flottilles de vapeurs à deux étages bleu pastel, pareils à des répliques en miniature des steamboats du Mississippi. Sur le roof de l'un des bateaux, Sénéchal observa cinq chèvres serrées l'une contre l'autre. Il aperçut ensuite un bac à la cheminée en berne qui transportait un autobus et dont les passagers, accoudés au bastingage, firent des signes de la main. Un bateau crachant de la fumée poussait devant lui d'énormes troncs d'arbre flottants reliés par des cordes. Un homme sautait d'un tronc à l'autre pour les maintenir dans l'axe du courant à l'aide d'une gaffe. De longues pirogues chargées de branchages portant des fruits ou remplies à ras bord de légumes ou de poisson séché se croisaient, moteur vrombissant. Certaines étaient bâchées de la proue à la poupe, et des coques de noix pontées passaient en dansant sur les vagues. En guise de voiles, des vêtements de couleurs vives claquaient dans leurs haubans.

L'écoflic regarda Maria-Esperanza, assise à quelques pas de lui, abritée des embruns par la tourelle de la mitrailleuse d'avant.

Elle aussi était revêtue d'un poncho dont elle avait rabattu le capuchon sur la nuque, et ses dreadlocks flottaient librement autour de son visage. Dans la cabine du Piranha, Lucrèce était installé dans un fauteuil de cuir près du pilote. Malgré les embardées régulières du bateau, il réussissait à lire un gros livre. L'écoflic reconnut l'ouvrage apporté par le père de la Vega. À deux pas du petit chimiste, le commando de Gama, une jeune femme aux cheveux quasiment ras, était assise sur un bat-flanc. Elle était bras nus, sur l'un de ses biceps un tatouage représentait une tête de mort percée d'une dague. Le visage grave, elle observait avec attention une boîte en métal munie de nombreuses poignées, bien calée à côté d'elle. Sénéchal s'interrogea sur son contenu en examinant les symboles « Fragile » et « Danger » peints sur le dessus. La veille, Maria-Esperanza lui avait précisé que l'unique femme soldat de l'expédition était une spécialiste des explosifs.

Soudain le pont trembla. La barge des soldats qui les précédaient virait lentement, pour pénétrer dans un étroit goulet entre les arbres. La seconde suivante, le Piranha s'y engouffrait à son tour.

Ici, la forêt était plus proche, des palmiers tanguaient sous la brise, les palétuviers et les nénuphars abondaient, des branches se penchaient sur l'eau.

Ils passèrent au ralenti au milieu d'un village sur pilotis. Des hommes en short et coiffés de casquettes se tenaient sur les balustrades des maisons surgies au beau milieu de l'eau. La mine renfrognée, ils regardaient passer les embarcations tout en sirotant des bouteilles de bière au goulot. L'un d'eux, torse nu, arborait un revolver dans un holster d'épaule. Sur la berge, des cabanes aux toits de tôle semblaient avoir réussi à sortir seules du lit de la rivière sur leurs échasses, et s'accrochaient en groupes à la pente boueuse.

Des enfants agglutinés dans un arbre dépourvu de feuilles se jetaient deux par deux du haut des branches dans le faible courant, en éclatant de rire.

Le visage de l'écoflic se ferma en apercevant des gamines en T-shirts moulants et minijupes crasseuses, aux longs cheveux noirs, rangées comme à la parade sur le bastingage d'un bordel flottant constitué d'un bateau à plusieurs étages peint en rose, amarré à la berge. Les filles, bras croisés, fixaient d'un œil morne l'étendue de vase en contrebas, telles les passagères d'un transatlantique échoué attendant que la marée montante vienne les délivrer.

Maria-Esperanza montra les adolescentes.

— Comme vous le voyez, Pierre Sénéchal, la civilisation s'arrête ici.

Devant eux, la barge des soldats entra au ralenti dans un chenal à peine visible qui paraissait ne mener nulle part. Le pilote du Piranha s'engagea dans l'étroit couloir, faisant rugir ses moteurs. Enfin les deux embarcations s'enfoncèrent dans un réseau compliqué de canaux qui s'entrecroisaient sous les arbres, baignés par une lumière verte d'aquarium. Sénéchal aperçut un bateau à l'aspect de chalutier miniature qui sortait d'une crique et les doubla par la droite, à quelques mètres. Des caïmans étaient attachés sur le pont avant, la gueule ficelée et les pattes liées, les yeux ouverts. Un panier contenait de larges tortues terrestres qui tendaient en tout sens leurs cous de vieillards. Sur le toit, des iguanes entravés étaient entassés par dizaines, leurs longues queues emmêlées. Près du gouvernail, une nasse emprisonnait de gros rongeurs qui se jetaient contre les barreaux. Une cage à oiseaux contenant deux perroquets bleus s'inclinait dangereusement sur la surface. Des fusils de chasse étaient accrochés sur le côté de la cabine.

Après avoir longtemps navigué au milieu des nénuphars, ils parvinrent enfin au pied d'îlots couverts de jungle apparus soudain au milieu d'un bras mort. Les pilotes les longèrent prudemment à petite vitesse, puis les moteurs se turent.

Lucrèce, les yeux papillotants, referma son livre, hocha la tête d'un air pénétré et murmura :

— Étonnante. Vraiment étonnante, cette histoire.

Puis il demanda au pilote :

— Nous sommes arrivés ?

— Oh ! non, senhor. On attend.

— Ah ?

Le rondouillard se tourna vers le commando de Gama. Désignant la boîte qu'elle couvait jalousement du regard, il demanda :

— Est-ce que je peux savoir ce qu'il y a là-dedans, madame de Gama ?

Elle lui répondit d'un ton uni, sans quitter sa boîte des yeux :

— Six kilos de matériel. Détection des explosifs. Très gourmand en énergie.

— Ah ?

Lucrèce n'insista pas. Le laconisme brésilien le déroutait, et ces commandos étaient tous paranoïaques. Il ouvrit la porte de la cabine, écouta un instant le chant des oiseaux et alla se pencher au bastingage.

Il se figea sur place : devant lui, un vieil Indien le fixait de ses yeux noirs. Il portait un habit brodé rehaussé de perles et était assis, bras croisés, au beau milieu d'une antique pirogue remplie de fleurs dont les fragrances montèrent aux narines du petit chimiste. Sa tête était ornée d'une haute coiffe de plumes jaunes et blanches. À l'avant de l'embarcation, un jeune garçon au corps recouvert de tatouages et uniquement vêtu d'un pagne rouge pagayait avec mollesse, l'air absent.

Ils passèrent comme des ombres le long de la barge des soldats qui s'affairaient en silence, certains se maquillant le visage à la suie, d'autres sortant leurs armes de leurs gaines de toile.

Tous levèrent la tête en entendant le bruit d'avion du dirigeable, invisible au-dessus des arbres.

12.

L'homme en noir porteur de lunettes orange ouvrit l'un des panneaux coulissants, visa soigneusement dans les branches sous lui, et pressa la détente. Il y eut un *plop!* La fumée sortie du curieux canon de l'arme s'enfuit vers l'arrière du dirigeable.

Le pilote penché sur ses manettes observa la canopée à travers les plaques de plexiglas blindé qui encerclaient la nacelle, puis dit dans son micro de casque :

— On remonte. Je vais refaire un carrousel à gauche, donne-moi un top quand tu auras un autre visuel.

À deux mètres derrière lui, un analyste était penché sur des instruments de mesure disposés devant son siège. Casque audio sur les oreilles, il surveillait une rangée de cadrans qui s'illuminaient comme une petite ville dans la nuit. À sa droite, une image satellite montrait le dirigeable dans lequel il se trouvait, naviguant au-dessus de la canopée. L'engin avait l'allure d'un cigare brillant survolant un champ de brocolis.

Sous un écran, une boîte rectangulaire laissait voir un fusil de précision MacMillan, avec son chargeur engagé.

Le sergent Cavalcante, qui dirigeait la poignée de soldats, arborait en permanence une moue amère et distribuait avec parcimonie ses ordres d'une voix rocailleuse. Son nez était traversé dans son extrémité par une épingle en os recourbée vers le bas, et Sénéchal s'était demandé comment il s'y prenait pour se moucher.

Pour l'instant, le sergent était accroupi dans un fourré, son fusil d'assaut en travers des genoux, et ses yeux noirs en amande inspectaient le sol.

Il posa deux doigts sur l'humus, les porta à ses narines, les renifla, puis les essuya sur sa veste de combat, l'air songeur. Il regarda son voisin, un soldat maigrichon aux longs bras, accroupi à ses côtés, un ordinateur portable kaki en main.

— Alors ?

— Il tire encore deux ou trois autres caméras dès qu'il aperçoit quelque chose entre les branches, sergent. Il dit qu'il ne descend pas là-dedans tant qu'ils n'auront pas refait un dernier passage. Il a un mauvais pressentiment et il n'aime pas cet endroit. Ils ont observé des mouvements en dessous avec le radar, et des signatures thermiques, mais ils ne savent pas exactement ce que c'est... sergent.

L'autre grommela :

— Je ne lui demande pas de descendre là-dedans pour l'instant, et personnellement je me fous de ses pressentiments. Elle émet quelque chose, sa première caméra ?

— Ça va arriver...

L'écran du mini-ordinateur s'éclaira, une barre lumineuse tremblota en son centre puis se stabilisa, montrant une étroite image en grand-angle, à l'envers.

Le soldat enfonça deux touches, l'image se redressa, remplissant intégralement l'écran.

Les deux hommes se penchèrent ensemble.

— Ben, merde alors ! C'est pas croyable...

13.

Maria-Esperanza, de l'eau jusqu'au ventre, avançait avec régularité, son fusil d'assaut tenu à deux mains derrière sa nuque.

La suivant de près, Lucrèce, un chapeau de paille vissé sur la tête, était assis dans un dinghy qui contenait leurs sacs à dos et du matériel. Il manœuvrait maladroitement une pagaie, en essayant de ne pas regarder la manière dont les hanches de la jeune femme se mouvaient à chaque pas.

Lorsqu'elle réussit à s'extraire du marécage et mit pied sur la terre ferme, les yeux du petit homme furent malgré tout aimantés par les formes engageantes que révélait son pantalon détrempé, collé à ses fesses. Un peu gêné, il se détourna et appuya sur sa pagaie pour éloigner son embarcation de la coque du Piranha, dont le moteur tournait au ralenti derrière lui. La vedette rapide, elle, entama un demi-tour, ses hélices brassant l'eau, et Lucrèce manqua de chavirer.

À une dizaine de mètres de lui, la haute silhouette de Sénéchal sortait du marécage au milieu d'une plaque de nénuphars, faisant bondir des grenouilles affolées. Il portait son fusil pliant sur l'épaule, tel un chasseur du dimanche. Il mit pied à son tour sur la berge.

La main en visière, il leva les yeux vers la carcasse géante du cargo à vapeur couvert d'arbres et de lianes, là-bas, qui inclinait sa cheminée tordue sur le miroir impavide de l'immense marigot.

Exactement comme s'il était tombé du ciel à cet endroit précis, près d'un siècle plus tôt.

14.

Derrière leurs armes, les pisteurs Jarina et Serra progressaient prudemment.

L'un d'eux s'inclinait tous les dix mètres et observait le sol, tandis que son compagnon scrutait le sommet des arbres et l'obscurité du sous-bois. Ils étaient aussi menus l'un que l'autre, et leurs silhouettes se ressemblaient étrangement.

Ils entendirent le moteur du dirigeable qui se rapprochait. Puis il se tut un long moment avant de recommencer, au loin. Un oiseau émettait une note sur deux tons, des singes jacassaient dans les cimes.

Tout à coup, Jarina s'accroupit sur ses talons.

Serra demeura debout, jetant des coups d'œil circulaires. Jarina souleva son chapeau de brousse et, le bras à demi tendu, en projeta l'ombre sur le sol. Il murmura :

— Des « Pieds-Nus ». Peut-être des Flecheiros. Ils couraient.

Il avait maintenant le regard du maquignon qui estime le prix d'une bête, la tête penchée. Il déplaça légèrement l'ombre du chapeau.

— Un gamin... Un adolescent, plutôt. Et deux adultes.

Il émit un claquement de langue.

— Ne couraient pas après quelqu'un. Ni après un gibier. Pas d'autres traces. Ils couraient ensemble, droit devant eux.

Il toucha de l'index le coquillage incrusté dans le lobe de son oreille et conclut :

— Ils avaient peur.

Sans se concerter, les pisteurs ôtèrent ensemble les bretelles de leurs sacs à dos, les posèrent et en sortirent des viseurs à amplification de lumière. Ils les fixèrent rapidement sur leurs fusils d'assaut.

15.

Maria-Esperanza aida Lucrèce à hisser son dinghy sur la berge. Le pantalon et les chaussures du petit chimiste étaient couverts de boue.

Il vérifia d'un geste nerveux quelque chose dans sa poche de poitrine, puis s'éventa avec son chapeau de paille. Sénéchal les rejoignit, les habits dégoulinants d'eau fétide, son fusil pliant tenu à bout de bras.

Elle indiqua du pouce le sentier derrière eux.

— Nous y voici enfin, dans les pattes de cette grosse araignée.

Ils observèrent tous trois la carcasse du cargo, avec son étrave inclinée et sa cheminée tordue. Les ponts supérieurs étaient entièrement recouverts par la végétation, les lianes formaient une épaisse chevelure grise qui ruisselait de la proue à la poupe. Les arbres qui le couronnaient étendaient leurs racines jusque dans les moindres structures de la passerelle. Les rares bastingages subsistants n'étaient plus que des fils de rouille torsadés, apparaissant ici et là dans les fougères qui colonisaient en groupes serrés le château arrière du géant momifié.

La barge des soldats était posée sur l'eau, au pied de la coque aux tôles disjointes. À côté du cargo échoué, elle semblait avoir rétréci. Deux commandos munis de filins escaladaient la paroi, longeant les vestiges délabrés d'une roue à aubes et se rapprochant d'une rangée de hublots pareils à de multiples yeux vides. Le commando de Gama attendait patiemment dans la barge, sa boîte posée sur les genoux.

L'écoflic remarqua :

— Je ne comprends pas comment cet énorme bateau a pu parvenir jusqu'ici, au milieu de nulle part. Il n'y a pas de voie navigable pour des navires de ce tonnage, d'après l'image satellite.

— Le climat a changé, Pierre Sénéchal. Et le fleuve aussi. Ces cargos à aubes avaient un faible tirant d'eau. Ils étaient conçus pour charger les balles de caoutchouc et les acheminer jusqu'à Manaus ou Belém. Ils pénétraient loin dans la forêt, à cette époque.

Lucrèce, s'éventant toujours de son couvre-chef, renchérit :

— C'est un des effets de la déforestation et de l'agriculture intensive. Le niveau de l'Amazone a dramatiquement baissé depuis le siècle dernier. Ce navire n'a sans doute jamais pu sortir de cet endroit... Ou bien il a été abandonné là, en même temps que s'achevait l'industrie du caoutchouc.

Tout en parlant il observait de Gama, à présent debout dans la barge. Elle arrimait sa précieuse boîte à un filin descendu le long de la coque par l'un de ses compagnons, dont la tête s'encadrait dans l'un des hublots. L'autre soldat-escaladeur avait atteint la passerelle et enjambait une portion de bastingage.

Maria-Esperanza sortit son mini-ordinateur kaki et fit signe aux deux Français d'approcher. L'image satellite que le jeune capitaine La Mota leur avait montrée apparut sur l'écran. Ils revirent le sommet des hévéas et reconnurent les anciens chemins forestiers qui figuraient les pattes de l'araignée, ainsi que le marécage devant lequel ils se trouvaient. Le dirigeable et son ombre étaient parfaitement visibles dans un coin de l'écran. Il se déplaçait par à-coups.

— Comme vous le constatez, ce bateau n'est pas visible depuis le ciel, à cause des arbres qui ont poussé dessus et qui...

Le son caverneux de l'explosion leur fit lever la tête.

Ils virent la fumée qui sortait au-dessus du hublot, là-haut, et le soldat-escaladeur qui tombait de la passerelle, bras écartés. Ils perçurent le grincement de la haute cheminée du navire qui glissait au ralenti vers le vide, entraînant avec elle des lianes et des morceaux de métal tordus.

Debout dans la barge, de Gama la regardait se précipiter tout droit sur elle.

Elle sauta à l'eau et eut la présence d'esprit de filer sous l'embarcation.

Elle entendit le bruit terrifiant lorsque la cheminée frappa la barge, dont tout l'arrière se souleva sous le choc, puis retomba juste au-dessus de sa tête. Elle retint sa respiration en percevant encore d'autres impacts sur la surface, et nagea le plus loin possible.

Lorsqu'elle émergea, les poumons en feu, elle put mesurer l'ampleur des dégâts : les sièges de bois de la barge avaient été fracassés, le capot des moteurs était crevé et l'affût de la mitrailleuse latérale était vide.

À côté, la carcasse de la cheminée s'enfonçait lentement, tel un vieil animal blessé, en créant des grosses bulles.

Levant les yeux vers le bateau à aubes, le commando de Gama aperçut le premier soldat-escaladeur. Il se balançait au bout de son filin le long de la coque, l'air sonné. Elle chercha ensuite du regard l'Arme Secrète, et vit avec soulagement la boîte qui flottait tranquillement à quelques mètres d'elle.

Là-haut, le hublot était vide.

16.

À des milliers de kilomètres de là, Dame Pottier imprimait des photos. Elles représentaient les insectes, larve noire et adultes, trouvés dans la cave des aérostiers. Elle eut un frisson de dégoût, puis les posa devant elle et appuya sur un bouton de son interphone.

— Ravier, lâchez un instant vos bandes dessinées et venez me voir. J'ai une mission un peu particulière à vous confier.

Quelques secondes plus tard, l'éternel insomniaque de la FREDE entra dans le bureau de la petite femme. Elle lui tendit les photos en lui expliquant ce qu'elle attendait de lui. Il ouvrit de grands yeux.

Dès qu'il eut tourné les talons en grommelant, elle se saisit d'un dossier posé sur son bureau. Sur la couverture, était écrit :

« Archives nationales :
Service de coordination des affaires algériennes (1958-1964) »

Puis elle se fit transmettre par le Quai d'Orsay le fichier Série B. Amérique 1952-1963. Sous-série : Argentine, n° 74. Cotes : 18.6.1. mars 1952-août 1963.

17.

Depuis l'endroit où ils se trouvaient, Serra et Jarina n'avaient perçu qu'un *bom!* lointain.

Jarina ferma un instant les yeux comme s'il pouvait deviner, par télépathie, la nature et l'origine du son. Puis il les rouvrit et empoigna sa radio. À quelques mètres de lui, Serra photographiait les vestiges du village indien abandonné, tout autour d'eux. Il prit les derniers clichés des hamacs vides, des carquois posés le long des cases rondes, des calebasses survolées par des nuées de mouches (et dont l'une contenait de la peinture corporelle bleue), des claies dressées au-dessus de feux éteints à la va-vite, ainsi que des multiples marques de pieds nus au sol.

... Les Indiens ont dû décamper d'ici à toute vitesse et sauter dans leurs pirogues... Hum ! Méfiance. D'autant que Jarina vient de relever des curieuses traces dans le sous-bois juste en face du campement, et de découvrir une flèche empoisonnée enfoncée dans un arbre, à hauteur d'homme. Les chasseurs récupèrent toujours leurs précieuses flèches... Étrange, tout ça.

Il se tourna vers son compagnon.

— Raconte.

L'autre coupa la communication.

— Y a du grabuge. On bouge d'ici.

18.

Le commando de Gama frissonna : dans ses jumelles, elle distinguait clairement la grosse branche plantée toute droite au milieu du sentier, surmontée de ses deux mâchoires de tapir entrecroisées. Elle connaissait parfaitement ce message fort ancien – N'allez pas plus loin. Interdit. Dangereux.

Elle examina ensuite le petit homme rond à ses côtés, avec son filet à papillons sur l'épaule. Il répétait timidement sa question :

— On peut y aller, mademoiselle ?... Madame ? À votre avis ?

Elle ne répondit pas et, se retournant, avisa le groupe arrêté au beau milieu du sentier. L'autre Français, un type immense aux cheveux poivre et sel, qui portait son petit calibre 12 pliant comme un jouet dans sa grosse patte, discutait avec le commando Coelho.

Le commando Coelho lui répétait son histoire : il était penché au hublot du bateau en ruine, occupé à descendre la corde sur la barge pour y amarrer l'Arme Secrète, quand il avait entendu un bruit bizarre dans les profondeurs du navire. Il avait empoigné son fusil d'assaut. Il avait ensuite fait quelques pas dans l'ombre de la cabine derrière lui, en faisant bien attention de ne pas traverser le plancher rouillé, et c'est à ce moment que le bateau avait été secoué par une explosion, à l'étage supérieur.

Le commando Coelho s'était retrouvé allongé sur le sol au milieu de la fumée, les oreilles sifflantes, mais il avait tout de même entendu le grincement terrifiant de la cheminée qui dégringolait, et avait reçu sur le corps des tas de débris de métal et de rouille. Il avait aussi senti un truc brûlant sur son bras.

Il le montrait, tenu entre le pouce et l'index, au grand type à bretelles : un morceau de verre noirci tombé d'un trou du plafond.

— Il y en a partout, des comme ça, senhor, à l'étage supérieur du navire. Une mine en verre, un vieux système employé par les guérilleros. Un truc très simple : un bocal rempli d'explosif liquide, plus un détonateur. Une belle saloperie, senhor. Un peu comme les champignons vénéneux, si vous voyez... C'est sûrement un de ces cons de singes qui l'a déclenché, l'engin, si vous voulez mon avis, senhor.

Le grand type à bretelles avait l'air rêveur, tout à coup.

19.

Le dirigeable était immobile au-dessus des arbres, moteur coupé. Dans la nacelle, l'analyste observait les images qui lui parvenaient des minicaméras blindées, que le tireur d'élite avait catapultées sur le feuillage.

Il actionna un interrupteur afin de les transmettre au sergent Cavalcante – le sergent qui se déplaçait quelque part, sur un sentier, avec deux de ses hommes.

Un voyant vert s'alluma soudainement sur un des moniteurs et un signal aigu résonna dans son casque audio.

Le dirigeable prit de l'altitude par paliers, son moteur tournant régulièrement. Dans la nacelle, l'analyste pianotait à toute vitesse sur un clavier. Il transpirait sous son casque audio.

Le tireur d'élite vêtu de noir avait posé son fusil de précision au travers de ses genoux et attendait, ses lunettes orange relevées sur le front.

L'analyste s'écria soudain :

— Et merde, je l'ai perdu !

Il enclencha immédiatement plusieurs interrupteurs. Puis il appela par radio le sergent Cavalcante.

20.

— Bambusa arundina, déclara Lucrèce, en touchant l'une des épines qui hérissaient l'épais fourré aux belles feuilles vert clair. Un vrai barbelé naturel. Un bambou épineux venu d'Asie qui pousse jusqu'à 2 100 mètres. Excellent contre les rhumatismes, en infusion, mais redoutable pour les doigts. Hum. Il a été planté il y a bien longtemps, vu sa taille et sa densité. Ce qui signifie évidemment qu'il y a eu une activité humaine ici... Il doit dater de la même époque que les hévéas géants qui bordent ce sentier. On ne pourra pas rentrer là-dedans de ce côté. (Il s'accroupit.) En revanche, il y a un trou juste au niveau de mes pieds.

Le commando de Gama se pencha à son tour.

— Elles pourront passer par là.

Lucrèce se demanda de qui elle parlait, mais il n'osa pas l'interroger. Les larges épaules et le biceps à tête de mort de la fille l'impressionnaient. Sénéchal, à quelques pas derrière eux, feignait d'observer avec la plus grande attention les mâchoires de tapir entrecroisées sur leur branche. Mais il coulait de temps à autre des regards intrigués vers Maria-Esperanza : elle était apparemment fascinée par son ordinateur portable, ses dreadlocks frôlant l'écran, et pianotait fréquemment sur le clavier. L'écoflic était préoccupé par les paroles du petit chimiste, qu'il avait entraîné un peu l'écart, tout à l'heure, pour lui demander à voix basse :

— Sérieusement, Lucrèce, entre nous, tu penses que cette forêt-continent pourrait abriter dans ses profondeurs des créatures jusqu'alors inconnues de l'homme ? Des créatures de cauchemar.

— Va savoir... On a découvert récemment en Écosse des traces d'un scorpion nommé Hibbertopterus. Un animal de la taille d'un homme, et d'un mètre de large, faisant des enjambées de 30 cm...

— Tu plaisantes !

— Rassure-toi, elles datent de trois cent trente millions d'années. Mais je suis certain que tu n'aurais pas aimé le croiser sur ce sentier.

Sénéchal chassa cette idée, tirailla sur ses bretelles, puis observa de nouveau l'Indienne. Il s'interrogea une fois de plus sur la manière dont le simple lieutenant Saint-Louis, de la police de l'environnement, avait réussi à convaincre l'armée brésilienne de monter cette opération.

21.

Le sergent Cavalcante écoutait le récit des deux pisteurs, le visage soucieux. La moue amère qu'il affichait en permanence s'était encore accentuée.

L'analyste dans le dirigeable, là-haut, l'avait informé par radio qu'il avait détecté une intrusion dans leurs communications (« peut-être une simple tentative, sergent »), sans réussir à en déterminer l'origine. Il avait immédiatement modifié toutes leurs fréquences, par sécurité.

Cela signifiait que quelqu'un de très bien équipé s'intéressait à leur petite promenade de santé.

Et l'avait sans doute suivie avec intérêt.

22.

De Gama fit un signe à l'un des deux hommes qui se tenaient debout avec leurs armes, à une dizaine de mètres dans le sentier, couvrant leurs arrières. L'un d'eux empoigna la boîte munie de multiples poignées posée à ses pieds, et vint à elle à pas comptés comme s'il transportait une relique sacrée.

Elle regarda Lucrèce :

— Reculez-vous, senhor, ça peut être dangereux.

De Gama ouvrit délicatement une des trappes coulissantes sur l'avant de la boîte, libérant du même coup l'Arme Secrète.

Un museau pointu apparut, puis un autre. Ils étaient garnis de fines moustaches grises qui vibraient.

Lucrèce aperçut ensuite des yeux noirs comme des billes, puis des oreilles ovales d'un rose délicat qui bougèrent légèrement. Enfin, la tête triangulaire d'un énorme rat brun se montra entièrement.

L'animal jeta un coup d'œil curieux au petit chimiste, en retrait, puis à son filet à papillons. Il avança avec prudence deux pattes griffues hors de la boîte et en sortit complètement d'un mouvement souple, les reins cambrés, sa longue queue ronde se balançant derrière lui.

Il fut immédiatement suivi de son congénère, qui regarda dans toutes les directions en humant l'air, museau levé. Ils portaient sur leur fourrure luisante des colliers-harnais de couleurs différentes, surmontés d'un anneau chromé et d'un boîtier de plastique. Sénéchal, qui s'était approché, intrigué, ouvrait des grands yeux : c'étaient les plus gros rats qu'il ait jamais vus, et même ceux qui hantaient les caves de son moulin normand auraient eu l'air de nains à côté de ceux-ci.

De Gama chuchota quelques mots, et un troisième rat à la robe plus foncée – encore plus gros que les précédents – sortit enfin de la boîte, longea les deux autres, et se pelotonna sur le sol devant elle. Il prit une pose attentive, le regard fixe et les moustaches frémissantes.

Elle leur distribua des morceaux de bananes enveloppés dans du papier tout en leur parlant à voix basse. Ils les engloutirent à toute vitesse. Elle déclara à Lucrèce :

— Je vous l'avais bien dit, senhor, que ce système de détection était gourmand en énergie. Vous pouvez vous approcher, maintenant, il n'y a plus de danger.

— Ces animaux sont réellement féroces ?

— Quand ils ont faim, ils mordent les civils.

Son visage ne reflétait rien, mais le petit chimiste surprit le sourire entendu de Maria-Esperanza qui se tenait debout derrière elle.

Tout en sortant de son sac à dos un mini-ordinateur kaki, la charmeuse de rats expliqua :

— Wanjiro, Rosanna et Natalià sont des rats géants de Gambie. Des filles... Elles ont un odorat très développé et sont très intelligentes. (Elle fit une grimace de mépris.) Pas comme les chiens, qui finissent un jour par sauter sur les mines qu'ils recherchent... Elles sont aussi très légères, comprenez-vous ? Je les ai formées moi-même à la détection d'une grande variété d'explosifs.

Elle régla quelque chose sur chacun des boîtiers fixés sur les harnais des animaux qui commençaient à montrer des signes d'agitation, la fourrure frémissante et les yeux quémandeurs. Puis elle regarda d'un air satisfait l'écran de son ordinateur.

Elle accrocha une laisse au harnais du plus gros des rats et fixa une caméra miniature profilée sur son boîtier. Elle le mena face au trou du taillis de bambous épineux, où il renifla un instant, le museau collé au sol. Elle le libéra ensuite de sa laisse, et il se glissa tête la première dans le fourré, sans un bruit, sa queue grise filant derrière lui.

L'un après l'autre, ses congénères disparurent à sa suite.

Lucrèce demanda :

— Comment saurez-vous où ils... où elles se trouveront ?

De Gama désigna l'écran de son ordinateur.

— Les filles sont équipées de GPS, et elles ont une puce électronique greffée sous la peau Natalià me retransmettra les images grand-angle et les enverra également au dirigeable. (Elle désigna du pouce Maria–Esperanza, derrière elle.) Ainsi qu'à cette très mignonne fliquesse.

Sénéchal fixa le trou dans le massif de bambous.

— Je me demande ce qu'elles vont découvrir derrière ça.

Lucrèce le dévisagea, l'air matois.

— Hum. Pour ma part, je crois le savoir.

— Ah oui ? Et comment as-tu développé ce don récent de divination, mon cher potard ?

Le rondouillard agita comiquement son filet à papillons devant le nez de l'écoflic.

— En croisière, tu devrais t'adonner plus souvent à la lecture des ouvrages pieux, mon cher écolo. À ce sujet...

Maria-Esperanza l'interrompit :

— Les dernières images des caméras tirées depuis le dirigeable viennent de me parvenir. J'y ai découvert quelque chose qui va vous intéresser, senhor Serge Méjaville. Et vous aussi, Pierre Sénéchal.

À leur grande déception, l'image sur l'écran ne montrait qu'un amas de feuillages, vu de très près. Dans les rares interstices lumineux entre les feuilles, ils distinguèrent ce qui ressemblait à des pierres entassées. Au-dessus de l'une d'elles, des barres noires étaient à peine visibles.

L'Indienne effectua un long zoom : malgré la mauvaise définition de l'image, trois croix étaient facilement identifiables.

23.

Les rats se faufilèrent en file indienne à travers les fougères et pénétrèrent par un trou du mur du bâtiment.

Natalià, entrée en premier, s'arrête net avant de s'engager de l'autre côté de la cavité.

Un signal d'alarme venait de retentir dans sa tête.

Elle s'immobilisa et ne pointa prudemment que le bout de son nez à l'intérieur. Elle resta là, une patte levée, le museau frémissant et toutes ses vibrisses en alerte, puis se dressa sur son train arrière.

La caméra miniaturisée fixée sur son harnais fit un léger bruit en touchant la pierre au-dessus d'elle.

Natalià se recroquevilla.

Les sons qu'elle émettait pouvaient représenter un très grave danger pour elle, et elle le savait. Elle tendit alors le cou, tête inclinée. Sa vision nocturne développée lui permettait de distinguer dans l'ombre quelques détails de la haute pièce devant elle. Le mur d'en face paraissait onduler. L'animal observa le mouvement un instant, et recula lentement. Il pivota ses oreilles vers l'avant : son ouïe sensible aux ultrasons percevait, très haut, les émissions continues de chauves-souris au repos, qui se répercutaient sur les murs et le feuillage, ainsi que les stridulations de nombreux insectes.

De très nombreux insectes.

Elle explora également les effluves qui lui arrivaient par bouffées, sans repérer aucune des odeurs que sa maîtresse lui avait appris à rechercher. Les odeurs, ici, étaient bien plus inquiétantes, en raison de leur nature inconnue, et surtout de leur importance.

Natalià entendait maintenant de minuscules cliquetis et des froissements ténus. Il y en avait beaucoup, et ils venaient de partout dans la pièce. Elle perçut aussi de faibles mouvements...

Le rat géant se frotta le museau d'un geste quasi humain et posa délicatement la patte par terre. Ses coussinets plantaires le renseignèrent sur les vibrations du terrain. Il éprouva quelque chose de bizarre, des dizaines de pulsations brèves qui s'entrecroisaient. Son cerveau tenta sans succès d'en faire le tri, puis sa fourrure frissonna.

Il n'aimait pas du tout les informations qui lui parvenaient... Il n'arrivait pas à comprendre ce qu'elles signifiaient, et elles déclenchaient dans tout son corps une réaction apeurée, qui se communiquait à ses compagnons, dont il sentait la présence juste derrière lui.

Il leva la patte, mais ses griffes restèrent emprisonnées par une matière gluante. Il tira de toutes ses forces puis, affolé, poussa un cri de terreur.

Wanjiro et Rosanna, prises de panique, s'enfuirent au-dehors, bondissant à travers les fougères.

24.

— Des pétroglyphes, dit le commando à voix basse.
— Des quoi ?
— Un pétroglyphe est un dessin symbolique gravé sur de la pierre à l'état naturel. Ne pas confondre avec un pictographe, qui raconte chronologiquement une histoire, ni avec l'art pariétal, qui est une peinture à même la roche des parois de grottes. À mon avis, ceux-ci ont plus de mille ans...
— Des fois, je me demande comment tu sais tous ces trucs.
— Internet.
Le commando Peixoto, érudit au visage noirci à la suie, passa deux doigts dans une anfractuosité de la pierre plate, recouverte de dessins compliqués mêlant hommes et animaux. Elle était plantée en biais au beau milieu d'un étroit cours d'eau aux flots couleur de thé. Il ramena sur le bout de l'index quelques poils jaunes et noirs, et les observa de très près.
— Le seigneur jaguar aime bien se frotter le dos sur cette pierre. Et s'y faire les griffes.
L'autre commando, un balaise aux joues tatouées dont le torse sortait de l'eau deux mètres plus loin, grimaça :
— Tant mieux... J'aimerais quand même pas tomber sur lui. Surtout dans la flotte.
— En général, c'est lui qui te tombe dessus. Surveille les branches basses. (L'érudit renifla à la manière d'un animal, nez en l'air.) On est sous le vent, mais ça peut tourner.
Devant eux, des lianes en fleurs venaient s'enrouler comme des serpents autour des racines qui émergeaient de l'eau.

Peixoto empoigna son fusil d'assaut, effectua un réglage sur la lunette à amplificateur de lumière, et le braqua d'un geste précis sur le trou d'ombre qui s'ouvrait entre les taillis de la berge.

Il demeura un bon moment immobile, de l'eau jusqu'à la taille. Dans son optique, il voyait un sentier qui s'enfonçait sous les ramures et formait un coude une trentaine de mètres plus loin. L'image était brillante et très nette. Il détailla le sol, jonché de feuilles mortes et de branches brisées. Des insectes dansaient dans le sous-bois. Tout paraissait paisible. Il laissa retomber son arme sur sa poitrine. Puis il plissa les yeux, l'air dubitatif.

Le tatoué sentit l'hésitation de son compagnon.

— On y va?

— Peut-être. (Il renifla une nouvelle fois.) Non... Sais pas. Regarde toi-même.

Son acolyte braqua à son tour son fusil d'assaut et colla l'œil à son amplificateur de lumière. Peixoto lui demanda :

— Tu vois le tronc du grand arbre à trois heures, à peu près à six mètres de l'orée du sentier?

— Affirmatif.

— C'est un Bertholletia excelsa de la famille des Lecythidaceae.

— J'en suis ravi. Des fois, tu me fatigues avec ton Internet, et...

— Il produit des noix. Des noix de cajou, en somme. T'en vois beaucoup, toi, des noix de cajou au milieu du sentier?

— Merde, t'as raison!

25.

Les trois rats géants étaient attachés aux poignées de leur boîte. Ils étaient agités, tiraient sur leurs laisses et tendaient en rythme leur museau vers le sentier.

À vingt mètres d'eux, leur maîtresse était étendue sur le sol. Revêtue d'une épaisse combinaison anti-éclats et coiffée d'un curieux casque rond, de Gama, allongée sur une bâche de plastique à l'ombre de l'arbre à noix de cajou, regardait dans un trou peu profond du sol.

Des outils étaient posés à côté d'elle.

Au travers d'une visière de polycarbonate bombée qui lui recouvrait intégralement le visage, elle examinait l'engin qui gisait au fond.

D'un mouvement lent, elle retira encore un peu de terre. Les petits insectes qui bourdonnaient autour d'elle la gênaient, et elle était préoccupée par la griffe douloureuse de Natalià. Et aussi par ce qu'elle avait trouvé au bout de la griffe. De plus, la caméra du rat n'avait retransmis que des images de hautes fougères et d'un orifice dans un mur. Les trois animaux étaient revenus paniqués.

De Gama se concentra sur sa tâche et s'activa rapidement de ses deux mains gantées. Enfin elle s'appuya sur un bras, ôta sa visière transparente et respira un grand coup. Puis elle lança dans sa radio :

— Terminé. Sécurisé.

Le commando Peixoto apparut au bout de quelques instants, son fusil d'assaut braqué. Il s'approcha prudemment et observa, dans le trou, un cylindre aplati de couleur vert olive, souillé de terre et surmonté d'une courte tige métallique.

— Belle prise, de Gama, t'as pas perdu la main. Une mine bondissante 64, équipée d'une fusée à traction et à bascule ZDZ. Elle contient...

— Cinq cents grammes de TNT. Merci, je connais ce genre de saloperie. Enveloppe en béton avec fragments d'acier incorporés... Te balance des éclats mortels dans un rayon de dix mètres. On vous aurait ramassés au buvard le long des arbres, les gars, si vous aviez déclenché un des trois fils planqués sous les feuilles. Tu as eu du flair, Peixoto.

L'autre baissa les yeux.

— Se faire crever par des morceaux de béton... Par la Sainte Vierge, j'aurais pas aimé finir comme ça !

De Gama ôta son casque en kevlar et passa sa main gantée sur ses cheveux presque ras. Ils ruisselaient de transpiration.

— Ouais. Et cette 64, c'est pas un vieil engin artisanal en verre. Elle est pas enterrée là depuis des années. On dirait bien qu'elle nous attendait.

26.

Maria-Esperanza observa soigneusement l'antique porte de fer à l'aide de sa torche. Puis elle s'accroupit et, la tête tout près du sol, écarta du bout des doigts quelques fougères qui obstruaient l'interstice sous le battant. Elle glissa le faisceau à l'intérieur, mais ne vit rien de plus que des dalles moussues et deux bogues d'hévéa pleines de poussière. Elle se redressa, tendit la main vers le panneau rongé, puis retint son geste...

Aucun son ne provenait de l'intérieur. Elle avait pourtant eu le curieux sentiment que, derrière cette porte, des milliers d'yeux la guettaient.

Soudain, Sénéchal l'appela. Elle longea prudemment le bâtiment, le faisceau de la lampe dirigé devant ses pieds. Elle découvrit l'écoflic agenouillé au milieu d'un enclos, devant une croix rouillée qu'il examinait avec attention, une lampe-torche à la main.

Il s'essuya le front de sa manche et désigna les rares autres croix d'un geste large.

— Rien de rien ! Et je crève de chaud, ici. Façon de parler, bien sûr.

La déception se lisait sur son visage.

Il balaya du faisceau les tombes, dont certaines n'étaient plus que de vagues tumulus recouverts de lichen et de fougères. Seules trois d'entre elles étaient partiellement intactes, les autres étaient réduites en vestiges bruns tombant en poussière. Les grilles de l'enclos avaient elles-mêmes l'apparence de fines résilles, envahies de plantes grimpantes.

L'écoflic tirailla sur ses bretelles, l'air dubitatif, écoutant le ronronnement lointain du dirigeable et le murmure du feuillage qui cernait la construction.

Maria-Esperanza examina les croix à son tour.

— Ce ne sont pas celles qui ont été filmées par l'une des caméras tirées depuis le dirigeable. (Elle indiqua le bâtiment derrière elle.) La vieille porte a été soudée grossièrement. C'est récent. Et il est gravé « 1929 » sur le bas du panneau.

Sénéchal lui désigna un trou entre les fougères, en bas du mur.

— Les rats de votre nouvelle copine, de Gama, n'ont pas voulu pénétrer plus loin, c'est exact?

— Ils sont revenus terrifiés. (Elle lui lança un regard noir.) Et ce n'est pas ma copine. C'est un commando.

Elle regarda, là-bas, la barrière de bambous épineux sous laquelle s'étaient glissés les rats. Deux soldats avaient fini par y pratiquer un passage avec des machettes. Puis, munis d'engins détecteurs d'explosifs, ils avaient avancé dans le sous-bois, et avaient découvert la bâtisse tout entière. Ils avaient ensuite exploré le périmètre avec leurs instruments, avant de déclarer qu'ils n'y avaient trouvé aucun piège. Ils avaient précisé que deux serpents s'étaient enfuis à leur approche.

Sénéchal leva sa lampe vers le ciel. Bien qu'il fasse encore jour, l'endroit n'était traversé que par de rares flaques de soleil. Il découvrit un groupe immobile de chauves-souris tapies dans le creux élevé d'un arbre. Il se demanda pourquoi ces animaux n'avaient pas plutôt colonisé le vieux bâtiment.

Il braqua ensuite le faisceau sur le sommet de la construction.

Le clocher de la très ancienne église était appuyé contre le tronc géant d'un hévéa, dont la cime culminait à une quarantaine de mètres. Le beffroi n'était plus qu'un squelette de métal rongé et de bois vermoulu. Sa couverture de tuiles gisait au sol, éparpillée en morceaux sous les lianes rampantes ou parmi les fougères en forme d'éventails qui poussaient sur le parvis. Une cloche de bronze verdâtre était encore visible dans sa charpente, coincée entre deux poutrelles de bois enserrées dans un lacis de fines lianes vertes. Un rayon de soleil oblique l'éclairait.

Le toit de l'église avait partiellement disparu, et des arbres aux troncs tourmentés s'en échappaient, entre les murs aux fenêtres ogivales bordées de festons à demi effacés. Des racines grimpaient le long de la façade, semblables à un réseau sanguin noirâtre.

L'endroit dégageait une étrange impression morbide.

Il avisa dans le mur un évidement qui pourrait lui servir de point d'appui. Il y cala le pied, et planta ses doigts dans le rebord de l'une des fenêtres. Il y eut un craquement, un morceau de pierre se détacha, l'écoflic se rattrapa de justesse.

— Bon. J'ai une meilleure idée. Lieutenant, voudriez-vous prévenir le sergent et ses hommes par radio ?

Il s'empara de son court fusil De Franchi posé au sol. L'air décidé, il fit monter une cartouche dans la chambre.

La détonation fit s'envoler les chauves-souris qui nichaient dans l'arbre. La porte de fer rebondit à l'intérieur de l'église dans un double *blang* sonore.

Maria-Esperanza se tourna vers lui. Le canon de son arme fumait encore.

— Qu'est-ce que c'était, Pierre Sénéchal, dans votre fusil ?

— Je le remplis d'ordinaire avec des obus. C'est pratique quand on a oublié ses clefs.

27.

Elles sont des centaines à les regarder venir.

Leurs longues pattes sèches, jaunes, annelées de noir, font vibrer leurs toiles immenses sous les yeux des intrus.

Elles grimpent le long des arbres tordus qui ont pris racine dans la nef et arpentent à pas comptés les saints de plâtre dans leurs niches.

Elles rampent sur les dalles moussues ou escaladent les vieilles pierres. Leurs draperies blanches qui recouvrent l'autel et descendent des murs frissonnent sous un impalpable courant d'air. Les dentelles de leurs épais filets s'étalent jusque dans les cintres brisés, dans les alcôves aux grilles rongées et sur les anges de granit qui ornent les pilastres. Au plafond crevé, elles ont tendu un inextricable réseau où leurs abdomens oblongs simulent à contre-jour des fruits noirs suspendus à un ciel de résille.

Les restes de leurs proies embobinées de soie pendent ici et là en funèbres guirlandes : ailes de papillons, débris de scarabées, restes de chauves-souris à l'aspect de momies, lézards desséchés et grandes libellules vidées aux ailes de mica.

28.

Lucrèce braqua sa torche vers une toile au milieu de laquelle reposait une impressionnante araignée. Sur le thorax verni de l'animal, des yeux multiples brillaient sous la lumière. Elle se mit à osciller lentement sous le faisceau. Il fronça les narines.

— Diable ! quelle odeur, là-dedans... Mais je te rassure tout de suite, Pierre, malgré ses quinze centimètres de longueur et sa toile de trois mètres de diamètre, Nephila claviceps est une araignée peu agressive. Ne touche pas à sa toile, en revanche.

— Je n'avais pas du tout l'intention de le faire, vois-tu ? D'autant qu'il y en a absolument partout, ici...

— Le fil de soie de ces bestioles, qui leur sert également de système de communication, est l'un des plus robustes au monde. Il paraît que les pêcheurs brésiliens s'en servent comme fil à pêche. Selon la célèbre entomologiste von Kristel, un filet constitué de soie de Nephila de l'épaisseur d'un crayon serait assez résistant pour arrêter un avion au décollage... Alors ne va pas t'empêtrer là-dedans, car il te faudra un peu plus qu'une lime à ongles pour t'en sortir.

Il couva la policière du regard.

— Faites bien attention aussi, lieutenant : vous pourrez observer sur ces toiles de nombreuses araignées parasites qui profitent des restes du repas des Nephila, et sont tolérées par ces grosses bêtes. Je ne les identifie pas toutes, loin de là. Certaines d'entre elles peuvent vous injecter un venin nécrosant. Il ne serait guère prudent de les énerver.

Sénéchal demanda au petit chimiste :

— Où donc étais-tu passé, à propos ?

— Eh bien, je me livrais à certaines expériences...
— On peut savoir ?
— Heu, c'est prématuré. (Il tapota sa poche de poitrine.) Sais-tu que le sergent ronchon avec son os en travers du nez m'a autorisé à suivre les deux pisteurs pendant un moment ? Il faut voir ça ! Ils ont même deviné mon poids rien qu'à mes empreintes de chaussures sur le sol... Rien ne leur échappe. De vrais chiens de chasse. Ils affirment que de nombreuses traces ont été volontairement effacées dans ce secteur. Pas par des Indiens, ils en sont certains. Et c'est récent... De plus, ils ont trouvé des marques au sol dont ils ne comprennent pas la signification. Cet endroit est très bizarre. Un véritable labyrinthe.

Tout en parlant, il éclairait des vestiges de scarabées dans plusieurs toiles, s'en approchait prudemment et les détaillait un à un. Il marmonna :

— Hum. Non... Ce n'est pas ça. Pas du tout.

Sénéchal, de son côté, faisait courir le faisceau de sa lampe dans la nef, parcourant la base du mur de pierre. Des bogues d'hévéa jonchaient le sol et des toiles s'y mêlaient. De nombreux insectes y étaient installés, pattes largement écartées. Il dit à Lucrèce :

— Je comprends pourquoi les rats géants n'ont pas osé rentrer ici. Ils se seraient fait bouffer...

Puis il demanda à haute voix, comme s'il s'adressait aux centaines d'araignées :

— Qui a bien pu souder les portes de cette église construite au milieu de nulle part, en pleine jungle ? Pourquoi des gens ont-ils tenté de nous interdire d'y pénétrer ? Pourquoi ont-ils placé des machines infernales aux accès de cette ancienne plantation d'hévéas... Hein ?

Il répéta :

— Hein ?

Un écho assourdi lui répondit.

L'Indienne, derrière lui, dit doucement :

— Parce qu'il y a quelque chose dans ce périmètre que l'on ne doit pas découvrir... Parce qu'on ne veut pas que l'on sache ce qui produisait ces étranges lumières, que nous avons aperçues l'autre nuit.

— Regardez ça ! s'exclama Lucrèce.

Une flaque de soleil glissait le long du mur. Elle éclaira des toiles d'araignée superposées qui scintillèrent dans un recoin sombre du bâtiment, s'attarda un instant sur un visage, puis disparut.

Une autre tache lumineuse se forma un peu plus loin, fit sortir une main blanche de l'ombre et s'éteignit à son tour.

Ils braquèrent leurs torches en même temps sur le fond obscur de l'église. Derrière les multiples toiles, un groupe de personnages les regardait.

29.

Le pilote du dirigeable coupa le moteur et scruta la jungle à travers le plexiglas.

Les hauts toupets des hévéas formaient un sombre toit végétal circonscrit dans un périmètre qui évoquait la palmeraie d'une oasis. Une oasis cernée par une forêt dense tirant sur l'émeraude, et piquetée des taches jaunes et mauves des fleurs. L'aspect des branches et du feuillage changeait sans cesse sous la lumière, captant les reflets du ciel et des nuages. Les sept anciens chemins qui menaient à l'oasis étaient bien visibles à cette distance.

Le pilote, en tournant la tête, aperçut la barge au pied du grand cargo à aubes, ainsi que le Piranha, flottant au milieu d'une plaque de nénuphars.

L'homme jeta un coup d'œil à l'écran de son tableau de bord. La position de chacun des membres du commando était représentée par des cercles de couleur flanqués de chiffres. Il zooma sur les différents secteurs : Machado et de Sousa exploraient le cargo en ruine; Jarina et Serra progressaient vers le nord, sentier 2 ; de Gama et ses rats étaient dans le sentier 5 sud-est, avec Peixoto en couverture; le sergent Cavalcante et...

La voix du tireur d'élite retentit dans son casque audio :

— J'ai aperçu un truc bizarre dans une trouée, mais je ne le vois plus... C'est à trois cent six mètres, à dix heures pour toi... Je l'ai chargé sur ton GPS. C'est marrant, on aurait dit, heu, des lettres.

Le pilote se retourna : l'homme en noir avait épaulé son fusil MacMillan équipé d'un instrument de visée, et il le braquait sur l'oasis. Le tireur ajouta :

— C'est pas la peine d'avoir tout ce bordel électronique à bord, hein ? Suffit parfois d'avoir de bons yeux. Dis donc, Almeida, c'était quoi, tout à l'heure, sur ton scanner thermique ?

L'analyste hésita.

— Je sais pas exactement. Sans doute des singes. Y'a plus rien, maintenant.

Le pilote redémarra le moteur, l'hélice repartit en vrombissant.

30.

L'illusion s'était dissipée.

Les personnages qui les observaient depuis le fond de l'église étaient peints sur le mur, et galopaient sur des chevaux de différentes couleurs qui avaient durement souffert des outrages du temps.

La monture qui arborait une robe rouge passée était presque entièrement recouverte par une plaque de moisissure, seule sa tête aux dents féroces en émergeait, et on pouvait à peine distinguer les vestiges de son poitrail, de sa croupe et de ses pattes. Le bas du mur était rongé par la lèpre, et les quatre personnages (dont l'un levait haut une épée, et un autre ce qui ressemblait à un arc) montaient des coursiers qui se défaisaient en lambeaux de plâtre et en écailles de peinture.

Sénéchal grogna :

— Je dois avouer que je me suis laissé surprendre... Une fresque.

— Non, je ne pense pas, dit Lucrèce.

— Pourtant...

— Le mot fresque vient de l'italien *a fresco* qui signifie « dans le frais ». C'est une technique dont la réalisation se fait sur un enduit qui n'est pas encore sec, et...

— Bon... D'accord, Lucrèce, d'accord ! C'est donc là une peinture murale, et que représente-t-elle, mon cher Michel-Ange, selon toi ? Le grand prix de Diane ?

— Ce sont les quatre cavaliers de l'Apocalypse de Jean. Ils sont mentionnés dans la Bible, dans le Livre de l'Apocalypse, qui prédit qu'ils apparaîtront lorsque seront ouverts les quatre premiers des sept sceaux. Ils sont traditionnellement nommés : Guerre, Famine, Pestilence et Mort. Le cavalier blanc est parfois aussi censé représenter l'Antéchrist...

Il murmura :

— En fait, ces cavaliers représentent le Mal.

Sénéchal cita :

— « Dans l'Apocalypse de Jean, les sauterelles ressemblent à des chevaux caparaçonnés, préparés pour le combat; et leurs dents sont comme des dents de lion. » Ça ne te rappelle rien, ni personne ? Dis-moi, Lucrèce, mon ami, tu ne trouves pas intéressant que les toiles d'araignée aient été enlevées de cette peinture murale ? Et qu'il n'y ait plus ici, hormis des statues en plâtre, aucun objet de culte ? Un tableau, un ciboire, un chandelier, une croix, que sais-je encore ?

Un discret *bip* résonna dans la poche de Maria-Esperanza. Elle y cueillit son mini-ordinateur. Dans l'ombre, la lueur de l'écran éclaira son visage.

— Ils ont trouvé ce que nous recherchons tous depuis un bon moment... Et bien d'autres choses encore...

31.

Les rayons verticaux du soleil, filtrés par l'immense dôme des hévéas, mouchetaient de taches vives les maisons éventrées. À demi dissimulées par la végétation, elles faisaient corps avec elle, la pierre et le bois intimement imbriqués. Certaines étaient coincées entre les troncs majestueux, d'autres s'étaient écroulées sous la poussée végétale, créant des talus envahis de buissons. Le velours brun des mousses descendait des toits en cascade, ruisselait le long des murailles encore debout puis tapissait le sol, où se voyaient par endroits les restes d'un antique pavement jonché de fougères. Derrière un groupe de bâtiments, au milieu d'un fatras de poutres enchevêtrées et de haies, une tour carrée d'une dizaine de mètres de hauteur, miraculeusement intacte, était empanachée du feuillage d'un arbre dont le tronc jaillissait par l'une de ses meurtrières.

Sénéchal, debout sur un promontoire, observait l'antique bourgade, la main en visière. À ses côtés, Lucrèce scrutait les maisons aux jumelles. Il avait posé son filet à papillons à ses pieds, à côté d'une photo jaunie dans un cadre.

Les deux hommes étaient impressionnés par le silence qui régnait sur les ruines émergeant de la jungle.

À quelques pas, l'eau scintillait. Plus loin, les lianes se déployaient en lourdes tentures au-dessus des bâtisses, créant par endroits des entrelacs ténébreux laissant deviner des murets, des vestiges de courettes et les amorces d'escaliers. Les fenêtres vides s'ornaient de plantes grimpantes qui montaient en tresses épaisses à l'assaut des balcons effondrés.

Tel un dais mortuaire, l'enveloppe crevée d'un dirigeable était pendue à la cime d'un arbre.

On pouvait encore deviner, sur ses flancs brûlés, les mots : « Chitinex Development ». Sa nacelle avait disparu.

32.

Le cliché jauni, dans son cadre, montrait un homme d'une cinquantaine d'années au visage plein, aux sourcils charbonneux et aux tempes argentées. Il arborait un large nœud papillon qui avait sans doute été blanc, sur un frac noir.

Lucrèce, qui le brandissait devant Maria-Esperanza et Sénéchal, leur désigna du menton le commando qui se tenait à quelques dizaines de mètres d'eux, son fusil d'assaut en main.

— Selon M. Peixoto, qui est un puits d'érudition, ce portrait officiel découvert dans le coffre-fort d'une de ces maisons – un coffre-fort qui a été forcé, d'ailleurs – représente le président Getúlio Dornelles Vargas, qui parvint au pouvoir par un coup d'État en 1930 et se suicida dans les années 1950... La dédicace de sa main, sous la photo, est datée du 23 novembre 1930... Ce qui permettrait, si ces informations sont exactes, de dater à peu près cette bourgade pionnière, sachant que vous avez également lu « 1929 » gravé sur la porte de cette église, lieutenant.

Sénéchal remarqua :

— Il te ressemble un peu, non ?

Lucrèce, pincé, retourna la photo.

— À ma connaissance, il n'y a aucun dictateur sud-américain dans mon arbre généalogique. L'essentiel, maintenant, est de retrouver ces deux types dont le dirigeable est pendu là-haut... Ou du moins leurs corps, ce qui est le plus plausible, malheureusement. Des commandos ratissent le secteur et fouillent en ce moment même des grottes qu'ils ont découvertes au-dessus du village. Elles avaient sans doute servi de refuge aux premiers hommes qui se sont installés ici.

Maria-Esperanza reprit :

— Deux des hommes vont tenter de décrocher l'enveloppe du dirigeable... Cette bourgade a probablement été édifiée par une des expéditions de l'époque qui s'était enfoncée très loin dans la jungle, pour y chercher le bois qui pleure.

— Le bois qui pleure ?

— Le mot caoutchouc est né de l'union de deux mots indiens : *cao* et *tchu*, qui ensemble signifient « bois qui pleure ». L'expédition a apparemment créé sur place une ville pionnière pour cultiver et saigner les hévéas. Les soldats ont trouvé des anciens outils ici, des couteaux à scarifier et du matériel pour travailler les balles de caoutchouc. Les pionniers devaient ensuite les expédier à Manaus par le bateau à aubes qui est demeuré échoué dans le marigot.

Lucrèce hocha la tête :

— Les années 1930, c'était la fin du boom du caoutchouc en Amazonie... la dégringolade.

— Pourquoi cela ? demanda Sénéchal.

— À cause d'un minuscule champignon nommé Microcyclus ulei, communément appelé la rouille sud-américaine. Il s'est attaqué aux grandes plantations d'hévéas. Alors on a commencé à s'enfoncer toujours plus loin dans la jungle pour y rechercher des arbres sains.

— À ton avis, que sont devenus les habitants de cette bourgade ?

Le rondouillard désigna le portique rongé du vaste cimetière, orné des mots *Hodie* et *Cras*, qui gisait parmi les bosquets et les lianes, ainsi que les tombes en ruine qui s'alignaient devant lui sur la pente.

— Oh, je suis certain qu'ils sont toujours là... sous la terre. Le choléra a peut-être frappé, ici... ou autre chose. Les pisteurs ont découvert, pas très loin, des pétroglyphes qui doivent dater d'un bon millier d'années. Les Indiens d'alors avaient peut-être laissé des avertissements concernant cet endroit, des avertissements qui ont été négligés par ces pionniers des années 1930... Et que nous ne devrions peut-être pas négliger à notre tour.

Sénéchal dit lentement :

— Comme ces mâchoires de tapir entrecroisées, sur le sentier, par exemple ?

Maria-Esperanza les fixait tous deux de ses yeux noirs, sans ciller. Elle jeta un coup d'œil à sa montre.

— Nous devrions nous mettre tout de suite au travail. La nuit va tomber rapidement. Peut-être allons-nous savoir d'où provenaient ces mystérieuses lumières ?

Le petit chimiste ramassa la photo qu'il avait posée au sol. Juste à côté de la croix rouillée dressée sur une tombe moussue, et qui montrait dans l'intersection de ses branches un chevalier en armure monté sur un cheval gigantesque. La visière de son casque ouverte révélait ses orbites vides. Des squelettes en haillons dansaient la sarabande autour de lui.

33.

Dans son bureau parisien de la FREDE, Dame Pottier repoussa de sa main manucurée une mèche auburn qui lui tombait devant les yeux. Malgré l'heure tardive, elle cliqua de nouveau sur la souris de son ordinateur, faisant apparaître une photo sur l'écran.

Elle représentait un homme jeune, photographié au flash, de face et de profil. Un texte était écrit à la main sous le cliché en noir et blanc. On pouvait y lire : « Cour de sûreté de l'État ». L'homme était coiffé en arrière, le cheveu lisse et le front dégagé. Dame Pottier jugea qu'il avait un regard un peu fou. La photo portait, dans un coin, le mot « Delta », imprimé au tampon.

Elle cliqua encore, une autre photo apparut. Son grain épais indiquait qu'elle avait été prise par un ancien téléobjectif. Elle représentait le même homme, attablé à la terrasse d'un bar. Il portait une chemise blanche à large col aux manches retroussées, des lunettes de soleil démodées, et avait une cigarette au coin de la bouche. Il était manifestement en grande discussion avec un type costaud aux cheveux blonds coupés en brosse, assis en face de lui, et dont le visage émacié exprimait la colère ou l'agacement. Le costaud arborait une croix bien visible au col de sa chemise fermé.

34.

Lucrèce ouvrit le livre qu'il avait transporté jusqu'alors dans son sac à dos. Debout devant la tombe, encadré par Sénéchal et Maria-Esperanza, il avait l'allure d'un officiant replet qui va prononcer une oraison funèbre.

— La voici donc, cette fameuse croix. Comme je le soupçonnais, elle est scellée sur une tombe... Et bien scellée. (Il la désigna de son index potelé.) On peut encore y observer des traces de la poudre de graphite que les aérostiers de Chitinex y ont appliquée pour leur décalque. Selon ce livre, et selon ce que m'en a rapporté votre ami de la Vega, lieutenant, c'est là une croix typique des premières années du seizième siècle. Elle a été forgée au Portugal puis a voyagé jusqu'au Brésil, embarquée sur les navires avec les prêtres venus ici évangéliser les populations.

Sénéchal demanda :

— Et qu'est-ce qu'elle est censée représenter, d'après ce bouquin ?

— Hum, en fait, il y a de nombreuses interprétations possibles de ses motifs... Le chevalier en armure pourrait être saint Georges – le serpent autour de sa lance figurant le dragon –, et le soldat avec son manteau, en dessous, pourrait représenter saint Martin... À mon sens, il est plus plausible qu'elle fasse allusion aux fléaux de la Bible, et que Guerre, Famine, Pestilence et Mort soient présentées ici sous une imagerie différente de celle des cavaliers de l'Apocalypse... Les squelettes en haillons, le chevalier en armure, le soldat, ainsi que les insectes de la Bible, mi-scorpions, mi-sauterelles aux dents aiguisées... Un moine du monastère dans lequel de la Vega est allé enquêter a, de surcroît, effectué des recherches historiques. Et il a trouvé une trace de cette croix : elle est décrite dans une liste d'objets de culte emportés par l'une des multiples expéditions parties chercher le caoutchouc dans la jungle, au cours de l'année 1928. Grâce à cette tombe, à la photo du président Getúlio Dornelles Vargas et à la date que vous avez lue sur la porte de l'église, tout se recoupe.

Il leva les yeux de son livre et regarda un commando, à quelques pas de lui, qui passait sur les dizaines de tombes émergeant des fourrés un instrument électronique muni d'une poignée, ressemblant vaguement à un gros fer à repasser.

— Il faut bien se rendre compte, Pierre, qu'à cette époque, lorsqu'on s'enfonçait dans la jungle amazonienne, on partait pour l'inconnu... On partait aussi à la rencontre des anacondas, des jaguars, des piranhas, des fièvres et des tribus hostiles. On n'avait pas de cartes précises, pas de GPS, pas de téléphone satellitaire... Et pas d'hélicoptère pour venir vous secourir. On chevauchait des mules, on brandissait des drapeaux et on était accompagné de gens en armes.

Maria-Esperanza poursuivit :

— En chemin, on réduisait des tribus entières en esclavage, et on faisait trimer hommes, femmes et enfants dans les plantations d'hévéas... Des arbres qu'on leur avait volés en même temps que leurs terres. Tout ça sous le regard bienveillant des curés qui accompagnaient l'expédition.

Le petit chimiste hocha la tête.

— Vous avez parfaitement raison, lieutenant. En tout cas, cette croix a été scellée sur une tombe sans nom... Qui peut bien être sous cette dalle ?

Sénéchal hasarda :

— Peut-être le curé de l'église qui se trouve à l'écart de la bourgade, occupée par ces centaines d'araignées ? De toute manière on ne peut plus rien lire sur ces tombes. À propos, je suppose que cette croix du seizième siècle possède une grande valeur ?

— Possible. (Lucrèce survola le cimetière du regard.) Et il est logique que les aérostiers se soient intéressés à elle précisément. C'est la plus remarquable. Et elle a mieux résisté au temps que toutes les autres... Mais ils n'ont pas pu l'emporter dans leur engin volant, à moins de la scier... Peut-être en avaient-ils d'ailleurs l'intention.

L'écoflic lui jeta un regard mi-sévère, mi-ironique.

— Je comprends pourquoi tu te doutais de ce que nous allions découvrir derrière la haie de bambous épineux, espèce de cabotin! Tu savais que la croix avait été emportée par une expédition partie explorer la jungle en 1928 à la recherche du caoutchouc. Et quand tu as vu les hévéas bien regroupés sur l'image satellite du capitaine La Mota...

Lucrèce referma le livre, l'air faussement modeste.

— Allons, allons, simple hypothèse. Je, heu...

— Ouais. L'ennui, avec l'humilité, c'est qu'on ne peut pas s'en vanter, n'est-ce pas? J'aimerais bien savoir aussi ce que tu caches dans ta poche de poitrine, depuis notre départ.

Le soldat équipé de son instrument électronique s'était approché d'eux, et, du plat de la main, avait écarté des feuilles d'hévéa de la dalle sur laquelle était scellée la croix. Il y passait son appareil, tout en fixant l'écran miniaturisé qui le surmontait.

Il s'arrêta soudain, fronça les sourcils, puis il recommença minutieusement son opération. Enfin il marmonna :

— C'est pas possible, bordel.

Sénéchal demanda :

— Qu'est-ce qui ne va pas?

L'autre se redressa et le regarda bizarrement. Puis il indiqua l'écran.

— Mon radar montre qu'il y a quelqu'un là-dedans... C'est normal, vous me direz. À part que c'est quelqu'un qui n'a sûrement pas été enterré ici dans les années 1930... Mais alors là, pas du tout, senhor!

35.

Dame Pottier fit miroiter un instant la lumière électrique sur la lame d'acier bruni du couteau qu'elle tenait à la main. Puis elle s'en servit pour ouvrir la grande enveloppe qu'un coursier venait de lui apporter.

Elle en sortit deux photographies, ainsi qu'une photocopie de coupure de journal et un mince document rose pâle comportant les tampons d'une ambassade à Paris.

La première des deux photos en couleurs représentait un homme en grand uniforme au visage aigu, au long nez et porteur d'une épaisse moustache, qui fixait l'objectif d'un œil sombre. Sa haute casquette noire et blanche était bordée d'un liséré doré.

Elle connaissait ce visage pour l'avoir vu dans la presse.

L'autre photo, également en couleurs, le représentait, tête nue, les cheveux bien lissés en arrière. Il était agenouillé devant un prêtre souriant qui semblait lui donner sa bénédiction, une main tendue au-dessus de sa tête.

Elle parcourut ensuite rapidement le document rose et regarda enfin la photocopie de la coupure de journal. Elle lut le texte sous le mauvais cliché, représentant le même prêtre que celui qui donnait sa bénédiction sur la photo précédente. Il était pris de face, cette fois. Puis elle émit un petit sifflement.

Elle fit apparaître de nouveau sur son écran l'image en noir et blanc des deux hommes attablés à la terrasse d'un bar. Elle scruta le personnage costaud aux cheveux blonds coupés en brosse qui arborait une croix bien visible au col de sa chemise fermée.

— Mon salaud!... On te tient!

36.

Sénéchal était accroupi au-dessus de la tombe. Les mains gantées de caoutchouc, il examinait le squelette étendu sur des ossements anciens partiellement réduits en poussière noirâtre.

Il détailla le crâne sur lequel adhéraient encore quelques touffes de cheveux filasse : il présentait de longues cassures en zigzag qui partaient toutes d'un orifice placé au-dessus de l'emplacement de l'oreille droite. L'écoflic leva ensuite les yeux vers le sergent Cavalcante, bien campé sur ses jambes arquées de l'autre côté du squelette.

Le sergent observait dans le creux de sa main un objet enfermé dans un sac de plastique transparent. Lucrèce, à ses côtés, prenait des photographies, tandis que Maria-Esperanza, à quelques pas, consultait son ordinateur. Les hommes du commando qui avaient fait glisser la dalle s'affairaient autour d'un pulvérisateur portable à moteur qu'ils remplissaient à l'aide d'un bidon d'aluminium. Des masques à gaz étaient accrochés à leurs ceinturons.

Sénéchal désigna le squelette.

— Je dirais que ce type – c'est de toute évidence un homme – a été abattu à courte distance par une balle de gros calibre. Une balle blindée, de surcroît, pour avoir occasionné des dégâts pareils... Les fourmis et autres insectes qui ont pénétré dans la tombe ont parfaitement nettoyé le cadavre, mais je pense qu'il n'est là que depuis quelques mois. Pas de bijoux, pas de montre, hormis cette médaille que nous avons trouvée sous lui, dans les cendres de, disons, l'ancien occupant légitime de cette sépulture. Celui qui l'a tué a négligé de lui retirer sa médaille avant de la balancer là-dedans. À moins que cette breloque n'ait été cousue dans un vêtement. Et les vêtements ont été bouffés aussi... Les mains ont été sciées bien proprement à hauteur du radius. Elles ne sont pas dans la tombe. Et la taille de cet homme, qui est très grand, ne correspond pas à celles des aérostiers, selon les éléments dont je dispose.

De l'index, il examina la cavité buccale.

— Les dents de devant de la mâchoire supérieure ont été cassées. Peut-être pour éviter une identification, comme pour les mains coupées... (Il désigna la cage thoracique.) Il a également une côte fêlée. Ce que je m'explique mal, c'est pourquoi avoir balancé le cadavre dans cette tombe-ci précisément.

Le petit chimiste répondit :

— Non seulement c'est la tombe la plus remarquable du cimetière, mais elle est en bordure du terrain... C'était plus facile.

L'écoflic demanda au sergent :

— Qu'est-ce qu'elle dit, cette médaille ?

Cavalcante tripota comiquement l'os recourbé qui lui traversait le nez.

— Je n'y connais pas grand-chose en décorations américaines, mais je pense que celle-ci doit être la médaille de la Défense... Et je crois savoir que chez les Yankees, c'est une sacrée distinction.

37.

— Vous allez pouvoir bientôt entrer là-dedans, messieurs, et vous aussi, lieutenant, si ça vous tente... Mais je vous préviens, c'est spécial...

Le commando, chaussé de bottes de caoutchouc et revêtu d'une combinaison étanche, transpirait à grosses gouttes. Son masque à gaz était accroché autour de son cou. Il fit glisser de ses épaules les bretelles du pulvérisateur et le posa au sol, puis il ôta ses longs gants verts.

— On a balancé du gaz partout dans les grottes... Inoffensif pour l'humain, je précise. Il en est sorti un monde fou : scorpions, araignées, serpents, chauves-souris, et tout un tas de bestioles dont je ne connais pas les noms et qui se sont taillées dans la jungle. Je vous parle pas des fourmis, j'ai pas eu le temps de les compter et elles avaient l'air pressées... Ce qui vous intéresse était planqué au fond, derrière un tas de pierre avec des feuilles et des branches dessus, dans la troisième grotte (il tendit l'index vers une trouée dans les arbres), celle que vous verrez là-bas, avec de Moraes et Pessoa juste devant. Ils ont des lampes. Faites gaffe à l'odeur...

La nacelle du dirigeable avait été partiellement découpée au chalumeau.

Elle était coincée entre deux stalactites dans une anfractuosité du fond de la grotte. Toute sa partie arrière était manquante. Les longues bouteilles de butane étaient empilées à côté d'elle et de nombreux tubes de sa structure, jetés en vrac, brillaient sous les torches électriques des deux commandos. Les câbles qui avaient servi à la suspendre sous le dirigeable formaient, sur son toit, un tas recouvert de moisissures. La grande hélice, tordue, était posée sur bloc de pierre un peu plus loin, à côté du moteur éventré qui avait vomi son huile. Les sièges arrière, démontés et en partie carbonisés, projetaient des ombres fantasmagoriques sur les parois minérales et les concrétions calcaires de la grotte.

Le pilote souriant était assis face à ses instruments, la tête inclinée, comme s'il essayait de distinguer dans l'obscurité les visiteurs qui approchaient.

Ses orbites vides étaient cernées de noir, imitant un masque posé sur le haut du visage. Au-dessus des dents, les vestiges parcheminés de peau portaient de longs poils jaunis qui pendaient lamentablement d'un seul côté. Sénéchal pensa immédiatement aux superbes moustaches blanches de l'homme nommé Leteinturier.

Au travers des déchirures des vêtements pourrissants du cadavre, on apercevait des os et des filaments. Des champignons blêmes avaient poussé en petit groupe sur son épaule droite. À ses pieds, un autre homme était recroquevillé sur le plancher de métal, au milieu d'une tache de sang séché. Sa tête formant un angle bizarre avec le corps, il semblait, lui aussi, regarder les nouveaux venus. Son crâne sur lequel adhéraient encore quelques cheveux montrait un large trou en forme d'étoile à son sommet.

Soudain, un petit scorpion brun en sortit et zigzagua sur le sol, son ombre derrière lui. Il eut un sursaut puis ne bougea plus. Ses pattes se replièrent lentement sous lui.

L'écoflic, sans un mot, prit la lampe des mains du commando qui se tenait à ses côtés. Puis il s'avança en contournant prudemment le scorpion.

Le soldat dit :

— Touchez à rien, m'sieur, les cadavres de ces types ont peut-être été piégés.

Sénéchal approuva d'un hochement de tête. Il maintint son mouchoir sur son visage, tout en braquant sa lampe sur la face du cadavre aux commandes de la nacelle. Il promena ensuite le faisceau sur les instruments de bord, et étudia le second corps sur le plancher de l'engin. Enfin, il fit volte-face et grommela :

— Leurs yeux ont été brûlés. Sortons d'ici, l'odeur est insupportable.

38.

La première personne que Sénéchal trouva en arrivant à la tour était l'impassible charmeuse de rats. Elle tenait un automatique muni d'un silencieux. Elle le baissa lentement en l'apercevant.

— Faut faire un peu plus de bruit que ça, monsieur, en arrivant. J'aurais pu vous descendre.

Il lui décocha un grand sourire.

— Je promets de siffloter un petit air entraînant, la prochaine fois qu'on se rencontrera, vous et moi.

Il avisa aux pieds de la jeune femme la boîte contenant ses protégées à moustaches. Il vit aussi plusieurs trous creusés dans le sol et, bien rangés le long du mur, quatre objets métalliques de la taille de cannettes de bière, couleur sable, surmontés d'une couronne de courtes antennes. Leur vue lui fit passer un rapide frisson dans le dos.

— Il y avait encore des pièges? C'est quoi, cette fois?

— Mines antipersonnel à fragmentation bondissantes. Propulsées en l'air par une première charge, explosent en projetant des billes ou des éclats métalliques dans un rayon minimum de 25 mètres et sur 360°, causant, suivant leur hauteur, des blessures létales ou graves, toutes les parties du corps pouvant être atteintes.

Elle ajouta :

— Fabrication américaine. Pouvez approcher, monsieur, j'ai ôté leur charge... Ces saloperies étaient enterrées de chaque côté de la tour, et reliées entre elles. Ça vous nettoie tout ce qui bouge dans le périmètre, et vous pouvez crever tranquillement au bout de plusieurs heures, selon la manière dont vous avez été touché... Les filles ont, en plus, trouvé un piège à la porte, un truc assez vicieux relié à un obus de mortier. (Elle eut un petit sourire de fierté.) Un débutant s'y serait laissé prendre...

Elle désigna l'angle du mur :

— Vous pouvez entrer, votre collègue est déjà là-dedans avec le sergent.

Il tourna l'angle et baissa la tête pour pénétrer dans la tour. Sous la lumière vive d'un projecteur sur pied, il aperçut Lucrèce. Le petit homme avait perdu son chapeau de paille. Il était étendu sur le côté dans une longue caisse de bois noire. Derrière lui s'empilaient d'autres caisses semblables.

Le sergent Cavalcante était debout à quelques pas, une baïonnette en main.

39.

Sénéchal demanda à Lucrèce :

— Est-ce que je peux savoir ce que tu fais ? Tu prépares un numéro de contorsionniste ?

Le sergent Cavalcante retourna à son activité première, qui consistait manifestement à tenter d'arracher, à l'aide de sa baïonnette, les clous des couvercles fermant encore certaines des caisses empilées. Les autres couvercles étaient alignés le long du mur.

Le rondouillard s'appuya sur un coude, puis s'assit péniblement dans sa caisse. Il s'essuya le front du revers de la manche et regarda Sénéchal.

— Ouf ! j'ai fini par l'avoir !

Il brandit entre le pouce et l'index un sachet transparent.

— Il y avait des tas de lingots, là-dedans... Et il y en avait sans doute dans toutes ces caisses.

— Des lingots d'or ? Vraiment ? Tu plaisantes ?

Lucrèce enjamba le rebord de la caisse.

— Non, pas de l'or. De l'argent... Beaucoup d'argent... (Il brandit de nouveau le sachet.) J'ai réussi à en recueillir une particule, enfoncée dans le bois de cette caisse-ci. Il y a des traces de lingots d'argent dans toutes celles que le sergent Cavalcante a déjà ouvertes... L'oxydation des lingots a laissé à l'intérieur des traînées bien visibles. Les caisses sont sûrement là depuis un bon moment, et je suis bien certain qu'elles ont longtemps été protégées du climat.

Il alla récupérer son chapeau de paille sur le sol, l'épousseta du plat de la main et le posa sur sa tête. Il se tourna vers le sergent.

— Elles sont toutes vides, n'est-ce pas ?

Cavalcante grogna. Il paraissait terriblement déçu. Il empoigna à deux mains une des caisses ouvertes, proféra un juron et, malgré son poids, la retourna d'un seul mouvement. Il s'assit dessus et posa sa baïonnette juste à côté de lui. Il avait l'air harassé.

— Ce ne sont pas les pionniers qui ont transporté plusieurs tonnes d'argent à dos de mule au fin fond de la jungle. Il faut un gros hélico pour venir planquer ça ici... Et les clous ne sont pas si vieux. Où sont donc passés tous ces lingots, senhor policier ?

Sénéchal examinait dans la pénombre l'escalier de pierre aux marches inégales qui grimpait au sommet de la tour. L'arbre qui avait poussé dans le petit bâtiment y enserrait ses racines à mi-hauteur, et la base de son tronc disparaissait par une crevasse du mur. En haut de l'escalier, un coin de feuillage était visible par un trou carré dans le plafond.

— Qu'est-ce qu'il y a là-haut ?

Lucrèce répondit :

— Il y avait une trappe en pierre. Elle n'était pas scellée... Il y a une terrasse au sommet de cette tour. Le sergent y a posté un tireur d'élite. Le gars a une excellente vue d'ensemble sur les ruines.

L'écoflic, pensif, parcourait des yeux les murs et le sol dallé.

Cet endroit avait été préservé.

Il regarda le sergent assis.

— Cette tour était piégée par plusieurs machines infernales, c'est donc que l'argent dans les caisses était peut-être encore ici peu avant notre arrivée, et...

Il écarquilla les yeux.

— Ne bougez surtout pas, sergent !

Cavalcante le regarda, interloqué :

— Quoi ? Qu'est-ce que...

Sénéchal leva un index péremptoire.

— Sergent Cavalcante... ne faites plus un seul mouvement. Lucrèce, prends un de tes sacs plastique pour les indices, et enfile immédiatement des gants.

L'écoflic s'approcha à pas comptés du sergent et s'accroupit juste devant la baïonnette. Tout près de la lame brillait un petit cylindre de métal à demi enfoncé dans le bois meuble.

Il ne mesurait que quelques millimètres et était partiellement emprisonné par une mince couche de terre jaunâtre.

40.

Dame Pottier regarda pour la dixième fois les images prises par la caméra miniaturisée que Sénéchal avait dissimulée dans une fausse édition de *Macbeth* posée sur la table de chevet de sa chambre d'hôtel, dès son arrivée à Belém.

On voyait Maria-Esperanza en robe rouge, assise sur le lit, et plus loin le jeune de la Vega coiffé de sa casquette de base-ball, nonchalamment appuyé, bras croisés, sur le mur de gauche. Lucrèce était installé à l'unique bureau, observant l'écran d'un ordinateur portable. De temps à autre, il lorgnait sournoisement les jambes de l'Indienne. Sénéchal discutait avec Dom Faria de Queroz, qu'il dominait de toute sa taille. Le vieillard, face à l'objectif, tripotait son chapelet.

La chef incontestée de la FREDE monta le son et écouta ce que déclarait, de sa voix de stentor, le curé porteur de lunettes de gosse : « C'est bien cette croix-là. Je l'ai déjà vue. Oh oui, je l'ai bien vue... Quand mon jeune ami de la Vega m'a montré sa photo, je lui ai dit tout de suite : " Oh, on dirait que c'est la vieille croix avec les bêtes de la Bible, et moi qui la croyais profondément enterrée... " »

Elle zooma sur le visage du père de la Vega et le scruta longuement.

41.

L'étroite terrasse au sommet de la tour était couverte de feuilles mortes, de mousses et de bogues d'hévéas. Des lianes couraient le long de curieux créneaux en forme de losange, dont certains étaient manquants.

Sénéchal salua le tireur d'élite debout dans un angle, observant les alentours, son fusil de précision posé au sol sur un trépied devant lui. L'homme lui répondit d'un bref signe de tête et replaça immédiatement ses jumelles de vision nocturne devant ses yeux.

L'écoflic s'approcha du rebord de pierre et contempla les toits effondrés de la bourgade, qui apparaissaient par endroits entre le feuillage. Une fine brume montait du sol et stagnait entre les ruines. Plus loin trois hommes du commando installaient des tentes aux couleurs camouflage.

Il regarda l'enveloppe ternie du dirigeable dans l'arbre, là-haut, et songea aux deux cadavres cachés au fond d'une grotte... Pourquoi ces deux malheureux types n'avaient-ils prévenu personne de leur découverte de cette bourgade oubliée ? S'ils avaient tenté de pénétrer dans cette tour, ils auraient été tués à coup sûr par les mines. Hum, non... Ces mines nous attendaient, on ne voulait pas que l'on pénètre dans cette tour pour y voir... Quoi ? Des caisses vides ? Autre chose ? Il n'y a rien d'autre. Pourquoi ces aérostiers ont-ils été abattus ? Ont-ils vu, eux, un truc qu'il ne fallait pas voir ?

Tout en réfléchissant, Sénéchal posa la main sur la pointe de l'un des créneaux de la terrasse. Il sentit un curieux contact sous sa paume : la pierre avait fondu sur une petite surface, formant une cavité lisse aux bords vitrifiés.

42.

— Tu vas nous couvrir avec ton escopette, voilà ce que tu vas faire ! Si un animal sauvage nous attaque, un jaguar, un anaconda ou quoi que ce soit d'autre, tu le flingues, c'est tout ! Je ne te demande quand même pas l'impossible !

— Lucrèce, mon ami, ne t'emporte pas, et cesse de cavaler comme ça, je n'arrive pas à te suivre. De surcroît, tu vas finir par m'éborgner avec ce filet à papillons ridicule. Le sergent Cavalcante a été formel : il est extrêmement imprudent de sortir du périmètre de sécurité mis en place par ses commandos...

— N'allume surtout pas ta lampe-torche.

— Mais on n'y voit rien avec ta loupiote rouge !

Le rondouillard s'arrêta sur place.

— Je te l'ai déjà dit... Cela pourrait totalement fausser mon expérience. Je ne veux pas que tu attires des centaines d'insectes avec ta lampe, c'est pourtant simple !

— Mais alors à quoi sert ce filet à papillons, heu, ridicule, ainsi que je le disais ? Et que planques-tu dans ton sac à dos ?

— Tu verras bien. Mais sache que les insectes qui possèdent des yeux composés sont très peu sensibles à la lumière rouge. Avançons, avançons, que diable !

Les deux hommes longeaient l'église dans la nuit. Le petit chimiste braqua sa lampe rouge sur la cloche solitaire dans son beffroi, créant des ombres fantastiques dans les arbres qui le surmontaient. Des grandes chauves-souris tourbillonnaient en silence dans les ramures. Puis il l'orienta en direction de la haie de bambous, dans laquelle les commandos avaient fini par pratiquer un passage à la machette. La brèche dans le feuillage n'était qu'une bouche noire.

Ils la franchirent et aperçurent dans la lueur rouge la branche toute droite au milieu du chemin, avec ses mâchoires de tapir. Une brume épaisse stagnait à un mètre du sol, déroulant paresseusement ses volutes et noyant les racines des hévéas. La lumière bleutée de la lune la rendait quasiment phosphorescente. Les feuilles mortes crissaient sous leurs pas.

Lucrèce fit halte devant les ossements.

— Pierre, est-ce que tu sens cette odeur ?

Sénéchal renifla :

— Ça sent les fleurs, non ? C'est curieux, je n'avais rien senti lorsque nous sommes arrivés ici.

— C'est très précisément l'odeur des fleurs que ce vieil Indien, accompagné d'un jeune garçon couvert de tatouages, transportait dans sa pirogue, bien loin d'ici.

— Quel vieil Indien ?

— Tu ne l'as pas vu ?

— Non.

— Hum... Bon. Ça ne fait rien, avançons...

Ils se remirent à progresser dans le brouillard. Au bout d'un moment, le petit chimiste, pensif, demanda :

— Si ces os de tapir sont là depuis longtemps, ce qu'il semble, quand donc les a-t-on dressés au milieu de ce chemin ? Et surtout, pourquoi ?

— Je suppose que c'est parce que cet endroit avait mauvaise réputation depuis longtemps.

— Ces signes sur les rochers, là-bas, les pictogrammes. Les grottes... Ce lieu a été habité par des Indiens, il y a des siècles. Et les pionniers de 1930 se sont installés précisément là, ce qui est troublant... (Il s'arrêta soudain.) Tu... Tu as entendu ?

— Quoi ?

— Un bruit, sur la gauche... Tu as des munitions sur toi ?

— J'ai dans mon fusil de quoi arrêter une ou deux locomotives au galop.

— Parfait. Dépêchons-nous, j'aperçois l'orée du sentier, là-bas.

Le marigot n'était qu'un immense lac de brume. Des lucioles clignotaient dans les roseaux, des centaines de grenouilles se répondaient à travers l'espace et des oiseaux nocturnes lançaient leur cri lointain. Le haut du cargo à aubes empanaché d'arbres se découpait en ombre chinoise sur le ciel. Au-dessus de lui le dirigeable flottait, grande masse sombre et immobile. Une faible lueur verdâtre émanait de l'intérieur de sa nacelle. Des élingues, presque invisibles dans l'obscurité, le reliaient au bateau.

Lucrèce éteignit sa torche rouge. Ils demeurèrent tous deux un instant dans le noir. Une étoile filante passa dans le lointain. Il ralluma.

— J'ai cru voir des lumières à l'un des hublots du bateau.

— Moi aussi. Qu'est-ce qu'ils peuvent bien fabriquer, les commandos ?

— Peu importe... Allons dans ce chemin qui longe le marécage, c'est là que l'expérience commence. Prends ma lampe et éclaire-moi.

Sénéchal s'exécuta. Lucrèce saisit dans sa poche de poitrine un tube de métal chromé et en sortit une ampoule de verre. Elle contenait un liquide transparent. L'écoflic demanda :

— Qu'est-ce que c'est ?

— Suis-moi.

Ils s'enfoncèrent sous les branches, Sénéchal courbant sa haute taille, et le petit chimiste trottinant devant lui, son filet à papillons en main. Ils parvinrent au bord de l'eau. Des racines plates en forme de voiles se dressaient devant eux, plongeant un peu plus loin dans la boue. L'une d'elles présentait une profonde crevasse.

Lucrèce prit la lampe des mains de Sénéchal et, sous le halo rouge, répandit dans la cavité quelques gouttes de son flacon.

Il eut tout à coup le sentiment d'être observé.

Il se retourna vivement et dirigea le faisceau sur le marigot, juste derrière lui. Il fit un bond en arrière en apercevant, sous la couche de brouillard, deux yeux aux reflets métalliques.

Un remous agita les nénuphars, puis la surface redevint calme.

— Qu'est-ce que c'était ?

— Un caïman. Il ne devait pas avoir très faim. Mais il va peut-être revenir avec sa famille au grand complet.

Lucrèce éclaira l'ampoule de verre, vide.

— Filons d'ici, c'est foutu.

— L'expérience est déjà terminée ? Je dois dire que c'était très vivant.

Le rondouillard tendit soudain l'index.

— Qu'est-ce qui se passe, là-bas?

Les puissants projecteurs du dirigeable venaient de s'allumer. Ils étaient braqués sur les structures tordues de la passerelle et les arbres coiffant le pont supérieur du navire. Entre leurs troncs, des silhouettes s'agitaient.

Les mains en visière, Lucrèce et Sénéchal tentaient d'apercevoir ce que transportaient les trois commandos qui se déplaçaient au sommet du bateau, sous l'éclairage intense du dirigeable.

Lucrèce murmura :

— Je regrette de ne pas avoir emporté mes jumelles. On dirait qu'ils ont trouvé un... un cercueil?

— Je ne crois pas, on dirait plutôt un caisson métallique. Ça paraît lourd. Ils l'accrochent à une des élingues.

Sur le ciel immense où palpitait un semis d'étoiles, le dirigeable pivotait. L'objet que les militaires transportaient s'élevait par saccades au bout de son câble. Dans le faisceau blanc, un commando levait les bras, dirigeant la manœuvre.

Dès que le caisson eut atteint le niveau de la nacelle, les phares s'éteignirent.

Sénéchal, battant des paupières, essaya de percer l'obscurité, sans succès. Lorsque ses yeux furent accoutumés de nouveau à la nuit, il vit que le zeppelin s'élevait. Son moteur gronda, ses feux de position s'allumèrent, et il prit de la vitesse pour disparaître au-delà de la lisière noire de la jungle.

Lucrèce ralluma sa lampe. Les deux hommes s'entre-regardèrent, perplexes.

Ils allaient faire demi-tour quand quelque chose arriva à toute allure en vrombissant dans l'air, et percuta la poitrine du petit chimiste. De surprise, il lâcha sa torche et poussa un couinement apeuré. Il tâta sa chemise et sentit sous sa paume un animal qui se débattait, puis un pincement à l'index, des griffes acérées.

Il secoua la main, mais la chose le pinçait de plus en plus fort. Il cria...

Sénéchal alluma sa propre lampe-torche et vit ce qui était cramponné de toutes ses pattes aux doigts de Lucrèce.

Au-dessus de leur tête, il y eut un nouveau vrombissement, et un second gros scarabée à la carapace dorée vint se poser sur la poche de poitrine du petit homme, refermant aussitôt ses élytres et agitant son abdomen. Il fut suivi d'un autre, qui se posa sur son col.

Lucrèce sautillait sur place, essayant de décrocher le scarabée cramponné à ses doigts, tandis que d'autres insectes arrivaient de partout. Ils tournoyaient autour de lui avec des bruits d'hélicoptère, se posant sur sa joue ou sur son front et en repartant aussitôt, certains s'emmêlant dans ses cheveux et tentant de s'en dépêtrer de leurs pattes griffues.

43.

Maria-Esperanza observait Lucrèce.

Ses yeux noirs étaient fixés sur le nez en forme de patate du chimiste. De multiples griffures y étaient visibles. Son front était pareillement orné des traces qu'y avaient laissées les scarabées. Il avait les cheveux en bataille, les yeux cernés, et son index était entouré d'un sparadrap.

Le regard de la jeune femme erra un instant en direction du hublot derrière lequel défilait le fleuve noyé sous des trombes d'eau. Puis il revint au petit homme au visage fripé, assis devant elle.

— Comment appelez-vous ces substances, déjà, senhor Serge Méjaville ?

— Des phéromones, ma chère. Des hormones spécialisées. Ce sont des molécules émises par les insectes pour communiquer entre eux. Et en particulier pour attirer leur partenaire, heu, sexuel. (Il toussota derrière son poing fermé.) Certains papillons détectent un partenaire, heu, sexuel, à plus de dix kilomètres... Et j'ai l'impression que ces Diabrotica dorés ont très rapidement identifié dans l'air les hormones de la larve femelle.

— Vous aviez malencontreusement renversé sur votre chemise le contenu de votre garrafada, c'est bien cela ?

— De ma quoi ?

Elle lui sourit gentiment :

— Les garrafadas sont les minuscules bouteilles que vendent les femmes sur le marché de Belém, et qui vous avaient intrigué. Elles contiennent des potions destinées à apprivoiser les maris. Vous vous en souvenez ?

Lucrèce sourit à son tour.

— Oui, c'est un peu ça... Le professeur Morel a réussi à recueillir quelques-unes des molécules émises par la larve que nous lui avons fait parvenir. L'unique survivante trouvée dans la cave des aérostiers. Il a mélangé ces phéromones à un liquide destiné à préserver leur efficacité, et m'en a expédié un échantillon. Ce qui m'a permis de confirmer mon hypothèse.

Il tâta son nez du bout des doigts.

— Ces animaux ne sont pas agressifs, mais leurs pattes sont munies de griffes qui sont sans doute, de leur point de vue, très pratiques pour s'accrocher un peu partout. (Il grimaça.) Et ils possèdent des mandibules impressionnantes pour de si petites bêtes.

— Selon vous, c'est la preuve qu'ils vivent uniquement dans cet endroit?

— J'en suis persuadé. Mais ils doivent évoluer très haut, dans la canopée. C'est certainement là que ces deux malheureux aérostiers les ont découverts, au-dessus de cette bourgade enfouie sous la jungle.

— Mais pourquoi auront-ils caché ces insectes dans une cave secrète?

Lucrèce ouvrit largement les mains.

— Je n'en ai aucune idée. En tout cas, j'ai capturé vingt et un de ces animaux adultes. Et vivants. Tous des mâles. Il est fort dommage que nous n'ayons pas pu rapporter de femelle.

La porte de la cabine s'ouvrit, et Sénéchal entra. Il ôta la capuche de son poncho ruisselant d'eau. Son visage était fermé. Lucrèce marmonna :

— Dis-donc, tu as l'air d'être d'une humeur!

Se tournant vers Maria-Esperanza, il commenta :

— Quand il a les oreilles dressées comme ça, c'est mauvais signe.

L'écoflic lui jeta un regard noir.

— Vous pourriez organiser un concours de cachotteries, le sergent et toi.

Il fit un grand geste de présentateur vers le petit chimiste.

— « L'Hermétique Prince des Phéromones contre l'Impénétrable Chef des Commandos » !... C'est le monde du silence à lui tout seul, ce Cavalcante. Notre dernier entretien a été si orageux que la charmeuse de rats est intervenue, et j'ai cru qu'elle allait me balancer dans le marigot avec un collier de mines antipersonnel autour du cou.

Il allongea sa grande carcasse sur un bat-flanc de la cabine et croisa les mains sur son ventre.

— Ce gars-là ignore tout d'un caisson trouvé par ses boys dans le cargo à aubes, caisson qui a été emporté nuitamment par le dirigeable (il tendit un index accusateur vers Lucrèce) sous les yeux éblouis de notre fameux dompteur de scarabées !

Il fixa l'Indienne.

— N'est-elle point stupéfiante, lieutenant, cette absence de communication au sein de l'armée brésilienne ? Hmm ?

Troisième partie

1.

— Savez-vous, senhor Sénéchal, que les restes d'une plate-forme tournante provenant d'un navire de l'empereur Caligula furent retrouvés au fond du lac de Nemi, près de Rome, vers 1930 ?

— À vrai dire, non, je l'ignorais.

— Ces vestiges nous apprennent que les roulements rudimentaires étaient utilisés depuis l'Antiquité. Cette plate-forme peut donc être considérée comme l'un des premiers exemples de roulement de butée. C'est-à-dire d'un roulement destiné à supporter des charges directes et roulant autour de son axe.

— C'est tout à fait édifiant. Les roulements, dites-vous ?

— Le roulement remplace le frottement de glissement par un frottement de roulement.

— Bien sûr.

Le gros homme chauve couleur café au lait, boudiné dans sa blouse immaculée, retira sa loupe de diamantaire vissée à son œil et la posa sur la table vivement éclairée. Juste à côté du minuscule cylindre brillant que Sénéchal lui avait confié pour expertise, et qui se trouvait à présent emprisonné entre deux lames de verre.

Il repoussa de sa main ornée de multiples bagues l'écran pivotant de son ordinateur, éteignit un microscope binoculaire, rajusta son énorme nœud de cravate jaune acide, et déclara enfin, d'un ton précieux :

— Ce roulement à aiguilles en acier au chrome que vous avez trouvé à demi enfoncé dans le bois d'une caisse, appartenait, selon mes recherches, à une pompe à haut débit, destinée à extraire l'eau chargée de terre au fond des galeries de mine. Une pompe Mendoza & de Azevedo modèle 17 A, fabriquée de juillet 1971 à février 1974. Ce modèle 17 A ayant été, à cette date, remplacé par le modèle 18 B.

De son index, où brillait une imposante chevalière, il désigna l'objet.

— La terre qui recouvrait ledit roulement contenait du cuivre. Contrairement à ce que vous imaginiez sans doute, le cuivre n'existe pratiquement plus dans la nature à l'état natif, comme c'était le cas dans l'Antiquité.

— Je... Ah non ?

— Non. Erreur. Grave erreur... Le cuivre d'aujourd'hui se présente sous forme de sels contenant 30 à 90 % de cuivre, eux-mêmes mélangés quelquefois à d'autres métaux, dont certains peuvent être plus rares que le cuivre, tels l'or et l'argent. Sachez que le cuivre est le meilleur conducteur d'électricité du monde, juste après l'argent, mais il est beaucoup moins coûteux, évidemment.

— Évidemment.

— Un minerai est considéré comme riche à partir de 1,8 % de cuivre pur. Une mine n'est plus considérée comme intéressante si cette teneur est inférieure à 0,5 %. Or, la terre qui était sur ce roulement n'atteint même pas cette teneur. Cela étant, en comparant divers échantillons...

Il se tut brutalement et croisa les mains, affichant ainsi la totalité des bijoux qui paraient ses doigts. Il fixa Sénéchal derrière ses paupières lourdes. Puis, sans que rien ne l'ait laissé prévoir, il éclata d'un rire enfantin. Il exhiba ensuite un mouchoir d'un rose soutenu et s'en tamponna les yeux, l'air très content.

— Aha ! je vous vois si désemparé, senhor policier ! Vous vous dites : « Ce gars-là est un fichu raseur qui va me tenir la jambe pendant des heures, et je n'en saurai pas plus en sortant d'ici. » C'est bien ça ?

Il se leva et orienta l'écran de son ordinateur vers l'écoflic.

— Erreur. Grave erreur. Car j'ai identifié le sol d'où a été extraite la terre contenant ce type de cuivre, j'ai identifié le roulement de la pompe à eau, j'ai identifié l'usage minier de ladite pompe à eau, ainsi que son âge. Il ne me restait plus donc qu'à identifier, grâce à la composition précise des éléments que vous m'avez fournis, la mine d'où proviennent cette pompe et cette terre et... (d'un geste théâtral, il écarta les mains de part et d'autre de l'écran)... voici la mine, senhor Sénéchal, ou du moins sa photo prise d'avion ! C'est là qu'une des caisses que vous avez découvertes à dû séjourner. Je précise que ce cliché un rien lavasse date du temps de la splendeur de cette exploitation minière à ciel ouvert. Cette mine, qui se trouve non loin d'ici, a été fermée, puis ses parties souterraines dynamitées, comme c'était l'usage après exploitation. Elle est aujourd'hui à l'abandon. Néanmoins, il est intéressant de constater, sur cette photo, l'activité qui y régnait autrefois, avec ces camions qui ont l'air de jouets et ces énormes machines un peu partout... Et toute cette poussière, bien entendu.

Sénéchal remarqua :

— On dirait qu'on a creusé dans le sol une immense pyramide à l'envers, et qu'on l'a entourée de tas de sable.

— Erreur. Grave erreur. Ceci se nomme des excavations en gradins, et les tas de sable s'appellent des murs d'empilement. Tout ce périmètre est désormais entouré de grilles et de barbelés, car ce genre d'endroit est toujours dangereux, et la nature (il leva les yeux au ciel tout en se frottant les mains dans un geste d'onction)... la nature s'est vengée de l'homme qui la maltraite sans cesse, et elle a tenté, depuis, d'effacer cette très vilaine blessure de la face de la terre.

Sénéchal le regarda, étonné. Le gros homme se rassit derrière sa table et croisa de nouveau les doigts.

— Je me dois de vous dire, senhor, que cette mine n'a pas été fermée uniquement pour des raisons de sécurité. Vous n'ignorez sans doute pas que mon pays a subi une féroce dictature durant vingt et une années, dictature soutenue par les États-Unis. À l'issue de cette sanglante période, en 1984, les possesseurs de la mine ont jugé prudent de s'exiler en Uruguay, pour ne pas avoir à rendre de comptes au peuple brésilien.

— Je ne comprends pas.

— Cette exploitation de cuivre appartenait à de grands propriétaires proches de la junte militaire de l'époque. Elle a été le théâtre de tortures, d'exécutions, et bien des malheureuses victimes de ces bouchers en uniforme y ont disparu au cours cette sale période. (Il fit un geste las.) Des opposants, des syndicalistes, des journalistes... Puis des mères de famille, des étudiantes et des gens comme vous et moi. On a parlé de gosses jetés vivants dans les concasseurs de pierres. On enlevait les gens chez eux, et quand on les emmenait là-bas, eh bien... (Il soupira.) Voyez-vous, senhor, le passé est le passé, bien sûr, mais il est heureux que la mine de São Marighella soit aujourd'hui rendue aux vents et aux buissons.

Il prit un objet près de son clavier d'ordinateur et le montra à Sénéchal.

— Voici un petit cadeau, senhor policier. C'est une compilation de tout ce que j'ai pu trouver concernant cette foutue mine, dont des vues récentes par satellite. Saluez de ma part la *bellissima* Maria-Esperanza Saint-Louis, et sachez que mon laboratoire vous est toujours ouvert.

Par-dessus sa table, il lança la clef USB à l'écoflic, qui l'attrapa au vol.

— Bonne promenade, senhor... Mais n'allez surtout pas réveiller les morts. Ni les mauvais souvenirs.

2.

— J'ai bien lu votre rapport, détective, et je dois avouer qu'il est très complet... J'ai également reçu les images de cette bourgade oubliée sous la jungle. C'est étonnant.

— Les flics scientifiques sont sur place, chef. Les corps des aérostiers et les restes de l'homme trouvé dans la tombe seront expertisés. Mais les commandos me cachent des choses. À ce propos, chef, est-ce que par hasard vous nous auriez envoyés au Brésil, Lucrèce et moi, en sachant...

— J'ai bien lu aussi, détective, que les scarabées capturés par M. Méjaville, au péril de son épiderme, étaient en route pour le laboratoire parisien du professeur Morel. Dites-moi, avez-vous vu récemment le jeune de la Vega ?

— Précisément, chef honorée, il revient de chez dom Faria de Queroz et m'a informé que le vieux fou s'était volatilisé. Depuis deux jours, personne ne l'a revu, et son taudis est vide. Et sens dessus dessous, car il a été visité de fond en comble. J'espère qu'il ne lui est rien arrivé de... disons, fâcheux, voire d'irréversible, à ce curé, car je souhaiterais vivement avoir un entretien avec lui.

— Comme je vous comprends. Mais je ne suis guère surprise que le cher homme soit, à ce jour, injoignable.

— Puis-je m'étonner, chef, que sa disparition soudaine ne vous surprenne pas ?

— Il se trouve que je me suis intéressée à lui dès que vous m'avez fait parvenir les images vidéo de sa curieuse expertise du calque de la croix dans votre chambre d'hôtel.

— C'est pour cela que vous êtes la chef, chef. Car vous avez toujours plusieurs longueurs d'avance sur les humbles soldats engagés dans la guerre contre le crime. Chef.

— Vos sarcasmes vous mèneront droit en enfer, Sénéchal, où une place vous est sans doute réservée en première classe. J'ai trouvé votre petit film passionnant de bout en bout. Cette policière de l'IBAMA est ravissante, vous ne trouvez pas ?

— Heu, certes...

— Et ce père de la Vega a des yeux pétillants d'intelligence. Je vous ai fait parvenir une série de photographies, les avez-vous étudiées ?

— Je contemple actuellement la première d'entre elles sur mon écran, Altesse.

Sénéchal observait la photo en noir et blanc représentant un jeune homme coiffé en arrière, photographié au flash, de face et de profil. Il lut le texte en dessous : *Cour de sûreté de l'État,* ainsi que le mot *Delta,* imprimé au tampon sur le côté du cliché.

— Où avez-vous trouvé ça, chef ? La Cour de sûreté de l'État a été abolie en 1981, si j'ai bonne mémoire. Elle avait été créée après la guerre d'indépendance algérienne, dite « guerre d'Algérie », si j'ai toujours bonne mémoire.

— Parfait, détective... La Cour de sûreté de l'État, créée en 1963, était une juridiction d'exception qui avait pour but de juger les personnes accusées de porter atteinte à la sécurité de l'État français. L'homme que vous voyez là se nomme Martial Dutilliers-Darcy. Excellente famille provinciale, catholiques pratiquants, version intégriste. Le père était militaire de carrière... Martial s'est engagé en Algérie dans les parachutistes, où il a fait une belle et rapide ascension, notamment dans le domaine de la torture et du renseignement. Par la suite il s'est distingué pour avoir été un membre actif de l'OAS. Ça vous dit quelque chose, détective ?

— Certes. L'Organisation armée secrète était une organisation française politico-militaire clandestine opposée à l'indépendance algérienne, et qui regroupait de nombreux partisans du maintien de la présence française en Algérie. Elle fut créée, je crois, en 1961, peu avant le putsch d'Alger, un coup d'État raté par quatre généraux...

— L'OAS recrutera autant parmi les militaires professionnels en cavale que dans les rangs des militants d'extrême droite, des pétainistes mal repentis ou des néo-nazis... Elle s'opposera par la violence à l'application des accords d'Évian, en 1962, accords qui allaient mettre fin à huit ans de guerre entre la France et l'Algérie, et mener à l'indépendance algérienne. Cette sinistre organisation va déployer durant cette période toute la gamme des attentats et des crimes : plasticages aveugles, exécutions ciblées, ratonnades, attaques de banques pour se procurer de l'argent... En Algérie, mais aussi en France, où règnera bientôt un climat de guerre civile. L'OAS a tué des centaines, voire des milliers de personnes. Les hommes qui menaient ces actions sur le terrain se nommaient les « commandos Delta ».

— Dutilliers-Darcy en était un, c'est bien ça?

— C'est écrit sur sa fiche, comme vous pouvez le constater.

— C'est donc là un terroriste français.

— Un terroriste français *catholique*, Sénéchal. Il s'est particulièrement distingué dans l'affaire dite du Château-Royal.

— Qu'est-ce donc?

— L'exécution en 1962 de six enseignants par un commando Delta, dans une cour d'école près d'Alger.

— Cette sombre page d'histoire est certes édifiante, mais je ne vois pas...

— Regardez la suite.

Sénéchal cliqua : une autre photo apparut sur son écran. Elle montrait le même homme à la terrasse d'un café, avec ses lunettes de soleil démodées, en grande discussion avec un type costaud au visage émacié et aux cheveux blonds coupés en brosse. Il commenta :

— On voit ce Dutilliers-Darcy à la table d'un bistrot. C'est pris au téléobjectif. On dirait qu'il a quelques années de plus. Le costaud en face de lui a l'air d'un garde du corps, non? Je lui donne une quarantaine d'années... Tiens, il a une petite croix sur le col, on dirait que...

— Ce cliché a été pris à Buenos Aires, en 1970. L'OAS a été démantelée en France. Plusieurs de ses membres ont jugé prudent de se réfugier à l'étranger. Notre ami Dutilliers-Darcy, que vous voyez ici en compagnie de son confesseur, un curé argentin, fervent intégriste, s'est installé à Buenos Aires avec quelques-uns de ses amis des commandos Delta. Bien que Dutilliers-Darcy ait été gracié, l'air des Andes était apparemment meilleur pour ses bronches.

— Qu'est-ce qu'ils font en Argentine, tous ces types? Ils prennent des cours de tango?

— Ce sont eux qui donnent des cours. Car ils ont trouvé là-bas un job épatant : ils grenouillent du côté de l'état-major argentin, auquel ils dispensent leurs précieux conseils sur les méthodes guerrières expérimentées par l'armée française durant les huit années de la guerre d'Algérie.

— Ça, alors !

— Saviez-vous que de 1959 à 1981 le gouvernement français avait mis en place à Buenos Aires une mission militaire permanente, qui fournissait des conseillers aux troupes argentines ? Mais revenons à notre ami Dutilliers-Darcy. Ce qui réunit tous ces gens, à cette époque, qu'ils soient anciens de l'OAS, curés intégristes ou militaires argentins, c'est, je cite : « L'amour de la civilisation chrétienne et occidentale. »

— Je vois... Je vous demande un instant, chef.

Sénéchal observa la photo en couleurs de l'homme en grand uniforme coiffé d'une haute casquette à liséré doré, qui fixait l'objectif d'un œil sombre. Il détailla le visage aigu, le long nez et l'épaisse moustache. Il jeta ensuite un coup d'œil rapide sur la photo suivante, qui représentait le même homme, agenouillé devant un prêtre souriant.

— J'ai triché, chef, j'ai regardé les deux photos en couleurs. Le type en uniforme est le général Videla, ce salopard de dictateur argentin !

— Qui est arrivé au pouvoir dans son pays en 1976 à la tête d'une junte militaire, après un coup d'État. Au cours des années qui suivront, l'armée argentine mènera une guerre sans relâche à l'encontre de toute opposition à la « civilisation chrétienne et occidentale » et assassinera ou fera disparaître dans le pays près de trente mille personnes. Parallèlement, quelque cinq cent mille opposants au régime se verront contraints à l'exil, pour échapper à la répression.

— Et quel est le rapport entre Videla et ce Dutilliers-Darcy ?

— Vous ai-je dit que j'ai parlé récemment avec Martial Dutilliers-Darcy, Sénéchal ?

— Mais non... Où ça ? Et quand ?

— Son nom était tout bonnement dans l'annuaire de Buenos Aires. Je l'ai appelé. Il aurait sans doute bien des choses à raconter, mais il n'est guère causant. Il se trouve que la vieillesse venue – il n'a, à vrai dire, que soixante-treize ans –, notre catholique intégriste-terroriste, qui ne regrette rien du passé, surfe sur l'Internet comme un gamin.

— C'est bien d'occuper ses loisirs de retraité actif, mais...

— Ce qui lui a permis de reconnaître formellement, sur la vidéo de votre chambre d'hôtel, en la personne de votre prétendu curé des favelas nommé dom Faria de Queroz, le curé intégriste d'extrême droite confesseur des commandos de l'OAS en cavale, et confesseur personnel du dictateur Videla. C'est lui le prêtre qui bénit Videla sur la seconde photo en couleurs. Les charges qui pèsent contre cet homme de robe sont lourdes, très lourdes, Sénéchal.

L'écoflic resta interdit quelques secondes.

— Chef, sans vouloir mettre en doute vos formidables dons de physionomiste, j'ai beaucoup de mal à croire qu'en voyant ce vieillard sur la vidéo, vous ayez pu parvenir à ces conclusions...

— Je reconnais qu'il s'est un peu tassé depuis les années 1960. Mais examinez-le bien, avec son drôle de sourcil... À vrai dire, pendant que vous musardiez dans la jungle avec des commandos, je me suis mise en contact avec la Criminelle de Belém. J'ai eu le très grand plaisir de discuter avec l'inspecteur Zé Ferrera. Nous sommes tombés d'accord sur le fait qu'il serait opportun qu'il rende une visite de courtoisie à dom Faria de Queroz dans sa retraite. Ce qu'il a fait. Le vieillard était, hélas, déjà parti, et, semble-t-il, de manière un rien précipitée. C'est curieux, vous ne trouvez pas, cette coïncidence avec votre petite excursion ? En tout cas, l'excellent Zé Ferrera a perquisitionné à sa manière, et a quasiment désossé la baraque du bonhomme. Ne trouvant rien, il a fait venir un spécialiste avec un détecteur de métaux qui a promené son engin aux alentours de la bicoque. Il est tombé sur une boîte en fer enveloppée de toile caoutchoutée qui contenait... devinez quoi ?

— Je ne sais pas... Les clous de la vraie croix ? Une mitre ? Une soutane de secours ?

— Un revolver. Chargé. Calibre .45.

— Amusant.

— Ainsi qu'un vieux passeport argentin au nom d'Arturo Graziella, qui est son vrai nom, et dont les initiales figurent sur la crosse du revolver. Plus les photos que vous avez sous les yeux, ainsi que des correspondances échangées avec quelques-unes de ses ouailles d'antan, toutes membres de l'OAS. La plupart d'entre elles ne sont plus de ce monde.

— Sauf Martial Dutilliers-Darcy.

— Exact. Il est piquant de constater que ce dernier a, depuis près de cinquante ans, conservé la même adresse à Buenos Aires. Il y avait également dans cette boîte une vieille photo d'un gosse, mais très passée et peu exploitable. Enfin, j'ai retrouvé une coupure d'un journal argentin de l'année 1983, avec la photo de Faria de Queroz – Graziella – et son superbe sourcil en forme de virgule. Le journal déplore la disparition du digne confesseur du général, mais sans donner plus de détails. Selon Dutilliers-Darcy, le curé aurait mis les voiles d'une manière assez rocambolesque, mais il n'a pas su – ou pas voulu – m'en dire plus, prétextant sa mémoire défaillante. Il m'a simplement laissé comprendre que le curé n'avait pas levé le camp sans biscuits, et qu'il n'était pas seul au cours de sa fuite. Je vais essayer de trouver d'autres informations sur cette affaire et voir si on peut faire pression sur l'ami Dutilliers-Darcy.

— En tout cas, le vieux Graziella a dû faire l'Actor's Studio de Buenos Aires, car il avait l'air vraiment gâteux. Je m'y suis laissé prendre. Hum... S'il n'avait pas déterré et emporté sa boîte à secrets, c'est qu'il avait sans doute l'intention de revenir.

— Peut-être. À moins qu'il ne soit réellement gâteux. Mais ne vous y trompez pas, Sénéchal, ce type était un spécialiste de la dénonciation des prêtres « gauchistes ». Sa phrase favorite était : « La seule solution pour sauver l'âme d'un curé communiste, c'est de le tuer. » Il est inutile de préciser que lorsqu'on était dénoncé par le confesseur de Videla, on avait toutes les chances de finir dans un charnier avec une balle dans la tête... Le pire est qu'il se chargeait lui-même de recevoir les parents des victimes qui cherchaient à savoir où et comment avaient disparu leurs êtres chers. Il avait coutume de leur montrer une liste de disparus, et de commenter : « Ceux qui ont un petit trait devant leur nom sont morts, personne ne se préoccupe plus d'eux. » Il s'était tellement identifié aux escadrons de la mort qu'il dissimulait une arme sous sa soutane. Cette arme est désormais sous scellés à la Criminelle de Belém. Enfin, pour compléter le tableau, on a aperçu très souvent Graziella à l'École de mécanique de la Marine de Buenos Aires, principal centre de détention de la capitale.

— Expliquez-moi cette histoire des types de l'OAS à Buenos Aires, chef.

— L'état-major argentin a proposé en 1959 un accord pour que des experts français viennent donner des cours dans le domaine de la « guerre antisubversive ». La mission militaire française permanente à Buenos Aires, composée essentiellement de vétérans de la guerre d'Algérie, est restée en place jusqu'en 1981, avec l'appui des gouvernements argentins et français. Les méthodes utilisées durant la guerre d'Indochine et durant la « bataille d'Alger » étaient enseignées à l'école de guerre de Buenos Aires. Notamment la conception de « l'ennemi intérieur », qui était à la base de la doctrine française, issue de l'expérience des Français de la guérilla en milieu urbain. Jorge Rafael Videla, le futur dictateur sanguinaire, appréciait beaucoup ces cours, dit-on.

— Et quelle était donc cette doctrine, chef?

— L'ennemi n'était plus un soldat qui arrivait, en armes, de l'autre côté de la frontière. Il pouvait être un voisin, votre boulanger ou un enseignant qui mettait en péril les fameuses valeurs morales de l'Occident chrétien. Pour vaincre cet ennemi caché, mêlé à la population et sans uniforme, il fallait appliquer la « doctrine française », dans laquelle le renseignement est fondamental. Ce qui implique quadrillage de la population, enlèvements, interrogatoires, torture... Les officiers argentins ont bien retenu ces leçons. On trouvait des cadavres défigurés sur les plages, au beau milieu de la finale de la Coupe du monde de football de Buenos Aires, en 1978... L'intégrisme catholique français a joué également un rôle dans l'exportation de cette « doctrine française », notamment pour justifier l'utilisation de la torture. Il a été relayé sur place par des curés d'extrême droite comme Arturo Graziella.

— Chef, je vais voir si on peut encore l'attraper. Malheureusement je dois sur-le-champ vous quitter, car je m'intéresse désormais aux métaux, tel l'argent. Je vais de ce pas faire un rapide repérage dans une mine de cuivre où je trouverai peut-être de l'or.

— Hum. Vous êtes parfois sibyllin, détective.

3.

La pancarte rouillée annonçait « São Marighella ». Quelqu'un y avait peint une tête de mort et écrit : *Bienvenue en Enfer.* La plaine devant Sénéchal était vide. La localité elle-même semblait avoir disparu depuis longtemps.

Il avait arrêté sa voiture de location d'un beau rouge vif près d'un grillage envahi par les ronces, et orné de pancartes qui proclamaient « Défense absolue d'entrer », « Danger d'éboulement » et « Explosifs ». Derrière se voyait une haie d'épais buissons.

L'écoflic empoigna sur le siège passager son sac à dos d'où dépassait la crosse de son fusil pliant, puis verrouilla les portières. Il longea le grillage, jeta un coup d'œil circulaire et y découpa rapidement une ouverture à l'aide d'une pince coupante. Une fois de l'autre côté, il franchit la haie de buissons. Il se retrouva aussitôt sur un promontoire rocheux encerclé par des rouleaux de barbelés.

La mine s'étendait devant lui.

À cette distance, la paroi lointaine qui lui faisait face évoquait les gradins d'un théâtre antique. Sous la lumière rasante, ses couleurs étaient insolites : elles passaient par une large gamme allant du rose au bleu clair. Des rochers s'étaient détachés par centaines des gradins, et encombraient les marches de ce monumental escalier où avaient dû circuler autrefois les camions et les engins de terrassement. Surplombant l'immense excavation, au bord du vide, se dressaient deux structures métalliques, pareilles à des tours de guet flanquées de roues à claire-voie.

L'écoflic, les mains en visière, aperçut derrière elles un long mur de brique, coiffé d'un pignon en dents de scie et de hautes cheminées. Le bâtiment correspondait à une usine de traitement de minerai décrite dans la clef USB.

Il s'avança jusqu'au bout du promontoire et regarda pardessus les barbelés.

Un plan d'eau miroitait au fond, évoquant une mer intérieure en miniature, avec ses criques et ses plages. Des pans de la paroi s'y étaient écrasés, y créant des îlots. Il avisa, sur la plus grande des plages, deux bâtiments aux toits défoncés rappelant des hangars. L'un d'eux était surmonté d'une rotonde.

L'eau était d'un bleu cobalt soutenu. Sénéchal supposa que cette curieuse teinte était due à l'origine sulfureuse des gisements de cuivre.

À mi-hauteur, un groupe de baraquements sur pilotis escaladaient une sente abrupte. Il braqua ses jumelles dessus, scruta les fenêtres aveugles et les charpentes effondrées, mais il n'y aperçut qu'une pancarte sur laquelle on pouvait encore lire : « Direction. Administration ». Il prit son téléphone.

— Lucrèce ? Je suis à la mine de São Marighella. En fait, le complexe s'étend sur plusieurs hectares. Je ne pourrai pas explorer ça tout seul. Rejoignez-moi.

— Nous partons immédiatement, Pierre. Nous allons à, heu, un laboratoire, si j'ai tout compris. Nous avons plus d'une heure et demie de route, alors on fonce.

— Un laboratoire ?

— Maria-Esperanza a reçu des coups de fil, elle en a passé d'autres, ça avait l'air de chauffer. C'est une sorte de centre de recherche, ils ont découvert un truc...

— Quoi ?

— Je ne sais rien de précis, elle n'est pas très causante... Bon, on part. Ne va pas te casser une patte dans cette mine, on ira ensemble dans l'après-midi. Rappelle-moi tout à l'heure, j'en saurai plus !

— Attends ! Est-ce que...

Lucrèce avait raccroché.

Sénéchal grommela, puis il sortit son fusil pliant et le chargea. Enfin il chercha, parmi les réseaux de barbelés qui se chevauchaient, la manière la plus sûre de descendre dans la mine.

4.

L'homme en blouse blanche qui entra dans la pièce climatisée du laboratoire observa une seconde Maria-Esperanza et Lucrèce, debout devant lui. Puis il déclara, comme s'il énonçait une évidence :

— Je suis l'ingénieur en chef Castelo da Vide.

Il posa son ordinateur portable sur un bureau, grommela : « Voyons un peu ça », et se dirigea d'un pas alerte vers un curieux meuble rappelant une machine à laver chromée. Il sortit une clé plate de sa poche et l'introduisit dans un orifice situé sur le dessus ; il y eut un ronronnement, un panneau coulissa, révélant une vitrine qui s'éclaira. L'homme émit un sifflement joyeux, puis fit signe à ses visiteurs d'approcher.

Sur une plaque de polyuréthane reposait un gros serpent à la tête cabossée. Sa peau épaisse était noircie et déchirée par endroits, et l'on pouvait apercevoir, par une longue coupure, un maillage pareil à du nylon tissé d'où sortaient des fils de couleur emmêlés, des composants électroniques, ainsi que les segments de ce qui ressemblait à des anneaux de plastique.

Castelo da Vide ricana en tapotant la vitre.

— Ce bon vieux S5... Te voilà donc revenu chez toi ? T'es allé prendre un peu de bon temps ? Quand je pense que tout le monde te cherchait partout... C'est fou comme le temps passe, quand on y songe ! On a déjà commencé à te charcuter, ici, on dirait.

Il sortit une lentille de Fresnel pliante et se pencha encore, son nez touchant presque la vitre, l'instrument collé devant ses lunettes.

— Numéros d'identification abrasés... Ben tiens ! Ah, c'est écrit là : *In God we trust*. Et alors ? C'est bien normal que tu croies en Dieu, soldat...

Lucrèce demanda :

— Qu'est-ce que c'est que, heu, cette chose, monsieur ? Ce faux serpent ? Un S5, dites-vous ?

L'ingénieur releva la tête et rangea sa loupe, l'air surpris par la question.

— Évidemment. Ceci est un robot de reconnaissance de fabrication américaine S5, un engin militaire télécommandé par ondes, chargé de se fondre dans le paysage et de renseigner les troupes au sol. Il fait partie de la famille des UGV, pour *Unmanned Ground Vehicles*. Mais lui, il n'est pas monté sur roulettes, sur pattes, sur roues crantées ou sur chenillettes, comme ses collègues.

Il marmonna, pensif :

— Il faut bien reconnaître que pour faire mouvoir une machine la reptation est un bon choix... Chaque segment de cet engin possède un micromoteur indépendant, il a une bonne autonomie pour sa catégorie, il est relativement facile à diriger et sa peau en kevlar est assez bien imitée. Oui, oui, il faut bien le reconnaître.

Il ébaucha un sourire.

— Ce petit monstre peut se faufiler un peu partout, même dans des décombres.

Il désigna la tête du serpent.

— Ce que vous voyez sur sa jolie caboche est une caméra miniature grand-angle possédant une fonction infrarouge. Le tube carré au-dessus est un LCMS à courte distance, dont on l'a vraisemblablement équipé ultérieurement, car il n'est pas installé à l'origine sur ce modèle... En fait, ce S5 est un vieux clou qui a désormais un petit frère, une version miniaturisée bien plus discrète que lui. Et moins stupide. Car ce bon gros robot que vous voyez là, chers amis – et sur lequel les Yankees n'ont pas pu s'empêcher de nous rappeler qu'ils sont monothéistes –, n'a pas plus de cervelle qu'un grille-pain. (Il soupira.) Il est bien amoché... Je crois savoir qu'il a fait un long voyage. Il a vraisemblablement été abandonné par des Indiens sur un ponton, a séjourné dans une gargote et a été acheté au patron par un ivrogne, qui l'a trimballé du soir au matin dans sa camionnette. Le type l'a montré un peu partout, jusqu'à ce qu'un flic de province nous avertisse, et que les gars de la sécurité, chez nous, commencent à s'affoler en apprenant qu'un S5 se baladait de village en village comme un phénomène de foire. J'aimerais bien savoir qui était au bout de la télécommande de cet engin. S'il y avait quelqu'un, bien sûr.

La policière de l'IBAMA, les yeux comiquement écarquillés, hocha la tête en faisant bouger ses dreadlocks.

— Un robot militaire... Ça, alors, c'est incroyable ! Mais qu'est-ce que c'est qu'un... LCMS ?

— Un *Laser Counter Mesure System*. Vous savez comme nous adorons les sigles, dans l'armée. Ce petit machin vous brûle la rétine à trois cents mètres. Après ça, vous avez beaucoup plus de mal à viser l'ennemi... Ça sert contre les fantassins. Mais c'est de la plaisanterie tout ça, car nous avons développé un engin qui ne pèse que vingt kilos et qui émet un rayon d'énergie capable de brûler la rétine des soldats ennemis jusqu'à quatre mille cinq cents mètres. Par temps clair, bien sûr. Il a pour fonction, évidemment, d'aveugler surtout les tireurs d'élite.

Tout à coup il parut se souvenir de quelque chose.

— À propos, lieutenant, d'après l'enquête de la sécurité, cet engin a dû se balader non loin d'une bourgade datant de l'époque bénie du caoutchouc, bourgade que vous avez découverte récemment (il pointa l'index vers le petit chimiste) en compagnie de ce monsieur, qui est français, je crois...

5.

Sénéchal essuya son front du revers de la manche, leva la tête et regarda le ciel qui formait un immense carré au-dessus de gradins descendant des parois en cascade. Il marchait sur l'une des rives bordant le plan d'eau bleu cobalt. À quelques centimètres sous la surface se voyaient des vestiges métalliques enrobés dans une gangue pareille à du corail rougeâtre : charpentes tordues, monstrueux bidons crevés et rouages géants arrachés à des machines inconnues. Plus loin émergeaient le haut de la cabine d'un camion et la lame rongée d'un bulldozer. L'air était chargé de l'odeur du soufre.

Il se dirigeait vers les deux hangars, lorsqu'il perçut un bruit de moteur lointain. Il lui sembla qu'il provenait de l'entrée de l'unique route d'accès à la mine. Il écouta un instant, et jeta un coup d'œil avec ses jumelles. L'entrée était partiellement bloquée par un empilement chaotique de rochers noirâtres. Un gigantesque portique aux bras tordus se dressait dans le ciel, telle une sentinelle de fer. Plus loin, une barrière grillagée, surmontée d'une triple rangée de barbelés, interdisait toute intrusion dans le périmètre. L'écoflic ne vit rien d'autre, et le bruit ne se reproduisit pas.

Le premier hangar était parfaitement vide, hormis quelques lézards et un scorpion, qui s'enfuirent à son arrivée. Le second, dépourvu de porte, contenait des machines rouillées pareilles à des silos à grains couchés et bardés de rivets, un bulldozer désossé, ainsi que trois hauts-fourneaux ventrus, dont l'un s'était écroulé au beau milieu de son berceau. Des chaînes aux énormes maillons descendaient des ponts roulants du plafond, désormais immobiles pour toujours. Le sol était jonché de plaques de tôle poussiéreuses, et le bas des murs métalliques du bâtiment présentait de larges orifices.

Sénéchal remarqua, dans un coin, les vestiges d'une moto sans pneus, dont le rétroviseur couvert de poussière lui renvoyait son image brouillée. Il ne trouva nulle part de caisses de bois identiques à celles qu'il recherchait.

Il avisa un escalier en colimaçon intact qui permettait d'accéder au sommet de l'un des toits, et entreprit de le gravir.

6.

— La robotique de combat, mes amis, est une nouvelle donnée à laquelle il va falloir s'habituer. Robots volants, courants, rampants, robots espions, de reconnaissance, robots escaladeurs ou d'infiltration, robots de déminage... Et, bien sûr, robots tueurs... Nous n'en sommes qu'au début de cette technologie, mais elle galope ! Bien que tout ça ne soit pas vraiment nouveau, voyez-vous ? Durant la Seconde Guerre mondiale, les Allemands avaient déjà testé avec succès des engins sur chenilles télécommandés par fil pour faire sauter des blindés alliés. Non, ce qui est nouveau, c'est la révolution de l'électronique et de l'informatique qui a permis d'améliorer ces machines... Des robots terrestres modernes ont été utilisés en Bosnie et en Afghanistan où ils ont déjà accompli plus de trente mille missions... Vous ne le saviez pas ? Ils sont guidés par des types dotés de casques avec une vision tous azimuts. (Il tourna rapidement la tête de gauche à droite, comme un piaf affolé.) Que l'opérateur regarde dans n'importe quelle direction, et le robot, à des kilomètres de là, en fait autant. Pareil pour les robots volants.

L'ingénieur Castelo da Vide émit un petit ricanement.

— Ce sont des machines auxquelles les officiers trouvent de considérables avantages : elles n'ont pas besoin d'être entraînées, nourries et habillées. Elles peuvent être démontées et rangées quand on n'a plus besoin d'elles, elles ne se plaignent jamais et il n'y a pas de lettre à écrire à une famille quand elles sont perdues au combat ! Tout indique, voyez-vous, que les guerres seront de plus en plus souvent urbaines. Et dans les villes, les robots terrestres peuvent aider à sécuriser un immeuble, à garder des zones qui ont été prises. Ils peuvent patrouiller sans cesse dans les rues pour surveiller les mouvements... Dans une situation de guerre urbaine, les militaires ont besoin de beaucoup d'yeux.

Maria-Esperanza demanda :

— Et à quoi est-ce qu'ils ressemblent, ces robots terrestres ?

— Oh, il y en a pour tous les goûts, lieutenant... À des presse-citrons, parfois, à des petits engins de chantier ou encore à des tondeuses à gazon... Le modèle le plus courant n'est guère impressionnant : il ressemble à un jouet de gosse. Mais un jouet armé avec du matériel type M 249. Les robots de combat modernes, en plein développement, sont des « mules » armées, qui obéissent à la voix. La « mule » a pour mission d'accompagner les fantassins en opérations et de porter leurs paquetages. Elle peut transporter des centaines de kilos d'armes, de vivres et de matériel. Elle peut voir, entendre et analyser tout ce qui se passe autour d'elle, de jour comme de nuit. Elle détecte les mouvements et les sources de chaleur, calcule la distance la séparant d'un objet fixe ou mobile, se faufile sans bruit dans les lignes ennemies et ouvre le feu à votre demande... Et quand je dis qu'elle ouvre le feu, ça peut aller jusqu'au missile antichar.

Lucrèce fit une moue d'écœurement.

— Je trouve tout cela, heu... terrifiant.

— Pour l'instant, je vous rassure, ces engins ne tirent pas seuls. Il faut encore qu'un humain appuie sur un bouton, après avoir identifié une cible. Mais patience... Comme je l'ai dit, nous n'en sommes qu'au tout début des robots de combat, cher ami... Le vrai changement aura lieu lorsqu'ils prendront de l'autonomie. Peut-être qu'un jour le robot gravera lui-même sur sa carcasse une croix à chaque bonhomme descendu, pour avoir la médaille, allez savoir ? Ce qui est plus certain, c'est que lorsqu'il vous verra vous enfuir à toutes jambes, il calculera la trajectoire la plus plausible de votre fuite, vous traquera et vous tuera. *Pan-pan !*

Lucrèce hésita, puis demanda :

— Et ce serpent S5, il s'est échappé tout seul d'une base militaire ?

L'ingénieur Castelo da Vide lui jeta un coup d'œil ironique.

— Hum. Je redoutais que vous ne me posiez cette question. Question à laquelle je ne suis pas autorisé à vous répondre.

Maria-Esperanza s'enquit doucement :

— Pourrais-je avoir accès à l'une de vos lignes téléphoniques extérieures sécurisées, monsieur l'ingénieur en chef ?

7.

Sénéchal, debout sur le toit du hangar, se cramponnait d'une main à la rambarde branlante d'une rotonde de fer, tout en braquant ses jumelles sur l'une des criques qui bordait l'immense cirque. Il apercevait depuis son perchoir quelque chose d'invisible depuis le sol : un pan de falaise rose, tombé des hauteurs des gradins, sortait de l'eau, là-bas, au beau milieu d'un éboulement de la paroi. Il était pareil à l'éperon, dressé vers le ciel, d'un navire de pierre. Dans sa chute, il avait creusé un cratère en plein milieu des rochers. Le cratère s'était ensuite rempli d'eau bleu cobalt.

Juste au-dessus du sommet de l'éboulement, une portion de poutrelle de métal boulonnée apparaissait, trahissant l'entrée d'une ancienne galerie souterraine.

L'écoflic pénétra dans l'eau sulfureuse jusqu'à mi-corps et contourna l'éperon rose. Il avisa un étroit goulet entre deux blocs.

Sans hésiter, il ôta son sac à dos, se mit de profil, et réussit avec difficulté à s'y faufiler. Il fit ensuite passer son sac, franchit un coude et se retrouva dans un couloir de pierre. L'eau miroitait autour de lui. Dans le halo de sa torche, il eut la surprise de découvrir une porte métallique garnie de barreaux, immergée à mi-hauteur. Elle était ancienne, son chambranle avait été scellé autrefois dans la roche. Les interstices des barreaux étaient occultés par un panneau d'acier piqueté de rouille, et recouvert de cristaux bleu nuit qui scintillaient. La serrure était griffée de profondes éraflures.

Il se redressa, cala son épaule sur le battant, et poussa de toutes ses forces.

Ainsi qu'il l'avait redouté, la porte ne bougea pas d'un millimètre.

Il revint au grand jour. Téléphone en main, ruisselant d'eau, il tenta pour la dixième fois de joindre Lucrèce et Maria-Esperanza. Il lâcha un juron, composa un dernier numéro et parla un long moment avec un homme à qui il fournit de nombreuses indications. Celui-ci lui demanda de conserver un instant sa ligne téléphonique ouverte, afin de procéder à certains tests.

Quand il eut terminé, l'écoflic, dos courbé, se mit à la recherche d'un levier approprié parmi les nombreux débris métalliques qu'il apercevait sous l'eau.

8.

Debout derrière son bureau, Castelo da Vide observa Maria-Esperanza et Lucrèce, sagement assis devant lui. Il posa bien en vue un document portant le sigle de l'armée brésilienne barré en diagonale par deux traits rouges.

— Il se trouve que, comme par enchantement, je viens de recevoir en urgence un tas de paperasses qui m'informent, si je les ai bien lues, que certaines informations classées « confidentiel » ne sont pas si confidentielles que ça en ce qui vous concerne, et que vous pourrez y avoir accès. Félicitations... Bravo.

Il mit ses deux mains velues à plat sur la couverture barrée de rouge.

— Bien. Je vais maintenant devoir faire appel à votre imagination, mes amis.

Il manœuvra un interrupteur placé dans un angle de son bureau. L'unique porte située derrière ses visiteurs émit un claquement feutré, une lampe rouge s'alluma juste au-dessus et un ronronnement discret se fit entendre dans la pièce.

— Nous voilà plus tranquilles... Imaginons donc, chers amis, que dans une autre base militaire que vous ne connaissez pas, dans une région où vous n'irez jamais et à une époque peut-être récente, mais dont je n'ai curieusement aucun souvenir... imaginons que des gars comme moi, des ingénieurs militaires, soient chargés des essais, de la maintenance et de la validation sur notre territoire de matériel de combat sensible. Du matériel prêté à notre grand et beau pays par les Yankees, en fonction d'un accord interarmées passé entre la grande Amérique et le pauvre Brésil, nommé « Accord de Sauvegarde Technologique ». Ledit matériel de combat doit être, selon cet accord, validé par notre armée en zone tropicale humide, dans la jungle, dans des marécages, que sais-je...

Maria-Esperanza demanda :

— Comme des robots-serpents S5, par exemple ?

— Du matériel de combat sensible, disais-je, et expérimental... Chez nous, quantité de choses sont à la fois sensibles et expérimentales. Bien entendu, quand les Yankees nous prêtent ce genre d'armement – et nous en révèlent donc les performances –, vous pouvez être certains qu'il est obsolète chez eux et appartient déjà à une ancienne génération.

Il se saisit d'un stylo et, l'air pensif, griffonna quelques mots sur un bloc-notes. Ses visiteurs attendirent patiemment qu'il ait terminé.

— Continuons donc à imaginer que notre valeureuse armée rencontre quelques problèmes avec ce matériel prêté, qui ne lui donne pas entière satisfaction. Soit parce que son fonctionnement n'est pas totalement fiable, qu'il accumule des pannes, par exemple, soit parce qu'il n'est déjà plus au goût de jour. Même pour nous. Car le temps passe très vite dans notre domaine... Que font alors ces ingénieurs ? Ils appellent un type dans une base américaine, au Kansas ou en Virginie, ou peut-être ailleurs dans la grande nation américaine... Un ingénieur en électronique militaire, comme eux. Un gars très qualifié qui va se pointer ici avec des pièces de rechange, des systèmes d'armes récents, adaptables sur des machines existantes, ainsi que son formidable savoir-faire yankee.

Il s'anima tout à coup derrière son bureau.

— Maintenant, imaginons qu'il y ait des robots comme ce vieux serpent S5 parmi le matériel dont ce type doive s'occuper, ainsi que vous semblez le suggérer, mais qu'il y ait aussi d'autres modèles d'engins à l'allure bien différente... L'homme du Kansas sera donc obligé de prendre les commandes de vos robots pour les tester sur le terrain. Pour cela, il faut qu'il s'identifie auprès d'eux.

— Comment cela ?

— Il se trouve que pour piloter ces machines, il faut y introduire ses données biométriques. Le dépanneur du Wyoming pose donc les mains bien à plat sur une plaque électronique qui met en mémoire leur forme exacte ainsi que leurs empreintes digitales. Tout comme l'avait fait son prédécesseur brésilien. La plaque intègre également le dessin des veines de sa paume, qui est une caractéristique unique. Enfin, le dépanneur passe devant un scanner optique qui relève les caractéristiques, également uniques, de son iris, puis sa voix est enregistrée. Les codes, les fréquences des ondes et autres paramètres attribués au pilotage des engins sont également changés... Ouf ! À partir de là, le robot est O.K. pour obéir au Yank, et éventuellement massacrer tout ce que le gars lui ordonne de massacrer. *Boum, boum !*

Lucrèce commenta :

— Fascinant.

— N'est-ce pas ? Mais dans cette pure fiction, mes amis, imaginons que ça ne se passe pas tout à fait aussi bien que prévu. Ce gars venu du Delaware ou de la Caroline du Nord avec son joli tournevis s'aperçoit que les machines sont plus mal en point que ce qu'on lui avait annoncé. Il décide alors qu'il faut les rapatrier à la maison mère aux États-Unis, pour une révision générale.

— Et pourquoi pas sur place ?

— Selon lui, au Brésil sous-développé, ça va être compliqué. Il lui faut ses aises, voyez-vous ? Il rapatriera donc au pays de la démocratie et de la liberté d'entreprendre tout le matériel, y compris celui qui fonctionne encore. (Il écarta largement les paumes.) Permettez-moi d'insister : *y compris* le matériel qui fonctionne encore... Il décide aussi qu'il rentrera en compagnie de ses petits monstres. Un avion de transport Hercules C 130 les attend tous sur un aéroport militaire, lequel est situé assez loin de la base. On organisera donc un beau soir un convoi pour qu'il rejoigne l'aéroport, lui et sa quincaillerie.

Castelo da Vide regarda ses mains velues comme si elles ne lui appartenaient pas.

— Chez nous, comme chez les Yanks, quand on doit transporter ce genre de matériel délicat d'un point à un autre, on ne met pas tous nos colis ensemble, c'est trop risqué. On sépare les éléments, simple routine. Dans ce cas, imaginons que le matériel, démonté, parte de cette base militaire en direction de cet aéroport militaire dont le nom m'échappe à l'instant. Il est réparti dans deux moyens de transport différents. Une partie s'envole par l'air, à bord d'un hélicoptère, et l'autre voyage par la route. Commençons par la route : pour éviter le cirque du camion militaire sous escorte armée, les gradés ont donné prudemment l'ordre d'utiliser un des camions banalisés de la base, un engin déguisé genre « Blanchisserie Marinho » ou « Fruits et légumes Fernandez ». Il a l'air normal, mais il est blindé de l'intérieur, pressurisé, et il est sécurisé par des tas de gadgets. Enfin, il est relié au monde par radio, suivi par radar et par satellite. Deux types en civil, avec une bonne puissance de feu à bord, le conduisent.

Il indiqua le sol de l'index.

— Selon certaines rumeurs, nous posséderions ici-même de tels camions pour nos transports de matériel. Dans le cas imaginaire qui nous occupe, le risque de vol du matériel militaire dissimulé dans le camion banalisé était très faible. En effet, il ne contenait que des robots dépourvus de leurs composants électroniques – cartes-mémoire, systèmes de pilotage à distance, batteries et j'en passe... Ces composants étaient transportés par hélicoptère, avec les armes adaptables sur les robots et des pièces de rechange. Dans ce même camion, on avait joint les composants électroniques ne pouvant évidemment être utilisés que par les robots transportés par hélicoptère. Vous saisissez l'idée ? Pour couronner le tout, cette électronique est théoriquement inviolable, puisqu'elle ne contient en mémoire que les données biométriques d'un seul homme.

— Le dépanneur du Kansas.

— Exact. Il y a donc très peu de chances que quelqu'un puisse avoir envie de s'en servir, et ce petit transfert d'armes, assez classique, n'empêche donc personne de dormir dans la base ce soir-là... Pourtant, entre cette base militaire et la piste d'envol de l'avion Hercules C 130, tout a disparu... Tout. Évaporé. (Il fit un geste évanescent, légèrement ridicule.) *Pouf!*

Lucrèce et Maria-Esperanza échangèrent un regard embarrassé.

— Vous voulez dire que les robots ont été volés ?

— Les Américains sont devenus littéralement dingues. Dingues ! Vous les connaissez... Ils ont débarqué, interrogé tout le monde, expédié des équipes dans la jungle et même envoyé des plongeurs de combat sonder une rivière, où ils ont d'ailleurs failli perdre deux types. Et ils ont fini par retrouver le camion banalisé au fond d'un très grand marécage. Ils ont sorti de la vase un émetteur-récepteur à ondes courtes – dont ils n'ont pu tirer aucune information – et ont retrouvé un peu plus loin le cadavre à demi dévoré par les caïmans d'un des types qui escortaient le matériel. Il tenait encore son fusil M 40 en main. On a extrait des projectiles de gros calibre dans ce qu'il restait de lui. Son ADN a permis de déduire que c'était le chauffeur du camion. L'unique passager, également un soldat en civil, a dû être entièrement bouffé par ces bestioles et par les tortues d'eau, parce qu'on ne l'a jamais retrouvé. Les enquêteurs américains en ont déduit qu'au moins un de ces deux gars était complice des commanditaires de cette magnifique opération. (Il émit un bref sourire sarcastique.) C'est dire la sagacité de ces Yankees ! Son boulot, à lui, ça devait être de livrer le camion banalisé à une deuxième équipe, à cet endroit précis, après avoir semé l'escorte et brouillé les fréquences radar, radio et GPS. Cette équipe l'a sans doute abattu sur place avec le passager du camion – dans un louable souci d'économie, j'imagine – avant de se barrer avec les systèmes d'armes. Elle était vraisemblablement planquée dans un arbre. On a identifié quelques traces de filins sur les branches, car ça, c'est difficile à effacer.

— Et l'électronicien américain ?

— Il accompagnait les autres robots dans l'hélicoptère transporteur, avec un type armé et deux pilotes.

— Que sont-ils devenus ?

— Oh, l'hélicoptère s'est posé... mais pas où il aurait dû le faire. Il a signalé un problème de pression dans une turbine. Ensuite, il est passé sur la fréquence de détresse et a déclaré qu'il devait atterrir d'urgence sur une piste de fortune, en pleine jungle. Puis il a totalement disparu des écrans. Zéro signal. Plus rien... Même le satellite l'a perdu. On a immédiatement envoyé un autre hélico à sa recherche, ainsi que des commandos, par le fleuve. Trop tard : quand ils sont arrivés, l'hélico transporteur finissait de flamber avec deux cadavres carbonisés à l'intérieur. Les robots, l'électronique, les pièces détachées, les boîtiers de commande et les armes adaptables s'étaient évaporés... Ainsi que le technicien yankee. Comme on n'a pas retrouvé son corps sur place, ni celui du garde armé, on a déduit qu'ils avaient été enlevés en même temps que le matériel.

Maria-Esperanza demanda :

— Y avait-il autre chose que des robots et leurs systèmes d'armes dans ce convoi ?

Castelo da Vide émit un claquement de langue agacé.

— Lieutenant, nous nous connaissons bien, maintenant. Nous sommes presque de vieux amis... Vous savez que je serais incapable de vous cacher quoi que ce soit.

Ils se défièrent un instant du regard, puis elle reprit :

— Puis-je savoir de quel modèle de robot il s'agissait ?

— Non, Miss.

— Puis-je savoir combien il y avait de robots, au total, dans le convoi... monsieur ?

— Avec ce serpent S5, ils étaient au nombre de quatre. Ce qui représente, soit dit entre nous, un joli paquet de fric.

— Quatre... Comme les quatre cavaliers de l'Apocalypse ? Ceux de la Bible ?

Il lui sourit largement, étonné.

— Si vous voulez, lieutenant. Pourquoi pas ?

9.

Torche en main, Sénéchal progressait dans la galerie souterraine inondée. Il était épuisé par le combat qu'il avait dû livrer contre la porte de métal. Au prix de nombreux efforts, à l'aide d'une barre qu'il avait introduite dans l'un des trous du panneau, il avait réussi à faire pivoter la porte suffisamment pour y glisser sa grande carcasse. Ses bras étaient encore endoloris par les contorsions qu'il avait dû effectuer.

La galerie se terminait par un escalier qui montait sur la gauche et pénétrait sous une arche de pierre.

Sénéchal sortit péniblement de l'eau et demeura immobile, l'oreille aux aguets. L'odeur de soufre lui piquait les narines. Ses vêtements trempés ruisselaient sur les degrés de pierre.

Il s'avança enfin sous l'arche et éclaira l'obscurité devant lui. Il avisa un wagonnet renversé couvert de poussière et un panneau qui gisait au sol, devant un chambranle vide. Il les contourna et s'avança dans l'embrasure.

Il eut un mouvement de recul en apercevant ce que révélait la lumière de sa lampe.

De leurs orbites vides, les crânes humains empilés semblaient le regarder.

Le long du mur de gauche de la pièce creusée dans la roche s'alignaient des réduits en ciment. Certains s'étaient effondrés, de larges taches brunes s'étalaient sur leurs cloisons. Des grilles rouillées gisaient devant leurs portes. Des ossements jonchaient le sol : côtes, tibias et vertèbres emmêlés, certains brisés en menus morceaux. Le faisceau éclaira dans un angle une cage thoracique presque intacte qui projeta son ombre sur la muraille derrière elle. Sur le côté droit étaient empilés des sommiers métalliques rongés.

Dans la première cellule, Sénéchal avisa des objets accrochés à la paroi du fond. Il mit un instant à comprendre qu'il s'agissait d'os de mains enserrés dans des anneaux de fer scellés au mur. Elles avaient appartenu à un squelette effondré en tas sur le sol. Son crâne présentait à son sommet un trou en forme d'étoile.

La même scène macabre se répétait dans la deuxième cellule.

Il trouva des restes humains dans toutes les cellules, au milieu des gravats, et découvrit, dans la dernière, deux squelettes enlacés aux crânes absents et partiellement écrasés sous la grille de leur prison. S'approchant des sommiers, il découvrit qu'ils avaient été équipés de bracelets métalliques. Des fils électriques de cuivre verdi et aux gaines craquelées étaient entassés sur le sol, ainsi que d'antiques chaînes, une scie cassée, des poinçons, et le fer d'une pioche au manche absent. Il braqua le faisceau sur le fond de la pièce, et aperçut une porte bardée de rivets. Un long objet rectangulaire était posé à côté. Il s'agissait d'une baignoire sur pied, qui n'était plus qu'un bloc de rouille. À l'intérieur se trouvait encore un squelette. Ses poignets et ses pieds avaient été entravés par des fils électriques.

L'écoflic frissonna : il avait parfaitement compris l'usage de la pièce dans laquelle il se trouvait.

Fusil en main, il colla son oreille au battant de la porte. Il attendit, mais ne perçut aucun son de l'autre côté.

Il poussa doucement le panneau de métal. Le battant résista. Sénéchal insista. La porte bascula lentement vers l'intérieur pour s'écraser au sol dans un bruit de tonnerre, produisant un épais nuage de poussière.

De longues caisses de bois vermoulues étaient entassées dans le plus grand désordre. La plupart s'étaient disloquées, et leurs planches pourries étaient mêlées aux ossements qu'elles avaient contenus.

De l'une d'elles s'échappait un squelette allongé dans une posture grotesque, les os de ses bras entourés d'une chaîne. Il voisinait avec des crânes édentés s'empilant sur des bassins brisés. Le crâne surmontant la pile était coiffé d'un casque de chantier en métal à la peinture écaillée. Dans une autre caisse, des tibias en vrac finissaient de se transformer en poussière. La plus proche de Sénéchal contenait un petit tas de vertèbres, et des dizaines de dents brillaient sous le faisceau de la torche.

Il dirigea la lumière de sa lampe vers les profondeurs de la salle circulaire taillée dans la roche. Des chaînes pendaient sur les murs comme des lianes noires, des anneaux métalliques fixés à hauteur d'homme se voyaient de loin en loin. La paroi était souillée de traînées brunâtres.

Il contourna les caisses et avisa les restes d'un feu où l'on avait manifestement brûlé autrefois des vêtements, ainsi que ce qui ressemblait à un tas carbonisé de papiers d'identité. La photo racornie d'une jeune fille en jupe plissée, arborant des longs cheveux et de grosses lunettes de myope, avait été épargnée par les flammes. Un sabre à la lame encore brillante attira son attention. Il s'en saisit, et lut avec difficulté, sur la garde : « Dieu, Patrie et Famille », puis : « 1982 ».

Il murmura :

— Un centre d'interrogatoire et de torture de l'armée brésilienne datant de la dictature... C'est ici que finissaient les malheureux qui étaient raflés. Combien y a-t-il de « disparus », avec ceux de l'autre pièce ? Vingt-cinq ? Trente ?... Combien de membres de leurs familles les ont-ils recherchés, dans les morgues ou dans les charniers, après la fin de la répression ?

À l'aide de son téléphone, il prit des photos de la caisse contenant des dents et des vertèbres. Il les compara, sur son écran d'ordinateur, avec celles des caisses découvertes dans la tour de la bourgade enfouie.

Il hocha la tête : tout concordait, depuis les dessins des veines du bois jusqu'à la taille des clous qui avaient servi à assembler les planches, ainsi que la forme et le diamètre de leurs têtes.

Il s'approcha de la caisse et, évitant de toucher les ossements qui y étaient entreposés, passa l'index sur l'angle intérieur.

Puis il l'étudia sous le faisceau de sa lampe.

Cette trace luisante était de l'oxyde d'argent.

10.

— Que s'est-il passé ensuite, monsieur da Vide ?

— Le bruit a couru que les Américains allaient passer toute la base militaire au détecteur de mensonges et au pentothal. J'aurais fait la même chose. Dans les heures suivantes, un gradé a revêtu sa tenue d'apparat et s'est tiré une balle dans la tête avec son arme qui, elle, n'était pas d'apparat. Plus tard on a découvert que l'un de ses comptes bancaires disons... off shore, et qu'il croyait secret, avait été alimenté par un système si complexe qu'on n'a jamais pu remonter au généreux donateur. Quatre autres gars ont mis les voiles ce jour-là. Récemment, on a retrouvé l'un d'eux, dans les toilettes d'un bar, l'aorte tranchée. Le deuxième a été écrasé près de la frontière argentine par une voiture folle qu'on n'a jamais retrouvée, et le troisième a été tué sur la terrasse d'une résidence de luxe par une fléchette enduite de curare, tirée depuis un immeuble voisin par une arme à gaz comprimé. Le quatrième homme de cette histoire demeure introuvable, ça ne signifie pas qu'il est vivant. Enfin, un capitaine de cette base a reçu voici peu de temps une visite à domicile, et a terminé dans sa cuisine avec deux balles dans la poitrine. Sa femme et son chien avaient été égorgés dans son garage, une heure auparavant, selon le légiste. Ce capitaine avait été soupçonné d'avoir participé à cette magnifique opération, mais les Américains n'avaient rien trouvé de sérieux sur lui, et il était manifestement passé à travers le détecteur de mensonges. Tous les meurtres dont je vous parle étaient du travail de professionnel. Il semble que quelqu'un avait décidé de ne pas laisser de témoins derrière lui.

Il leur jeta un regard mélancolique derrière ses lunettes.

— Et puis, ma foi, le temps a passé. Les blessures d'amour-propre de l'armée se sont refermées, et la loi du silence a été instaurée... Les disparus, eux, n'ont jamais réapparu. L'expert américain en électronique faisait partie du package, et était seul capable de réparer et de remettre à niveau les robots. Point. Fin de la belle histoire.

Lucrèce, qui paraissait somnoler jusqu'alors, bras croisés et les yeux mi-clos, intervint :

— Il était aussi capable de changer les codes d'accès aux robots et les signatures biométriques permettant de prendre leurs commandes, non ?

L'ingénieur fit tourner pensivement son alliance autour de son annulaire, puis finit par lâcher :

— Oui... Oui, cela a évidemment été possible pour cet Américain, qui avait fait partie de l'équipe de conception de ces machines, et qui était un as en cryptographie.

Il leur décocha un sourire vaguement gêné.

— J'ai peut-être oublié de vous préciser que, dans cette histoire imaginaire, l'homme de la maison mère du Kansas n'était pas le premier ingénieur venu, mais une pointure dans le domaine de la robotique de combat. J'ai peut-être omis également de vous remercier pour nous l'avoir retrouvé.

— Pourquoi dites-vous que nous l'avons retrouvé ?

— Vous avez découvert les restes d'un Yankee dans une tombe, dans une ancienne bourgade planquée sous les arbres... C'était notre homme.

Il observa sur le visage de ses visiteurs l'effet produit par ses paroles, puis se recula dans son fauteuil et tendit une main lasse vers la vitrine contenant le serpent, dans son meuble chromé.

— Ce serpent électronique S5 fait déjà figure d'antiquité... Une vieillerie, en somme. L'un de nos petits génies, ici, va lui ouvrir le ventre pour tenter de décrypter dans son boîtier récepteur les signaux qui... Bref, pour essayer de savoir qui s'est autorisé à piloter cet engin.

Il contempla ses interlocuteurs avec une certaine bonhomie.

— Voilà. Si tout ce que je viens de vous raconter s'est réellement passé, il aura fallu de sacrés moyens humains, financiers et logistiques pour monter une opération de cette envergure.

Et l'avoir préparée depuis un bon moment, sans regarder à la dépense pour acheter les complicités. Et disposer enfin de matériel de brouillage et de communication très sophistiqué... Ceux qui ont monté ça devaient avoir de grands projets avec ces robots pour prendre le risque de s'attaquer à l'armée. On n'a jamais plus entendu parler de ce matériel. Jusqu'à aujourd'hui. Le plus curieux, dans cette affaire, a été la méthode employée : ces gens-là ont agi comme des militaires. Des types préparés, organisés, méthodiques, qui ont mené cette opération comme un commando très bien entraîné l'aurait fait, et sans laisser beaucoup de traces... Qu'y a-t-il, lieutenant Saint-Louis ? On dirait que vous venez d'être frappée par une révélation. Ou alors c'est moi qui vous fais cet effet-là ?

Maria-Esperanza sursauta.

— Je réfléchissais à votre belle légende, monsieur... Il n'y a pas très longtemps, nous avons reçu des informations concernant deux grands fazeindeiros dont les propriétés étaient voisines. Le premier a été abattu par une balle de calibre 12,7 à plus de mille huit cents mètres. La balle lui a traversé la gorge, ce qui paraît pour le moins étonnant. Auriez-vous une opinion sur cette performance... exceptionnelle ?

Da Vide hocha la tête.

— Un tireur d'élite de chez nous très bien entraîné – entouré d'une équipe avec du matériel sophistiqué, genre laser, mini-station météo mobile, assistant électronique de calcul des corrections et tout le toutim – pourrait y parvenir... Seulement de jour, avec une très bonne visibilité, et sur une cible fixe.

— Dans ce cas précis, la victime était en marche. Et ça se passait la nuit. Sous un bon éclairage artificiel, mais tout de même... Le type de la balistique est allé dans la jungle voir l'endroit d'où, selon lui, on avait tiré, en compagnie des gars de la police scientifique. Ils n'ont pas trouvé de traces flagrantes, ni aucune douille.

L'Indienne s'empara de son ordinateur portable et y lut rapidement le résumé que lui avait transmis (en se faisant tirer l'oreille), l'inspecteur Zé Ferrera.

— L'expert qui a suivi l'affaire n'a pas trouvé de traces d'une équipe à la source présumée du coup de feu. Il n'a relevé au sol que des marques qu'il attribue à un véhicule tout-terrain de marque Toyota, très courant ici. Les autres maigres indices sont des branches cassées, mais il a constaté que de nombreuses autres traces ont été volontairement effacées.

L'ingénieur se leva de son bureau, passa devant et s'y appuya, les mains enfoncées dans les poches de sa blouse blanche.

— Pour tirer à cette distance avec un fusil de calibre 12, 7, lieutenant, il faut un fusil MacMillan, un Barrett, ou bien un Hecate qui pèse environs dix kilos, et dont l'affût est posé sur un bipied.

— Selon la balistique, le projectile 12,7 aurait effectivement été tiré, d'après l'étude des rayures, par un Hecate II à culasse mobile, équipé d'un canon de 900 mm déjà bien rodé et d'un système antisignature.

— Je vois... Très pro, comme engin. Eh bien, montez-le sur une plate-forme de robotique, et là, vous obtiendrez des résultats impressionnants. De nos jours, un simple troufion bien entraîné est capable de toucher à trois cents mètres une cible de la taille d'un panneau de basket avec une arme classique... Aux commandes du robot, il atteint, à la même distance, une pièce de monnaie. La plate-forme de tir est stable et actionnée électroniquement, sans stress ni peur. Avec un système de calcul balistique intégré, pour évaluer la vitesse de la cible et estimer celle de son probable déplacement, c'est encore mieux... Et la seconde victime ?

— Elle était planquée dans une fazenda isolée, en plaine, avec ses gardes du corps. Personne ne pouvait entrer, les portes étaient volontairement piégées de l'intérieur. Elle a pourtant été abattue dans une pièce close. Son garde du corps principal se tenait dans le couloir attenant à cette pièce... Abattu lui aussi par la même arme, de calibre 22. Des balles chemisées. Pas de traces d'intrusion d'homme armé dans la fazenda, malgré le fait que l'une des portes d'entrée ait sauté. Il y avait deux autres gardes au-dehors qui patrouillaient à bord d'un pick-up. Ils ont été abattus – ainsi qu'un de leurs collègues qui était sorti de la fazenda – avec des munitions à fragmentation, cette fois.

L'ingénieur Castelo da Vide fit une petite moue.

— Il est bien possible que ce soit un des robots sorti de l'histoire farfelue que je viens de vous conter qui ait été amené sur place dans un 4 x 4, et qui ait fait le boulot. Avec un seul type aux commandes, et un autre pour le couvrir... Simple hypothèse, évidemment. Et ces gars-là, ne souhaitant pas que l'on sache qu'ils détiennent un robot de combat, ont fait le ménage derrière eux. Ils disposaient sans doute de pas mal de temps. Si c'est le cas, c'est une très mauvaise nouvelle.

Il prit soudain une décision :

— Bien. Je crois qu'il est certainement utile de vous montrer quelque chose. Quelque chose que vous n'aimeriez sans doute pas croiser au coin de la rue...

11.

Au sommet de la falaise, un homme porteur d'une valise de plastique noir se dirige vers l'une des tours flanquées de grandes roues à claire-voie. La crosse d'un revolver chromé dépasse d'un holster accroché sur ses reins.

Il s'arrête et observe le belvédère, là-haut, qui se découpe sur le ciel. Trois étages. Mais il a tout son temps pour y grimper.

Ses yeux sont remplis d'une gaieté féroce.

— Belle journée... On va s'amuser, avec ce fouinard. Dommage que les visiteurs soient devenus si rares, ici.

Sénéchal, qui avait tenté à nouveau de joindre Lucrèce et Maria-Esperanza, en vain, longeait le plan d'eau, fusil sous le bras. Ses vêtements et ses chaussures étaient trempés, sa peau irritée par l'eau sulfureuse.

Il s'arrêta pour scruter aux jumelles les bâtiments de l'usine aux hautes cheminées qui surplombaient la colline. Devant eux, les flancs des deux tours munies de roues à claire-voie étaient éclairés par un soleil timide.

L'écoflic se demanda combien de temps lui serait nécessaire pour rejoindre sa voiture et se rendre à cette usine.

Il prit son téléphone et composa le numéro de l'homme avec lequel il avait parlé juste avant de pénétrer dans la galerie inondée.

Il observa soudain, à ses pieds, de curieuses traces qui se dirigeaient vers l'eau bleue avant d'y disparaître.

L'homme qui suivait sur un écran les mouvements du point rouge indiquant la position de Sénéchal empoigna l'automatique posé sur son bureau. Il le fit glisser dans son étui de hanche en nylon, dont il rabattit la lanière en velcro.

Il vérifia une dernière fois son harnachement et les sangles de son gilet pare-balles, assura son bonnet noir sur sa tête, puis se hâta de sortir.

Devant la porte, un autre homme lui présenta un fusil d'assaut, qu'il attrapa au passage. Il manœuvra vivement la culasse et, se retournant, tendit l'index.

— Et expliquez bien à ce connard, s'il rappelle, de ne surtout pas bouger son cul de là où il est !

Puis il se mit à courir, le bruit de ses brodequins retentissant sur le ciment surchauffé du tarmac.

12.

Dans la pièce faiblement éclairée par des lampes orange, un soldat coiffé d'un casque intégral et cuirassé d'une étrange armure, une jambe à demi fléchie, pointait son fusil d'assaut sur Maria-Esperanza.

Castelo da Vide referma la porte blindée.

— Ne vous inquiétez pas, chers amis. Ici nous travaillons sur le fantassin numérique.

Les murs étaient recouverts d'un matériau insonorisant en nid d'abeilles. Des instruments électroniques disposés sur des étagères émettaient de discrets clignotements. Des fils multicolores s'entrecroisaient sur le sol, et bon nombre d'entre eux étaient reliés aux jambes du soldat. Ce dernier portait un très gros sac à dos bardé de poches, de la même couleur feuilles mortes que sa combinaison. Une batterie de caméras fixée au plafond le surveillait de près. Il ne fit pas un mouvement.

Castelo da Vide s'approcha de lui et le désigna fièrement.

— Je vous présente, porté par ce mannequin en plastique, l'exosquelette américain TrekShaft, soixante-dix kilos et pas loin de trois kilowatts... Ce système est plus connu sous le terme de « tenue Robocop ».

Lucrèce demanda :

— Un exosquelette ? Qu'est-ce que c'est ?

— Il s'agit de fournir à l'homme une assistance à l'effort en dupliquant son squelette et ses muscles. L'exosquelette est une combinaison articulée qui lui permet de porter des charges lourdes, de multiplier la force de ses bras et de ses jambes et de supporter un effort prolongé. Les techniques de l'hydraulique et de l'électronique de puissance permettent de fournir les forces additionnelles... C'est quarante ans de technologie qui sont là, devant vous, dans cette tenue de combat.

Lucrèce avait l'impression de contempler une statue aux membres et au tronc surdimensionnés, bardée de plaques évoquant celles d'un rhinocéros. La visière transparente du casque était surmontée par l'œil d'une caméra. La texture de la carapace l'intriguait. Le rondouillard posa précautionneusement deux doigts sur le bras gauche, comme s'il craignait de voir la tête casquée se tourner lentement dans sa direction. Le grain du revêtement lui rappela la peau d'un poisson.

L'ingénieur prit sur une tablette voisine des petits outils chromés. Il revint au mannequin et, se penchant, démonta rapidement une jambière, dévoilant un assemblage complexe de tiges métalliques brillantes et de boîtiers de plastique reliés à des fils de couleur, fins comme des cheveux. De minces tubulures ressemblant à des spaghettis coudés s'y enchevêtraient, garnissant toute la cuisse recouverte d'un tissu noir et épais qui apparaissait derrière l'assemblage. Ce qui avait l'allure de pistons jumeaux luisait au niveau du mollet, et une épaisse plaque de métal enveloppait le talon et disparaissait sous le brodequin.

Maria-Esperanza s'exclama à voix basse :

— On dirait vraiment un robot ! Comme au cinéma...

— Dans les robots, lieutenant, la quincaillerie est à l'intérieur. Là, c'est le contraire... Tout est réglable, évidemment. Vous pouvez toucher, c'est de l'aluminium, du titane et du carbone. Ça sert aussi à transformer le soldat de base en un système d'arme intégré, avec communications, climatisation, très faible signature infrarouge, etc. Ça résiste très bien au feu, un peu au rayonnement nucléaire et assez bien au chimique. Là-dedans, c'est bourré de micromoteurs, de processeurs qui commandent des vérins hydrauliques et de capteurs qui sont capables d'anticiper les mouvements de celui ou de celle qui la porte... Attention, ce n'est pas de la science-fiction : ça fonctionne ! Mais les problèmes d'autonomie restent pour l'heure difficiles à surmonter.

Il s'interrompit puis fit une petite moue.

— Avec ça, mes amis, vous pouvez faire de jolis bonds de plusieurs mètres, tout en portant sans effort une mitrailleuse type MG 42 sous le bras, votre paquetage sur le dos et un copain blessé sur les épaules. Le reste est confidentiel.

— Ah ?

— Je peux vous dire deux ou trois choses sur ce que j'ai découvert dans cette combinaison, après qu'elle nous ait été... restituée. Le système qu'elle renferme a toujours montré de sérieuses défaillances. Et son séjour dans un cargo du siècle dernier planté dans un marigot ne l'a pas améliorée. Lorsque je l'ai analysée, j'y ai trouvé un truc étonnant : un morceau de pointe de flèche indienne en os dans la jointure de l'épaule gauche. Le choc a été sérieux, car la pointe a coupé plusieurs circuits et bousillé certaines fonctions des microcaméras... Un vrai coup de chance pour le tireur : ça a eu pour effet de dérégler immédiatement le système caméléon, et la combinaison a évidemment réagi... Ça devait être joli à voir, surtout si ça se passait la nuit, et ça a dû l'épater, l'archer téméraire.

Lucrèce demanda :

— Qu'est-ce que c'est que ce système caméléon ?

Castelo da Vide s'approcha du mannequin, rabattit sur la visière orange du casque une seconde visière coulissante, et appuya sur quelque chose au niveau du poignet droit.

Le soldat cuirassé tout entier changea rapidement de couleur. Il prit d'abord des teintes orangées et noires, et l'ombre alentour envahit progressivement son corps. Puis la lumière tamisée provenant du plafond contamina son bras gauche et se répandit sur son casque. Elle se stabilisa un instant sur le torse avant de virer en une fraction de seconde à une teinte plus sombre qui se mêla immédiatement à l'arrière-plan. La visière elle-même était comme maculée de noir piqueté de points oranges, qui se fondirent d'un coup en une unique nuance. Seul le fusil-mitrailleur paraissait, par contraste, extrêmement présent.

Lucrèce et Maria-Esperanza reculèrent instinctivement puis s'immobilisèrent, les yeux papillotants. Bien que le mannequin ne soit qu'à quelques mètres d'eux, il leur devenait difficile de le distinguer parmi le fouillis des instruments scientifiques tapis sur leurs étagères.

Une sorte de vapeur opalescente se propagea ensuite sur le buste du soldat, se répandit sur ses membres, puis le phénomène cessa progressivement. Le combattant futuriste réapparut intégralement dans la pièce, retrouvant des pieds à la tête sa couleur feuilles mortes d'origine.

Lucrèce tripota son nœud papillon.

— Extraordinaire !

— Vous avez peut-être déjà entendu parler des « matériaux intelligents » ? Ce sont, entre autres, des fibres de polymères capables de créer des images sur le corps, comme s'il s'agissait d'un écran à cristaux liquides d'ordinateur porté sur soi. Des caméras ultraminiaturisées détectent des changements dans l'environnement et adaptent aussitôt les couleurs. Un processeur gère toutes les informations. Avec une tenue comme celle-ci le fantassin devient une sorte de caméléon capable de se cacher dans son environnement immédiat. Je peux vous affirmer qu'en jungle, ou bien dans un milieu rocheux ou désertique, c'est très spectaculaire... L'illusion est presque parfaite, le type disparaît dans le décor qui l'entoure. (Il sourit.) Suivez-moi, mes amis, j'ai d'autres surprises, dans notre département « farces et attrapes ».

13.

L'homme dans le belvédère est dissimulé sous un filet de camouflage. Il va bientôt installer tout son petit matériel.

Il contemple le paysage majestueux qui s'étale devant lui, avec ses gradins de pierre aux couleurs pastel. Il admire l'effet des lumières changeantes des nuages qui se reflètent sur les eaux bleues, au fond de l'excavation géante.

Il aime se tenir là, tout en haut de ce donjon aux poutrelles rougeâtres entrecroisées.

Il aime aussi le bruit du vent qui siffle dans les rambardes, les escaliers métalliques et les immenses roues qui le cernent. Ces roues sur lesquelles s'enroulent des câbles, et qui étaient autrefois destinées à descendre les ascenseurs des mineurs au fond des galeries souterraines.

Il prend dans sa poche un viseur à amplification de lumière et scrute le plan d'eau, en bas. Le moindre détail surgit de l'ombre qui enveloppe les rochers et les hangars de tôle. Son regard longe la berge un instant, puis s'arrête sur la silhouette agenouillée du grand type aux cheveux poivre et sel.

Il zoome pour observer son manège.

Le grand type photographie quelque chose sur le sol avec un téléphone. Puis il se redresse, marche vers l'eau et y pénètre jusqu'aux genoux. Les mains en visière, il examine la surface.

Mais où sont donc passés son sac à dos et son fusil ?

14.

Maria-Esperanza et Lucrèce suivaient attentivement la progression du robot de trente centimètres de long dans la canalisation translucide. Sa tête ronde s'engageait dans un coude. Son corps beige annelé eut un soubresaut, se distendit, puis se contracta de nouveau tel un accordéon. La tête munie de caméras miniaturisées pivota, et une dizaine de pattes-ventouses adhérèrent au plastique transparent. D'autres se rétractèrent avec un faible bruit d'adhésif qu'on décolle. Un long ergot noir se dressa sur le côté du corps cylindrique, puis un autre situé plus en arrière, vers la queue.

Le robot les cala contre l'intérieur du tuyau, tâtonna et, s'en servant comme d'appuis, se retourna d'un seul coup sur lui-même. Le bruit rappelait celui de griffes rayant une surface dure. Les ergots revinrent aussitôt s'aligner dans le prolongement de sa carapace. Il passa le coude tête en bas, puis grimpa à une allure régulière, ses pattes ondulant en rythme sous lui, son corps effectuant ses mouvements d'accordéon, son nez d'acier braqué vers le ciel. Sa marche faisait grincer le tuyau emprisonné dans les attaches murales.

Il s'arrêta subitement à la hauteur du visage de Lucrèce. Ses minuscules caméras se tournèrent vers lui avec un ensemble parfait, semblant le scruter intensément.

Le rondouillard recula d'un pas, puis d'un autre.

L'Indienne et le petit chimiste avaient la sensation irréelle de se trouver devant une créature vivante, une sorte de chenille monstrueuse ou un ver géant de cauchemar.

Soudain, Lucrèce vit le court canon situé sous les caméras s'orienter vers lui, entendit un *clic* discret, puis le robot visa aussitôt Maria-Esperanza, et le même *clic* retentit.

Derrière eux, Castelo da Vide s'exclama :

— Et voilà, fin de la démonstration ! Yumi vous a abattus à travers le tuyau. *Bang, bang !* Je précise que s'il avait grimpé dans un tuyau opaque, il vous aurait repérés quand même par infrarouge.

Il se débarrassa rapidement de son appareillage de télécommande et inclina sa tête grise, l'air soucieux.

— Lieutenant Saint-Louis, vous devriez envoyer rapidement la police scientifique explorer les canalisations ainsi que les systèmes de ventilation de la fazenda de ce Munoz. J'enverrai deux de mes gars avec du matériel d'analyse pour les aider... Par ailleurs, les lumières que vous avez aperçues du haut de votre arbre, la nuit, étaient les essais d'un laser de combat à longue portée, effectués depuis la tour de cette bourgade. Il faisait partie des armes volées. Par bonheur, si je puis dire, les robots actuellement en liberté sont loin d'atteindre les performances de Yumi, qui est un bijou de technologie, capable d'apprendre.

Lucrèce leva un sourcil.

— Qu'est-ce que ce robot est capable d'apprendre ?

L'ingénieur eut un mince sourire.

— Je peux vous affirmer qu'il sera capable de vous reconnaître n'importe où, monsieur Méjaville. Rien qu'à votre démarche.

15.

Sénéchal fulminait :

— Mais où étiez-vous passés, nom de Dieu, ça fait une heure que j'essaie de vous joindre ! Comment ça, ton téléphone était... Quoi ? Oui, je suis à la mine... Je t'entends mal, Lucrèce... Bon. Écoute, on se retrouve à l'hôtel, d'accord ?

Il raccrocha. Puis il fronça les sourcils en observant la surface du plan d'eau devant lui. Des bulles s'élevaient entre les vestiges métalliques enrobés dans leur gangue rougeâtre. Elles se déplaçaient, de la vase montait comme une fumée dans l'eau bleu cobalt.

Il s'approcha du bord et observa les remous.

La vase se déroulait maintenant en volutes épaisses. Une forme se déplaçait entre un énorme rouage et la carcasse d'un camion, sous la surface qui ondulait.

De courtes vaguelettes vinrent lécher les chaussures de l'éco-flic. Il recula.

— Qu'est-ce que c'est que ça ? Un animal ? Mais quel genre d'animal peut donc vivre dans cette eau ?

Tout en continuant à observer le lagon, il se hâta vers son sac à dos et son fusil, posés au beau milieu d'un groupe de rochers. Il se pencha et saisit l'arme. Il entendit derrière lui un curieux bruit ressemblant à un sifflement, et se retourna.

Quelque chose sortait de l'eau.

L'homme dissimulé dans le belvédère a terminé d'installer son petit matériel. Il porte à présent un combiné micro-écouteurs. Il oriente son viseur à amplification de lumière et zoome sur le groupe de baraquements sur pilotis qui escaladent la sente abrupte.

Il scrute les fenêtres aveugles, les poutrelles rouillées qui soutiennent les constructions, et les charpentes des toits à demi effondrés. Il distingue parfaitement la pancarte : « Direction. Administration ». Il demande dans son micro :

— Tu es en place? je ne te vois pas, d'ici.

Il écoute, puis répond :

— Parfait. On va s'amuser un peu. Et essayer de corriger ce problème de parallaxe.

Il saisit dans la valise à ses pieds un casque ressemblant à celui des pilotes de chasse, s'en coiffe et rabat la visière noire devant ses yeux. Il manipule des boutons sur la mentonnière et attend.

Puis il esquisse un mince sourire. La vision est très nette.

Campée sur six roues crantées dont chaque moyeu était semblable à une tuyère de réacteur, la machine ruisselante d'un bon mètre de haut ressemblait vaguement à un char d'assaut miniature ou à un véhicule d'exploration lunaire.

Elle était pourvue, à l'avant, de lames pareilles à celles des tronçonneuses, mais garnies de chenillettes. Les lames tournèrent rapidement en émettant un bruit électrique, avant de s'arrêter net.

En-dessous s'avançait un bulbe figurant l'étrave de l'engin.

Surmontant sa carcasse d'acier, un bras articulé en col de cygne portait une arme courtaude qui dégouttait d'eau : un fusil-mitrailleur étrangement caréné, et dépourvu de crosse.

L'arme, qui ne menaçait pas Sénéchal, était flanquée d'un boîtier où se voyaient les deux objectifs de caméras blindées, ressemblant à des gros yeux sombres. Un point rouge clignotait à son sommet. À l'arrière de l'engin, un tube noir montait à la verticale, encadré par deux tiges pointues.

Le robot se tenait immobile, ronronnant sur place. Des paquets de boue se détachaient de ses flancs.

L'écoflic demeura interdit.

Ce tank miniature lui procura un sentiment de malaise qui s'ajoutait à l'étonnement de l'avoir vu tout à coup sortir de l'eau, dans cet immense espace abandonné.

L'engin avança soudain de quelques centimètres. Le bras en col de cygne s'éleva, l'arme tourna, se braquant sur Sénéchal avec un *clang*, comme si elle avait été aimantée par lui.

L'écoflic recula derrière un rocher, où il s'accroupit, fusil en main.

— Nom de Dieu, ça me voit !

Il passa prudemment la tête et épaula, le doigt sur la détente.

La machine fit un bond furieux en avant en sifflant, puis pivota dans un nuage de poussière, tandis que ses roues projetaient de l'eau alentour.

Elle fonça tout à coup dans la direction opposée, ses lames à chenillettes dressées, et décrivit un cercle complet. Puis elle accéléra et s'éloigna le long de la berge.

Malgré les chaos du terrain, le fusil-mitrailleur et son boîtier de caméras restaient stables et rectilignes, orientés dans la direction de Sénéchal. Le bras en col de cygne dodelinait en absorbant les chocs de la course.

Le petit char se lança à l'assaut d'un bloc de pierre pentu. Les roues crantées patinèrent, les bras chenillés prirent appui, les roues suivirent, et il grimpa rapidement avant de s'immobiliser. Il se souleva de quelques centimètres sur ses lames et se maintint dans cette position, presque à la verticale, tel un animal à l'affût.

Le canon de l'arme se recala immédiatement vers l'écoflic.

Sénéchal frissonna en comprenant que celui qui guidait la machine à distance était en train de la tester, tel un pilote qui manœuvre les gouvernes de son appareil avant de prendre l'air.

Derrière son rocher, il jeta un coup d'œil alentour, son regard erra sur les gradins, dans l'ombre des criques, vers l'usine, là-haut.

... Il peut se planquer n'importe où. Peut-être même très loin d'ici. Il a envie de jouer un moment avec moi... Lui, il me voit à travers cette saloperie, mais moi je ne peux pas le voir. Il faudrait que j'essaie de...

Le claquement juste au-dessus de sa tête fut suivi par le *pwwiooonnng !* de la balle qui se perdait dans les rochers, amplifié par l'écho sur les parois. Des éclats de pierres tombèrent sur ses genoux. Il avait vu là-bas l'éclair du coup de feu ainsi qu'une brève lueur rouge, juste avant d'entendre la détonation.

Il empoigna son fusil et le serra contre lui. La peur le tétanisait d'un coup : cette saleté guidait son tir par faisceau laser et, malgré la distance, il s'en était fallu de quelques centimètres.

Il faut que je flingue son système de télécommande... Non, il faut que je me barre d'ici, et en vitesse. Que je me planque, surtout... Que je me planque !

Il passa une main nerveuse sur son front et s'aperçut qu'il transpirait à grosses gouttes.

Il bondit sur son sac à dos.

16.

L'homme équipé d'un micro-écouteur qui se tient dans l'ombre du baraquement sur pilotis suit toute la scène dans ses jumelles. Le long de la cloison est posé un fusil de précision Hecate aux étranges lignes brisées. Un chargeur est engagé dans l'arme, trois autres attendent sur le sol.

L'homme voit parfaitement le cercle de rochers derrière lequel est planqué le grand type à bretelles. Il peut également l'observer sous un autre angle, sur l'écran d'un ordinateur portable ouvert devant lui. Les images lui sont transmises par les caméras du robot.

Il chuchote dans son micro :

— Attention, Juan, je crois qu'il a son fusil, cet enfoiré. Ne laisse pas trop longtemps le robot dehors, on pourrait le voir...

Dans son écouteur, il entend :

— Ne t'inquiète pas, garçon, je joue encore une minute, et je le termine. Où on en est, avec les réglages ?

L'homme clique sur l'ordinateur : une grille et des chiffres recouvrent aussitôt l'image montrant le cercle des rochers. Il zoome sur l'impact de la balle.

— Trente-quatre centimètres au-dessus du point. Mais qu'est-ce qu'il fout, là-bas, ce con ? Je vois de la fumée... Ça sort de derrière les rochers !

Sénéchal larmoyait et toussait. Son poncho de caoutchouc brûlait en dégageant une lourde fumée qu'il écartait de la main. Il lança sur le feu sa lampe-torche de plastique qui se mit à fondre, se racornit, puis s'enflamma avant de produire à son tour de sombres volutes.

Il passa la tête prudemment hors des rochers : le robot descendait à toute vitesse de son promontoire. Du canon de son fusil, il cueillit un lambeau de caoutchouc enflammé, puis un autre. Demeurant à l'abri des blocs de pierre, il les expédia fébrilement le plus loin possible. Des gerbes de flammèches brûlantes giclaient, les flammes se collaient au sol.

La fumée tournoya et l'entoura entièrement. Sénéchal entendit le robot arriver, accompagné de son sifflement aigu. Il s'affola, balança son sac à dos de nylon dans le brasier, cueillit trois cartouches à demi-coques expansives dans sa poche, les jeta par-dessus, pivota et fonça tête baissée droit devant lui.

Il entendit des balles qui ricochaient et miaulaient, des rafales toutes proches, il tomba à genoux dans l'eau, se redressa et fonça sur sa droite. Vers les hangars.

Le robot freina brutalement devant le rideau de flammes. Le boîtier de caméras tourna lentement avec l'arme.

La source de chaleur à quelques pas perturbait son système de vision infrarouge. Il ne trouvait pas sa cible humaine. Pressentant un piège, il roula au ralenti dans les volutes, écrasa les lambeaux de caoutchouc, qui se collèrent à sa carcasse avec le sac de nylon.

Il passa de l'autre côté du feu, enveloppé de flammes orange et bleu. Parcourant encore quelques mètres, il sortit de la fumée et s'arrêta de nouveau. Il cherchait le fuyard dans le paysage.

Le bras hydraulique se leva rapidement, l'arme pivota, le canon se cala sur la silhouette qui courait, là-bas.

Une détonation retentit. Un nuage de fumée accompagné d'étincelles entoura le côté droit de la machine, et se mêla aux flammes qui la recouvraient : la cartouche de calibre 12 à demi-coque coincée dans les crans de l'une des roues venait d'éclater.

Le robot repartit, parcourut trois mètres. Sa roue se bloqua. Le lourd projectile avait faussé un moyeu.

Il bondit en avant, escalada un relief, puis se mit en travers. Son moteur électrique mugit. Derrière lui, dans le feu allumé par l'écoflic, il y eut deux autres détonations.

L'homme caché dans les baraquements sur pilotis voit dans la lunette de son fusil le type aux bretelles, couvert de poussière, qui court, tout près de s'écrouler.

Le type aux bretelles s'arrête, se retourne et épaule son arme, visant le robot. Il tressaille sous le recul, tire encore une fois, deux fois, puis se met de nouveau à courir.

L'homme règle sa lunette d'un doigt délicat. Le dos de Sénéchal apparaît au centre des croisillons lumineux. Il pose l'index sur la détente... À cette distance, ça va être du gâteau si ce connard arrête de bouger, et...

— Surtout, ne fais rien de stupide, veux-tu !

La voix dans son oreillette a claqué comme un ordre. Il balbutie :

— Qu'est-ce qui se passe ? Qu'est-ce qui ne va pas, avec ce robot ?

La voix a maintenant un ton vaguement agacé.

— Un ennui. Cela ne fait rien, je vais changer de registre. Je l'aurai quand même. On a encore un peu de temps.

L'autre regarde de nouveau dans sa lunette de visée. Trop tard. Le grand type vient de pénétrer dans le hangar à la rotonde.

Le hangar dont la porte a disparu depuis des années.

17.

Sénéchal cherchait, affolé, un endroit où se cacher.

Il leva la tête, examina les ponts roulants, les chaînes qui descendaient du plafond. Puis il observa les hauts-fourneaux, le bulldozer désossé, et les machines géantes pareilles à des silos couchés. Dans l'ombre, il aperçut l'escalier en colimaçon qui menait à la rotonde du toit.

Il secoua la tête.

Non... Si je grimpe là-haut, je fais une cible idéale... Il faut que je lui tende un piège, il faut... Voyons, du calme.

Au-dehors, le bruit électrique de l'engin se rapprochait, mugissant curieusement. Puis il se tut d'un coup.

L'écoflic empoigna une poutrelle de fer qui gisait au sol, la traîna rapidement devant l'entrée béante, la coinça en travers et entassa dessus, à toute vitesse, tous les objets qui lui tombaient sous la main : plaques de tôle, gravats et barres de fer. Il s'affaira jusqu'à édifier un obstacle de débris hétéroclites qui montait jusqu'à mi-hauteur du chambranle.

Il fit volte-face, s'essuya le front et avisa soudain les larges trous au bas des cloisons du hangar.

— Aïe ! Ça ne va pas ! Il ne faudra pas longtemps à cette saloperie pour crever ces tôles à coups de flingue et entrer ici. Même si je réussis à obstruer la porte et...

Il tournait sur place, la sueur lui coulait dans les yeux.

Puis il s'arrêta et tendit l'oreille. Il n'entendait plus rien, hormis les battements de son cœur, et le petit vent qui sifflait dans les trous du toit.

Ce truc devrait déjà être ici. Que se passe-t-il ?

Il réfléchissait à toute vitesse.

Je l'ai foutu en l'air si facilement, ce tas de ferraille ? Ou bien... Non. C'est lui qui me tend un piège, ce fumier !

Il remarqua la moto sans pneus, posée dans un coin, dont le rétroviseur semblait lui faire signe. Il se rua sur l'engin, ses grosses pattes empoignèrent la tige rouillée, l'arrachèrent. La moto tomba avec fracas. Il passa sa manche sur le miroir, saisit son fusil, enfonça en tremblant la tige tordue dans le canon de son arme, et la coinça avec une petite pièce métallique. Il courut vers l'escalier en colimaçon et le gravit à toute vitesse. Il s'arrêta tout en haut, la tête à cinquante centimètres de la trappe qui donnait sur la rotonde du toit, et tendit son arme à bout de bras. Il ne vit que les gradins pastel qui défilaient, les montants gangrenés de la rotonde, le plan d'eau et les baraquements sur pilotis, au loin. Il parvint enfin à stabiliser son arme et, en l'inclinant, aperçut le robot.

Il se tenait à quelques mètres du hangar. Des flammes mourantes palpitaient sur sa carcasse noircie, des volutes montaient de ses roues, son bras articulé était immobile. Les gros yeux sombres de ses caméras paraissaient étrangement fixer le vide devant eux.

Puis le bulbe situé à l'avant de sa carcasse s'escamota lentement. Sénéchal écarquilla les yeux : un autre engin sortait du ventre de la machine. Il ressemblait à un petit bulldozer gris monté sur chenillettes, muni d'une courte antenne. Sa tête ronde était pareille à celle d'un jouet.

Il avança tranquillement dans un faible zonzonnement, puis pivota sur place. Soudain il se mit à clignoter, et un point rouge extrêmement brillant éclaira une roche, à deux mètres de lui. L'engin redémarra, cahota sur une pierre et disparut derrière l'angle du toit, hors de la vue de Sénéchal.

L'écoflic saisit son arme et arracha le rétroviseur du canon.

Une machine gigogne ! Qu'est-ce que c'est que cette nouvelle saloperie ? Il a un laser, lui aussi... Qui m'a l'air bien plus puissant que l'autre... Il va rentrer facilement ici. Est-ce qu'il peut me voir ? M'entendre ?

Il dévala l'escalier quatre à quatre, derrière son fusil. Ses yeux firent le tour du hangar. Il tendit l'oreille : il lui sembla que le petit bruit électrique provenait à présent de sa droite. La machine miniature longeait la cloison de tôle, cherchant un point d'entrée.

L'écoflic courut derrière l'un des silos couchés et s'accroupit dans l'ombre. Il fit monter une cartouche dans la chambre de son arme et ôta du pouce le cran de sûreté.

... Mon salaud, je vais te traiter au gros calibre... Viens me voir... Viens, que je t'expédie...

Il écouta encore, mais n'entendit plus rien, hormis le bruit du vent, là-haut dans la rotonde.

La détonation dans son dos le fit sursauter.

Il se retourna et aperçut, à un mètre du sol, le trou tout neuf dans la mince cloison de tôle, par lequel entrait la lumière du jour. Il se redressa et se mit à courir dans le hangar. Son pied buta sur une poutrelle métallique et il s'étala de tout son long au milieu des gravats. À cet instant, son téléphone sonna sous lui, dans sa poche de chemise.

18.

— Juan, il faut arrêter, c'est imprudent ! Je t'assure !

L'homme dans les baraquements chuchote dans son micro. Ses jumelles sont braquées sur l'engin équipé d'un laser d'aveuglement et d'une arme de petit calibre, qui pénètre en ce moment même dans l'un des trous d'une des cloisons du hangar.

Il répète :

— Juan, il faut rentrer les machines. Tout de suite. C'est trop dangereux ! Je vais m'en occuper, de ce connard...

La voix résonne dans son oreillette, glaciale :

— Boucle-la, veux-tu ?

Il connaît bien ce ton, qui ne présage jamais rien de bon.

Il n'insiste pas et empoigne son fusil de précision, puis il le braque sur la porte du hangar, là où le grand type à bretelles a entassé tout un bordel de ferraille qui ne lui servira à rien. Il va même peut-être (sûrement !) regretter de l'avoir mis là, quand ses yeux auront fini de frire dans leurs orbites.

Le téléphone sonna pour la troisième fois.

Sénéchal, qui courait précisément vers l'obstacle de poutrelles et de plaques de tôle qu'il avait édifié (et qu'il allait sur-le-champ démanteler pour s'enfuir du hangar), se plaqua derrière la masse rassurante du bulldozer et décrocha. Sur fond de grondements continus, une voix féminine criait :

— Faut bouger ton cul, tout de suite, le Français... Planque-toi ! Je répète : Planque-toi !

Il connaissait cette voix. Elle reprit :

— Ça va chauffer, chez toi !

Puis on raccrocha. Il entendit simultanément une explosion lointaine. Elle provenait de la route d'accès à la mine.

Derrière lui, le robot avançait tranquillement.

Dans le tonnerre furieux de ses rotors qui résonne dans le corridor de pierre, l'hélicoptère couleur camouflage fonce sur l'ancienne route d'accès à la mine.

Il bondit gracieusement au-dessus de l'immense portique aux bras tordus et descend à pleine vitesse vers les rochers. Assis sur la plate-forme de chaque côté de la carlingue, sous le vent des pales qui secoue les buissons alentour, sont sanglés des hommes en armes vêtus de noir.

Un hélicoptère bleu à l'allure plus massive le suit à distance. Au sol, une jeep roule sur la clôture abattue au milieu de la route, traverse un nuage de fumée et fonce en zigzaguant au milieu des rochers.

À côté du chauffeur, un type en uniforme revêtu d'un gilet pare-balles et coiffé d'un chapeau de brousse étreint une grosse caméra.

L'homme qui vise la porte du hangar, attendant la sortie imminente de Sénéchal, lève la tête en entendant l'explosion. Il écoute à présent le sifflement des turbines qui se rapproche. Puis il colle de nouveau son œil à sa lunette de visée et y voit passer à toute vitesse l'hélicoptère de combat avec ses commandos aux portières. Il en entend un autre, plus haut dans le ciel.

Un frisson lui parcourt l'échine. Il se redresse et crie dans son micro :

— Juan ! Juan ! Faut se barrer !

Assourdi par le rugissement des rotors qui secoue le toit de tôle du hangar, Sénéchal pousse de l'épaule la pile de ferraille qui bloque la sortie. Il s'arc-boute, renonce, et finit par l'escalader maladroitement, sans voir le point rouge du laser du robot, derrière lui, qui suit ses mouvements.

Le point se fixe maintenant sur sa nuque.

L'écoflic bascule brutalement au-dehors. Il est plaqué au sol par le vent des pales de l'hélicoptère. Des tôles coupantes volent en tous sens, de la poussière lui gifle le visage, il ne parvient pas à se remettre debout, et se protège de ses bras. Il rampe dans les gravats et se retourne péniblement sur le dos. Il y a des lumières brèves de l'autre côté du hangar, une série d'explosions fait trembler le sol, puis l'hélicoptère disparaît d'un coup.

L'homme tient la tête du pilote de l'hélicoptère en plein milieu de son viseur. Il voit parfaitement, derrière le pare-brise de l'engin suspendu dans l'air, le visage casqué du type aux lunettes noires qui tourne la tête.

La voix dans son oreillette est très calme :

— Attends... Respire. Ne panique pas.

Il attend.

— Attends encore... Maintenant !

Il presse la détente, l'arme rue dans ses mains, et soudain il ne voit plus rien : dans sa lunette une lueur jaune vient de l'éblouir.

Là-bas, au-dessus du plan d'eau, l'hélicoptère est illuminé comme un soleil : un geyser de flammes dorées s'échappe de son ventre et s'étend sous lui, puis l'auréole en tourbillonnant, une traîne de feu se reflète sur l'eau, des étoiles brillantes clignotent un instant tout autour avant de s'éteindre une à une.

Il crie :

— Qu'est-ce que c'était que ça ? Je l'ai eu ? Juan ? Tu m'entends ?

Mais il recule instinctivement dans le fond de la construction de tôles, car il aperçoit l'engin qui vire, comme s'il prenait de l'élan, puis fonce à pleine vitesse dans sa direction.

Ses canons rotatifs crachant des flammes continues, la mitrailleuse électrique logée sous l'appareil de combat hurle telle une scie circulaire. Elle découpe les fenêtres et tronçonne les tôles des baraquements qui trépident sous les impacts, pulvérise en gerbes d'étincelles les balustrades métalliques.

Soudain, des fils de fumée rectilignes se tendent entre l'hélicoptère et la porte marquée « Direction. Administration ». Une lueur blanche comme un flash éclaire brutalement l'intérieur des baraquements, une boule de feu soulève les toits, et les murs se dilatent, comme figés dans un ralenti. Puis l'explosion fait voler en un terrifiant feu d'artifice jaune et noir le premier groupe de constructions.

Les autres semblent d'abord reculer sous le choc avant d'éclater ensemble, tandis que de la ferraille et des tôles déchirées montent en tourbillonnant vers le ciel.

Le bruit de la double déflagration parvient à Sénéchal en contrebas.

Les squelettes démantelés des baraques vacillent encore dans un torrent de flammes pourpres, puis dévalent la colline.

Déjà l'hélicoptère pivote sur lui-même, se cabre et s'élance vers le ciel, telle une libellule survoltée. Il grimpe rageusement le long de la paroi de l'excavation, son ombre glisse sur les gradins de pierre. Parvenu au sommet, il évolue autour des cheminées de l'usine comme s'il y cherchait une proie.

Il revient ensuite vers les tours et se stabilise une seconde face à l'une d'elles, avant de repartir vers les cheminées. Un nouveau feu d'artifice illumine l'appareil de longues flammèches jaunes et d'étoiles brillantes. Elles fusent dans toutes les directions avant de mourir dans un nuage blanc.

L'engin recule lentement, puis change brutalement de cap : il charge désormais l'une des tours. Il la contourne en basculant à gauche, et se déplace de biais. Des lumières éclairent les flancs de la tour, des étincelles grimpent le long des structures de fer et sur les étages, dont les rambardes se disloquent. Le belvédère, tout en haut, explose. La tour est alors frappée en son centre, des poutrelles de métal et des câbles volent dans des éclairs d'arc électrique. Son sommet tout entier se plie au ralenti, se tord sur lui-même et bascule avec lenteur dans le vide. Son ombre le suit sur la paroi minérale. Sa chute majestueuse est arrêtée brutalement par l'une des marches rocheuses, une grande roue accompagnée des blocs de pierre dégringole en ricochant de gradin en gradin. Un bruit de tonnerre résonne dans l'excavation géante en dessous.

Sénéchal, abasourdi, baisse ses jumelles.

— C'est pas vrai... C'est la guerre, là-haut !

Le type qui filme depuis la jeep arrêtée près de lui pousse à intervalles réguliers des hurlements enthousiastes, comme s'il assistait à un meeting aérien. Son chauffeur bat des mains à chaque nouvelle explosion, manifestement ravi du spectacle.

19.

Sénéchal, debout à quelques pas de la jeep, observait l'activité qui régnait autour de lui, puis il baissa les yeux vers le petit homme au nez traversé d'une épingle en os recourbée.

— Et que me vaut le plaisir de votre bruyante mais salutaire intervention, sergent Cavalcante ? Sans vouloir être indiscret, bien sûr.

Le sergent désigna du menton l'usine sur la colline empanachée de fumée.

— Les types, là-haut, y jouaient avec des jouets interdits. Peut-être qu'on les a tapés un peu fort. Mais bon, c'était les ordres.

— Vous pouvez m'expliquer ?

— Ouais. Je peux.

— Tant mieux. Et ?

— Quand vous m'avez appelé, tout à l'heure, j'ai fait bidouiller votre ligne, comme vous m'aviez demandé, pour que votre téléphone portable devienne une balise, et que je puisse vous suivre sur écran. Et je l'ai sécurisée.

Sa moue amère perpétuelle se transforma en un curieux rictus, que Sénéchal interpréta comme un sourire. Il gratta de l'index sa joue grêlée, le regard perdu dans le lointain.

— Bonne idée que vous avez eue de me dire ce que vous cherchiez dans cette foutue mine... Le contenu des fameuses caisses en bois qu'on avait trouvées dans la bourgade... Ça fait rêver, non ? Du coup, j'ai obtenu qu'un analyste surveille l'endroit par satellite. (Son rictus s'élargit.) Au cas où vous auriez décroché le gros lot, comme ça on aurait pu faire cinquante-cinquante avec les lingots.

— Bien vu, sergent. C'est toujours valable.

— Notre gars a pu voir depuis les cieux immenses des types qui débarquaient d'un petit camion un conteneur en aluminium. Oh! ça n'a même pas duré une seconde, entre le cul du camion et la porte de la vieille usine... Mais c'était trop tard, pour eux.

Il fit une pause, comme s'il hésitait.

— Vous vous souvenez de la dernière fois qu'on s'est engueulés, vous et moi?

— Fort bien.

— Vous vouliez absolument savoir ce qu'on avait embarqué avec le dirigeable, la nuit, dans le marigot... Ce qui était planqué dans le vieux bateau à aubes.

— Hunhun.

Le sergent indiqua l'usine d'un coup de menton.

— C'était un conteneur du même modèle que celui que les types sortaient de leur camion. Un modèle qu'on trouve pas très souvent dans le commerce... Pour ainsi dire jamais. Le colonel, chez nous, il a pas aimé, quand on lui a montré les images satellite. (Il tripota l'os qui lui traversait le nez.) C'est un jeune, faut dire. Nerveux. Mais il décide vite, faut reconnaître.

— Est-ce que je peux savoir ce qu'il y a dans ces deux conteneurs?

Cavalcante le regarda fixement. Puis ses yeux allèrent à une bâche de camouflage sous laquelle étaient dissimulés les restes des robots.

— Des jouets interdits.

— Je peux peut-être savoir qui étaient les types, là-haut? Puisque je vous sens en veine de confidences.

— Là, ça dépend pas de moi, senhor Sénéchal. En tout cas, je peux vous dire que c'était des gens pas bien prudents.

Ils furent abordés par un grand gaillard en uniforme qui s'adressa au sergent :

— Z'y êtes pas allés de main morte, les petits gars. (Du pouce, il indiqua les deux types dans la jeep derrière lui, avec leur caméra.) Zéro blessé chez nous. Un miracle.

Il avisa Sénéchal, et se présenta :

— Lieutenant de Andrade. Relations publiques de l'armée. Vous êtes français, je crois... Ça vous a plu?

— C'était très joli... Je veux dire : c'était très impressionnant.

Le lieutenant fit un geste qui signifiait « Et vous n'avez encore rien vu », puis il tourna les talons, leva une main impériale et cria à la cantonade :

— Je vous laisse ! Bravo à tous ! Ciao !

Il sauta dans la jeep aux côtés du caméraman. Elle partit en rugissant dans un nuage de poussière.

Sénéchal demanda à Cavalcante :

— C'était quoi, ce feu d'artifice autour de votre hélicoptère ? Les étoiles brillantes ?

— Fusées thermiques.

— Ah ?

— Des contre-mesures... Des leurres antimissiles.

— Et je suppose que c'était tout à fait nécessaire ?

Le sergent haussa les épaules en montrant l'hélicoptère bleu qui atterrissait près du plan d'eau.

— Bof, c'était surtout pour eux. On ne sort plus sans eux, de nos jours.

La portière de l'engin rugissant s'ouvrit, il en descendit une Noire sculpturale en combinaison rose fluo, coiffée d'un foulard multicolore. Elle portait une caméra sur l'épaule. Elle courut vers eux et se mit immédiatement à les filmer, tout en mastiquant du chewing-gum. Un type blond apparut à son tour. Il portait un pantalon de camouflage flambant neuf, des brodequins jaune vif, et sur son T-shirt était écrit : « Rede Globo de Televisão ». Il rabattit d'un geste viril sa mèche platine qui s'emballait sous le vent des pales, et, tandis que le rotor s'éteignait en sifflant, il cria tout en marchant à grandes enjambées :

— Le public va adorer !... Ça dépasse largement les frontières de l'État... Nos commandos brésiliens en opération ! Sous le feu des terroristes... Fa – bu – leux !

Il s'arrêta, fit volte-face, leva la tête vers les gradins aux couleurs irréelles et, bras tendus, il forma un carré avec ses pouces et ses index.

— Et le décor, hein ? Waow !...

Il avisa tout à coup le groupe des commandos qui s'approchait. Il écarta largement les bras et montra ses paumes dans un geste qui se voulait rassurant.

— Pas d'angoisse, les enfants... Les images au sol sont vraiment super. On va mixer tout ça avec celles du satellite et des minicaméras embarquées. Le son est génial, aussi. Ce soir, on fait le prime time... Soyez tous devant vos télés ! (Il imita le bruit d'une explosion. *Baoum* !)

Il fonça sur Sénéchal, sortit une carte de visite et la fourra d'office dans la poche de chemise de l'écoflic.

— Superbes, vos bretelles... Vous savez combien on a de millions de spectateurs dans le pays ? Est-ce que vous en avez une idée ?

Il n'attendit pas la réponse, serra toutes les mains qu'il apercevait, donna une tape sur l'épaule d'un des commandos, puis, toujours suivi de la fille qui le filmait, repartit au galop vers sa machine volante, qui décolla immédiatement.

20.

Lucrèce était assis devant le téléviseur, les mains croisées sur sa brioche. Sa valise était posée à ses pieds. Sénéchal, pensif, observait la ville illuminée par la fenêtre de la chambre d'hôtel.

Le petit chimiste, l'œil morne, regardait défiler les images de Globo de Televisão. L'hélicoptère auréolé de ses fusées qui partaient en vrilles brillantes revenait à plusieurs reprises, ainsi que l'effondrement de la tour, suivi de sa chute spectaculaire dans la mine. Des silhouettes noires bondissaient des marchepieds de l'hélicoptère de combat, galopaient tête baissée et armes pointées, faisaient sauter des portes, couraient en tirant des rafales sur d'invisibles cibles, communiquaient entre elles par signes mystérieux, hurlaient des injonctions à des hommes au visage indistinct, qui levaient les mains ou se couchaient au sol. On apercevait fugacement un type affolé, les mains sur la tête, qui dévalait quatre à quatre les marches de l'unique tour intacte. Il tombait de tout son long sur le sol, immédiatement maîtrisé par deux commandos qui le menottaient dans le dos.

Lucrèce bougonna :

— Ils en ont fait vraiment beaucoup, non ? Tout ça pour attraper sept malheureux types... Quel cirque !

— Six malheureux types, rectifia Sénéchal. Ils n'ont rien retrouvé de celui qui s'était caché dans les constructions sur pilotis. Il aurait mieux fait de continuer à rester planqué, à mon avis, et d'éviter de tirer sur l'hélico. Selon la charmeuse de rats – qui a participé à cette glorieuse équipée et m'a averti de leur tonitruante arrivée – pour que ces baraquements pètent aussi fort, c'est qu'il y avait là-dedans des caisses de dynamite datant de l'époque de l'activité de la mine... Tu as remarqué qu'ils ne parlent jamais de robots de combat, dans ce reportage ? Ni de ma découverte au bout de la galerie souterraine ? Et qu'ils ne montrent jamais aucune photo des prétendus terroristes ?

— J'ai remarqué, oui.

Sur l'écran, on voyait maintenant le sergent Cavalcante avec son os dans le nez, qui repoussait de sa main gantée de noir un micro qu'on lui tendait et bougonnait de sa voix rocailleuse : « J'ai rien à vous dire, bordel ! »

Sénéchal soupira :

— Hum... Je n'arrive pas à croire que ce sergent ait lui-même pris l'initiative de faire surveiller par satellite cette mine à ciel ouvert.

— Tu as raison.

— Quoi ?

— Je pense aussi que ce n'est pas lui.

— Qui, alors ?

Le rondouillard haussa les épaules.

— On s'en fout... L'important, c'est que tu t'en sois sorti, et que ces types qui tuaient leurs semblables avec des robots de combat aient survécu, miraculeusement, à cette débauche de feu et de ferraille. Ça nous permettra peut-être d'en savoir plus sur eux et sur leurs objectifs réels.

Il regarda sa montre.

— Mon taxi doit déjà être en bas, et mon avion part dans deux heures... Comme tu le sais, Dame Pottier réclame mes talents de toute urgence pour une expertise délicate en province. Je compte sur toi pour remercier de ma part ceux qui nous ont aidés... Et particulièrement la belle Maria-Esperanza.

21.

Le Veneno Verde était calme à cette heure de la journée. Derrière le comptoir, un type lisait le journal.

Vêtue d'une robe de coton chamarrée, elle était assise dans le coin le plus sombre de l'établissement. Sur la table devant elle, une minuscule lampe jaune à abat-jour éclairait son couteau triangulaire.

Elle posa tranquillement son joint dans le cendrier lorsqu'elle aperçut Sénéchal.

Il s'assit face à elle, repoussa la fumée, toussota et observa l'étrange arme.

— Vous avez là un bien beau couteau, lieutenant. Mais le manche n'est pas dans l'axe de la lame... Il est cassé ?

Elle lui sourit de ses dents un peu écartées, et repoussa ses dreadlocks qui lui tombaient devant les yeux.

— Regarde-le bien, ce couteau, Pierre Sénéchal, mon ami français. Il appartenait à mes parents... Est-ce que tu aimerais que je te raconte leur très, très belle histoire ?

Sénéchal, un peu surpris, lui fit toutefois un signe d'encouragement.

— Il y a longtemps, Pierre Sénéchal, la tribu à laquelle ma mère appartenait avait été chassée de ses terres par les trafiquants coupeurs de bois. Ils avaient tué son mari et son frère. Alors, pour survivre, ma mère est venue se prostituer en ville. Un jour, elle a rencontré un *gareimpero*, un chercheur d'or... Un Français venu chercher l'or du Brésil, comme beaucoup d'aventuriers. Cet homme se faisait appeler Saint-Louis, comme la jolie ville de São Luís do Maranhão, sur la baie de São Marcos, que la première expédition française menée par un certain Daniel de La Touche a fondée en 1612, comme tu devrais le savoir.

Elle dodelina un peu, l'œil vague, ayant apparemment perdu le fil de son récit. Après une courte pause, elle reprit, de sa voix de violoncelle :

— Ma mère s'est mise en ménage avec lui. Mais il ne trouvait pas d'or, alors il a commencé à boire. Quand il était ivre, il la battait en l'accusant de l'envoûter avec ses sorcelleries d'Indienne. Pendant des années, elle a subi sans broncher... Mais une nuit, pendant qu'il dormait, elle lui a pris son couteau, que tu vois là. Le *push-dagger*, c'est l'arme dc défense du chercheur d'or, chez nous. Et c'est avec ce couteau qu'elle l'a tué, mon père français. Ensuite, elle a sorti son cadavre de la cabane dans lequel nous vivions tous les trois, et là... elle l'a ouvert de l'aine au sternum. Elle a enlevé les organes de son ventre et les a jetés dans la ruelle de la favela. Elle s'est enfuie en me laissant seule. Par chance, les chiens ne m'ont pas dévorée dans mon berceau.

— Les chiens ?

— Dans les favelas, des chiens à demi sauvages rôdent en bandes. Cette nuit-là, le voisin, attiré par les aboiements, est venu avec son vieux revolver. La cabane était pleine de chiens rendus fous par l'odeur du sang, ils se battaient entre eux, et c'est ce qui m'a sauvée. Le voisin a abattu un premier chien, puis un autre... Sa femme et lui m'ont recueillie. Ils m'ont élevée avec leurs propres enfants, m'ont nourrie avec ce qu'ils pouvaient... Les pauvres, eux, savent s'entraider. Ils ont de l'éducation, les pauvres.

Elle ralluma pensivement son joint avec un briquet d'argent.

— Tu vois, cette belle et bonne action, ces voisins n'ont jamais eu à la regretter. Parce que le plus drôle, dans cette histoire très drôle, Pierre Sénéchal, c'est que mon père en avait trouvé, de l'or.

— Comment ça ?

— Quand les voisins ont démonté la cabane de mes parents pour prendre les planches, ils ont trouvé l'or sous le plancher. Des tas de pépites, dans un des sacs de cuir qui appartenaient à mon père. Ça représentait évidemment une fortune pour des gens comme eux. Mon père n'y avait jamais touché, à cet or. Et même fin saoul, il n'en avait jamais parlé à quiconque. Je suppose qu'il voulait le garder pour lui seul, et repartir un jour en France... Il l'avait peut-être volé à un autre pauvre bougre, et peut-être qu'il avait tué pour ça? (Elle haussa les épaules.) En tout cas, grâce à son or et aux gens qui m'ont recueillie, j'ai pu aller à l'école, et ne plus jamais crever de faim. Quant à ma mère... Elle est peut-être encore vivante, avec les animaux sauvages au fond de cette immense forêt. Je l'ai recherchée quand j'ai été adolescente. J'ai même vécu pendant plusieurs mois avec une tribu. Je me suis fait accepter de ces gens, j'ai appris d'eux des tas de choses qui me servent aujourd'hui dans mon métier. Et dans ma vie de femme en général. Après cette expérience, je me suis efforcée d'oublier tout ça. Mais quand les salauds qui coupent nos arbres pour s'enrichir encore et encore auront fini par transformer la forêt en désert, eh bien, peut-être que dans ce désert on retrouvera ma mère, qu'est-ce que tu en penses? Elle doit être vieille, maintenant...

Elle s'empara du *push-dagger* et en dirigea la pointe brunie vers Sénéchal.

— Je le porte toujours sur moi. Je trempe sa lame dans une décoction de plantes qu'on trouve dans la forêt profonde. Une vieille recette familiale, en somme... Ça te rendrait bien malade, Pierre Sénéchal, mon ami. Même si je te piquais juste un peu le bras.

Elle lâcha un rond de fumée presque parfait, le regarda monter vers le plafond et s'y transformer en vapeur bleutée. Son regard revint vers l'écoflic. Il était maintenant indéchiffrable. Elle tendit la main et, un demi-sourire aux lèvres, lui caressa lentement la joue.

Il ne bougea pas.

Enfin, il demanda, d'une voix enrouée :

— Dites-moi, lieutenant Saint-Louis, vous êtes très, très défoncée, non?

Elle sourit largement.

— Tu sais quel est mon proverbe préféré, Pierre Sénéchal? C'est : « Fais du bien à ton corps pour que ton âme ait envie d'y rester. »

Cette fois, elle éclata d'un grand rire et essuya une larme.

— Wouw! Tu as raison... Je suis défoncée, mon cher ami français! Raide défoncée.

Quatrième partie

1.

Dom de Araujo, père supérieur du monastère de Santa Angelica do Cachimbo, est assis à son bureau couvert de cartes géographiques. Sur plusieurs d'entre elles, des cercles rouges tracés au crayon entourent des localités. De sa main fine, il caresse sa barbiche de jais. Il murmure :

— Où peut-il bien se terrer, ce salopard? Hein?

Son front est plissé par la concentration.

Les moines font cercle autour de lui et retiennent leur souffle. La main de dom de Araujo virevolte au-dessus des cartes, hésite, se pose sur le clavier de son ordinateur. Il pianote, puis enfonce la touche « Impression ». L'imprimante crache des feuillets dans le silence. Le père supérieur les étudie avec soin, ses épais sourcils froncés. Un moine toussote. Dom de Araujo lui jette un regard noir.

Il pose enfin la pile de feuilles devant lui.

— Chacun de vous va prendre une liste. Téléphonez à tous les numéros. Trouvez mille prétextes. Ouvrez vos oreilles. Tâchez de deviner si on vous ment. Posez des questions vagues, n'en faites pas trop, n'insistez pas si vous sentez le moindre soupçon. Venez me rendre compte sur-le-champ dès que vous avez un doute. Aussi mince soit-il.

Ses yeux font le tour de l'assistance. Puis il désigne trois moines.

— Frère Marcio, frère Jarbas, frère Guilherme, vous irez en ville. Parlez peu et écoutez beaucoup. Il y a sûrement des rumeurs qui circulent...

Il appuie son ordre d'un mouvement de menton.

— Allons-y.

Il prend les feuilles couvertes de numéros de téléphone, se lève, et, tel un général en campagne, les distribue rapidement aux moines qui se pressent autour de lui.

Ils partent, l'air affairé. La pièce se vide rapidement. Un seul moine demeure.

Il est bien campé sur ses jambes épaisses, ses larges épaules et sa brioche tendent sa robe de bure. Ses yeux d'un bleu délavé dans son visage poupin ne cillent pas.

Derrière son bureau, le père supérieur le toise, les mains aux hanches, son nez mince braqué sur lui.

Le moine se tient coi. Puis il finit par demander :

— Êtes-vous bien certain, mon père, que c'est là notre rôle ?

Le père de Araujo baisse la tête comme s'il allait charger l'impudent. Il cramponne les bords de son bureau, le dos rond. Il ne bouge plus, respire profondément. Puis il se redresse, plaque ses cheveux en arrière d'un geste de condottiere, et décoche à son interlocuteur un sourire carnassier.

— Frère Anselmo Alencar Gomes, répondez-moi avec franchise : vous ne trouvez pas que c'est vraiment excitant, la chasse à l'homme ?

2.

— Voyez-vous, Sénéchal, je m'en veux : je vous ai lancé sur une fausse piste avec l'hypothèse des insectes génétiquement modifiés, et je me suis trompée.

Sénéchal prit un ton faussement compatissant au téléphone.

— Savez-vous que la mortification est un passe-temps malsain, Altesse ? Mais je comprends parfaitement votre terrible humiliation.

— C'est la cupidité qui a tué ces deux aérostiers. Récemment, j'ai envoyé votre collègue Ravier faire le tour des quelques marchands parisiens d'insectes de collection, avec en poche des photos de vos scarabées. Avec l'ordre de garder le silence sur son statut de fonctionnaire de la FREDE. Les trois premiers négociants visités par Ravier ont fait les yeux ronds en voyant les photos, et lui ont avoué leur ignorance totale concernant l'existence de ces animaux. Ils lui ont aussi demandé s'il pouvait leur en fournir, où il les avait trouvés, etc. Le quatrième marchand l'a fait entrer dans son arrière-boutique, et lui a proposé d'acheter un de ces scarabées... Il lui a avancé un chiffre. Un gros chiffre.

— Je peux savoir ?

— Non, ça serait mauvais pour votre cœur. Et puis je vous connais comme si je vous avais tricoté : vous seriez capable de retourner là-bas avec une filet à papillons... Bref, ce type lui a affirmé qu'il connaissait des gens fortunés prêts à payer très cher pour acquérir des bestioles d'une telle splendeur, de surcroît inconnues sur le marché.

— Et c'est à cet instant que Ravier a sorti simultanément sa carte de la FREDE et un flingue pour éléphants, et s'est mis à hurler : « Couche-toi par terre les mains sur la tête, salopard de trafiquant d'insectes, ou je te fais sauter le caisson ! »

— Il a simplement décliné sa qualité de fonctionnaire de l'environnement au bonhomme, qui lui a avoué alors qu'il avait servi d'intermédiaire dans une fructueuse transaction entre un couple de riches collectionneurs japonais et un prétendu Brésilien qui souhaitait se séparer de l'un de ces joyaux vivants... ou plutôt, mort. Lequel Brésilien a prétendu par la suite pouvoir lui fournir d'autres scarabées d'or, seulement il voulait les écouler lentement et en tout petit nombre...

— Pour que les prix restent élevés, évidemment. J'imagine que ce pseudo-Brésilien ne s'est jamais montré en personne, que l'intermédiaire ne connaît pas son nom, et que la transaction s'est effectuée par téléphone et en liquide...

— Exactement. Et, à sa grande déception, le marchand intermédiaire n'a plus jamais entendu parler de ce fournisseur, malgré les demandes pressantes de collectionneurs fortunés de plusieurs pays... dont le sultanat de Brunei et les émirats du Golfe.

— Eh bien ! j'ignorais qu'on pouvait débourser des fortunes pour acquérir des scarabées. Combien ces Japonais ont-ils payé, m'avez-vous dit, pour un seul de ces animaux ?

— Sénéchal...

— Hum. Bon. Je vois... Résumons-nous : nos deux aérostiers trouvent par hasard dans la jungle une bourgade oubliée du temps du caoutchouc. Ils gardent secrète leur découverte et se mettent en quête d'un trésor sur place, à coups de pelle et de pioche. Point de trésor, du moins je le suppose, mais une vraie mine d'or : des super scarabées inconnus, donc rarissimes, qu'ils ont ramassés dans leurs pièges. Nos deux larrons, qui connaissent bien le marché des insectes de collection, s'organisent pour effectuer discrètement des navettes sans alerter leur employeur, Chitinex, louent une maison avec cave, et y installent un petit élevage de rapport, avec les technologies adéquates...

— Et la croix du cimetière, Sénéchal ?

— Ils auront à mon avis montré le décalque, et peut-être également des photos à des experts, qui leur ont fait miroiter certaines jolies perspectives financières... et ils sont repartis là-bas pour emporter la croix. Les commandos ont trouvé un petit chalumeau tout neuf dans les restes de leur luge. Ce genre d'outil est très pratique pour couper du métal quand on n'a pas l'électricité sur place.

Il ajouta, sur un ton mystérieux :

— Il y a bien sûr une autre hypothèse, Votre Grâce...

— Dites toujours.

— Cette croix ne fournirait-elle pas des indications sur l'emplacement du vrai trésor de la bourgade oubliée ? Les aérostiers en auraient fait un décalque pour pouvoir étudier tranquillement ses symboles ? Bien... Je vais vous laisser dormir sur vos deux oreilles, chef, car je suis pressé, là, je dois prendre un dirigeable...

— Attendez, attendez ! Vous êtes sérieux, Sénéchal ?

— Hélas, non, chef. Je voulais seulement vous faire rêver un peu.

3.

— Père de la Vega, je tenais à vous remercier chaleureusement pour l'aide que vous nous avez apportée dans cette affaire.

Le jeune homme au T-shirt marqué « Bom Jesus » prit l'air modeste qui convenait, mais ses yeux vifs étaient remplis de fierté. L'écoflic ajouta :

— Votre amie, le lieutenant Saint-Louis nous a, comment dirais-je ? éclairé le chemin.

— C'est une personne de grande valeur, senhor Sénéchal. Qui m'a souvent procuré une aide précieuse. Et elle a un caractère bien trempé. Vous savez... ça n'a pas toujours été très simple pour elle.

Sénéchal baissa la tête et murmura, vaguement attendri :

— Évidemment, avec la vie qu'elle a eue, son père chercheur d'or alcoolique, son enfance dans les favelas, sa mère indienne disparue...

Le prêtre eut l'air embarrassé.

— Maria-Esperanza vous a raconté ça ?

— Mais, euh, oui.

De la Vega se tourna vers la fenêtre, un demi-sourire aux lèvres.

— Avez-vous observé, sur les murs de notre ville, une affiche représentant un plat, un couteau et une fourchette, avec le drapeau brésilien en arrière-plan ?

— On ne peut pas la rater.

— Elle évoque une campagne gouvernementale, nommée « Faim et soif zéro », mise en place par le calmar dès son arrivée au pouvoir.

— Le calmar ?

— C'est ainsi que l'on surnomme ici le président Inácio Lula da Silva. Il a institué ce programme qui consiste, entre autres, au versement d'une allocation mensuelle aux plus démunis des habitants, un plan de scolarisation et de vaccination des enfants, et un plan d'installation d'eau potable dans les villages.

— C'est formidable, mais que...

— Ce plan ambitieux lui a été, dit-on, inspiré par l'un de ses anciens compagnons de route, venu du Nordeste comme lui. Qui a été ouvrier métallurgiste et cireur de chaussures dans la rue de São Paulo, comme lui, et fut plus tard l'un des cofondateurs du Parti des Travailleurs.

— Comme lui, d'accord. Et alors ?

— Alors, la femme que cet homme a épousée plus tard, une Indienne dont il a eu une fille, occupe aujourd'hui au gouvernement certaines fonctions relatives à la protection des terres appartenant aux tribus indigènes.

— Tant mieux, très bien, mais...

— Cet homme très discret est connu sous le nom de Fernando Henrique de São Luís, comme la ville...

— ... Comme la ville de São Luís do Maranhão que Daniel de La Touche a fondée ici en 1612... Oh, nom de Dieu ! je... (L'écoflic leva une main pleine de contrition.) Heu, pardonnez-moi, père de la Vega. Vous êtes en train de me dire que le papa du simple lieutenant de l'IBAMA nommé Maria-Esperanza Saint-Louis est un vieux pote du président du Brésil ? Et que sa maman est membre du gouvernement ?

— Exactement.

— Mais alors, pourquoi m'a t-elle raconté cette histoire à dormir debout ?

— Elle n'aime guère que cela se sache. Alors elle vous a servi une des histoires qu'elle invente pour brouiller les pistes. J'en ai entendu plusieurs, elles sont toutes différentes. Je vous rappelle cependant, senhor Sénéchal, que la fille d'un misérable cireur de chaussures des rues de São Paulo n'a pas précisément passé sa jeunesse dans l'opulence...

— Et sa mère est aujourd'hui au gouvernement ?

— Notre ministre de la Culture, le chanteur Gilberto Passos Gil Moreira, ou plutôt Gilberto Gil – que j'ai le très grand privilège de connaître personnellement –, a subi dans sa jeunesse la prison et l'exil. Maria-Esperanza est une personne très indépendante. Toutefois, si des circonstances exceptionnelles l'exigent, elle peut faire actionner, disons, certains leviers. Pour le bien commun.

— Comme obtenir en un temps record des images satellitaires auprès de l'armée, ou lever une troupe de commandos pour une expédition en jungle. (Il ajouta mentalement : « Ou encore me faire protéger par le sergent Cavalcante, lorsque j'explore seul une mine de cuivre. ») Je suppose qu'elle n'a jamais vécu non plus au fond de la jungle avec une tribu indienne ?

— Si. Dans la tribu d'où est issue sa mère. Pour savoir ce qu'est la vie de ces gens. Pourquoi il faut se battre pour eux.

— Et la fille d'un membre éminent du gouvernement fume des joints par stères entiers, et passe ses nuits à danser dans des tripots ?

Le jeune prêtre sourit largement.

— Bienvenue au Brésil, senhor Sénéchal.

L'écoflic tirailla ses bretelles. Puis il demanda :

— Vous m'avez bien dit connaître personnellement Gilberto Gil ?

— C'est vrai.

— Pourriez-vous me rendre un service, père de la Vega ?

4.

Une pluie glaciale tombait sur la cour du ministère de l'Environnement. Les gouttes traversaient par endroits la bâche rafistolée de l'antique Méhari nommée Mémère, dont l'habitacle se remplissait tranquillement d'eau froide.

Au sous-sol du bâtiment, Dame Pottier repoussa sur le côté de son bureau un épais dossier gris, et regarda le détective Sénéchal assis devant elle. Il était enveloppé dans son manteau de laine et arborait une écharpe aux couleurs d'une équipe de football brésilienne.

Elle désigna la pile de CD sur une étagère.

— Bien que vous ne deviez en attendre aucune gratitude (elle eut un petit sourire en coin), je vous remercie de m'avoir rapporté ces disques de Gilberto Gil. Dédicacés de sa main, de surcroît. Vous avez fait sa connaissance, là-bas ?

— Disons que nous avons des relations communes. Surtout dans le clergé.

— Il est regrettable que votre collègue favori ait dû demeurer plusieurs jours en province pour une expertise, mais je suis certaine que vous lui ferez un compte-rendu fidèle de ce que je vais vous dire.

— À propos de Lucrèce... Qu'est-ce que Morel a fait des scarabées d'or que le gnome fatal a capturés dans la bourgade fantôme ?

— Vous voulez sans doute parler des Diabrotica mejavillus gigantea ?

— Quoi ? Morel a baptisé ces bestioles du nom de Lucrèce ?

— Votre collègue en est très fier... Morel a réalisé de nombreuses expérimentations avec la grosse larve noire. Il s'est aperçu que lorsqu'elles étaient attaquées par cette bestiole, les racines de certaines plantes émettaient des substances dans le sol, substances attirant des vers qui sont les ennemis jurés des Diabrotica, et qui l'attaquent à leur tour. Une sorte d'appel au secours végétal... Étonnant, vous ne trouvez pas ?

— Encore des garrafadas, en somme.

Elle lui lança un regard perplexe.

— Ah bon, c'est le nom de ces substances ?

Elle arrangea sa coiffure maintenue par des baguettes japonaises, puis reprit :

— J'ai rédigé un mémorandum sur cette affaire d'aérostiers pour nos maîtres, là-haut, dans leur Olympe ministériel, et j'ai également procédé à de nombreuses vérifications. Votre méticuleux collègue...

— M. Méjavillus

— ... avait pensé à faire analyser chez l'ingénieur Castelo da Vide la cravache que lui avait offerte le senhor Annibal Freire da Fonseca. Les empreintes qui s'y trouvaient correspondaient aux données biométriques rentrées dans les robots de combat... Elles correspondaient également à celles d'un homme que beaucoup ont tenu pour mort durant de longues années.

Elle tapota gentiment le gros dossier gris devant elle.

— Figurez-vous que le dénommé Martial Dutilliers-Darcy n'était pas aussi blanc que neige qu'il le prétendait. En réalité, la justice lui reprochait encore bien des choses. Il a donc retrouvé la mémoire en échange de certains oublis.

— Cette dernière formulation fleure le paradoxe, chef.

— J'en conviens, mais c'est l'expression d'un phénomène courant... J'ai pu avoir accès aux fichiers des années 1970-1985 concernant l'École supérieure de mécanique de la Marine de Buenos Aires, dont je vous ai, je crois, déjà parlé.

— Et qu'est-ce que c'est que cette école ?

Elle fronça les narines, comme si le dossier gris venait de dégager une odeur désagréable.

— Pendant la dictature militaire, l'École supérieure de mécanique de la Marine argentine, l'ESMA, constituait un engrenage clef de la machine répressive du terrorisme d'État : elle était l'un des principaux centres clandestins de détention et d'extermination d'Argentine, dans la banlieue de Buenos Aires. Il y a eu jusque près de cinq mille personnes séquestrées dans l'ESMA. La plupart ont disparu sans laisser de traces. Les bouchers en uniforme avaient installé la salle de torture au sous-sol de l'école, et le passage qui y menait s'appelait l'avenue de la Félicité.

— Ça fait frémir. Et quel est le rapport avec le senhor Annibal Freire da Fonseca ?

— Je pense que vous l'avez déjà deviné, Sénéchal. Le logiciel de reconnaissance faciale que M. Castelo da Vide a fait tourner se trompe rarement... L'un des « interrogateurs » de l'ESMA était un jeune officier de marine nommé Juan Torga de Montemor. Un garçon particulièrement imaginatif dans le domaine de la violence, également membre de la « Triple A », un Escadron de la mort des plus actifs. Torga de Montemor y fut rapidement surnommé *El Lobo*, le loup. On le croisait souvent flanqué de son instructeur français, de dix ans son aîné...

— Un certain Martial Dutilliers-Darcy, je suppose ?

— Et on le voyait en ville ou à l'église en compagnie du confesseur du général Videla lui-même, qui était également son ami et directeur spirituel.

— Le faux dom Faria de Queroz ?

— Oui. Arturo Graziella en personne. À cette époque, El Lobo commet donc quotidiennement à l'ESMA ses crimes en toute impunité. Sa folie meurtrière est sans limites. Il coupe des mains et des nez, il torture, il bat les prisonniers jusqu'à la mort et, à la tête de son escadron d'assassins, organise des rafles systématiques pour alimenter en chair fraîche la machine d'extermination de l'ESMA.

— Au nom des valeurs morales de l'Occident chrétien, évidemment.

— Son zèle et son inventivité dans l'art de faire parler ses victimes et son raffinement dans l'art du supplice le font rapidement monter en grade malgré sa jeunesse. Il se trouve donc chargé par l'amiral Emilio Massera, bras droit de Videla, de missions d'élimination de plus en plus lointaines, dans le cadre de l'opération « Condor », nom de code donné à une campagne secrète d'assassinats des opposants en fuite mise en place par les dictatures latino-américaines dans ces années de terreur, appuyée par le Département d'État américain et conduite conjointement par les services secrets du Chili, de l'Argentine, de la Bolivie, du Brésil, du Paraguay et de l'Uruguay. On le soupçonne d'ailleurs d'être venu à Paris, en mai 1976, déguisé, pour assassiner un ambassadeur bolivien. Plus tard, arrive la guerre des Malouines... Le 2 mai 1982, jour où la flotte anglaise torpille le croiseur *General Belgrano*, pierre angulaire de la flotte argentine, El Lobo reçoit l'ordre secret de convoyer au Brésil – Brésil qui est toujours sous dictature – une importante cargaison de lingots d'argent répartie dans sept camions. Le contenu des camions représente le trésor, converti en lingots, que certains généraux de la junte argentine ont amassé au fil du temps en s'appropriant les biens de leurs victimes... Devant la défaite qui s'annonce, ils désirent mettre rapidement ce pactole en sécurité sur le territoire brésilien.

— Je présume que ce convoi n'est jamais arrivé à destination ?

— On n'a jamais retrouvé non plus les chauffeurs, pas plus que les soldats qui les accompagnaient.

— C'était vraiment un spécialiste des « disparitions », ce loup. Il avait dû bien préparer son affaire.

— Il est rejoint plus tard au Brésil par son ami et directeur spirituel, Arturo Graziella, muni de faux papiers. Mais cet Arturo Graziella a également emmené avec lui un enfant.

— Un enfant ?

— Un bébé auquel Torga de Montemor est très attaché. Une photo de ce gosse a été trouvée dans la boîte métallique que l'inspecteur Zé Ferrera a dénichée dans le jardin de Graziella.

Dame Pottier mit ses jolies mains en cathédrale et baissa les yeux. Elle demeura un instant silencieuse, puis reprit :

— Saviez-vous, Sénéchal, que la dictature militaire argentine a commis encore un autre crime, impensable : l'enlèvement des enfants et la transformation de leur identité. À l'École supérieure de mécanique, une maternité clandestine avait été mise en service pour les prisonnières enceintes. Après l'accouchement, la mère était obligée d'écrire à sa famille, à laquelle était prétendument remis l'enfant, puis, peu de temps après, elle était séparée de son bébé et transférée. Ces gosses nés en captivité furent adoptés par des officiers ou des membres des forces répressives. Un de ces enfants, né d'une mère indienne exécutée comme les autres après son accouchement, a été adopté par Torga de Montemor.

— Exécutée ? Mais vous m'avez parlé de transfert ?

— Transfert était le terme employé par les tortionnaires pour liquidation. On jetait les prisonniers par la portière d'un avion au large du Rio de la Plata, face à Buenos Aires. C'était une méthode facile, et les corps qui s'abîmaient en mer avaient peu de chances d'être identifiés.

La petite femme ajouta dans un souffle :

— La férocité de ces gens était inconcevable.
— Eh bien ! Et qu'est devenu le gamin que ce salopard avait volé ?
Elle le fixa un instant.
— Il est devenu délégué de la Fondation pour la protection de l'Amazonie, sous le nom de Victor Sampayo.

5.

Sénéchal ouvrit des yeux ronds.

— Victor Sampayo est le fils adoptif du bourreau et de l'assassin de sa mère ?

— Malgré cela, les liens qui l'unissent à son faux père semblent indéfectibles... Et il est son complice. Comprenne qui pourra.

L'écoflic hocha la tête.

— Ce genre de chose s'est déjà vu, hélas.

— En tout cas, voici Juan Torga de Montemor, alias El Lobo, parvenu au Brésil. Il est à la tête d'une très jolie fortune en argent massif, qui n'existe pas sur le papier. Et qui donc ira se lancer à sa poursuite ? Personne. Car la chute rapide de la dictature argentine de l'autre côté de la frontière est amorcée, en raison, entre autres, de l'échec cuisant des Malouines. Par le biais du réseau Condor brésilien, il possède, en outre, de solides relations dans ce pays.

— Et avec tout ce fric qu'il a volé, il doit pouvoir acheter pas mal de gens, non ?

— Et en faire taire définitivement d'autres grâce à, disons, son savoir-faire... El Lobo cache dans un premier temps son butin dans la mine de cuivre de São Marighella, qui sert encore, à cette époque, de centre de torture et d'extermination des « ennemis intérieurs ».

— Ce n'est surtout pas là qu'on ira l'inquiéter, ni convoiter son magot.

— Le curé Graziella, quant à lui, est accueilli à bras ouverts par les prêtres d'extrême droite qui collaborent avec la junte brésilienne. El Lobo cherche ensuite un point de chute. Il le trouvera dans une lointaine propriété appartenant à un authentique descendant d'un baron du caoutchouc, qui a presque le même âge que lui. L'endroit, accessible uniquement par bateau ou hydravion, est propice à ses projets. Le vrai Annibal Freire da Fonseca est, de surcroît, un misanthrope frappé d'une maladie héréditaire qui vit de ses rentes, n'a ni femme ni enfants, ne reçoit jamais, et passe le plus clair de son temps à ruminer dans sa bibliothèque la grandeur passée de sa famille. El Lobo l'espionne pendant des jours avant de le faire disparaître, ainsi que les cinq employés du domaine.

— Je comprends. Il usurpe ensuite son identité et ses biens, colle le plus près possible à son apparence physique, s'accapare son histoire et se sert de cette identité d'emprunt pour ses affaires. Il devient l'honorable senhor Annibal Freire da Fonseca. Et voilà ! El Lobo le tortionnaire argentin disparaît de la surface de la planète !

— Exactement. Puis les années passent, la dictature militaire brésilienne tombe à son tour en 1985. Arturo Graziella est lâché par les ecclésiastiques brésiliens d'extrême droite et sera contraint de devenir, en apparence, dom Faria de Queroz, simple curé des favelas. C'est le loup qui subvient à ses besoins et qui lui confie la charge d'éduquer l'enfant. Pendant ce temps, le faux Annibal Freire da Fonseca fait des affaires fructueuses. Une partie de son magot lui sert à acheter des terres cultivables un peu partout dans le pays car, à cette époque, elles s'acquièrent à bas prix... Ainsi que les complicités. Il défriche, et défriche vite. Il place aussi une bonne partie de son trésor dans sa maison des établissements Eiffel.

— Que voulez-vous dire ?

Dame Pottier eut un mince sourire.

— Cette maison n'est pas faite uniquement de fer. C'est sa fausse épouse qui l'a révélé.

— Sa « fausse épouse » ?

— La jeune et jolie senhora Freire da Fonseca est une prostituée de luxe spécialisée dans les rôles aristocratiques. Il louait régulièrement ses services.

L'écoflic s'exclama :

— Alors, là, bravo ! Le Brésil est vraiment le pays du carnaval ! Tous ces gens maîtrisaient parfaitement leurs rôles ! Un faux fazendeiro et sa fausse épouse, un faux écologiste... Je ne sais pas ce que je préfère.

— Leur survie à tous dépendait de leur capacité à se fondre dans leurs personnages respectifs. Elle a juré devant les enquêteurs que, si son client lui faisait peur – car bien sûr il la menaçait si elle parlait –, elle ignorait qui il était réellement. Elle a expliqué qu'elle s'était aperçue par hasard, que, certaines nuits, il faisait fondre, accompagné de deux types, des lingots d'argent dans la forge de la fazenda.

— Pourquoi ?

— Ils fabriquaient des éléments d'architecture dans le plus pur style Exposition universelle, probablement selon de vieux plans trouvés dans la bibliothèque. Ces nouveaux éléments en argent massif étaient intégrés à la maison. Une peinture à l'ancienne recouvrait le tout, et personne ne pouvait rien deviner du subterfuge. La pseudo-Cesaria Freire de Fonseca – qui avait prudemment gardé cette information pour elle – a indiqué aux enquêteurs qu'à sa connaissance les grilles qui entourent le cimetière familial, deux clochetons ainsi qu'une partie des communs sont en argent. Ils ont vérifié : c'est vrai.

— Avez-vous encore d'autres surprises pour moi, chef?

— Certainement, détective, certainement... Il n'y a pas que des plans de maison Eiffel dans la bibliothèque de cette propriété. On y trouve également des cartes anciennes datant du temps du caoutchouc. L'une d'elles, dressée autrefois par l'arrière-grand-père de l'homme que El Lobo avait « remplacé », devait être captivante, car le vrai Annibal Freire da Fonseca l'avait couverte d'annotations, et avait réuni au fil du temps un dossier contenant des informations.

— Des informations sur quoi ?

— Sur une bourgade créée par une expédition partie dans les profondeurs de la jungle à la recherche des hévéas, en 1929... Vous me suivez, Sénéchal ?

— Pas à pas, chef.

— El Lobo se passionne pour cette carte, d'autant qu'est venu le temps des satellites. Et celui de l'écologie.

— Laissez-moi deviner, chef... Le jeune Victor Sampayo a fait de belles études payées par son affectueux faux paternel, puis devient, comme par hasard, délégué d'une fondation écologique qui a passé des accords privilégiés avec l'IBAMA et l'Institut brésilien de recherche spatiale. Et qui a accès aux canaux des satellites de surveillance de l'Amazonie. Je continue, chef. Sampayo effectue, bien avant nous, les recherches par satellite menées par le capitaine La Mota, à la demande de Maria-Esperanza... Et il finit par découvrir la bourgade.

— Il possédait, de surcroît, une carte authentique de l'époque.

— Lorsque nous arriverons dans la bourgade avec les commandos, El Lobo et ses hommes y auront fait le ménage, emporté le matériel volé à l'armée, des lingots, et auront miné le secteur. Et ils surveilleront notre promenade et nos communications.

— Les traces d'ADN relevées là-bas ont confirmé tout ça. Les complices d'El Lobo n'ont pas pu décrocher le zeppelin des aérostiers, ni eu le temps d'emporter la tenue « Robocop » dans le bateau à aubes.

— Qu'ils ont cependant piégé.

— Ils étaient surtout très occupés à effacer les traces des robots tueurs, que le faux dom Faria de Queroz, dans sa ferveur religieuse, surnommait les Cavaliers de l'Apocalypse.

— Très joli. Ce curé sera sûrement canonisé... Ils sont ensuite allés planquer leurs foutus robots à la mine de São Marighella.

— Une mine dont El Lobo s'était discrètement rendu propriétaire depuis longtemps, via une de ses nombreuses sociétés.

Sénéchal fit une moue admirative.

— Notez qu'on est toujours plus tranquille chez soi. Surtout quand on veut y remettre en vogue les jeux du cirque avec un écoflic de passage. Je me demande comment il a été informé de notre projet d'expédition à la bourgade.

— Par l'un des hommes qui ont participé au blindage de la nacelle du zeppelin. Il avait planqué un mouchard dans la caisse de transport du dirigeable.

Elle observa un instant le dossier gris.

— Quant aux malheureux aérostiers de Chitinex, ils n'auraient jamais dû découvrir leurs scarabées d'or, ni cette bourgade.

Sénéchal se frotta le front, l'air pensif, tête inclinée.

— Ils ne pouvaient pas savoir qu'ils étaient tombés dans le repaire du Loup. Ses hommes et lui ont brouillé leurs instruments de navigation et leur radio, avant de les abattre à la mitrailleuse. Ils n'ont réellement pas eu de chance, ces deux-là.

6.

L'écoflic leva de nouveau les yeux sur Dame Pottier.

— Hum... Pour que Sampayo soit définitivement insoupçonnable en tant qu'écologiste de choc, son faux papa lui a organisé quelques agressions bidon de « nervis à la solde de grands propriétaires terriens » ?

— Dont l'une, très spectaculaire, avec des types à moto qui ont mitraillé le siège de la Fondation et blessé une employée.

— Ouais. Voilà donc notre homme définitivement habillé en vert.

— L'authentique grand projet d'El Lobo, Sénéchal, était de se construire un empire au Brésil avec l'aide de son « fils ». Un empire du soja transgénique. Mais il fallait plus que des lingots d'argent pour acheter les terres de grands fazendeiros tels que feu Munoz et feu Carvalho, des durs à cuire dans leurs genres respectifs.

— Eh oui, tout augmente, les temps sont difficiles.

— Il élimine donc en priorité les gens qui le gênent. Du temps où, jeune officier, il combattait la guérilla, il a appris de celle-ci la technique des mines artisanales en verre. Et il s'en sert pour tuer « l'homme au chien », un syndicaliste défenseur des Paysans sans terre. Il semble d'ailleurs que ce dernier commençait à nourrir quelques soupçons à l'égard de Victor Sampayo.

— Ce Javier Clemente Ruiz, qui était un indicateur de Maria-Esperanza, se trouvait depuis un bon moment dans le collimateur des grands fazendeiros.

— Donc, pour mener à bien ses désirs d'expansion, notre ancien tortionnaire surveille, par les satellites auxquels a accès

Victor Sampayo, les implantations agricoles tournées vers le soja OGM qui naissent un peu partout dans le pays. Il décide de s'emparer par la violence de certaines de ces entreprises. Et de les racheter pour une bouchée de pain via une cascade de sociétés écrans, peu après que leur propriétaire a été victime d'un fâcheux accident...

— ... Ou que, tels Munoz et son voisin Carvalho, il soit tombé en apparence sous les balles des Paysans sans terre ou d'un concurrent économique. Moralité : les grands prédateurs ne sont pas à l'abri de superprédateurs du style d'El Lobo. Ils devraient se méfier.

— Enfin, El Lobo peut se permettre de spéculer, grâce aux satellites, sur le cours du soja OGM. Il a une vision très précise des surfaces agricoles de tout le pays ainsi que de leurs rendements. Et il connaît, depuis le ciel, les implantations illégales dans la forêt amazonienne. Les flics brésiliens n'ont pas encore fini de détricoter l'écheveau tissé par le tandem El Lobo-Sampayo, mais je pense qu'ils vont avoir encore des surprises.

L'écoflic sourit amèrement.

— Lorsque nous avons rencontré Sampayo, il nous a montré les mouvements financiers de la Bourse de Chicago où se fixent les cours du soja. Il devait bien rigoler en nous racontant ça. Il s'en marre peut-être encore dans sa prison.

— J'en doute, Sénéchal.

— Pourquoi ?

— Apparemment, Victor Sampayo a été volatilisé par les tirs de l'hélicoptère de combat sur les baraquements de la mine. C'était lui, le tireur embusqué qui vous guettait.

L'écoflic demeura un instant interdit, puis marmonna :

— Eh bien ! En voilà un qui a été rapidement recyclé en énergie et en lumière ! En fait, il avait réellement la fibre écologique, ce type-là.

Il désigna l'épais dossier gris sur le bureau de Dame Pottier.

— On a une idée de l'identité de l'exécuteur des ex-complices du Loup ? Ceux qui l'avaient aidé à voler ces armes dans la base militaire ?

— C'était vraisemblablement ce type maigre qui a été blessé par Zé Ferrera et tué par une policière championne de tir. Les flics ont fini par découvrir sa tanière et y ont arrêté son associé, appelé Raul. Il y avait de quoi faire sauter un pâté de maisons, là-dedans... Ce Raul fournissait les mines antipersonnel à El Lobo, et lui confectionnait ses pièges en verre artisanaux.

Sénéchal soupira.

— Nous avons perturbé de si beaux plans criminels en faisant diffuser par le jeune prêtre de la Vega l'image de cette croix. En réalité, on avait très peu de chances de la trouver, au fin fond de la jungle, mais El Lobo a préféré prendre les devants en envoyant son complice Graziella me faire son numéro de gâtisme. Puis nous avons commencé à remonter la piste des aérostiers, et notre chasse aux Diabrotica mejavillus gigantea nous a permis d'apercevoir une nuit les essais nocturnes de lasers de combat.

— Et ainsi de repérer cette fameuse bourgade... Saviez-vous qu'El Lobo nourrissait un autre grand projet, Sénéchal ?

— Un autre projet ? Cet homme-là en débordait, ne dirait-on pas ? Après tout, on peut dire qu'il avait un grand passé devant lui.

— Pour s'affranchir des tarifs pratiqués par les compagnies américaines qui détiennent le monopole des graines de soja modifiées et en interdisent la reproduction, il avait commencé à créer un réseau avec des sociétés de biotechnologie basées en Inde, afin de produire des clones de semences de soja OGM beaucoup moins coûteuses, et surtout libres de brevets... Donc, sans royalties à payer. Qu'est-ce que vous dites de ça, Sénéchal ?

— Je dis que c'était un visionnaire. Il se serait peut-être même mis un jour à la culture biologique. En tout cas, il avait compris l'essence même de la mondialisation... Pourquoi nous avez-vous envoyés – réellement – dans le magnifique pays de la samba, Lucrèce et moi, chef adulée ?

7.

La minuscule déesse sourit franchement (Sénéchal trouvait un charme incomparable à ce sourire), puis elle se recula dans son siège, les mains posées à plat sur les accoudoirs.

— Comme nous sommes à l'ère de la mondialisation, et que j'en ai également compris l'essence, il se trouve que je recherche des appuis un peu partout dans le vaste monde... J'avais pris des contacts avec l'IBAMA depuis un bon moment.

— Évidemment, vous saviez, chef, que le simple lieutenant Saint-Louis avait pour papa un ancien compagnon de route du président du Brésil, et que sa maman occupait un poste haut placé au gouvernement.

— Je l'ai appris par hasard au cours d'un cocktail à l'ambassade, où l'on recevait une délégation gouvernementale brésilienne.

— Vous avez donc sauté sur l'occasion que représentait la disparition de ces aérostiers pour placer la FREDE en première ligne auprès de l'IBAMA, et surtout, surtout, auprès des milieux gouvernementaux brésiliens, via Maria-Esperanza (il leva un sourcil soupçonneux), ce qui permet, par contrecoup, de valoriser ladite FREDE auprès de votre propre hiérarchie...

— Et de la faire perdurer, croître et embellir, détective. Je pense pouvoir signer bientôt des accords entre notre petite boutique et l'IBAMA... Oui, j'avoue que j'ai demandé expressément aux Brésiliens que le lieutenant Saint-Louis soit chargée de l'enquête préliminaire, et devienne ensuite votre mentor attitré. Vous n'avez pas eu à vous en plaindre, que je sache.

L'écoflic leva une main apaisante.

— Ne vous emballez pas, Votre Munificence. Vous ne pouviez pas savoir qu'elle avait tendance à raconter des histoires à dormir debout...

Il sourit.

— Je plaisantais. Maria-Esperanza est pétrie de qualités, pour un flic, et Lucrecius Méjavillus était en pâmoison devant elle. Il était temps de le soustraire aux sortilèges des femmes brésiliennes, d'ailleurs.

Elle le toisa.

— Qu'est-ce que vous a appris cette petite promenade, détective, qui puisse nous être profitable à tous ?

— Eh bien... Que les prédateurs, qui détruisent notre bien commun qu'est la forêt amazonienne pour servir leurs intérêts financiers immédiats, se trouvent encore plus haut qu'El Lobo dans la chaîne alimentaire, sans jeu de mots. En fait, on pourrait écrire leur nom sur nos assiettes.

— Hum, peut-être, mais c'est nous qui tenons la fourchette, non ?

Sénéchal croisa ses grandes pattes sur son ventre.

— « Ce n'est pas l'homme qui a tissé la trame de la vie : il en est seulement un fil. Tout ce qu'il fait à la trame, il le fait à lui-même. »

— Shakespeare ?

— Le chef indien Seattle, de la tribu des Suquamishs. Il a prononcé ces mots en 1884. Depuis, l'homme a fait disparaître le tiers de tout ce qui était vivant sur cette planète.

— Vous devriez peut-être vous-même appliquer ce précepte, Sénéchal. Car malheureusement, au Brésil, vous avez réussi à vous mettre une fois de plus hors la loi !

— Je vous demande pardon ?

Elle lui lança sur le bureau une enveloppe vert foncé.

— D'après ce que j'ai appris, vous avez écopé d'une amende pour avoir balancé, depuis le haut d'un arbre nommé Dipterix, des jerricans en plastique remplis d'eau et de kérosène, et de les avoir abandonnés là, en pleine forêt... Bravo !

L'écoflic chaussa ses lunettes demi-lunes et ouvrit l'enveloppe.

L'amende portait l'en-tête « IBAMA. Instituto Brasileiro do Meio Ambiente », et elle était salée.

Dans un angle, il aperçut le tampon rouge : *Amende acquittée.* En dessous, il était inscrit, d'une fine écriture :

« Je l'ai payée pour vous, Pierre Sénéchal. Vous me devez donc un dîner, un soir au bord de l'Amazone. Je mettrai ma robe de soie rouge et nous irons danser toute la nuit. »

Épilogue

Le costaud assis sur un banc dans l'ombre épaisse d'un massif de bougainvillées regarde droit devant lui. Ses yeux ne cillent pas dans son visage poupin, mais ses lèvres bougent faiblement.

Vêtu d'un costume informe sur une chemise grise que tend sa brioche, il tient dans son énorme patte un gourdin patiné, avec lequel il rythme sur le banc un cantique qu'il est seul à entendre.

Frère Anselmo Alencar Gomes aime la douceur de la nuit dans cette région d'altitude. Il lève les yeux vers le semis d'étoiles. Un vent léger fait bruisser les feuilles, de la musique provient d'une rue lointaine. Il se sent bien.

Son regard se pose de nouveau sur la discrète porte nichée dans une anfractuosité du mur encerclant une imposante bâtisse aux fenêtres éclairées. Au dernier étage, une silhouette vient de passer derrière un rideau.

Non loin de là, la carrosserie bien lustrée d'une limousine luit dans la pénombre.

Il attend.

Il n'attend pas très longtemps : la porte dans le mur s'ouvre en grinçant. Une silhouette court vers la limousine. Une portière claque, des phares s'allument.

Le gros moine saisit son téléphone :

— Faites vite, ils vont sortir de mon côté !

La camionnette de livraison pilotée par le père de la Vega quitte le trottoir et fonce, tous feux éteints.

Les vitesses grincent, le moteur s'emballe.

Courbé sur le volant, le conducteur aperçoit fugitivement le visage crispé du père de Araujo, et un type de la sécurité qui court derrière la grille de la bâtisse.

Le jeune prêtre écrase l'accélérateur.

Le gros moine entend la camionnette qui approche rapidement.

Deux hommes ont surgi de la porte dans le mur, à la suite du précédent.

L'un d'eux se tient près de la portière arrière de la limousine, surveillant la rue, tandis que son passager s'installe.

D'un coup d'œil, frère Anselmo juge la distance et bondit au moment où la camionnette tourne l'angle dans un hurlement de pneus, tangue puis fonce en grondant vers la voiture. Il murmure : « Pardonnez-moi, Seigneur », prend son élan et, d'un ample geste de bûcheron, fracasse le pare-brise de la voiture de luxe. Il percute d'un vigoureux coup d'épaule l'homme qui surveillait et qui va s'étaler sur le sol, puis plaque son énorme ventre sur la portière du chauffeur.

Il glisse sa patte par la vitre ouverte et la referme tel un étau sur un biceps. Il entend un grognement de douleur, la camionnette qui freine brutalement dans son dos, la porte latérale qui coulisse. Il y a des cris, des protestations, des mains empoignent des bras, on s'empare d'un homme.

Frère Anselmo Alencar Gomes relâche son étreinte, laisse tomber un : « Pardonne-moi aussi, mon fils » au chauffeur, et saute dans la camionnette, qui démarre en trombe.

L'inspecteur Zé Ferrera avait, au téléphone, un ton mi-rigolard, mi-admiratif.

— Alors là, je dois avouer que je suis sérieusement bluffé ! Je n'avais pas encore vu des moines faire des trucs comme ça, n'est-ce pas ? Même de loin, même avec une paire de jumelles... Et le jeune de la Vega, il était dans le coup, le gaillard ! Je sais bien que le révérend père de Araujo, il a la réputation d'être un sacré briscard qui a été autrefois aumônier des prisons à Recife, mais de là à monter une véritable opération de commando ! Et selon les nobles propos tombés de la bouche même de ce cher homme de robe : « Cela dans le but de soustraire le vieillard à la vindicte populaire, dans un esprit de charité »... La vindicte populaire, hein ? Le vieux salopard de Graziella, en fait, il s'était bien planqué dans une congrégation de fascistes de son espèce, voyez ? Dans un bled de montagne. Des gens admirables d'abnégation qui lui avaient assuré protection, gîte et couvert. Bien au chaud, qu'il était, notre scorpion argentin, chez ses amis les adulateurs de l'ordre suprême... Les moines, ils te l'ont débusqué dans son trou, ils te l'ont embarqué de force, et que je te tire et que je te pousse, et ils te l'ont livré tout cuit à nos services, pas plus tard qu'il y a une heure. J'ai pris le plus vif plaisir à en informer moi-même le consulat d'Argentine. Ces gars-là m'ont affirmé qu'il y avait justement un monde fou qui avait très envie de lui parler, à l'ancien ami des dictateurs et des tortionnaires. Pour ma part, je m'en vais faire une descente un brin musclée dans cette congrégation de nuisibles et de malfaisants... L'écologie passive, c'est terminé.

Remerciements

À mon indéfectible amie et conseillère Christel Mouchard.

À mon instructrice sur le terrain, la fière Nathalie Fanny Marie Josèphe Théry.

À mon ami Jean-Marc Saulière, sauveteur sur le *Noë Lorette.*

Au professeur Francis Hallé, pour lui avoir emprunté, le temps d'un livre, son « radeau des cimes ».

À Frédéric Laget, ancien démineur, pour ses précieux conseils.

À Charles Marie Leconte, ami des animaux.

Aux membres des associations ADOME et Terre Sacrée, pour leur remarquable travail, trop souvent bénévole, consacré à la défense de notre planète.

Bibliographie

Francis Hallé, avec Dany Cleyet-Marrel et Gilles Ebersolt, *Le Radeau des cimes,* J.-C. Lattès.

Les Cahiers de la Hulotte.

Marie-Monique Robin, *Escadrons de la mort, l'école française,* La Découverte.

John Dinges, *Les Années Condor,* La Découverte.

Table

Cet ouvrage a été composé et imprimé par

FIRMIN DIDOT

GROUPE CPI

Mesnil-sur-l'Estrée

pour le compte des Éditions Robert Laffont
24, avenue Marceau, 75008 Paris
en avril 2007

Dépôt légal : mai 2007
N° d'édition : 47919/01 – N° d'impression : 84435

Imprimé en France